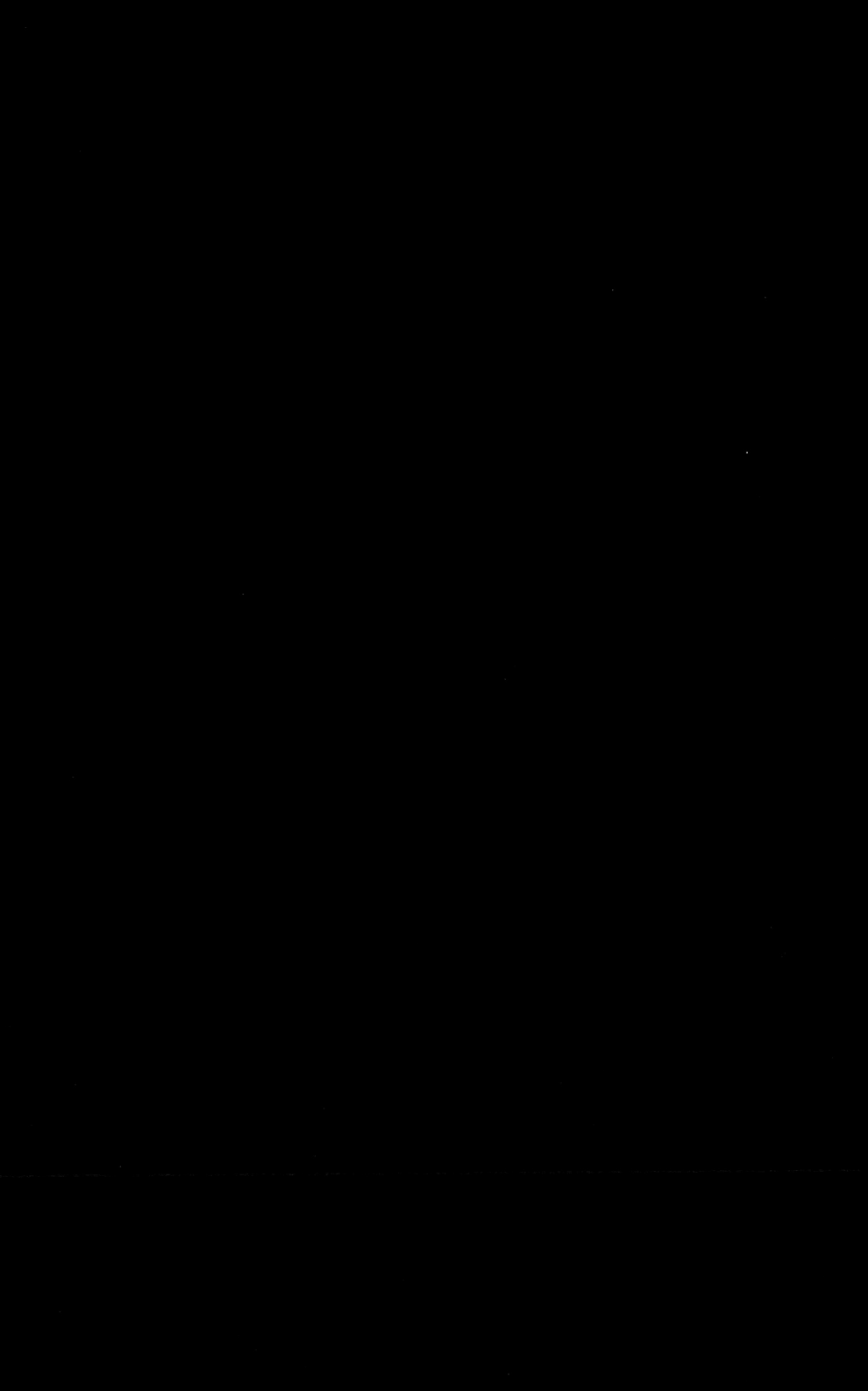

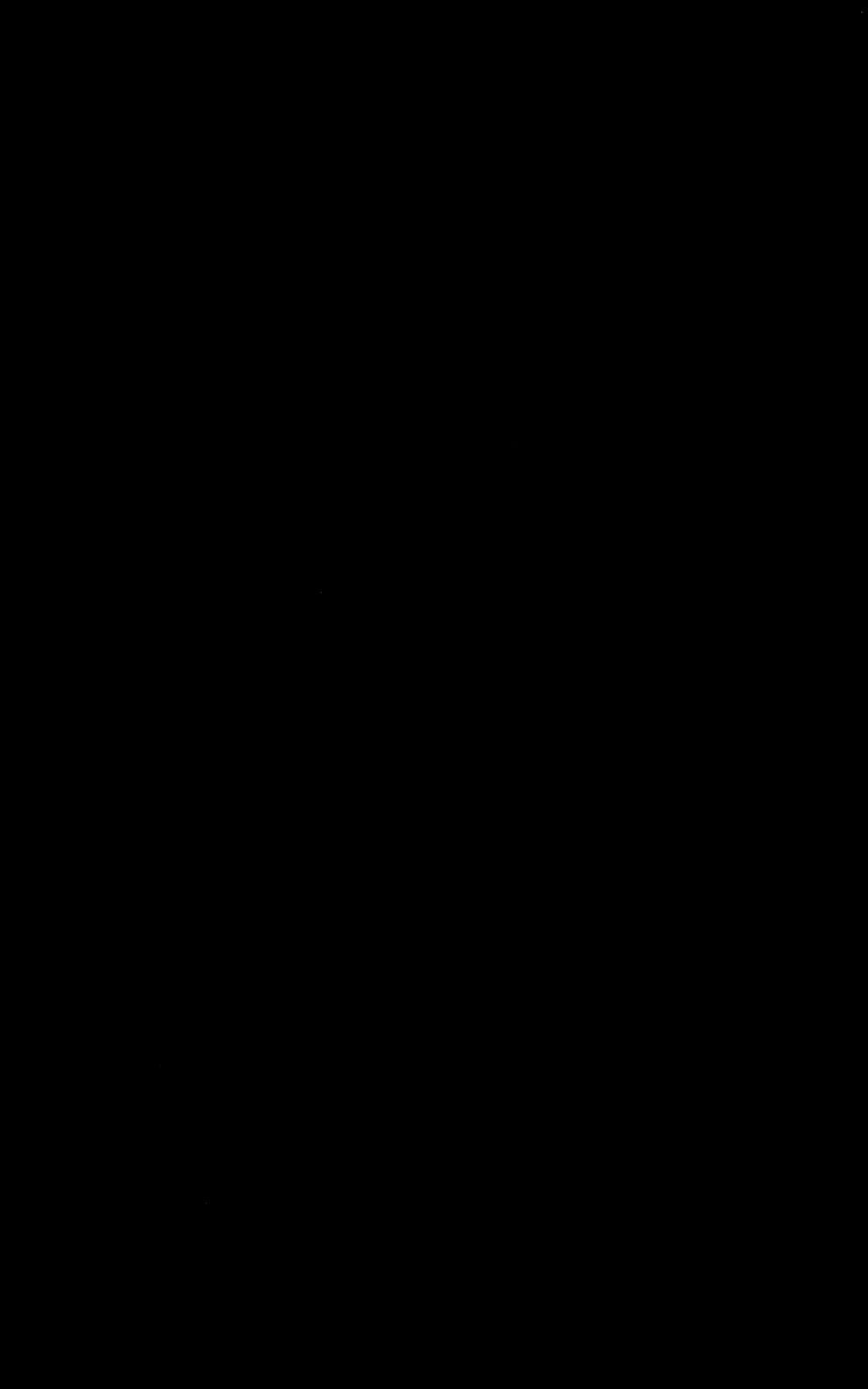

NAHAS̩H

나하쉬 3권

지은이_조례진 | 초판 1쇄 인쇄_2013년 9월 6일 | 초판 1쇄 발행_2013년 9월 13일 | 발행처_도서출판 청어람 | 발행인_서경석 | 편집장_권태완 | 편집_장미연, 손수화 | 주소_경기도 부천시 원미구 심곡2동 163-2 서경B/D 3F | 등록_1999년 5월 31일(제1081-1-89호) | 문의전화_032)656-4452 | 팩스 _032)656-4453 | http://www.chungeoram.com | 전자우편_chungeorambook@daum.net | 어람번 호_8-0031 | 파본은 구입하신 서점에서 교환하여 드립니다. 저자와 협의하여 인지를 붙이지 않습니다. 책값은 뒤에 있습니다.

※KOMCA(한국음악저작권협회) 승인 필.
※본문 중 일부 주석은 국립국어원 표준국어대사전에서 인용한 것임을 밝힙니다.

ISBN 978-89-251-3451-2 04810
ISBN 978-89-251-3448-2 (SET)

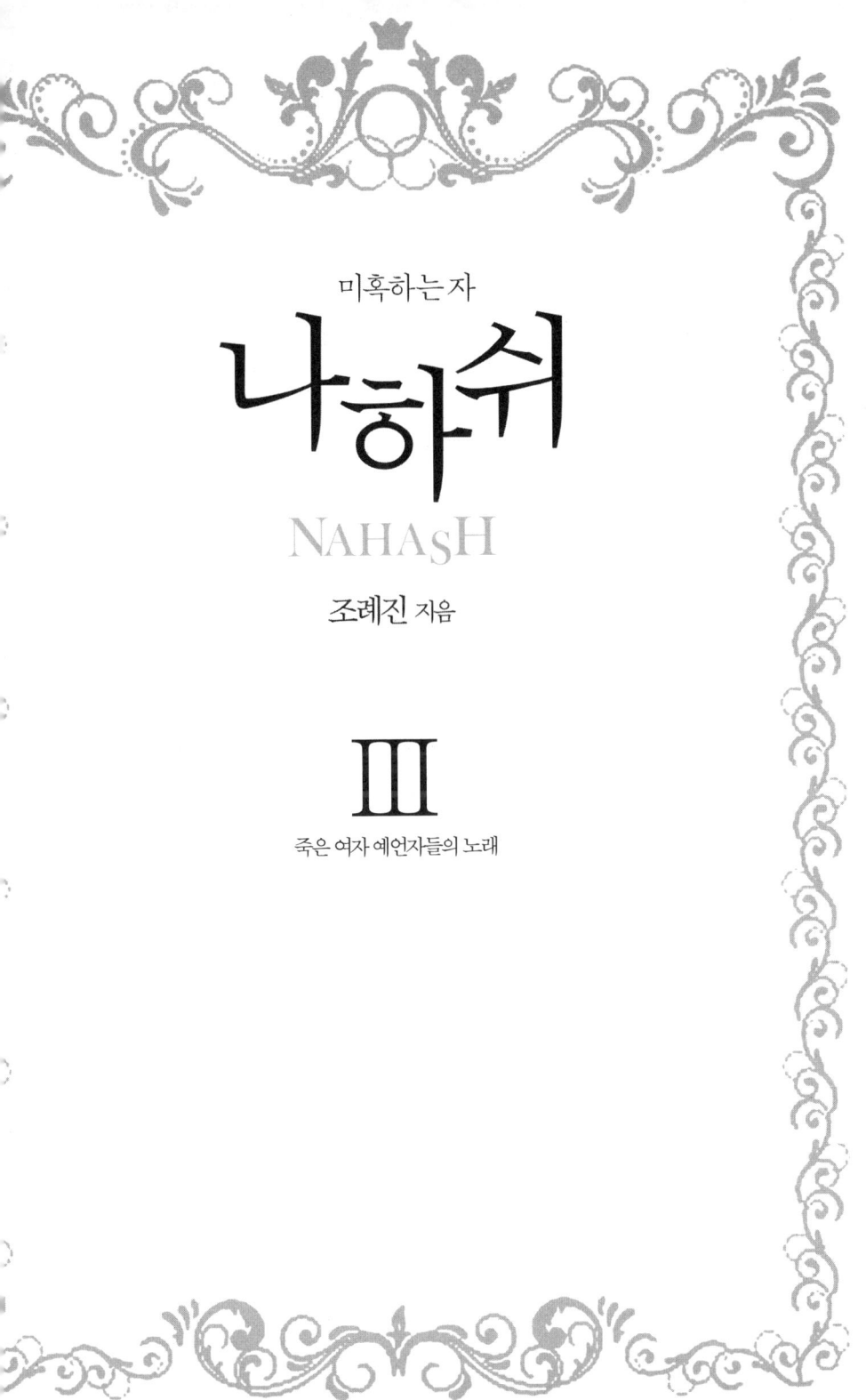

미혹하는 자

나하쉬

NAHASH

조례진 지음

III

죽은 여자 예언자들의 노래

CONTENTS

“ ”는 영어, 「 」는 몽골어, 『 』는 한국어입니다.

아라 G. 바이어스

1

모두가 잠든 숨결밖에 느껴지지 않는 깊은 한밤중이었다.

하늘 높이 휘영청 뜬 초승달마저 낮게 가라앉아 있고, 별빛은 우련한 빛을 발했다. 호수의 은빛 수면은 바람결에 이지러진 파문을 퍼뜨렸다가 말갛게 고여 있는 상태로 돌아갔다. 하늘과 땅, 그리고 대지의 숨결이 연극의 클라이맥스를 기다리는 관객처럼 숨을 죽이고 있었다.

후우웃…….

바람은 창문의 틈을 통해 안으로 잦아들었다. 옛날 귀족이 살았을 법한 방 안을 핑그르르 맴돈 바람은 커다란 자기에 꽂힌 보리수 다발을 훑고, 가장 깊은 안쪽으로 스며들었다. 그 가운데 자리한 침대에 두 남녀가 폭 잠겨 잠들어 있었다.

여자는 남자의 벗은 가슴에 고개를 기대고, 남자는 여자의 허리를 안은 채 잠든 모습이 몹시도 평화로워 보여 바람은 덩달아 한숨 푹 자고 싶어졌다. 그런데 허공에 수면가루처럼 가만히 떠다니던 은빛의 미세한 먼지 입자가 얼핏 내려앉았을 때, 남자가 갑자기 눈을 떴다.

정확히 그다음 순간이었다.

컹!

밖에서 개가 짖었다.

컹! 컹컹! 컹!

밤의 정적은 박살 나고, 저택을 지키는 개들이 무엇인가를 향해 짖어대는 소리가 사방을 날카롭게 찢었다. 남자가 바로 일어나 앉자 그 인기척에 여자도 깨어났다.

"음……? 무슨 일……."

창문 너머 먼 곳을 바라보고 있던 남자는 표한하게 자리를 박차고 일어났다.

"침입자다."

남자는 그대로 휙, 하고 바로 눈앞에서 사라졌다. 그 타이밍을 기다리기라도 한 듯 저택의 어디에선가 파열음이 들려왔다. 단순히 창문이 깨졌다거나 하는 것이 아닌, 거의 굉음에 가까운 소리였다. 무언가 육중한 것이 내부로 막무가내로 뚫고 들어온 것처럼.

여자도 민소매 티와 파자마만 입은 그대로 침대에서 내려왔다. 그리고 가운을 낚아채 걸치는 동시에 책상으로 가서, 보통은 거기 서랍이 있다는 것도 알기 힘든 공간을 열어 사냥용 산탄총을 꺼내 들었다.

여자는 어스름 속에서 희미한 윤기를 흘리는 산탄총을 들고 방 밖으로 달려 나갔다.

소리의 근원지는, 비어 있는 게스트룸이었다.

끼잉…… 낑…….

문이 활짝 열려 있는 방으로 다가갈수록 개가 힘없이 우는 소리가 들리고, 보이지는 않아도 피부로 바로 와 닿는 무시무시한 기운이 느껴졌다. 2층의 복도 전체가 어떤 다른 이공간에 빠진 것만 같았다.

벽에 등을 기댄 채 안쪽의 상황을 경계하던 그녀는 재빠르게 몸을 돌리며 산탄총의 부리를 안쪽으로 겨누었다.

철컥!

속도는 신속했고 자세는 정확했다.

"……!"

바닥은 박살 난 창문의 잔해로 인해 어지러웠다. 퍼즐처럼 여기저기 흩어진 날카로운 도편들이 달빛에 비쳐 스산한 윤기를 발하고, 저 멀리 도베르만 한 마리가 쓰러져 있었다. 그리고 여기저기 점점이 피어난 꽃처럼 떨어진 선홍의 핏물…….

그 핏물의 길은 방의 가운데 쓰러진, 어떤 여자에게로 연결되고 있었다.

검은 머리카락은 풍요로운 강의 만곡(彎曲)처럼 바닥 위로 물결치고, 주검처럼 창백한 피부는 그 섬뜩한 느낌에도 불구하고 병적인 아름다움을 지녔다. 그리고 힘없이 쓰러진 몸은 관능적이고도 예리해, 그 몸태에는 도착적인 욕망을 불러일으키는 무언가가 있었다. 빨간 핏물과 파란 유리 파편의 섬뜩한 꽃밭 위에 누워 더욱 그렇게 보이는 것이었을까.

그 위를 덮은, 죽음의 그림자처럼 불길한 어둠…….

크르르…….

어둠 속에서 나직한 목울음이 흘러나왔다.

이형의 맹수는 이를 드러내고 쓰러진 여자의 위로 몸을 드리웠다. 하지만 공격하는 것이 아니라, 길들여지지 않는 맹수가 여자를 보호하는 모양새였다. 그 외에 공격 의사는 없어 보였지만, 그녀는 총구를 겨눈 자세 그대로 그 너머의 어둠을 주시했다.

무언가가 있다. 무언가 섬뜩한 것이…… 본능이 시끄럽게 경고하고 있었다.

"거기 있는 거 알아. 나와."

슛―

어둠 속에서 옅게 은빛이 스쳤다. 그리고 자박……. 카펫을 스치는 구둣발 소리가 들렸다. 그 소리의 주인은 밤의 정령의 화신(化身)인듯, 그늘 속에서 형체를 갖추며 걸어 나오기 시작했다.

이내 달빛 아래 나서는, 비스듬하게 드리운 장도를 든 남자를 마주한 그녀는 또 다른 의미에서 놀라고 말았다.

"키츠카…… 씨?"

그는 살짝 고개를 끄덕였고, 그제야 그녀는 총구를 조금 내리고 난색 어린 웃음을 지었다.

"방문하겠다는 연락은 받았지만 이런 시각에 이렇게 오실 거라고는 생각지 못했군요. 문은 이쪽이 아닌데요."

"사과하지. 일이 좀 틀어졌다."

그녀는 잠깐 바깥의 소리에 귀를 기울였다. 개가 짖어대는 소리를 제외하고 다른 소리는 없었다. 하지만 기척이 느껴졌다. 한 걸음, 두 걸음, 교활한 뱀처럼 빠르게 이쪽으로 가까워지는 특유의 진동파가.

철컥!

그녀가 그쪽으로 파르란 총부리를 돌린 순간이었다. 키츠카 덕분에 훤히 뚫려 있는 창가에, 검은 인영이 나타났다. 그녀는 주저 없이 방아쇠를 당겼다.

타앙!

새빨간 불티가 폭발하고, 굵직한 탄환은 정확히 인영을 맞혔다.

파사삭!

잿빛의 재가 느릿한 밤바람을 타고 물꼬를 타듯이 흩어졌다. 하지만 안도의 한숨을 내쉴 새도 없이 두 번째 인영이 안으로 뛰어 들어왔다.

철컥! 타앙!

그녀가 발포한 탄환을 피한 인영은 허공으로 뛰어올랐다. 그러나 이쪽이 채 어떤 반응을 보이기도 전이었다. 횟— 마술사가 손짓하여 허공이 물결치고 지나가자마자, 크르릉! 어둠 속에서 그림자가 일어났다. 그림자 개, 흡사 하데스의 파수견인 듯한 이

영의 생명체는 울부짖으며 적을 향해 도약했다. 그리고 그대로 바닥에 내리꽂아 피 대신 재가 낭자한 살육을 벌였다. 재는 덧없이 흩어지고, 그림자는 다시 어둠으로 녹아들어 지옥으로 돌아가듯 사라졌다.

침묵이 잦아들자, 그녀는 작게 숨을 몰아쉬며 주변을 둘러보았다.

뱀파이어는 기본적으로 무리를 짓지 않는 종이다. 그런 뱀파이어가 무리를 지었다면, 그 사실이 의미하는 바는 단 하나.

저절로 시선이 바닥에 혼절해 있는 여자를 향해갔다.

"그녀로군요?"

그는 대답하지 않았다. 몸을 돌리며 검을 내리긋자 검은 허공에 녹아들어 사라졌고, 그는 정신을 잃은 여자의 상태를 확인해보았다. 그리고 기절했을 뿐이라는 확신이 들자 목과 무릎 뒤로 팔을 넣어 훌쩍 안아 올렸다.

"그래, 쿠인쿠에다."

그의 품속에 깊이 까라진 여자의 안색은 하얗게 표백되어 생명력이 조금도 없었다. 여자가 풍기는 것은, 보통 암브로시아들이 풍기는 절망의 향기 같은 것이 아니었다. 그래도 못다 핀 꽃봉오리의 풋풋한 내음을 가진 그녀들과 달리, 여자는 깨어져 버린 알처럼 서글픈 파열의 기운을 내뿜었다.

믿기지가 않았다. 이 여자가 정말 암브로시아라니……. 하지만 그녀가 놀란 이유는 따로 있었다.

그녀가 기억하는 'D. 키츠카'는, 어딘지 결벽증적인 이미지를 지닌 방관자였다. 합성된 이미지처럼 다른 이들과 한 프레임 안에 있어도 섞이지 않았다.

이질감, 정확히 무어라 설명하기는 힘들지만 다비드의 그림에 옮겨놓은 고갱의 색채처럼.

유령에 가까웠던 그가 누군가를 건드리는 모습조차 본 일이 없었다. 그런데 이것은, 이질과 이질이 뒤섞여 강렬한 감정의 소용돌이를 일으키며 마침내 하나의 형(形)으로 변해가는, 광활한 인간 내면의 우주를 단면으로 잘라놓은 고흐의 그림을 두 인간의 형태로 옮겨놓은 것만 같았다. 거장의 명작에서 풍겨오는, 고요함 속에 몰아치는 폭풍의 공기가 그들에게 있었다.

"키츠카 씨, 대체 그간 무슨 일이 있었던……."

그런데 갑자기 뒤쪽에 인기척이 나타났다. 그리고 불쑥 다가온 팔이 그녀를 안아 들었다. 아무리 가벼워도 성인의 몸이건만, 사라졌던 것만큼 갑자기 나타난 남자는 깃털 하나 들듯이 했다.

남편의 이런 행동이 별로 낯설지는 않지만 뭔가 싶어 쳐다보자, 그는 조용한 푸른 눈으로 말했다.

"맨발로 서 있지 마라."

그에 아래를 내려다보니, 급한 김에 슬리퍼도 신지 않은 맨발이 썰렁하게 드러나 있었다. 이쪽이 맨발이라면 그는 맨발에 웃통까지 벗고 있는 상태였지만, 지적하기 전에 그가 키츠카를 돌아보았다.

"잡스러운 것을 꽤나 주렁주렁 달고 왔더군."

"모두 처리했나?"

"친구들이었다면 미안하군."

키츠카는 훤히 뚫린 창문 너머 먼 곳을 잠깐 응시했다.

"성자는 놓쳤군."

남자의 눈매가 희미하게 움직였다.

"성자, 라고?"

"먼저 좀 눕혀도 되겠나?"

키츠카는 품 안의 여자를 보았다. 며칠간 제대로 휴식을 취하지 못한데다 먼 길을 오는 와중에 당한 기습 공격에 많이 놀랐는지 얼굴에는 핏기 한 점 없었다. 원래부터 마른 몸은 팔에 기분 좋은 무게감조차 되지 못했다.

육신에 가장 무게가 나가는 부분이 있다면 바로 생명일까. 빈 대롱처럼 허허로운 무게는 오히려 망자의 것에 가까웠다.

그녀를 이 극한까지 몰고 온 남자는, 그저 그녀가 지금이나마 편한 꿈을 꾸길 바랄 뿐이었다.

2

높이 솟은 창문을 넘어 햇살이 따사롭게 찾아들었다. 빛 그림자를 그리며 물결치고, 바람결에 창가의 커튼이 팔락였다. 그리고 무언가가 눈앞에서 기웃거렸다. 하지만 귀희는 선뜻 눈을 뜰 수가 없었다. 정신이 아직 몽롱한 꿈과 현실의 경계를 헤매고 있었다.

"얘, 깨겠다."

"이모, 요정이야?"

낭랑한 아이의 목소리가 물었다.

"마마만큼 예뻐."

"흠, 너희 아빠가 들으면 화낼걸. 그나저나 너 숙제는 다 끝내고 여기 와서 요정님 구경하고 있는 거야?"

"웅! 파파가 도와준댔어. 근데 이모, 아저씨도 그림 잘 그릴까?"

"아저씨? 누구?"

"요정님하고 같이 온 왕자님!"

바로 웩, 하고 적나라한 소리가 들려왔다.

"그게 뭐가 왕자님이니? 너 시력 검사 좀 받아봐야 하는 거 아니냐?"

"아저씨 멋있어!"

"그러니까…… 아효, 됐다. 내가 너한테 뭔 소리를 하겠니. 너한테야 겉가죽만 그럴듯하면 장땡이지. 앤 누굴 닮아 이렇게 남자 얼굴을 밝힌담?"

아무리 조용해도 계속되는 소리에 귀희는 몸을 뒤척였다.

"어, 깼다!"

"깨웠다고 혼나겠다! 도망가자!"

다급하게 멀어지는 소리가 들리고, 귀희는 뻐근한 눈꺼풀을 밀어 올렸다. 얼핏 트인 시야로 빨간……. 그래, 아주 작은 빨간 에나멜 구두가 경쾌하게 멀어졌다. 하지만 완전히 눈을 뜨고 멍하니 주변을 둘러보았을 때는 아무도 없고, 무엇이 왔다 갔는지 커튼만이 팔랑팔랑 흔들리고 있었다.

낯선 곳이었다. 깨끗한 하얀 시트가 씌워진 침대에 반대편에는 한적한 시골 풍경을 묘사한 그림이 걸려 있고, 러그 위에 단아한 테이블과 의자가 놓여 있었다. 하지만 다른 물건이 없는 것으로 보아 누군가의 방은 아닌 것 같았다.

여긴 대체 어디…….

주변을 둘러보아도 키츠카는 보이지 않아 몸을 일으켰다. 그리고 방을 나가 복도를 둘러보았지만, 그의 행방을 물을 만한 사람도 보이지 않았다. 결국 조금 고민하다 그냥 끌리는 곳으로 걸음을 옮겼다.

저택은 뭐랄까, 웅장한 크기가 주눅이 들 만큼 권위적이기는 한데, 동시에 묘하게 사랑스러운 곳이었다. 구석구석에 정성스러운 손길이 닿아 있는 게 보이기 때문일까? 시골의 할머니가 꾸민 소박한 집처럼 평온한 공기가 가득했다. 그리고 벽의 파스텔 빛 색감이나 온화한 풍경의 그림들 탓도 있었겠지만, 아마 간간이 장식품 아래에 놓여 있는 장난감 자동차나 스케치북, 발치에 걸리는 크레용 때문에 더 그리 보였을 것이다.

그래, 잠결에 아이 목소리를 들은 것도 같았다.

탁.

귀희는 신음을 삼키며 옆의 벽을 짚었다. 갑자기 속이 좋지 않았다. 격렬한 파도 위에 탄 듯이 울렁울렁 흔들려 왔다. 떨리는 입술을 꾹 깨물고 가까스로 역겨운 욕지기를 삼켜 넘기자 이마를 타고 식은땀이 흘러내렸다.

뭔가…… 뭔가가 있어…….

숨이 막히도록 거대하고 강한 무언가가 주변에 있었다. 그 정체를 알 수 없는 것으로부터 첩첩이 퍼져 나오는 충격파 같은 무형의 기운이 그녀를 힘들게 하고 있었다. 아니, 오히려 살아나게 하고 있다고 해야 할까. 도저히 무어라 하나로 정의할 수 없는 힘이 전신을 관통했다.

귀희는 비척대며 걷기 시작했다. 뭔가에 홀린 듯이 얼마나 걸었을까. 양쪽으로 열려 있는 문이 나타났다.

그 너머에 있는 공간은, 방보다 회장이라는 단어가 어울리는 곳이었다. 그리고 그곳의 중앙에 덩그러니 놓여 있는 소파에 사람이 앉아 있었다.

두근…….

심장이 묘하게 떨려왔다. 익숙한 무언가를 느낀 듯이.

그가 뒤돌아 앉아 있었기 때문에 거의 황금색에 가까운 독특한 금발을 가진 남자라는 것밖에 알 수 없었다. 그런데 그는 발걸음 소리를 들었을 텐데도 뒤돌아보지 않았다.

그득 흘러넘치는 햇살 때문이었을까? 아니면 갖가지 아이 물건들로 인한 알록달록한 색채 때문이었을까. 어딘지 꿈처럼 아련하고 몽롱한 느낌이었다. 혹시 아직 꿈을 꾸고 있는지도 몰랐다. 얼굴이 보이지 않는 남자가 고급스러운 벨벳 소파에 앉아 있는 모습부터 꼭 정지한 그림 같았다. 하지만 소파 옆의 간이 탁자 위에 있는 찻잔에서 김이 피어나는 걸로 보아 시간은 제대로 흐르고 있었다.

팔락…….

문득 남자의 어깨가 조금 움직이고, 책장이 넘어가는 소리가 들려왔다.

찌릉찌릉…….

뒤따라서 소파 아래, 남자의 구둣발 옆으로 장난감 기차가 달려 나왔다. 그리고 소파 아래로 자그마한 머리 하나가 쏙 내려왔다. 초롱초롱한 검은 눈동자가 귀여운 사내아이, 그다음으로 인형 같이 생긴 금발의 여자아이가 소파 등받이 위로 고개를 내밀었다.

드디어 남자가 고개를 돌렸다.

"이름은?"

귀희는 흠칫했다. 지나치게 선명한 푸른 눈동자가 왠지 모를 두려움을 자아냈다. 그도 그렇지만, 아이들과 같이 있는 모습이 이상해 보일 정도로…… 뭐라고 해야 할지……. 그래, 무서워 보이는 남자였다. 외형적으로 뛰어난 것은 분명하지만 단순히 미남이라고 하기에는 위압감이 있었다.

"쿠인쿠에……."

"숫자 따위 아무래도 좋아. 본명."

그 눈빛 앞에 대답하지 않을 수가 없었다.

"백…… 귀희예요."

"한국인인가?"

"예."

푸른 눈이 그녀를 죽 훑었다. 아마 그 눈에 비치는 자신은 귀신처럼 창백한 얼굴을 하고 있으리라. 어느새 욕지기는 조금씩 잦아들었으나, 아직도 정체를 알 수 없는 고동 같은 울림이 전신에 물결쳤다.

"와서 앉아."

더는 서 있기가 힘들어 귀희는 그 청을 거절하지 않았다. 주춤거리며 다가가 반대편 소파에 앉았다. 남자는 삐뚤빼뚤한 아이의 그림이 그려진 스케치북을 보고 있었는데, 눈길이 너무 진지해서 뭔가 비밀 암호라도 적혀 있는 걸까 싶었다.

"저…… 베르티 씨이신가요?"

베르티 저택이라고 했으니 아마 베르티 성을 가진 사람들의 집일 터.

"맞아."

남자는 스케치북을 다음 장으로 넘겼다. 그러자 옆에 있는, 남자의 핏줄이 분명한 금발벽안의 여자아이가 빨간 에나멜 구두를 신은 발을 달랑이며 '파파! 이건 뭔 줄 알아요?' 하고 스케치북에 그려진 정체불명의 물체를 짚었다. 남자는 바로 '사자' 하고 대답했고, 여자아이는 '히―' 하고 웃었다. 그 장난스러운 눈에는 그라면 알아줄 줄 알았다는 신뢰가 가득했다.

"이류…… 이시죠?"

보통 얼핏 봐서는 인류와 이류는 구별이 되지 않지만, 왠지 이 남자는 '이류'일 거라는 확신이 들었다. 이렇게까지 압도적인 분위기는 도저히 인간으로는 보이지 않았다.

아니, 알 수 있었다. 이 사람이다, 라고.

그녀를 불렀던, 무엇인지 알 수 없는 존재가 이 남자였다. 아니면 그가 가지고 있는 무언가가…….

"그렇지."

"어떤……?"

그는 어딘지 키츠카를 떠올리게 하는 무표정으로 그녀를 보더니, 입매를 말아 올리며 사악하게 웃었다.

"뱀파이어."

귀희는 확 몸을 물렸다. 그리고 번뜩 허리를 짚은 순간에, 그에게 한껏 쏟아지고 있는 햇빛을 깨달았다.

"그런 농담은 삼가주세요."

남자는 피식 웃을 뿐이었다.

"루카 베르티라는 이름, 들어본 적 없니?"

갑자기 들려온 다른 목소리, 귀희는 고개를 들었다. 늘씬한 금발의 미녀가 햇살을 가르고 다가오고 있었다. 그야말로 절정의 굴곡을 그리는 몸매는 걸을 때마다 관능적인 물결을 타고, 황홀한 청록색 눈동자에 도톰한 입술은 타고난 요부의 선을 그렸다.

묘한 것은, 한눈에 봐도 값비싼 명품 원피스를 늘씬하게 빼입은 미녀가 손에…… 산탄총을 들고 있었다.

어딜 봐도 사격을 다녀왔거나 하는 차림은 아니었는데, 꼭 핸드백이라도 들듯이 산탄총을 들고 있는 모습이 너무나 자연스러워 오히려 총 모양을 한 핸드백이라도 되는 걸까 싶어졌다.

"예?"

"아 참, 넌 아웃사이더로 자랐지. 들어본 적 없겠구나."

다가온 여인은 남자가 앉은 소파의 등받이에 손을 짚었다. 가볍게 상체를 숙인 자세에 깊숙이 팬 브이넥 사이로 아찔하게 깊은 가슴골이 드러났다.

"지금이야 은퇴한 지 오래된 퇴물이지만 한때는 꽤 날렸지. 이래 봬도 이 바닥에 유명한 헌터였거든. 그렇지, 달링?"

여자인 자신이 지켜보는 것만으로도 가슴이 울렁거리는데, 남자는 조금도 영향을 받지 않는 무감동한 얼굴이 감탄스러울 지경이었다.

"아, 안녕하세요, 베르티 부인."

왜인지, 그녀는 갑자기 목을 젖히고 깔깔 웃기 시작했다. 반면 남자는 슥 귀희를 보더니 절대 0도를 기록하는 차가운 음성으로 말했다.

"그만큼 눈치가 없으면 죽을 수도 있어."

귀희는 바짝 얼어붙었다. 자신이 굉장히 잘못한 건 알겠는데, 뭐가 잘못됐는지 알 수 없었다.

"멋대로 위협하지 않아줬으면 좋겠군."

반색하며 돌아보자, 키츠카가 거실로 들어서고 있었다. 귀희는 얼른 이 어색한 자리에서 벗어나 그에게로 가기 위해 일어서려다, 멈칫했다. 키츠카는 한 여인과 함께 있었다.

여인은 사랑스러웠다. 진주색 실크 블라우스에 회색 정장치마는 늘씬한 몸태를 오롯이 내보이고, 윤기가 흐르는 스타킹에 감싸인 늘씬한 다리는 발레리나처럼 경쾌하고도 가벼웠다. 부드러운 입술, 시원한 콧대, 연하게 휘어지는 눈매…… 숨이 더럭 막혀왔다. 자신보다 나이가 많음이 분명한데도 몹시 사랑스러워 눈물이 날 것만 같았다.

말랑말랑하고 따스한 진주가 있다면 이런 느낌일까.

존재하는 것조차 기적처럼 느껴지는 여인이었다. 단순히 예쁜 여자는 지면으로라도 많이 봐왔지만, 이토록 신적인 아름다움은 처음이었다. 하지만 무엇보다…….

그리웠다.

본능처럼 그런 생각이 들었다. 초면인데도, 어머니를 만난 것처럼 강렬한 그리움과 경외심이 북받쳤다. 이유는 몰라도, 그녀가 자신과 같은 동양인이라는 사실만으로는 이런 비정상적으로 열정적인 감정이 일어날 리가 없었다.

키츠카와 함께 다가오던 여인은 가볍게 멈춰 섰다. 그리고 그녀 또한 이 벅찬 그리움을 공유하는 듯, 가만한 미소를 지었다. 창을 넘어 들어오는 햇살을 받아 진정 여신인 양 찬란한 빛을 발했다.

아마 그녀에게 달려가 가슴이 터지도록 강하게 끌어안았을 터이다.

"마마!"

만약 먼저 뛰어나간 존재가 없었더라면.

아이들은 신나게 달려가더니 그녀의 다리를 덥석 안았다. 그녀는 미소로 화답하며 아이들을 쓰다듬어 주고 뒤따라온, 집사로 보이는 노신사에게 말해 아이들을 데려가게 했다. 그리고 이쪽으로 걸어왔다.

딱딱하게 굳어 있는 귀희의 앞으로, 땀이 난 손으로 만지기 미안할 만큼 고운 손이 다가왔다. 약지에 백금의 다이아몬드 반지가 햇살을 받아 반짝거렸다.

"혼자 이 사람을 상대하느라 고생했어요. 반가워요, 베르티 부인이에요."

귀희는 '아……' 소리를 냈다. 이제야 왜 남자가 자신의 말에 과민반응을 했는지 알 수 있었다.

"처음 뵙겠습니다."

"일단 소개부터 하죠. 이쪽은 루카 베르티. 제 남편이고, 이쪽은 에블린……."

그녀는 고개를 돌리다가 그제야 여인이 들고 있는 산탄총을 발견하고 미간을 찌푸렸다.

"에블린, 그건 어디서 찾았어?"

"네 책상 밑에서."

"후…… 어떻게 찾았는지는 입 아프니까 묻지 않을게. 뜬금없이 왜 가져온 거야?"

선뜻 대답은 없이, 나긋한 손길이 아이를 어르듯 산탄총을 쓸어갔다. 그 자체만으로도 꽤나 값비싸 보이는 것이었는데, 윤기를 흘리는 무기는 코끼리도 단 한 방에 잡을 수 있을 것처럼 무시무시했다.

"아아……."

에블린은 싱그럽게 웃으며 느리게 말을 끌었다.

"쏴 죽일 게 있어서."

세상의 모든 시간을 가진 것처럼 여유롭던 그녀의 분위기가 급변했다. 나른한 눈매에 시퍼런 살기가 펄떡이며 살아났다. 그리고 순식간에 슬라이드를 당기며 어깨에 개머리판을 제대로 대고 총구를 겨누었다.

그 끝에는, 키츠카가 무심히 서 있었다.

"역시 널 살려두는 게 아니었어."

잇새로 말을 짓씹은 에블린은 바로 방아쇠를 당겼다. 타앙! 폭음과 함께 터져 나간 탄환이 향하는 곳은, 머리.

"……!"

너무 순식간에 일어난 일이라 어떤 반응도 보이지 못하고 있는 앞에, 표적이 된 남자는 두개골 따위 무른 사과처럼 박살 내버릴 탄환이 바로 지척까지 다가왔는데도 움직이지 않았다. 그런데 표면과 표면이 닿기 바로 직전, 탄환이 공기의 어느 지점인가를 통과했을 때 멈추었다. 그리고 허공에서 파문을 퍼뜨리며 그를 비춘 거울인 듯이 얇은 경계 너머로 사라졌다. 그 무형의 벽이 다른 세계로 통하는 입구였던 것처럼.

그것은 그야말로 찰나, 에블린은 공격이 통하지 않자 분해하면서도 바로 다음 공격을 위해 방아쇠에 손가락을 걸었다.

타악!

"그만두세요!"

귀희가 온몸으로 그녀를 밀쳤다. 가느다란 하이힐을 신고 있음에도 에블린은 그저 한 걸음 물러났을 뿐이지만, 잠깐 당황해하는 기색이더니 곧 사나운 열화를 토해냈다.

"너도 잘한 것 없어! 역의 개화 따위를 해!"

손이 하늘 높이 올라갔다. 다가올 타격을 예상한 귀희는 질끈 눈을 감았다.

휙— 타악.

하지만 앞에 기척이 느껴진 순간, 날아오던 것도 멈추었다. 눈을 뜨자, 두 맹수가 대치하고 있었다. 키츠카만큼이나 키가 큰 여인은 잡아먹을 듯이 그를 보았다.

"아무리 조직을 나갔더라도 암브로시아에 대한 일말의 예의는 지키시죠."

에블린은 거칠게 제 손목을 그의 손아귀에서 잡아 뺐다.

"그러는 넌 암브로시아를 존중해서 이 꼴로 만들어놨니? 잘도 경고를 무시했겠다. 내가 분명히……."

"환술 마녀……."

진하게 울려 나오는 목소리가 조용히 퍼졌다. 모두 그 발원지를 돌아보았다. 이 와중에도 아직 태연히 앉아 있는 유일한 인물, 루카가 키츠카를 똑바로 쳐다보고 있었다.

"여자는 더러 봤는데, 남자는 처음이로군."

"남자의 비율이 낮으니까."

"특히 나하쉬는 말이겠지?"

귀희는 흠칫했지만, 여전히 키츠카는 표정에 변화가 없었다.

"박수를 쳐줘야 하나?"

"알 만해. 나하쉬는 유혹의 명수지. 뭐…… 그쪽은 내가 아는 나하쉬의 이미지와는 좀 다르지만, 나하쉬라면 성녀도 창녀로 만들 수 있다 하니 어린 암브로시아쯤이야."

뭐랄까, 그는 전혀 단어를 고르지 않고 말하는 사람이었다. 딱히 거친 말을 쓰는 것도 아니었는데 그 무겁고 단단한 금속을 떠올리게 하는 목소리 탓인지, 예리한 얼음 칼 같은 눈빛 때문인지, 귀희는 그가 말만 했을 뿐인데도 키츠카의 뒤로 숨고 말았다.

"그런데…… 그래서? 분명 아라는 더 이상 조직에 관여하지 않는다고 못 박았을 텐데."

"루카."

아라가 그러지 말라는 듯 불렀지만, 루카는 그만두지 않았다.

"이제 와 찾아온 그 대단한 이유가 뭐지?"

키츠카는 귀희를 끌어당겼다. 하지만 갑자기 사람들 앞에 나서게 되어 불안해진 귀희가 옷소매를 잡고 놓지 않자, 손을 잡아주었다. 귀희부터 그 기대치 못한 행동에 놀랐고, 에블린은 반대하는 시어머니 앞에서 애정 행각을 벌이는 커플을 보듯 눈썹을 꿈틀거렸다.

"이 아이는 이제 열아홉이다."

모두 알고 있는 이야기였음에도 귀희를 바라보는 눈들에 어쩔 수 없는 의심이 있었다. 그도 그럴 것이, 운동화에 청바지, 티셔츠와 카디건을 입고 있을 뿐이지만, 이제는 사람들의 시선보다 제 손을 잡은 남자의 손이 더 신경 쓰이는 것 같은 여자는 완벽한 '여인'이었다. 육체적으로 인생에서 가장 눈부신 절정기를 맞아 생명력과 탄력이 흘러넘쳤다.

어쩌면 조금 과할 만큼.

"이름은 백귀희, 한국인이고 다섯 번째 암브로시아지. 처음 발견된 건 한 살 때, 발견자는 2대 전 셉텝, 아비게일 델 라 크루즈였다."

아라의 눈이 어두워졌다.

"부모님은 살아남지 못했겠군요."

"그래. 뒤이어 아비게일이 살해되고 아이는 고국의 양부모에게 맡겨졌는데, 화재 속에서 실종되었지. 그리고 작년에 쿠바에서 다시 발견되었다."

"그리고 조직으로 인도되었고요?"

키츠카는 고개를 끄덕였다.

"그리고 보다시피 역의 개화를 했지."

"역의 개화……. 그런 게 가능한 줄 몰랐어요."

"아무도 몰랐지만 가능하더군. 이 아이는 이제 길어야 한 달밖에 살지 못해."

내쉬는 숨 한 번에도 수명이 빠져나갈 것이다— 라고, 장로는 경고했다. 그리고 '에너지가 고갈되기 시작할 때' 모든 것이 시작될 거라고 했다. 죽음으로 향하는 모든 것이…….

"그런……. 제가 뭘 도울 수 있죠?"

진지한 얼굴로 묻는 아라는 정말 진심을 다해 귀희를 걱정하고 있고, 또 도움이 된다면 어떤 일이라도 해주려는 듯 보였다. 전혀 거짓 없는 진심임을 알 수 있었다. 그런데 어떤 생각이 머리를 스친 순간, 귀희는 천천히 고개를 들었다. 그리고 주변을 둘러보았다.

그러고 보니, 자신은 어떻게 여기까지 온 거지? 그러니까 아침에 일어났고, 키츠카는 가볼 곳이 있다고 했다. 그래서 약 이틀 정도 차로 이동했고…….

"이 아이를 살려줘."

키츠카는 가타부타 에두르지 않고 단도직입적으로 내질렀다. 역시 그 성격대로였다.

"세상에, 정말 키츠카 씨가 맞나요? 제가 아는? 놀랍다고 해야 할지, 황송하다고 해야 할지. 하지만 죄송해요. 그럴 수만 있다면 당연히 돕겠지만 저도 어떡해야 할지는……."

"아니, 넌 할 수 있어."

아무리 그라지만 지나친 단언에 귀희는 키츠카를 돌아보았다.

"하지만 키츠카 씨, 베르티 부인께서 신도 아닌데 어떻게……."

갑자기 공간의 공기가 변했다. 정확히 무어라 할 수는 없지만 굉장히 불편한 공기로.

귀희는 의아해져 각자를 둘러보았다. 무표정한 루카, 인상을 잔뜩 쓴 에블린…… 그리고 그녀를 응시하는 키츠카.

귀희는 키츠카가 시선을 옮긴 방향을 따라 고개를 돌렸다. 그 끝에는, 차분한 아라가 있었다. 흐트러짐 없이 앉은 자세에 치마 위로 맞잡은 손, 검은 눈동자는 그 영혼으로부터 뿜어져 나오는 빛을 비추듯 한없이 다채로웠다.

정말 이토록 아름다운 존재는 본 적이 없다…….

외모만 아니라, 이렇게 응시하고 있노라면 흐드러진 도화 나무 사이를 걷는 것처럼 뭉클 풍겨오는 내음과 향기로운 존재감을 느낄 수 있었다.

대체 그녀는……?

"그녀는 신이다."

"네?"

키츠카는 늘 그렇듯 진지했다. 아니, 그 어느 때보다도 더.

"여신 암브로시아."

3

갑작스럽게 현기증이 일어 세상이 핑글 돌았다. 다리가 꺾여 주저앉고 말자, 키츠카가 바로 그녀를 받아 안았다. 순식간에 주변이 소란스러워지고, 귀희는 키츠카가 부축해 주는 대로 의자에 앉았다.

"괘, 괜찮아요. 그냥 갑자기 조금······."

"숨을 크게 쉬어봐."

키츠카는 앞에 한쪽 무릎을 꿇고 앉아 말했다. 언제나 흔들림이 없는 남자의 눈 속에 고인 걱정에 귀희는 가슴이 먹먹해져 왔다. 이제는 그가 더 이상 숨기지 않게 된 것인지, 자신이 깨달아볼 수 있게 된 것인지, 왜 일찍 이런 눈빛을 보지 못했는지······.

"괜찮아요. 너무 예상치 못한 말이라서 좀 아찔했나 봐요. 근데 신이라고요? 그것도…… 여신 암브로시아?"

아라는 수많은 감정이 곤죽된 얼굴로 키츠카를 보고 있었다.

"여전히 모르는 게 없군요. 어떻게 알았죠? 기밀 정보일 텐데요."

"내가 어떻게 알았는지는 중요하지 않아."

아라는 잠깐 침묵했다.

거목, 과연 그런 남자였다. 그것은 오랜 세월을 버티며 변화하는 삼라만상을 모두 지켜봐 온 존재, 하지만 나무는 그저 존재할 뿐 간섭하지 않는다. 오로지 지켜보기만 할 뿐…….

그 같은 관찰자에게는 선의도, 악의도 없어 다른 이들은 욕심의 괴물로 만들어 버릴 보물섬의 지도조차 한갓 종잇장에 불과했다. 제 나뭇가지에 앉은 작은 새를 위해서가 아니었다면 결코 행동하지 않았을 터.

그렇지 않았다면, 목숨을 걸고서라도 이 비밀을 지켰을 장로가 방관하고만 있었을 리 없었다. 아니면 모자간의 정에 의해 고의로 정보를 유출한 것일 수도 있겠지마는, 제 신념을 위해 맹세의 제단에 심장을 바친 전사에게 그런 말랑한 감정이 남아 있기나 할까 싶었다. 장로가 그런 사심에 흔들리는 사람이었다면 암브로시아들은 여기까지 살아남지도 못했을 것이다. 하지만 설사 그렇다 하더라도…….

그녀는 초조하게 자신을 지켜보는 귀희를 보며 마침내 결심하고 의연히 고개를 들었다.

"좋아요. 아까 소개를 하다 말았죠. 전 아라 베르티, 조직에서는 아라 바이어스라고 알려져 있죠. 전대 셉템이었고요."

아라 바이어스……. 그 벽감의 주인. 귀희는 깨달았다.

"나는……."

아라는 손을 뻗었다. 허공에 내밀어진 그 손을 큰 손이 맞잡았다.

"힘을 얻었죠. 아니, '다시' 힘을 얻었다고 해야겠군요."

"힘이라면……."

"그래요. 영생과 불사, 우리의 선조가 잃었던 그 힘을."

아비게일이 그랬듯이.

하지만 복마전의 절망 끝에 강제로 영생자가 된 아비게일과 달리, 그녀는 물이 흐르듯, 산이 깨어나듯, 그렇게 자연스럽게 자신의 안에 내재된 힘을 깨달아 그것과 혼연일체가 됨으로써 재탄생한 것이다. 신에 가장 가까이 다가선 자— 불멸의 신령으로서.

그 사실은 그녀가 남편과 서로 맞잡은 손에서, 대지에 굳건한 나무와 같은 신뢰와 애정을 담은 눈빛에서 알 수 있었다. 한 뿌리에서 시작된 그 맞잡음만큼이나 그들 안에 고요히 맴도는 힘의 근원은 같았다.

"하지만 신이 되었다는 건 상징적인 의미일 뿐, 난 아가씨와 같아요. 인간으로 태어났고, 지금도 인간이죠. 특이한 게 있다면 그저 내가 원할 때까지 살 수 있다는 것 정도랄까요."

"하나 더."

키츠카는 덧붙였다.

"빼앗아간 자들에게 영생과 불사는 그저 자신의 안에 갇힌 힘일 뿐이지만, 암브로시아는 달라. 너희들은 그것을 나눠줄 수 있지."

귀희는 문득 장로의 방에서 보았던 천장화를 떠올렸다.

금빛의 관을 쓴 여신이 부처처럼 발치에 모여든 중생들에게 성찬을 나눠주고 있던 그림.

그건 단순한 상징이 아니었던 것인가. 하지만 도대체 그는 이 모든 것을 어떻게 알고 있는 걸까 아연해지는데, 루카가 얼핏 인상을 썼다.

"무례한 남자군. 십수 년 만에 연락해서 문도 아닌 창문으로 뚫고 들어오더니, 덥석 영생을 달라? 내 아내는 자판기가 아니다만."

"대가는 얼마든지 지불하지."

"영생에 대한 대가가 어떤 게 될 수 있을지 나도 궁금해지는군."

아라는 남편의 다리를 꾹 쥐어 그만하라는 사인을 보냈다.

"두 분을 돕고 싶어요. 진심으로 그래요. 하지만 할 수가 없어요. 어쨌든 지금 당장은요. 나중에도 확실하지 않고요. 그게 뭐랄까…… 힘을 나누려면 특별한 조건이 필요한 것 같더군요."

"그 조건은?"

"애정이요."

생각지도 못한 조건이었을까. 키츠카는 말이 없었다.

"그것도 정확하진 않아요. 애정, 사랑, 존경, 또는 이 힘을 나눠주려는 강렬한 확신…… 그 어떤 걸 수도 있어요. 개화할 때 조건이 그렇듯이 말이죠. 다만 확실한 건, 제가 진심으로 아가씨를 가까이 느끼고 이 힘을 나눠주고 싶다고 생각해야 한다는 거죠. 그것도 제가 하고 싶을 때 늘 할 수 있는 게 아니라, 저 또한 일종의 '신적인 영역' 같은 걸로 들어가야만 하더군요. 의식의 한 단계 위라고 해야 할까."

"세상이 그렇게 쉬운 게 아니지."

루카가 거든답시고 한 말에 아라는 고개를 절레절레 내저었다.

"이 사람 말은 무시해요. 어제 일로 조금 꼬여 있거든요. 원래 이렇게 꽁한 성격이 아닌데……."

"어제 일이요?"

"큰일은 아니에요. 저희 딸이 어제 깨진 창문을 구경하다가 손을 베었거든요."

"어제 깨진 창문이라면……."

쿠웅.

귀희는 움찔했다. 갑자기 뇌리를 때려오는 충격, 그것은 과거의 잔영이었다. 그들은 이틀 정도 차를 달렸고, 끝도 없이 이어지는 지평선에 어스름이 내려앉을 쯤 그녀는 저도 모르게 잠들었다. 그리고 사방을 울려오는 갑작스러운 소란과 충격에 잠에서 깨어났다. 그때 바로 눈앞에 있었던 것은, 번쩍이는 두 개의 형광색 고양이 눈.

하나가 아니었다. 뒤따라 달려오는 차에서 뛰어 내려는…….

뱀파이어들. 성자의 인형.

그들을 따돌리기 위해 정신없이 차를 몰다가 도로에서 이탈해

전신주에 들이받았고, 그때 충격으로 세상이 깜깜해지고서는 아무 기억이 없었다. 자신이 깨어 있었다고 해도 크게 도움이 됐을까 싶지마는, 그렇게 많은 적들을 상대로 자신까지 짐이 되어 키츠카도 꽤나 고생했을 터.

그 장면을 떠올리자 왠지 속이 좋지 않았다. 눈을 감고 꾹 명치를 누르자, 그 손을 가만히 감싸 쥐는 온기가 있었다. 눈을 뜨자 키츠카가 그녀를 가만히 응시하고 있었다.

"잠깐 손님방 좀 빌려도 되나?"

아라는 고개를 끄덕이고 바로 자리에서 일어났다.

"물론이죠. 따라오세요."

아무래도 좀 눕는 게 좋을 것 같았기에 귀희는 거절하지 않고 의자에서 일어났다. 아니, 일어나려고 자세를 잡았을 때 키츠카가 먼저 그녀를 안아 올렸다. 귀희는 깜짝 놀랐다.

"거, 걸어갈 수 있어요."

모두가 보고 있어 수줍어하며 저항했지만 키츠카는 그녀를 내려놓지 않았다.

"괜찮아."

'그날 밤'을 지내고 다음날 아침 눈을 떴을 때부터 달라진 그의 태도를 느끼고 있었다. 그렇다 해도 늘 그렇듯 일견 태도는 담담해 '예전에도 이랬었나? 아닌가?' 살짝 의아할 그 정도였다. 하지만 지금 확실히 알 수 있었다. 이제 그는 숨기는 게 없어졌다. 담담한 태도는 본래 성격이니 어쩔 수 없다고 해도, 맞닿는 손길은 더 이상 미온적이지도 무감각하지도 않았다. 그저 가만히 손대는 듯해도 숨기지 않는 열감에, 부끄러움을 참을 수 없었다.

가는 길을 안내하는 아라와 함께 두 사람이 거실 문 너머로 사라지는 동안, 에블린은 그 뒤를 복잡한 눈으로 지켜보았다.

"저건 틀림없이 그거군."

그런데 안 그래도 복잡한 마음에 불쑥 끼어드는 중얼거림이 있었으니. 에블린은 눈을 치켜들고 루카를 보았다.

"그거라니?"

"갑자기 순진한 척인가, 마녀?"

에블린은 가차 없이 '헐' 소리를 냈다.

"쟤, 저래 봬도 열아홉 살이라고! 아까 들었잖아?"

"넌 그때 처녀였나?"

에블린은 더 반박하지 못하고 '끙' 앓는 소리를 냈다.

"시끄러워."

이어 그녀는 휙, 공간에서 지워지듯 사라졌다. 그리고 나타난 곳은 처음 귀희에게 내주었던 방으로, 막 키츠카가 침대에 누운 귀희에게 물잔을 건네고 있었다. 아라는 한 걸음 떨어져 그들을 지켜보고 있었다.

키츠카는 물잔을 받아 옆 테이블에 내려놓고, 귀희를 눕게 하고는 이불을 덮어주었다. 그리고 가만히 그 머리를 쓰다듬어 주자, 그를 올려다보는 말간 눈에 맹목적인 신뢰가 가득했다.

그때 에블린은 키츠카를 보았다가 그 목덜미에 옷깃 사이로 얼핏 비치는 자색 상흔을 발견했다. 백 보 양보해도 손톱자국이라고밖에 볼 수 없는.

"둘이 잤니?"

툭 내뱉은 질문, 키츠카를 제외한 모두가 경악했다.

"에블린!"

특히 아라는 펄쩍 뛰었지만, 에블린은 떡하니 팔짱을 낀 채 당연한 권리를 행사하는 것처럼 대답하라며 위압적인 눈빛을 보냈다.

"귀희는 당신 딸이 아닙니다만."

차갑게 자르는 남자에 비해 귀희는 볼만 발갛게 붉혔다. 그런 것조차 숨기지 못하는 처녀의 수줍음은 고왔으나, 에블린은 인상을 온통 일그러뜨렸다.

"너, 자업자득이구나. 이건 거의 네가 자초한 일이야. 죽음을 바라지 않고서야 나하쉬와 관계 따윈 맺지 못하지. 너도 마찬가지야. 아비게일을 죽였으면 됐지, 암브로시아 하나만으로는 부족했니?"

그 말에 가장 먼저 반응한 이는 다른 누구도 아닌 귀희였다. 수줍어 눈조차 들지 못하던 태도는 거짓말이었던 것처럼, 발작적으로 반박을 토해냈다.

"아비게일은……!"

하지만 키츠카가 손을 내밀어 귀희를 막았다.

"분명 아비게일을 말리진 않았습니다. 하지만 아비게일에게 죽음은 축복이었습니다. 그녀에 대한 그리움의 울분을 제게 토하는 건 그만하시죠."

"뭐……."

그런 남자에게서 돌아오는 대답을 예상치 못했던 에블린은 당황하고 말았다.

내일 죽을 사람이 오늘 어떤 말을 들어도 신경 쓰지 않듯 여태 그는 어떤 비난에도 꿈쩍하지 않았었다. 그런데 지금은 꼭 내일 죽을 것을 알아도 끝까지 살아볼 결심을 한 사람처럼…….

그래, 이제야.

반면 귀희는 꾹 입술을 깨물고 분한 듯 말했다.

"아비게일 스스로의 선택이었어요. 그 짐을 키츠카 씨에게 전가하는 건 제발 그만둬 주세요. 만약 책임이 있었다고 해도, 키츠카 씨는…… 충분히 치렀어요."

"어떻게 잘도 길들였구나."

한동안 할 말을 찾지 못하던 에블린은 곧 분기를 씹어 내뱉듯 말했다. 그리고 몸을 돌리며 싸늘한 얼음여왕의 조소를 던졌다.

"아니면 잘도 너와 비슷한 여자를 찾아냈다고 해야 하나?"

침묵이 감돌았다. 결코 잘못을 했다고 생각하지는 않았지만 무례했음은 인정했기에 귀희는 사과했다.

"죄송해요, 베르티 부인."

이라는 난색 어린 웃음을 지었다.

"괜찮아요. 아가씨가 이해해요. 에블린이 거침없긴 해도 이렇게 막돼먹진 않았는데……. 에블린과 키츠카 씨 사이엔 풀 게 남아 있는 것 같군요."

"에키드나와 페나니까."

키츠카는 담담히 답했다.

"아무튼 일단 쉬어요. 자세한 이야기는 나중에……."

"괜찮다면 내일 떠나지."

키츠카는 딱 잘랐다. 여기서 영생을 얻을 수 없다면 더 이상 지체할 이유가 없다는 듯, 한시도 낭비하지 않겠다는 듯. 원래부터 그런 남자였지만 오랜만에 그를 대해서인지 아라는 조금 묘한 표정이 되었다.

"다른 방법은 있나요?"

"찾아야지."

"고작 한 달 안에요?"

"내일이라도 찾게 될지 모르지."

아라는 물끄러미 그를 보았다.

"당신답지 않은 낙관주의로군요. 정말…… 제가 알던 키츠카 씨가 맞는지 헷갈리네요. 그렇다면 이건 어때요? 당분간 이곳에서 지내는 게."

전혀 생각지도 못했던 제안에 귀희는 눈을 동그랗게 떴다.

"네?"

"같이 지내다 보면 제가 정말로 아가씨에게 영생을 주고 싶다고 생각하게 될지도 모르잖아요?"

"도박이군."

"별 뾰족한 수가 없잖아요. 그리고 끝까지 해보지 않고서는 저도 마음이 편치 않을 거고……. 아가씨의 상태는 점점 나빠지겠죠. 정착할 곳이 있는 게 좋을 거예요. 여기 방은 충분히 많으니까요. 원하신다면 두 분이 조용히 지낼 수 있는 곳으로 내드릴게요."

키츠카는 조용히 창문 너머를 응시했다.

금빛……. 강한 존재감이 느껴졌다. 하늘로, 지하로, 사방을 원형으로 감싸고 있었다. 언뜻 미약하여 존재조차 느낄 수 없으나 오히려 그렇게 위장할 수 있을 정도로 강력한 마력의 흐름이었다.

이것은 제피룸의 결계에 맞먹는 강력한 결계였다. 덕분에 이 저택은 핵폭탄도 견딜 수 있는 방공호와 다름없었다.

환각과 공간은 수족처럼 다루는 그이지만 애석하게도 결계를 칠 수 있는 능력은 없었다. 이런 상황에서 확실히 이만한 안전가옥은 찾기 힘들리라.

"베르티 부인께서는…… 반대하지 않으시나요?"

귀희는 주저하며 물었다. 사실 둘이 서로 사랑하건 말건 아라는 제삼자에 불과했지만, 다른 사람들은 둘에 대해서라면 말도 나오기 전에 반대부터 하고 봤기 때문에 조심스러운 물음이었다. 하지만 아라는 가볍게 웃었다.

"반대요? 제 바깥사람을 보세요. 저희라고 순탄했을까요. 저 사람은 걸어 다니는 재앙 수준이었어요."

귀희는 의중을 묻듯 키츠카를 돌아보았지만 그는 선뜻 대답이 없었다. 하지만 침묵이 긍정임을 알아챈 아라는 가분히 웃으며 몸을 돌렸다.

"쉬세요. 이야기는 내일 하죠."

그녀가 떠난 곳에 가벼운 침묵이 방문했다. 키츠카는 따뜻한 손 가득 그녀의 머리를 쓰다듬어 주고, 몸을 일으켰다.

갈 거야.

눈치챈 귀희는 얼른 그의 옷자락을 잡았다.

"같이…… 있어주면 안 돼요?"

재차 거부당했던 경험에서 오는 두려움일까, 애원을 담아 올려다보는 눈길이 자못 간절했다. 늘 당장에라도 눈물을 쏟을 것 같은 갈쌍한 눈망울이 그 연약함에 대조적이게도 남자의 심장을 죄는 속박이었다.

"응석받이군."

그렇게 말하면서도, 키츠카는 일어나 재킷을 벗었다. 그리고 옆의 의자 등받이에 걸쳐 두고, 침대에 누워 귀희를 가볍게 안았다. 그녀는 자연스럽게 그의 어깨를 베고 누운 자세가 되었다.

"기분이 이상해요."

그가 위에서 내려다보는 시선이 정수리에 느껴졌다.

"얼마 전만 해도 키츠카 씨를 만지면 큰일 나는 줄 알았거든요. 그런데 지금은 이렇게 나란히 누워 있으니까. 어쩌면 이렇게 된 게…… 그렇게 나쁘지만은 않은 것 같아요."

아니, 키츠카는 어떻게 생각할지 모르겠지만 귀희는 보다 못한 신이 부탁을 들어준 게 아닌가 싶었다.

"사실 키츠카 씨 없는 50년 따위 살고 싶지 않았어요."

"왜 50년이야?"

여기서 50년을 더하면 칠십밖에 되지 않으니 아무리 인간의 수명이라도 너무 짧다― 그런 의미인 듯했다.

"글쎄요, 그런 삶을 칠십까지만 살아도 많이 사는 것 같아서요."

만약 키츠카가 그때 떠났다면, 자신은 그를 잊고 살아갈 수 있었을까? 저 밖 어딘가에 그녀가 사랑하게 된 모습 그대로 살아 있다는 사실을 알면서도 아무렇지 않게?

살아 숨쉬는 한순간 한순간이 그리움의 농축일 뿐이라 천천히 말라갔을 것이다.

일평생의 그리움과 한 달의 행복……. 메피스토펠레스에게 영혼을 판 파우스트처럼, 무언가 엄청난 것을 맞바꾸어 버렸다는 생각은 들지만 도저히 후회는 되지 않았다. 물론 막 시한부 선고를 받았을 때는 그 좌절감에 분노까지 느꼈으나, 그와 함께 할 수 있게 된 지금의 심정으로는 한 달이 아니라 하루라도 맞바꾸었을 것이다. 그만큼 지금 그녀는, 행복했다.

"인간은 살아가다 보면 잊게 되어 있어."

"근데 왜 키츠카 씨는 잊지 않았어요?"

"난 인간이 아니니까."

귓가에 힘차게 울리는 심장박동은 그의 것이다. 인간보다 우월한 신체라서 늘 이렇게 정력적인지, 아니면 그녀가 그렇듯 맞닿은 온기가 못내 설레는 것인지, 조금 속도가 빠른 박동은 그가 살아 있음을 증명해 주었다. 이렇게 강렬하게 살아 있음을.

그에게도 심장이 있음을 일깨우기 위해, 그녀는 그 가슴을 가볍게 문지르며 시선을 맞추었다.

"하지만 그런 거 싫어요. 살기 위해서 잊을 수밖에 없는 거. 그건 잊는 게 아니에요. 참는 거죠, 죽을 때까지……."

큰 손이 다가와 머리카락을 쓸어 올렸다. 그리고 둥그런 이마를 타고 내려와 눈썹을 훑고, 손등으로 볼을 쓸었다. 흡사 장님이 점자를 확인하듯 변해 버린 윤곽을 더듬었다.

"참았을 거야, 이런 일을 겪게 했을 바에야."

서시의 환생과 같은 미모, 미처 몰랐지만 언젠가는 이렇게 성장했을 것이다. 하지만 지금은 개화기를 잘못 알아 겨울에 핀 꽃처럼 못내 애처로웠다.

"그래서…… 후회해요?"

대답은 없었다. 그는 한참 동안이나 그렇게 어루만지고 있을 뿐이었다. 마침내 그녀의 향기로운 정수리에 가볍게 입 맞추고 속삭였다.

"후회해야 하는데, 후회되지가 않아."

그녀는 목마른 식물처럼, 단비가 되어 내리는 속삭임을 한껏 들이마셨다. 그것은 잭의 마법 콩나무처럼 순식간에 자라나 영혼에까지 뿌리를 내렸다.

"착하지. 자라."

그와 더 이야기를 나누고 싶었지만 사실 오늘은 그럴 만한 상태가 아니었다. 그도 그것을 아는지 등줄기를 따라 부드럽게 어루만지고 등을 도닥였다. 맞닿은 온기와 가만한 손짓에 솔솔 잠기운이 몰려올 때쯤 드는 생각이 있어 그대로 물었다.

"그런데 키츠카 씨는 어떻게 그렇게 많은 것들을 알고 있는 거예요?"

"오래 살면 돼."

"그렇게 말하니까 엄청 늙은 것 같잖아요."

"인간 기준으로는, 난 적어도 네 6대 전 조상과 같은 나이니까."

그냥 육백 살이라고 말하는 것과 또 그렇게 말하는 것은 어감이 달라, 귀희는 할 말을 잃고 말았다. 그러자 키츠카는 흘긋 그녀를 내려다보고, 이리 물었다.

"후회해?"

후회하느냐고?

그를 볼 때마다 느끼는 이 벅찬 기분을 무어라 형용할 수조차 없었다. 그저 그녀가 살면서 모든 일을 잘못했더라도 단 하나 가장 옳은 선택이 있었다면, 그를 사랑한 것이다.

하지만 여유가 돌아왔는지, 피식 웃고 농담하듯이 말했다.

"후회한다면 물러줄 거예요?"

그는 그녀의 이마에 가볍게 키스하고 속삭였다.

"자."

그 버릇은 여전했다. 상대할 가치도 없는 소리에는 대답조차 하지 않는 버릇. 평소라면 그런 그가 못내 매정하고 섭섭했을 테지만—

그녀는 충동적으로 살짝 몸을 올려 그의 입술에 촉, 키스했다. 천천히 떼자 시선이 마주쳤다. 미감을 미혹하는 아오리 사과 빛 눈동자가 그녀를 응시했다. 야만적인 원시신의 제단에 바쳐진 처녀제물이 된 듯 움직일 수 없었다.

반드러운 윤광이 흘러 차가운 도자기 같은 남자를 홀린 채 바라보고 있자 그 손이 뒷머리를 감싸고 끌어당겼다. 녹진한 입술이 맞닿았다. 가볍게 입술을 깨물고 혀를 밀어 넣었다.

낙원에 숨어든 청사(靑蛇)가 부드러운 곳을 온통 헤집었다. 숨소리가 가빠오고 뭉클 침이 차올랐다. 점액으로 눅눅한 곳이 몇 번이고 마찰했다. 바스락거리며 시트가 울었다.

그런데 갑자기 그가 그녀를 살짝 밀어냈다. 얼핏 홍분의 그림자가 스치면서도 이성을 유지하고 있는 눈을 보며 그녀는 정신을 차렸다. 지나치게 몰입한 사이 어느새 그를 거의 올라타다시피 한 채였다. 하지만 무어라 변명하기도 전에, 그가 귓불을 잘근 씹으며 속삭임을 불어넣었다.

"안아줄까?"

오싹— 하고 전류가 척추를 타고 흘렀다.

저도 모르게 열렬히 고개를 끄덕일 뻔했다. 하지만 이런 상태로도 참지 못하는 제 정숙하지 못함이 탄로 난 것만 같아 처녀는 볼을 붉히고 급히 그에게서 내려왔다. 그리고 얼른 '안녕히 주무세요' 인사하고 등을 보이고 누웠다.

뒷머리를 쳐다보는 시선이 잠깐 느껴지나 싶더니 그가 뒤에서 몸을 안아왔다. 귀희는 작게 숨을 삼켰다. 심장이 콩콩 뛰었다. 하지만 그 이상 행동은 없었기에 곧 몸이 이완되며 숨소리가 규칙적으로 변하기 시작했다. 많이, 피곤했던 모양이다.

반면 남자의 형형한 눈빛은 결코 잠들지 않았다. 오히려 살기와 같은 청색광을 더해갈 뿐이었다.

"말도 안 되는 소리 하지 마."

예상은 했지만, 말이 끝나기도 전에 루카는 차갑게 내질렀다.

"루카."

아라는 한숨과 함께 방으로 들어가는 그를 따랐다.

"그 아가씨, 말 그대로 죽어가고 있어. 내가 유일한 길일지도 몰라."

자못 부탁하듯 말했지만 이번만큼은 이도 들어가지 않는 것 같았다. 그 성격에 언제나 응석을 받아주고 오냐오냐 했느냐면 절대 그렇지는 않지만, 그래도 이렇게 진심을 다한 부탁을 거절하는 일은 드물었다. 그만큼 위험부담이 높은 일이기 때문이리라.

"마녀 말이 맞아. 그건 그 아가씨 선택이었어. 그 대가를 함께 치를 의리 따윈 없어."

"아가씨가 원해서 그렇게 된 게 아니잖아."

루카는 금실로 묶어둔 묵직한 벨벳 커튼이 드리워진 창가로 다가갔다. 그 아래 탁자의 은쟁반에 놓인 크리스털 잔을 뒤집어 물을 따랐다.

"성자라고?"

한 모금 마시고, 코웃음 치듯 그녀를 돌아보았다.

"그 이름, 들어본 적 있지. 마주친 적은 없지만 천 년 살이 뱀파이어라더군."

"나도 본 적은 없지만 이야기는 많이 들었어. 그러니까 그런 뱀파이어가 아가씨를……."

"그만큼 산 뱀파이어라면 사람 심란하게 만드는 능력 하나쯤은 가지고 있겠지. 괜히 관여해서 일 크게 만들지 마."

마침내 아라는 입을 다물었다.

"이제 자신이 없는 거야?"

루카는 살짝 눈을 치켜들고 그녀를 보았다. 아라는 짐짓 믿을 수 없다는 듯 '후' 한숨을 내쉬더니 제 뒷목을 쓰다듬었다.

"상대가 누구든 눈 하나 깜짝하지 않는 루카 베르티가 내 남편인 줄 알았는데."

"작전 쓰지 마. 안 통해."

달칵.

아라는 머리카락을 한 올도 흐트러지지 않게 묶고 있던 핀을 풀어냈다. 함함한 머리칼이 빛나는 폭우처럼 쏟아졌다.

"그래? 알았어."

아라는 태연하게 대답하더니 침실로 통하는 문틀 너머로 사라졌다. 나붓이 물결치는 그 몸짓 뒤로 한밤 같은 머리칼이 무르익은 과일처럼 달콤한 윤기를 흘렸다.

"……"

잠깐 말없이 물을 마시던 루카는 결국 물잔을 내려놓고 그녀의 뒤를 따랐다. 침실 안쪽, 아라는 정교한 꽃 모양 세공이 된 화장대 앞의 의자에 앉아 결혼반지를 빼내고 있었다.

그것을 화장대 위에 올려놓고 다음으로는 목걸이를 벗었다. 그리고 머리카락을 한쪽으로 쓸어 넘겨 미려한 목선을 드러낸 채 귀고리를 빼기 시작했을 때, 그녀를 비춘 거울 너머로 문틀에 팔을 기대고 서 있는 남자가 말했다.

"그 아가씨는 너한테 오천만 중의 하나일 뿐이야."

아라는 거울을 통해 그를 보았다.

"왜? 열세 명 중의 하나가 아니고?"

"암브로시아는 가능한 서로 접촉하지 않지. 동족의식은 애초에 꽤나 없는 걸로 보이는데."

아라는 어깨를 으쓱이고 나머지 귀고리를 빼냈다.

"그건 그럴 수밖에 없는 상황이니까. 암브로시아들이 모여봤자 뱀파이어만 모여들게 하는걸."

"내 말이 그거다. 저 둘은 이미 꼬리에 뱀파이어 부대를 달고 있어. 너까지 보태지 마."

"뭐…… 알았다니까."

어쩔 수 없지, 납득한 것처럼 대답한 아라는 갑자기 목이 뻐근한 듯 젖히고 주무르기 시작했다. 우미한 곡선을 그리는 목을, 남자가 말 그대로 처녀의 피를 탐하는 뱀파이어처럼 눈조차 깜빡이지 않고 주시했지만 그녀는 전혀 의식하지 못하고 있었다. 적어도 보이기로는.

이어서 그녀가 난데없이 치마 속으로 손을 집어넣어 스타킹을 끌어 내리기 시작하자, 루카는 자세를 바꾸어 팔짱을 끼고 문틀에 기대어 섰다.

"동족 아가씨를 도우려는 순수한 마음에 이런 방법은 다소 부적절하다고 생각하지 않나?"

또르르— 한쪽 스타킹을 둥글게 말아 벗어낸 아라는 구두 속에 갇혀 있던 발을 가볍게 주무르며 물었다. 그것도 꽤나 천연덕스러운 태도로.

"무슨 말이야?"

"지금 뭐 해?"

"옷 갈아입잖아."

"네가 언제부터 내 앞에서 옷을 갈아입었다고?"

아라는 가볍게 눈을 치켜들었다.

"나 당신 마누라 아니었어?"

"옷 갈아입을 때마다 내가 덤빈다고 꼭 드레스룸에 가서 갈아입고 나오는 마누라지."

"그랬나? 그냥 오늘따라 거기까지 가기 귀찮았을 뿐이야."

루카는 흘긋 바로 오른쪽에 있는 문을 바라보았다. 여기서 한스무 걸음쯤 될까.

"귀희 양, 얼마 전에 키워준 어머니를 잃었대. 친부모님은 한 살 때 잃었고. 어려서 기억은 나지 않는다지만 양부모도 그 얼마 뒤에 잃고. 겨우 키츠카 씨를 만나서 사랑하게 됐는데, 이제는 본인이 시한부지. 나도 평탄하게 살아오진 않았는데 어떤 기분일지 상상도 되지 않아."

"동정심에 호소하는 방법이라면 소용없다는 거 알 텐데."

말 한 번 잘했다는 듯, 거울 너머로 아라는 그를 흘겨보았다.

"그러게. 옆에서 사람이 쓰러져 죽어도 눈 하나 꿈쩍하지 않을 냉혈한이지. 난 어떻게 사랑하게 됐나 몰라."

결국 아라는 '유혹' 작전을 내려놓고 그를 똑바로 돌아보았다.

"열아홉이야. 이제 막 사랑을 시작했고. 그건 내가 당신을 만난 스물네 살 때 시한부라는 것 같잖아. 만약 나라면……."

아라는 곰곰이 알맞은 단어를 고르듯 눈을 내리깔았다. 이내 그녀에게 다가오는 남자를 바라보았다. 이제 요정처럼 마냥 사랑스러운 얼굴에 그 눈은 파르스름하도록 결연한 빛을 품고 음성은 단호했다.

"저승을 없애서라도 죽고 싶지 않을 거야."

그는 아라의 양손을 잡아 일으켜 세웠다. 그리고 턱을 잡고 볼에 가볍게 입 맞추었다.

"그래서?"

하지만 아라는 그에게서 살짝 고개를 떼고 물었다. 대답하지 않는다면 더 이상 진전은 허락할 수 없다는 의지가 가득했다. 루카는 잠깐 그녀를 응시했다.

"이제 있기는 한 건가?"

"뭐가?"

"내가 널 이길 수 있는 때가."

결국 얻어낸 승리, 아라는 화사하게 웃었다.

남자에게 보상은 천국처럼 황홀한 키스였다. 그녀는 빙그레 니케의 미소를 띠며 그의 입술 위에 나비처럼 내려앉았다.

"루카 베르티잖아. 약한 소리 하지 마."

4

따듯한 손이 다가와 살며시 이마를 짚었다. 천천히 눈을 뜨자, 그녀를 주시하는 눈동자가 보였다.

"괜찮아?"

귀희는 고개를 끄덕였다.

"계속 이렇게 있었어요?"

그들은 어제 그 상태 그대로였고, 그에게는 잠을 잤던 흔적도 없었다.

"생각 좀 했어."

"무슨 생각을 밤새⋯⋯."

조금 탓하듯이 말하고 말던 귀희는 그만두었다. 생각이 많을 수밖에 없는 밤이었으니까.

"그래도 잠은 자요."

"응석받이에 잔소리꾼은 매력 없어."

말은 그렇게 하건만, 손은 한쪽 볼을 감싸 안고 녹녹한 입술로 다가왔다. 여전히 이런 접촉이 조금은 낯선 여자는 수줍은 미모사였지만 엄지손가락으로 볼을 훔치자 달콤한 뎃을 열어주었다.

똑똑.

방해꾼의 알림, 귀희는 흠칫해 고개를 돌렸다. 키츠카가 일어나 문을 열자, 어제 아이들을 데려갔던 노신사가 온화한 미소로 서 있었다.

"아침이 준비되었습니다. 식당으로 드시죠."

키츠카는 곧 가겠다고 대답했고, 노신사는 두 분께서 기다리고 있다는 말을 남기고 먼저 자리를 떴다. 두 사람은 약간 채비를 한 후에 식당으로 향했다.

저택이 크긴 하지만 구조가 단순해 식당을 찾는 데 어려움은 없었다. 아이들 때문인지 원래 있던 벽도 상당히 많이 허문 것 같았다. 다른 저택에 비하면 공간들이 상당히 널찍한 편이었다.

찾아간 식당은 거실과 같은 구조였다. 역시 원래는 다른 공간이었던 것을 식당으로 만든 듯, 조금은 과하게 넓은 공간에 식탁이 놓여 있고 그 위에 풍성한 만찬이 준비되어 있었다. 식탁의 가운데 놓인 과일바구니에는 디오니소스의 열매와 데메테르의 곡식이 영글고, 색감조차 화사한 브런치가 가족 일원 각자의 앞에 놓여 있었다. 한편에 세워진 카트 앞에서는 노신사가 우아한 손길로 커피를 타고 있었다.

영화 속에서나 볼 법한 풍경에 귀희는 일순 아연해지고 말았다. 모자라지도 않지만 결코 넘치는 법 없이 기순과 단둘만의 식사를 해오던 그녀였기에 음식도, 가족의 숫자도 풍요로운 광경이 몹시 낯설었다.

막 한 아이에게 빵을 건네주던 아라는 그들을 발견하고 빙긋 웃었다.

"아가씨, 잘 잤어요? 어서 앉아요."

아라는 한쪽에 비워둔 두 자리를 권했다. 그리고 신문을 보고 있는 루카의 앞에 커피 잔을 내려놓고 있는 노신사를 가리켰다.

"이쪽은 드미트리예요. 저희 저택을 책임져 주시는 분이죠."

노신사는 환영의 미소를 띠고 가볍게 목례했다. 귀희도 얼른 따라서 인사했다. 뒤이어 카트를 끌고 온, 연보라색의 통일된 제복을 입은 여자들이 그들의 식사도 준비해 주기 시작했다.

"키츠카 씨 식사는 따로 준비했어요. 여전히 채식하시죠?"

아라는 키츠카가 채식을 하는 진짜 이유는 모르는 듯, 그것을 선택 사항쯤으로 여기고 있는 것 같았다. 그런데 그 말이 나오자마자 인사조차 없던 루카가 '하' 같잖다는 소리를 내는 게 아닌가.

"에키드나가 채식주의자라고?"

"개인 성향이야."

키츠카는 담담하게 대답했고, 루카는 납득하지 않았다.

"뱀파이어가 헌혈하는 소리군."

"루카, 아침부터 왜 또 시비야?"

"절이 싫으면 중이 떠나는 거지."

아라는 얼핏 인상을 썼다.

"우리 이 건에 대해서는 이야기 끝낸 거 아니었어? 귀희 양이 불편해하잖아."

사실 귀희는 루카 베르티란 남자의 존재 자체가 불편했지만 물론 그렇다고 말은 할 수 없었다. 그랬다간 그가 자신을 머리부터 씹어 먹을 것 같았기 때문이다.

"넌 거트루드가 결혼할 만한 타입으로는 보이지 않는데."

그런데 그를 물끄러미 보던 키츠카는 드물게도 툭 말했다. 루카는 살짝 눈을 치켜떴다.

"그럼 그 타입은 뭐지?"

키츠카는 무심히 수저를 들었다.

"적어도 너처럼 거만한 남자는 아니겠지."

말이 떨어지기 무섭게 식탁 위에 북풍이 불어닥쳤다. 흡사 석고로 굳힌 것처럼 단단하던 루카의 입가가 쩍 하고 갈라지듯이 싸늘한 미소를 띠었다. 그 악마가 따로 없는 모습에 귀희는 오들오들 떨고 말았다.

"언제든지."

덤비라는 듯 말하면서도 자리에서 일어나지 않고 그대로 앉아 있는 남자는 오히려 강한 자신감을 내보였다. 하지만 다른 남자도 마찬가지, 영역 다툼을 벌이는 알파들처럼 서로를 눈조차 깜빡이지 않고 주시했다.

숨이라도 잘못 쉬면 사단이 날 것 같은 일촉즉발의 순간, 귀희는 안절부절못했지만 아라는 태연히 아이에게 줄 미음을 준비했다. 그러더니 루카에게 불쑥 수저를 내밀었다.

"루카, 자."

탁 하고 팽팽한 긴장의 끈이 단숨에 끊어졌다. 루카는 한쪽 눈썹을 치켜들고 자못 순진한 얼굴을 한 자신의 아내를 보았다. 그러거나 말거나 그 아내는 여전히 천진난만했다.

"뜨거운지 봐줘."

눈빛으로 보아 이대로 식탁이라도 엎을 것 같았건만, 의외로 그는 순순히 미음을 받아먹었다.

"어때?"

"적당해."

"좋아. 자, 우리 가야, 맘마 먹자. 맛있는 맘마. 아~ 해야지."

조금은 황당하게도, 일단 상황은 그렇게 일단락되었다.

"참, 이쪽은 네로, 그리고 옆에 아이가 도로예요. 이란성 쌍둥이고요. 네로, 도로, 인사해야지?"

아이들은 욕심꾸러기 햄스터처럼 그릇에 코를 박은 채 정신없이 밥을 먹다 말고 두 입이 한입처럼 '안녕하세요!' 하고 인사했다. 네로는 검은머리에 검은 눈동자를 가진 소년, 도로는 금발벽안을 지닌 여자아이였다.

"여기 꼬맹이는 막내 가야예요. 이제 10개월이죠."

어린아이용 식탁의자에 앉아 있는 아기는 꼭 제게 집중된 시선을 알기라도 하듯 고사리 같은 손을 옴지락대며 짤람짤람 웃었다. 네로처럼 엄마를 닮은 흑발에 암갈색 눈을 지녔지만 백인이라고 볼 수밖에 없는 피부나 오뚝한 이목구비는 영락없이 제 아빠를 빼다 박았다. 도로도 그렇지만 크면 꽤나 박력 있는 미인이 될 것 같았다.

"첫 아이는 캠프를 가서 며칠 뒤에 돌아와요. 그러고 보니 루카, 전화 왔어? 어제 정신이 없어서 깜빡하고 있었네."

"왔어."

루카는 신문에서 시선을 떼지 않고 대답했다.

"너한테 절대 자기 방 청소하지 말라고 전해달라던데."

"그 녀석, 벌써 사춘기야? 아직 열 살밖에 되지 않았는데."

"그렇다기보다는 제 나름대로의 시스템이 있는 거겠지."

"당신 닮아서 조숙한 게 아니고? 어머, 가야. 너."

잠깐 한눈을 판 사이에 입에 넣었던 미음을 줄줄이 흘린 가야가 그것을 그대로 제 엄마의 티셔츠에 칠해 버렸다. 어제와 달리 편안한 티셔츠이긴 했지만 얼룩은 지워질 것 같지 않았다. 그러자 미약한 한숨 같은 것을 내쉰 루카가 신문을 내려놓고 아라에게 그릇을 달라고 손짓했다. 그리고 아이를 그대로 뭉개지나 않을까 걱정되는 커다란 손으로 딸의 젖은 입가를 꼼꼼히 닦아주더니 아라보다 더 능숙하게 밥을 먹이기 시작했다. 그 모습은 어떤 의미로 장관이었다.

우스운 일이었다. 아이를 좋아하긴 했지만, 한 번도 엄마가 되고 싶다거나 생각한 적은 없었다. 자기 또래라면 모두 그렇듯 너무 먼 이야기처럼 느껴졌으니까. 막상 역의 개화 때문에 불임이 되었다는 이야기를 들었을 때도 다른 일에 더 정신이 없어 실감하지 못했다.

이제야, 귀희는 자신이 무엇을 잃었는지 깨달았다.

따사로운 햇살 아래 풍성한 만찬, 그리고 해맑은 아이들……. 키츠카는 그 그림에 아무 영향도 받지 않는지 무표정했지만, 그 초연함이 오히려 아름다운 그를 볼수록 그녀는 텅 빈 자궁에 느껴지는 공허함이 날카로운 한기 같았다.

이 남자의 아이를 가질 수 없다……. 신이 그것을 금지했기에.

갑자기 그가 눈을 들어, 허공에서 시선이 얽혔다. 얼굴은 고요했지만 그 눈은 빌레이그르*의 외눈처럼 모든 것을 알고 있었다.

"이봐, 시선들이 너무 뜨거운데? 식탁은 엎지 말라고."

불쑥 들려온 목소리에 귀희는 흠칫했다. 어느새 다가왔는지 에블린이 오늘도 당장 화보를 찍어도 손색이 없는 완벽한 모습으로 서 있었다. 그리고 어제보다 더 높은 하이힐을 신어 위압적인 키로 모두를 내리깔아 보면서, 시선을 아라와 귀희에서 루카로, 그리고 키츠카에게로 옮겼다.

"심란한 그림이네. 이건 뭐야, 희귀종 페스티벌?"

아라가 조금 뜻밖이라는 얼굴로 물었다.

"어쩐 일이야?"

"내가 여기 오는 게 뭐 새삼스럽다고?"

"어제 사라진 모습으로는 적어도 열흘은 오지 않을 줄 알았는걸."

"어머, 내가 왜? 떠나야 할 쪽은 이쪽인데, 안 그래?"

---

* Bileygr: 북유럽 신화의 최고신 오딘(Odin)의 별명. '밝은 눈을 가진 존재'라는 뜻.

귀희는 돌을 통째로 삼킨 것 같은 표정을 숨기지 못했다.

아무래도 이 페나 마녀는 자신들을 그다지…… 좋아하지 않는 것 같았다. 페나 마녀와 에키드나 마녀의 악연에 대해서는 유명하지만, 그래도 사라는 그런 내색을 전혀 하지 않았기 때문에 이런 맹목적인 악의가 낯설었다. 제피룸에 있는 다른 페나 마녀들은 키츠카와 거리를 두고 사무적으로 대하는 정도였고.

"정말. 둘 다 이럴 거야?"

자못 엄해진 아라의 어조에 에블린은 어깨를 으쓱였다.

"뭐, 알았어. 난 아침을 먹으러 왔을 뿐이니까. 안녕, 도로, 네로, 잘 잤니?"

반기는 아이들에게는 더없이 다정한 태도로 인사하고는, 아무도 허락하지 않았는데 자리를 잡고 앉아 드미트리에게 당당히 커피를 부탁했다. 그리고 손녀가 친할아버지를 대하듯 소탈하게 웃으며 커피 맛과 좋은 아침 햇살에 대해 수다를 떨었다. 그녀를 보는 드미트리의 눈에도 애정과 호감이 가득했고, 오랫동안 베르티 가족과 이렇게 어울려 살아온 듯 자연스러웠다. 꼭 오빠—루카와 같은 서양인이니까—부부의 집에 얹혀 사는 철부지 시누이 같은 느낌이라고 해야 할까. 아라도 에블린은 그러거나 말거나 내버려 두고 귀희에게 물었다.

"아가씨, 오늘은 뭘 하고 싶어요?"

"예?"

"아무래도 저와 아가씨가 최대한 많은 시간을 보내서 가까워져야 하지 않겠어요?"

궁금했는지 에블린이 톡 끼어들었다.

"무슨 말이야?"

"두 사람, 당분간 우리 집에서 지내기로 했어."

에블린이 보일 반응이야 뻔했지만, 아라는 말해주었다. 오히려 나중에 알게 된다면 드래건 브레스를 뿜으면서 아마겟돈을 강림시킬 테니까.

물론 에블린은 예상했던 반응을 보여주었다. 인상을 사정없이 일그러뜨리고 아라가 방금 탁자에 올라가 벌거벗고 춤이라도 춘 것 같은 눈으로 쳐다보았다.

"미쳤니? 돌았어? 이 남자, 에키드나거든? 지금 식인종을 이 집에 풀어놓겠다는 거야? 요즘 너무 평화로워서 권태기라도 온 것 같아? 긴장감이 필요해? 그런 거라면 네 남편하고 호텔에나 다녀오라고!"

에블린은 키츠카가 앞에 없는 것처럼 이야기했고, 그도 식사를 계속할 뿐이었다. 그러다 도로가 그를 초롱초롱 호기심 어린 눈으로 구경하다 '나 케첩 좀 주세요' 말하자 아이를 한 번 보고 전해주었다. 반면 네로는 '에비 이모, 식인종이 뭐야?' 하고 물었고, 에블린은 바로 다정한 미소를 지으며 '단 걸 엄청 좋아하는 사람이란 의미야' 라고 입에 침도 바르지 않고 대답했다.

아라는 초록색으로만 가득한 키츠카의 접시를 흘긋 쳐다보았다. 그러자 에블린은 그제야 '아차' 싶었는지 덧붙였다.

"이 남자야 에키드나 주제에 같잖지도 않게 채식주의자라지만 그래도 에키드나라고. 어떻게 돌변할지는 아무도 몰라! 그리고……."

에블린은 갑자기 자세를 낮춰 아이들에게는 들리지 않도록 속삭였다.

"롤리타 콤플렉스라고!"

귀희는 그대로 사레가 들려 격하게 기침하기 시작했다. 바로 물잔이 다가오기에 급히 받아 마시고 보자, 잔을 건네준 키츠카는 여전히 담담한 얼굴이었다. 베르티 부부는 새삼 그를 물끄러미 쳐다보고 있었고, 그러자 이 남자, 아직 잔기침을 흘리는 그녀의 등을 쓸어주며 이런 데까지 쓸데없이 쿨하게 말하는 게 아닌가.

"한 번은 들을 거라고 각오했어."

귀희는 물을 다 마시고 잔을 내려놓았다. 그 소리가 탁, 울렸다.

"키츠카 씨를 다시 만났을 때 전 열여덟이었어요. 다 컸었다고요. 그리고 무례는 그 정도로 해주세요. 에키드나에게도 감정이 있고 생각이 있어요. 어떤 말에도 끄떡없다는 생각은 말아주세요."

아라는 조금 놀랐다. 가녀린 외모 탓도 있고 늘 키츠카의 뒤에 수줍은 얼굴로 서 있는 아가씨라 영 그런 줄만 알았더니, 이를 악 다문 얼굴은 보통이 아니었다. 그와 함께 있을 때면 달 곁의 별처럼 빛을 죽이지만, 그래도 역시 스스로 빛나는 별이라는 것일까.

에블린 역시 조금 놀란 것 같았지만, 곧 키츠카를 흘긋 돌아보았다.

"넌 이 얼굴이 상처받은 얼굴 같니?"

"보이는 게 전부는 아니잖아요."

귀희가 말려든 이상 상황을 방관하고만 있을 수 없었는지 키츠카는 낮게 한숨을 내쉬고 끼어들었다.

"상처받았다고 하면 사과하실 겁니까?"

"뱀파이어가 고아원에서 자원봉사 하는 것 같은 소리 하네. 일억만 분의 일만 한 티끌도 받지 않은 거 알고 있거든?"

그 말을 증명이라도 하듯 키츠카는 귀희에게 말했다.

"신경 쓰지 마. 그녀가 하는 이야기의 반은 흘려버릴 말들이니까."

"어이, 나 바로 여기 앉아 있거든? 이 자리에 없는 것처럼 이야기하지 말아줄래? 역시 에키드나는 무례하다니까!"

키츠카가 그렇다 하니 귀희는 불편한 기색을 지우지 못하면서도 식사를 시작했다. 루카는 한결같이 태연했고, 키츠카는 도대체 무슨 생각을 하는지 알 수 없는 표정이었고, 에블린은 아니꼽다는 표정을 적나라하게 드러냈고, 귀희는 애써 의연한 척해도 속상해하는 기색을 숨기지 못했다. 온갖 종류의 감정이 오가는 드라마틱한 식사 자리에 아라는 애매하게 웃을 따름이었다.

그 후 식사는 비교적 평온한 분위기에서 끝났다. 드미트리가 후식으로 차를 권했지만 사사건건 악의부터 드러내는 에블린과 한자리에 있기가 못내 힘들었던 귀희는 거절했다. 마침 아라도 딸과 자신의 옷을 갈아입으러 간다기에 그 김에 함께 일어났다.

"그럼 네로와 도로는 이모랑 놀까?"

에블린은 좋다고 팔짝팔짝 뛰는 아이들을 데리고 일어났다.

"두 사람."

거의 문가에 다다른 아라와 귀희도 덩달아 뒤를 돌아보았다. 키츠카가 루카와 에블린에게 이쪽으로 오라는 듯 고갯짓하고 있었다. 에블린은 '뭐야?' 하고 불만족스럽게 중얼거리면서도 두 아이에게 일단 너희 엄마를 따라가라며 손짓하고 그쪽으로 걸어갔다. 아라는 그 모습을 보고 있는 귀희의 손을 부드럽게 잡아끌었다.

"이리 와요."

귀희는 키츠카를 남겨두고 가고 싶지 않았지만 일단은 창가에 모여 있는 세 사람을 한 번 돌아보고 순순히 아라를 따라나섰다. 그리고 품에 안은 딸과 손장난을 하며 가는 아라를 따라걷다 조심히 말을 꺼냈다.

"저, 그런데 베르티 부인께서는 키츠카 씨와 어떤⋯⋯?"

키츠카는 그녀를 미들네임으로 칭했다. 거트루드, 라고. 즉, 성으로 부를 만큼 멀지도 않지만 이름으로 부를 만큼 가깝지도 않은 사이인 것이다. 하지만 아무도 부르지 않는 이름으로 그녀를 칭하는 것에서 그만큼 기묘한 둘의 관계를 엿볼 수 있었다.

"키츠카 씨가 아직 말하지 않았나요?"

귀희는 고개를 끄덕였다. 아라는 난색 어린 웃음을 지었다.

"참 이 남자들은 어쩔 수가 없군요. 묻지 않으면 도대체 먼저 말하는 법이 없다니까요. 저도 귀희 양과 같아요. 키츠카 씨의 제자였죠."

"아⋯⋯."

나와 같았다⋯⋯. 그 어감이 왠지 좋지 않았다. 다른 것 때문이 아니라, 그녀는 이렇게 행복한 결혼 생활을 하고 있고 남편을 진심으로 사랑함이 분명한데도 그저 한때 자신과 같은 위치에서 키츠카를 보았으리란 생각 때문이었다. 그를 얻고도 미련한 여심은 여전했다.

『전 일곱 살 때 뱀파이어에게 부모님을 잃었어요.』

아라에게서는 처음 듣는 한국말, 허리 아래에서 신나 돌아다니는 쌍둥이를 내려다보는 다정한 눈길에서 그 이유를 읽을 수 있었다. 아직은, 저 바깥에 있는 절망과 고통을 알게 하고 싶지 않으리라.

『그때 절 구해준 사냥꾼이 있었죠. 클라우드 바이어스.』

바이어스…… 그 이름은…….

『맞아요. 제 양아버지가 된 사람이었죠. 부모님은 상자 속에 절 숨기셨고, 전 숨죽여 울면서 모든 소리를 듣고 있었죠. 어둠 속에서 기절과 발작을 반복하면서 드디어 모든 게 끝났을 때, 상자가 열리고 라드…….』

아라는 거기서 웃으며 '아버지의 애칭이에요' 하고 덧붙였다.

『라드가 제게 손을 내밀었죠. 그때 전 안도한 나머지 그에게 안겨 엉엉 울어버렸어요. 그 뒤에…… 키츠카 씨가 서 있었어요.』

내내 부드러운 기색이 맴돌던 미목에 처음으로 심각한 빛이 찾아들었다.

『그때 처음 키츠카 씨를 봤죠. 물론 그때는 기억하지 못했지만 나중에야 기억나더군요. 그늘 속에서 무표정하게 절 쳐다보던 그 눈이.』

그 추운 과거의 날로 돌아간 듯, 유연한 눈동자에 고인 감정이 쓸쓸하고 어두웠다. 그 눈 속에, 막 부모님을 잃고 몸을 떨며 오열하는 어린 소녀를 거인처럼 우뚝 솟은 채 무심히 내려다보고 있는 키츠카가 비치는 것만 같았다.

『그는 라드와 함께 파견된 사냥꾼 중 한 명이었거든요. 그리고 몇 년 뒤 라드마저 뱀파이어에게 잃은 날……. 악몽이 재현되는 것처럼, 절 아무 감정 없이 내려다보는 눈이 또 거기 있었죠. 명령이어서 구하러 오긴 했지만 정말 제가 돌멩이 하나도 되지 않는다는 것처럼…….』

그때 도로가 '마마! 마마!' 숨 가쁘게 부르며 달려왔다. 그리고 고사리 같은 손을 빠르게 옴지락대며 '가야! 가야 안겨줘요!' 하고 외쳐 댔다. 그에 조심히 가야를 안겨주자 아직도 배가 볼똑한 펭귄 체형을 한 아이는 끙끙대며—거의 제 엄마의 도움을 받아—동생을 안고 창가로 다가갔다. 그리고는 창가에 놓인 벨벳 소파를 밟고 올라가 창 너머로 아직 천지분간하지 못하는 제 동생에게 보라며 바깥을 가리켰다. 그 모습을 보며 아라는 이야기를 이었다.

『막 세상 전부를 잃은 어린아이가 감당하기엔 너무 힘든 눈빛이었죠. 하지만 조직으로 가니, 장로님은 절 키츠카 씨에게 맡기더군요. 절대 싫다고 말했을 거예요. 보란 듯이 헌터가 되어주겠다는 오기 같은 게 없었더라면.』

아이가 가리키는 창 너머 나뭇가지에 파랑새 한 마리가 앉아 있었다. 종류는 알 수 없었지만, 그쪽도 자신을 지켜보는 빛나는 눈들을 느꼈는지 아이들을 마주 보았다.

『그때 전 세상의 모든 불행을 짊어지고 있었고, 혼자만 살아남은 스스로를 벌해야 한다는 삐뚤어진 속죄심에 시달렸죠. 키츠카 씨는 그러기에 더없이 좋은 상대였어요.』

그때를 회상하는지 아라는 절레절레 고개를 내젓고 말았다. 그리고 아이들을 위해 창문을 열어주었다. 햇빛과 찬연한 공기가 가득 쏟아져 들어왔다.

『그래도 전 어린아이였으니까요. 누군가에게 기대고, 애정을 가지는 게 당연했어요. 다시는…….』

아라는 가볍게 양팔을 감싸 안았다. 한기를 느낀 것처럼.

『다시는 누군가를 사랑하지 않겠다고 결심했는데도, 곁에 있는 온기를 사랑하게 되더군요. 식물이 햇빛을 흡수하는 것처럼.』

꾹 입술을 깨무는 것을 보았을까. 아라는 희미하게 웃었다.

『걱정 말아요. 이성으로가 아니니까. 라드를 대신해 줄 존재를 찾은 거였죠. 그런데 어느 날 갑자기 그는 사라졌어요. 인사도 없이 그냥…… 연기처럼 그렇게. 곁에 있던 흔적조차 없었어요. 흡사 유령 같았죠, 한 번도 내 옆에 존재한 적이 없던. 믿어져요? 그러고 나서 다시 만난 게 어제라는 거.』

『정말요? 단 한 번도 본 적 없이?』

『네, 16년 만이에요. 연락조차 없었죠. 죽진 않았을 거라고 생각은 했지만 살아 있다는 것도 몰랐어요.』

그때 마침 파랑새가 날아와 열린 창가에 앉았다. 소리 없는 열광에 빠진 아이들은 아라에게 이것 보라며 손짓했고, 그녀는 다

정한 미소로 고개를 끄덕였다. 그리고 아이들이 다른 쪽을 돌아
보자 입가에 씁쓸한 웃음을 베어 물었다.

『전화를 받았을 때 솔직히 조금은 보여주고 싶기도 했어요. 살아
가고 있는 제 모습을요. 그가 버렸어도 끝나지 않은 제 세상을 말
이죠. 꼭 자신을 버리고 다른 살림을 차린 아버지를 대하는 딸처럼
말이에요. 신의 힘을 얻어도 편협한 인간성은 남아 있더군요.』

귀희는 잠깐 침묵을 지켰다. 아기는 처음 만나는 자연의 경이
에 유리구슬처럼 눈이 반짝반짝 부풀어 올라 창가에 포르르 돌
아다니는 파랑새를 향해 손을 뻗었다. 하얗게 부서지는 햇빛을
받아 빛나는 둥그런 옆얼굴이 그렇게나 보드라웠다.

『그런 것 같아요.』

문득 소리를 낸 말, 아라는 '뭐가요?' 하고 물었다.

『베르티 부인께선…….』

『아라라고 불러요.』

같은 한국인이라서인지, 외모는 비슷해도 10년쯤 더 나이가
많은 그녀를 함부로 이름으로 부를 수 없어 귀희는 어색하게 웃
었다. 그러자 아라는 이해한다는 듯 미소를 지었다.

『아니면 언니는 어때요?』

『그래도 될까요? 그러니까…… 언니는 인사이더(Insider)였어
요.』

인사이더, 그리고 아웃사이더.

그 호칭은 때로 이류의 세계에 속한 자와 속하지 않은 자를 나
눌 때 쓰였다. 어렸을 때 제피룸으로 인도되어 그곳에서 자란 아

라는 인사이더, 어른이 될 때까지 이 세계의 이면에 대해 상상조차 하지 못했던 자신은 아웃사이더였다.

『그건 키츠카 씨가 바꿀 수 없는 일이었어요. 물론 부모님만 잃었다면, 상처를 안고서도 애써 기운 내서 살 수도 있었겠죠.』

그래……. 그녀가 그래야 했듯이. 기슭을 잃었을 뿐이라면, 밤마다 이불을 뒤집어쓰고 울지언정 어떻게든 일어나 꾸역꾸역 밥을 먹고 인생을 살아갔을 것이다.

『하지만 양아버지까지 잃고, 언니는 절대 그냥 아무 일도 없었던 것처럼 살 수 없었을 거예요. 자의든 타의든 인사이더가 된 이상 살아갈 수 있도록 해주는 게 돕는 일이었겠죠. 위로는, 따듯한 말 한마디는 오히려 위험한 거잖아요.』

그저 호기심 어린 손길이었는데도, 파랑새는 아기의 손을 피해 원래 앉아 있던 나뭇가지로 날아가 버렸다. 막 상실을 배운 아기는 울 듯한 얼굴이었다.

『키츠카 씨는 언니에게 최선인 일을 한 거 아닐까요. 언니가 자신에게 기대기 시작했을 때, 사라져 주는 게 최선이었겠죠.』

아마 할 수만 있었다면 자신에게도 그 최선을 행했으리라. 이렇게 되지만 않았어도.

『정말 그렇게 생각해요?』

『실은 다정한 사람이거든요.』

그래……. 너무 다정해서, 사냥감이 자신의 덫에 걸리는 일조차 말렸던 맹수였다. 육식은 맹수의 본능이라 고통스러울 정도로 강한 허기에 시달리면서도 끝끝내 고개를 내저었다.

제 발치의 꽃을 밟을까 걱정스러워 비켜 가주었다.

언제나 그렇게 한 걸음 물러나 관찰자로, 방관자로만 살아온 남자…….

『그래요. 다정의 정의는 각자 다른 법이죠. 저도 제 남편이 사실은 다정하다고 생각하거든요.』

아라는 장난처럼 웃으며 말했다. 귀희도 조금 웃고 말았다. 하지만 곧 웃음을 거두고, 물었다.

『행복하세요?』

아라는 대답하기에 앞서, 새를 쫓다 못해 창문턱을 넘어갈 기세인 어린 동생을 잡아 말리고 있는 도로를 대신해 딸을 안아 들었다. 그리고 제 손가락을 빨며 아웅대는 딸의 말간 눈을 깊이 들여다보고, 검은 새순 같은 머리카락 위로 입 맞추었다. 그 모습은, 외모를 떠나 생물의 가장 원초적인 본능에 새겨진 그리움으로부터 경외를 불러일으켰다.

『행복해요.』

『행복한 암브로시아라는 건 있을 수 없는 줄 알았어요.』

『저도 한때는 그렇게 생각했어요. 그러니까 아가씨도 끈을 놓지 말아요.』

천천히 돌아간 시선의 끝에, 이쪽으로 다가오는 남자가 있었다. 귀희는 손을 뻗었다. 그러자 예전에는 제아무리 뻗어봐도 늘 허공만을 헤매던 손을, 남자의 손이 맞잡았다. 그리고 확인시키듯 꾹 힘을 더했다.

"넌 귀희를 좋아하게 될 거다."

아라는 조금 웃고 말았다. 그녀가 변했듯이, 시공 속에 갇힌 화석 같던 남자마저도 이렇게 변할 수 있다는 것이 어쩐지 우스웠다.

"이미 좋아진 것 같아요. 그래서 오늘은……."

"저……."

아라는 말하라는 듯 다정한 눈길을 보냈다. 그러자 귀희는 키츠카를 돌아보았다. 그는 그 머리 위에 말없이 쉴 그늘을 만들어 주는 아름드리나무 같은 눈으로 그녀를 응시하고 있었다.

"오늘은 키츠카 씨와 보내도 될까요? 그와 이야기를 하고 싶어요. 너무…… 오래되었거든요."

단 하루도 아쉬운 상황이지만, 오히려 그렇기에 치료법을 찾는 암 환자처럼 하루하루를 보내고 싶지는 않았다. 무엇보다 그와 제대로 이야기를 해본 적이 언제였던가.

아라는 물론이라며 고개를 끄덕였고, 키츠카는 귀희를 이끌었다. 두 연인은 서로에게 온기를 의지하고 굳게 손을 맞잡은 채 멀어졌다.

그들을 배웅하고 거실로 돌아가자, 루카는 아까처럼 신문을 읽고 있고 그 맞은편에 앉은 에블린은 생각에 잠겨 있었는데 어느 때보다 심각한 얼굴이었다. 대체 키츠카가 무슨 이야기를 했기에 에블린이 저런 얼굴인가 싶어 아라는 루카에게 물었다.

"키츠카 씨가 뭐라고 했어?"

루카는 잠깐 눈을 들고, 아까 키츠카가 했던 말을 상기했다.

"나에 대한 적의는 상관없지만 그녀가 신경 쓰게 하진 않아줬으면 좋겠군."

"부탁인가?"

"부탁이라고 해두지."

딱 봐도 결코 순순하지 않을 남자가 묘하게 순순하다……. 뱀이 수풀 사이에 숨어 눈을 빛내고 있는 것처럼 의뭉스러워서, 그는 꽤 오랜만에 상대에게 감정을 느껴보았다. 싫은 남자군, 이라고.

그런데 갑자기 에블린이 팩 눈을 앙칼지게 떴다.

"저건 키츠카가 아니야. 저 녀석은 열두 살밖에 안 된 널 정글에 버리고 갔던 놈이라고!"

그래, 그런 일도 있었다. 아무것도 보이지 않는 정글에서 밤새 극도의 공포감에 기절했다 깨어났다 하면서 진정한 공포가 무엇인지를 배웠다. 덕분에 그 후로 루카를 만나기 전까지는 다른 것에 공포를 느껴본 적이 없으니, 그에게 감사해야 할 일일까?

"그런데 지금 하는 말이라니!"

"에블린."

"뭐야?"

아마 물끄러미 쳐다보는 집요한 시선 탓이었을 것이다. 이를 아득바득 갈며 분을 토하던 에블린은 팩 한쪽 눈썹을 치켜들고 반문했다. 아라는 눈을 가느다랗게 떴다.

"혹시 너……."

"저 녀석을 좋아했다던가 하는 게 아니냐고 말할 거라면 당장 그 입 다물어. 아무리 너라도 입을 꿰매 버리는 수가 있으니까."

웃음기 하나 없는 싸늘한 경고에 아라는 저도 모르게 합죽이가 됐다. 이럴 때면 마녀는 마녀라는 사실을 깨닫게 되고 만다.

"난 단지 아비게일을 죽게 내버려 둔 녀석을 용서할 수 없을 뿐이야."

"네 개인적인 원한 관계에 간섭하려는 건 아니지만, 때로는 삶보다 나은 죽음도 있어."

"그럼 지금 내가 더 못 살겠으니 죽으러 간다고 하면 넌 그냥 보내줄 거니?"

물론―

그럴 수 있을 리는 없다.

지적에 침묵하자, 에블린은 한숨을 내쉬었다.

"알아. 저 남자는 우리와는 가치관 자체가 다르지. 그리고 나역시 이제 사사로운 원한 같은 건 모두 내려놨어. 이제는 날 화형대에 세웠던 이단심문관도 용서할 수 있는걸. 그런데 녀석은 또 하나를 죽기 직전의 상태로 만들어놨지."

아라는 난색 어린 웃음을 지었다. 페나 마녀의 이단아라고 할수 있는 에블린마저도 이렇게 암브로시아라면 일단 새끼를 감싸는 어미 새처럼 싸고도는 걸 보면 생각할 수밖에 없었다.

"정말 페나 근성은 어쩔 수가 없구나."

"더 근본적인 문제는, 알잖아? 난 원래 저런 타입의 수컷들을 싫어해. 테스토스테론 과다분비 환자들에게는 체질적으로 알레르기가 있거든."

그리고는 10년째 보면서도 여전히 싸늘한 눈빛을 루카에게 던지고 훌쩍 일어나 거실을 나가 버렸다. 아라는 이 소란 통에도 전혀 영향을 받지 않는 루카를 돌아보고, 그가 읽고 있는 신문을 잡아 내렸다. 루카는 살짝 눈을 치켜들었다.

"만약 내가 귀희 양이라면, 그녀처럼 얼마 살 수 없다면 당신은 어떡할 거야?"

루카는 아까 네로가 제 아빠에게 선물이라며 두고 간 초콜릿을 집었다. 그리고 앙증맞은 포장지를 까서 입안에 넣었다. 처음에는 아무리 제 아이가 줬대도 사탕을 순순히 먹는 모습을 보고 놀라움을 금치 못했는데, 그는 아이들이 주는 거라면 뭐든지 거절하는 법이 없었다.

"저 남자랑 똑같이 하겠지. 그래서 더 싫은 남자야. 무표정한 얼굴로 모든 걸 알고 있는 것처럼."

누가 할 소리를, 이라고 생각했지만 아라는 그저 고개만 절레절레 내었다. 왠지 생각보다 더 순탄치 못한 동거 생활이 될 것 같은 예감이 들었다.

의자에 앉으려고 했을 때, 키츠카가 귀희를 끌어당겼다. 그리고 아주 당연하게, 일인용 소파에 앉으면서 그녀를 제 무릎 위에 앉게 했다. 그의 위에 소파를 가로질러 앉게 된 그녀는 눈을 동그랗게 뜨고 말았다.

"이, 이렇게요?"

"내려줘?"

너무 아무렇지 않게 묻기에 귀희는 입을 다물었다. 솔직히 말해, 맞닿은 피부가 싫을 리 없었다.

달아오른 얼굴로 알 듯 말 듯 고개를 내젓자, 그는 칭찬하듯 가볍게 입술을 부딪혀 왔다. 천성은 어쩔 수 없어 늘 이렇게 무던한 얼굴이지만 이제는 수시로 다가오는 거리낌 없는 접촉에 그녀는 자꾸만 제가 미모사의 화신이 된 기분이었다. 못내 이렇게 움츠러들고 말았다.

"이야기를 해줘요."

"어떤?"

"그냥…… 아무 이야기나. 아버지는 어떤 분이셨어요?"

역시 갑작스러운 질문이었을까. 키츠카는 잠깐 침묵했지만 그에 비해 별로 단어를 고르지 않고 대답했다.

"공주 같은 분이셨어."

공주? 정말 생각지도 못했던 단어였다.

"외모는 나랑 비슷했지만 많이 연약해 보이셨지. 외모라기보다 느낌이랄까. 어렸을 때 노예로 팔려가 평생을 그렇게 사셨으니까."

"어, 상상이…… 잘 안 가요."

'노예로 팔려가 평생을 그렇게 살았다' 라는 자체가 무슨 고대 로마 시대의 이야기 같았거니와, 그와 비슷한 얼굴을 하고 공주 같은 수식어가 어울릴 정도로 연약한 느낌의 에키드나가 있다는 것이 언어도단처럼 느껴졌다. 사실 키츠카부터가 좀 예외적인 에키드나로, 에키드나라면 보통 야수같이 난폭하거나 변태적으로 악취미이거나 끔찍한 사디스트 중에 하나라고 들었다. 혹은 생체의 활동 에너지가 모두 하체로만 집약된 천하의 난봉꾼이거나.

"눈물도 많으셨어. 진심으로 우신 적은 거의 없지만."

"그럼요?"

"아버지에게 눈물은 하나의 방편이었거든. 울면 다들 용서해주더라고 하셨지. 나한테도 그 방법을 쓰실 때는, 조금 황당했지만."

그렇다면 조금은 이 남자보다는 요령이 있는 편이었을까. 아무래도 키츠카는 자신을 위해서라면 도통 휘어질 줄 모르는 대나무와 같이 어떤 모함을 받아도 담담히 바람을 벗고 있을 뿐이니까.

롤리타 콤플렉스라니, 그건 정말 심했다 싶었다. 그런데도 자신을 변호하지는 못할망정 거기서 왜 각오했다는 말이나 하고 있냐는 말이다. 자신이라도 정신을 똑바로 차려야겠다고 생각하며, 귀희는 약간 뿌루퉁해져 공중에 떠 있는 다리를 달랑였다.

"좋은 아버지셨어요?"

키츠카는 이번에도 바로 대답하지 않았다. 하지만 이내 고개를 끄덕였다.

"항상 내 걱정뿐이셨지."

"저…… 그럼 어머니랑은 대체 어떻게……?"

이 세계에는 유명한 3대 악의 상징이 있었다. 카르눈(Carnún)이라는 이름으로 알려진, 먼 옛날에 살았던 수인(동물인간)과 아이러니하게도 성자라고 불리는 뱀파이어 알라스테어 맥두걸, 그리고 에키드나 마수 리히터.

정말 얼마나 대단한 시어머니인지, 살아 있었다면 고부 갈등은 전혀 고민하지 않아도 됐으리라. 찍소리 한 번 못하고 순종할 수밖에 없었을 테니까.

무서워, 무서워.

귀희는 생각하는 것만으로도 살짝 몸을 떨고 말았다. 그러자 키츠카가 어깨를 어루만지며 '추워?' 하고 물었고 귀희는 아니라며 고개를 내저었다.

"어머니는…… 리히터 가의 가주였고, 아버지도 적은 나이는 아니었지만 어머니는 천오백을 넘긴 마녀였지. 같은 순혈 가문이라고 해도 키츠카 가는 멸족했으니까. 둘은 여왕과 거지 정도의 차이가 있었는데 아버지가 찾아갔던 모양이야, 어머니를."

"찾아가요?"

"순혈을 낳아야 했으니까."

귀희는 방금 입력된 정보를 소화하기 위해 무던히 애썼다.

"그 말은 두 분 사이에…… 아무런 감정도 없었다는?"

"아마도. 하지만 이류들에게 그건 별로 큰 문제가 아니야. 짐승들이 그렇듯이 이류들에게 가장 중요한 건 번식이니까."

"이류는 짐승이 아니잖아요."

"말을 하고 이성이 있는 짐승이지."

"나하쉬도요?"

그가 말하길 원래 나하쉬는 '너머'에서 왔다고 했다. 그렇다면 오히려 짐승보다 악마에 가깝지 않을—

"쉬."

소리는 관자놀이 위에서 흩어졌다.

"그 이야기는 하지 않는 게 좋아."

귀희는 바로 입을 다물었다.

그것은 사실 그녀가 알아서는 안 되었던 진실, 불가피하게 알아버렸으니 이제는 함께 판도라의 상자에 걸린 자물쇠를 지켜야 했음을 의미했다. 하지만 그녀는 역시 판도라의 후손이어서, 이것만은 낮은 음성으로라도 묻지 않을 수 없었다.

"첫 번째 나하쉬는 왜 왔을까요? 그러니까 이 엄청난 대가를 치르고라도 이곳으로 와야 했던 이유가 뭐였을까요?"

키츠카는 눈을 낮게 내리깔았다.

마음만 먹으면 역사서처럼 펼쳐지는 기억 속에 각인된, 제 기원에 가까운 태초의 풍경이 하나 있었다.

어두운 광야, 돌무더기와 둔탁한 바람밖에 없는 그 검은 안개 같은 곳에 한없이 가깝기도 하고 멀기도 해 감각을 교란시키는 까만 지평선이 있다. 그곳에 은빛 박명이 시리게 빛나온다. 그 모든 것이 불안정한 기체처럼 비스듬히 기운다. 그리고 이 기억의 기록자는 은빛 박명이 빛나는 곳을 향해 나아간다.

천천히, 영원히⋯⋯.

너무 오랜 시간이 지난 탓인지 제 기원에 관해서만은 희미한 인상밖에 남아 있지 않지만, 한 가지 확실한 사실은 나하쉬는 명계로부터 건너왔다는 것이다. 하지만 아무리 공간을 다루는 능력이 있다 한들 타르타로스의 주민으로서 유일하게 이 지상에 올 수 있었던 데에는 그보다 '더 위대한 힘'의 간섭이 없었으리라고 생각하기는 어려웠다.

명계는 그 특수성 때문에 지금까지도 처음에 생겨난 그대로 존재하는 특수한 곳이었다. 지상의 문명이 전란의 불길에 휩싸여 몇 번이고 탄생과 죽음을 반복하는 동안에도.

그곳에는 자연이나 문명, 제도, 심지어 '생명'이라는 개념조차 없었다. 하지만 그 그림자의 세계에도 이 세계의 신처럼 언제 어디에나 존재하는 전지전능한 '위대한 의지' 같은 것이 있다면, 그것을 왕과 왕비라는 지극히 지상적인 개념으로 이야기할 수 있다면, 그는 전령으로서 보내졌으리라. 하데스와 페르세포네, 오시리스와 이시스 혹은 네르갈(고대 바빌로니아, 아시리아의 신)과 에레슈키갈……. 이름은 무엇으로 불리든지 그 명을 받아, 오는 자는 있어도 가는 자는 없는 어두운 황야를 건넜으리라.

"글쎄……."

그는 알고 있었다. 알 수 있었다. 캐물어볼 수도 있었지만, 귀희는 그렇게 하지 않았다.

"말하지 않아도 괜찮아요."

그가 말하지 않는 데는 그럴 만한 이유가 있을 테니까.

"한 가지 확실한 것은, 사랑을 하려고, 원하는 것을 얻으려고 여기 오진 않았을 테지."

"하지만……."

"하지만 난 그렇게 해버렸고, 그로 인해 벌을 받고 있는 중이지."

맞닿은 시선, 흐르는 애련……. 지금만큼은 그들이 처한 상황에 대해 떠올리고 싶지 않아, 귀희는 애써 화제를 돌렸다.

"어머니는 어땠어요? 정말 마수 리히터라고 불릴 정도였어요?"

키츠카는 갑자기 조금 묘한 눈길로 그녀를 보았다.

"왜 내 부모님이 궁금해?"

"그냥 어땠을까 궁금한 거죠. 키츠카 씨의 부모님이니까. 그리고 키츠카 씨는 두 분의 어떤 점을 닮았을까, 뭐 그런 거."

그는 이미 뇌리에서 화석이 되어버린 기억을 한동안 찾아 헤맸다. 그다지 자신이 지나치게 오래 살았다고 생각해 본 적은 없는데, 600년 분량의 기억을 되짚어보자니 꽤나 오래 산 듯도 싶었다. 마침내 기억의 서랍 저 구석에서 그를 초연히 내려다보던 호박색 눈동자를 떠올렸다.

"조용하셨던 편인 것 같아. 말씀이 별로 없었지."

"음……. 성격이 좀 흉포하셨어요?"

"딱히 아니었던 것 같은데."

그러고 보면 동화책에 나오는 그런 모습이었던 적은 한 번도 없었다. 언제나 초연한 눈동자, 오히려 동화 속의 공주처럼 늘 드레스를 곱게 차려입은 흐트러짐 없는 모습이었다.

희미한 기억에 의하면, 신장은 아버지와 거의 비슷했지만 다소 마른 편이었던 그에게도 한품에 안길 만큼 가녀렸다. 하지만 늘 똑바로 앞을 응시하고 있었다. 곧추세운 허리, 살짝 치켜든 턱, 무너지지 않는 강철의 눈빛. 적들에 둘러싸인 마지막 순간에도 그녀는 위엄을 잃지 않았다.

"그럼 그 별명은……?"

별명이 별명인지라, 귀희는 키츠카의 눈치를 살폈다. 잠깐 생각에 빠져 있던 키츠카는 고개를 들었다. 그리고 그녀를 바라보다 말했다.

"적에겐 무자비했으니까."

그가 갑자기 그녀의 운동화 끈을 풀기 시작했다. 슥─ 잡아당겨 리본을 풀고, 꽉 당긴 끈을 하나둘 느슨하게 잡아당겼다.

"가치가 없는 것에도 무자비했지."

귀희는 의아했지만 키츠카가 계속해 말하고 있어서 시선을 돌렸다. 그는 담담한 얼굴이었고, 곧 운동화 한쪽을 그녀의 발에서 벗겨냈다.

쿵.

작게 둔탁한 소리를 내며 바닥으로 떨어진 운동화를 양말이 뒤따랐다.

"내 기억 속의 그녀는 항상 무표정해. 무심하다고 해야 할까……."

"그건 왠지……."

키츠카 씨와 비슷하다─ 고 말하려고 했으나, 신경이 온통 제 발로 쏠려 버렸다. 그가 제 발을 주무르고 있었기 때문이다. 가볍게 마사지하듯 하긴 했지만 뭔가 기분이 야릇해져 조금 주춤거리며 물었다.

"뭐…… 하세요?"

그가 태연한 얼굴로 대답하기를.

"귀여워서."

잠깐 말문이 막혔다. 그렇다는데 고맙다고 할 수도 없고 더 뭐라고 할 말이 없어, 발은 그대로 맡긴 채 애써 대화를 이었다.

"그러니까…… 그게……."

쉽지는 않았지만 어떻게든 뒷말을 찾아냈다.

"그래도 두 분이 사이는 나쁘지 않으셨죠?"

"세상은 내 어머니가 아버지를 강간한 것 정도로 생각하지만 그렇진 않았어. 아버지가 먼저 어머니를 찾아갔으니까. 사랑은 없더라도 서로 존중하는 느낌이었지. 어머니 입장에서는 많이 양보한 거였겠지. 동족이라고 해도 새파랗게 어린, 그것도 노예 출신의 남자를 그 정도로나 대해줬으니까."

한계였다. 더 이상 아무렇지 않은 척 말을 이을 수가 없었다. 아이가 플레이찰흙을 조몰락대듯 발을 만지던 손이 어느덧 알게 모르게 발목을 어루만지고, 종아리를 쓸고, 도록 돋아난 무릎을 간질였다. 발을 내어준 판국에 부끄러워하면 더 이상할 것 같아 억지로 모르는 척했지만, 슬슬 뭔가 좀 아닌 것 같았다.

"지금은…… 요?"

이제 그는 제 무릎을 만지작거리고 있었다.

"귀여워서."

이제야 그 의미를 알아들은 귀희는 확 볼을 붉혔다. 그러니까 아까부터 그는…….

알아들었음을 알았을까. 그가 가볍게 그녀의 무릎을 훑고 오금으로 손을 넣어 들어 올렸다. 그리고 굽히게 하고는 허벅지를 따라 거리낌 없이 손을 미끄러뜨렸다. 그녀가 흠칫한 찰나 이미 얇은 보루를 넘어 들어오고 있었다.

움찔 배에 힘이 들어갔다. 손은 꾸욱, 소파의 가죽을 움켜쥐었다.

"키, 키츠카……."

"귀여워서."

귀희는 울듯이 얼굴을 찡그렸다. 여전히 무던한 얼굴로 그녀를 못살게 구는 그가 야속하기도 했고, 이 터져 오를 것 같은 강렬한 자극을 견디기가 힘들었기 때문이다. 너무나 벅차고 거대해서…….

그녀는 천천히 목을 뒤로 젖혔다. 발끝부터 온몸으로 덩굴이 자라며 휘감고 올라오듯 전신으로 퍼져 갔다. 손끝, 머리끝까지……. 그리고 숨도 쉬지 못하도록 꽉 옥죄어왔다. 덩굴을 따라 돋아난 새빨간 환희의 꽃들이 한꺼번에 개화했다. 탁, 하고 단단한 봉오리가 터져 활짝 피어올랐다.

비명을 내질렀을까. 고도만큼 아찔한 절정에서 몸이 무너졌다. 가볍게 등을 받친 손이 그녀를 품에 기대도록 해, 진이 빠진 그녀는 그 어깨에 고개를 늘어뜨리고 축 까라지고 말았다. 학학, 가쁜 숨이 새어 나왔다.

그는 천천히 손을 빼냈다. 허공을 헤매던 시선이 마침 멎어, 그가 손을 입가로 가져가는 모습을 멍하니 바라보았다. 붉은 혀가 빛 아래 반짝거리는 수액을 핥았다. 뱀파이어가 처녀의 피를 탐하듯 탐미적인 광경을 쳐다보고만 있자, 남자는 웃었다. 길게 늘어지는 눈매가 독초처럼 화사한 유혹색을 가득 머금고 있었다.

나하쉬……. 미혹하는 자는 젖은 입술을 혀끝으로 핥고 다가와 입술을 빼앗았다. 그녀는 꼼짝도 할 수 없었다. 홀린 듯 눈을 내리감으면서 이래서 죽을 수도 있지 않을까 생각했다. 이렇게 그에게 홀려서…….

"귀여워."

그는 뜨거운 입술로 그녀의 볼을 핥고 귀 뒤를 핥으며 속삭였다. 하아, 홧홧한 숨결이 목덜미에 날카로운 열감을 남기고 턱을 훑쳤다.

뭉클 밀고 들어와 잔뜩 입안을 유린하는 혀에 대답은 할 수 없었다. 온통 끈끈하고 질척한 감각에 아무것도 분간이 가지 않았다. 그저 하나의 본능을 알 뿐이었다.

그녀는 그의 손을 잡아 제 소담한 꽃무덤 위에 올려놓았다. 그리고 열꽃이 홧홧한 볼을 하고 흘끔 그를 보았다.

"이것도…… 귀여워요?"

처녀의 볼에 핀 열꽃은 더욱 열기를 띠었다. 가타부타 군말 없이 티셔츠를 한껏 잡아당겨 올린 남자의 손 때문이었다.

"응."

남자는 대답하고, 고개를 내렸다. 귀희는 날숨을 날카롭게 들이삼켰다. 손은 그녀의 목 근처에 티셔츠를 고정하고, 가슴 끝을 거칠게 빨아올렸다. 그녀는 빙글빙글 도는 천장을 보며 질끈 눈을 감고 말았다.

"계속 이야기해."

어느 때 그가 무어라 말했다. 한참이나 그게 무슨 말인지 이해하려고 애썼다. 파편, 파편 부서지는 조명 빛에 눈이 시렸다.

"모르겠어요……. 기억나질 않아요……."

"그럼 됐어."

그는 기다렸다는 듯 내자르고 몸을 일으켰다. 아니, 어쩌면 처음부터 오늘 그는 대화 따위는 하고 싶지 않았을지도 모르겠다. 껍질을 까듯 그녀의 상의를 벗겨 내던지고, 제 티셔츠도 손짓 한 번으로 벗어냈다.

하얗게 번지는 조명 아래 최상의 남체가 드러났다. 옷을 벗어내며 흐트러진 적발 아래 파르랗게 빛나는 눈에 애욕(愛慾)의 동물이 있었다.

그를 대신해 소파 등받이에 반쯤 기대 앉게 된 여자는 경외와 기대로 몸을 떨었다. 무자비한 손길이 치마까지 소파 뒤로 내던졌다. 아프진 않되 우악스러운 손길이 그녀의 발목을 잡아당겼다. 무작스레 무릎이 벌어지고…….

물씬 다가오는 환락의 통각에 그녀는 목을 길게 젖혔다. 그리고 가느다란 팔을 한껏 뻗어 소파의 등받이를 온 힘을 다해 움켜쥐었다.

5

두런두런 소리가 들렸다. 서서히 수면 위로 떠오르는 의식에 한동안 멍하니 그 소리를 듣고 있던 귓가에 문득 그것이 말소리라는 것을 깨달았다.

자신을 안고 있는 이 품은 분명 키츠카인데 그가 누구와 대화를……

귀희는 화들짝 잠에서 깨어났다. 그리고 자신이 앉아 있는 느낌에 놀라 다급히 주변을 둘러보니, 어느새 왔는지 옆 의자에 앉은 아라가 있었다. 이어 고개를 돌리니 여전히 일인용 소파에 앉아 자신을 안고 있는 키츠카가 보였다. 그에 기겁해 획 아래를 내려다보자 제대로 옷을 입고 있었다.

물론 키츠카도.

"왜 그래요, 아가씨?"

아라는 의아해했고, 키츠카는 담담했다. 꿈을 꿨나 싶어 귀희는 눈을 끔뻑였다.

"아, 아뇨……. 어, 언제 오셨어요?"

아라는 빙긋 웃었다.

"방금 전에요. 오랜만에 그쪽 세계 이야기를 듣고 있었어요. 어제는 잘 보냈어요?"

"네?"

어제라니, 분명히 한 시간 전쯤에 식사를 같이…….

그 찰나 귀희는 깨달았다. 둘이 옷을 입고 있기는 한데, 다른 옷이라는 사실을. 번뜩 키츠카를 돌아보니 그는 여전히 무표정했지만, 마주친 눈빛에 머릿속에서 어제의 잔상이 빠르게 넘어갔다.

볼이 삶아놓은 듯 발갛게 익어버렸다.

"조, 좀 일어날게요."

아라 앞에서 예의가 아닌 것 같아 귀희는 슬그머니 그의 무릎 위에서 일어났다. 키츠카는 별말 없이 놓아주었다. 그 모습을 보며 아라는 어제 루카가 '분명히 하고 있을걸'이라고 했던 말을 떨치기 위해 고개를 내저었다. 그리고 못내 어색해하는 얼굴로 루카의 예언 능력을 증명하고 있는 여자에게 물었다.

"오늘 할 일이 있는데 같이 할래요? 마침 키츠카 씨도 나가볼 일이 있다고 하시니……."

금시초문의 이야기에 귀희는 홱 키츠카를 돌아보았다.

"어디 나가요?"

"금방 올 거야."

"하지만…… 괜찮아요?"

밖에는 알라스테어가…….

그 걱정을 고스란히 내보이듯 귀희는 그의 손을 양손으로 그러쥐었다. 키츠카는 그 손을 뻗어 그녀의 턱을 쥐었다.

"괜찮아. 오늘 죽을 거였으면, 이미 오래전에 죽었어."

그대로 끌어당겨 입술을 훔쳤다. 그리고 굿바이 키스치고 지나치게 진한 입맞춤을 끝내고, 볼이 붉어진 여자를 놓아주었다.

아라는 애써 못 본 척하고 있었는데, 쿠바에서는 크게 문제되지 않는 것도 아라가 같은 한국인이어서인지 굉장히 신경이 쓰였다. 아라도 마찬가지인 것 같았고. 이럴 때는 키츠카도 외국인이라는 사실이 와 닿는다고 해야 할까.

"착하게 있어."

"언제나 착하게 있는걸요."

재킷을 입은 그는 그녀가 하는 말에 돌아 나가다 피식, 웃었다.

"그렇지, 착한 백귀희."

무심한 남자의 입가에 맴도는 희미한 웃음, 황홀한 여운에 멍해져 있던 귀희는 다급히 그를 쫓아 나갔다.

"키츠카 씨!"

그는 복도의 중앙에서 뒤돌아보고 기다려 주었다. 달려간 귀희는 그가 입고 있는 와이셔츠를 보았다. 그에게 정신이 팔려 이제야 깨달았다.

"입으셨네요."

남빛 와이셔츠, 꼭 풍요로운 밤을 둘러 입은 듯…….

하늘 높이 빛나는 남신이 태양의 홀(笏)을 들고 밤의 한 자락을 뚝 잘라 망토로 휘둘러 입은들 이토록 경탄스러울까. 아니, 이것은 오히려 짐승의 모피처럼 그에게 어울렸다.

"잘 어울려요."

그때 그 마네킹만큼이나 잘 발달된 몸매가 마네킹보다 와이셔츠를 훌륭히 소화했다. 그녀가 생각한 느낌보다 완벽해 예술가가 완성품을 찬탄하듯 손바닥으로 쓸어보았다. 손바닥 아래 미끄러지는 서늘한 천의 감촉과 뜨거운 남체의 윤곽과 마네킹은 비교조차 불가능했다.

황홀감에 젖어 가슴을 쓸어가는 손을 남자의 손이 붙잡았다. 그리고 끌어당겨 숨결이 닿는 거리에서 위협하듯 속삭였다.

"오늘도 하루 종일 안기고 싶다면."

말은 그리 했지만, 그는 팔뚝을 꽉 쥔 손을 조금 풀었다. 어제는 애원할 정도로 벅차했건만, 귀희는 도리어 그의 목에 팔을 감아 매달렸다.

"다녀오세요, 조심히……."

애틋한 마음을 담아 속삭이고 입 맞추었다. 그는 그녀의 뒷머리를 감싸 안고 깊이 이끌었다. 운명의 붉은 실처럼 엉킨 것을 풀기 어려워 연인은 한참이나 서로를 탐했다. 탁 트여 비밀이 없는 공간이라도 입술은 서로의 것, 숨이 거칠어지도록 온기와 맛을 나눴다.

이내 달아오른 입술을 뗐지만, 또 한동안 서로의 눈빛을 깊이 응시하며 무언으로 많은 이야기를 나누었다. 끝내 몸을 돌렸지만, 키츠카는 그답지 않게도 얼마 가다 말고 그녀를 돌아보았다. 귀희는 당장에라도 달려가 그의 품에 안기고 싶어 망연히 그 모습을 눈에 담았다.

"이산가족이니?"

또 불청객처럼 불쑥 들려온 목소리, 오늘도 압도적인 에블린이 허리에 한 손을 얹고 삐딱하게 서 있었다. 그리고 그녀의 등장에 멈춰 선 키츠카에게 거의 욕지거리를 하는 듯한 어조로 외쳤다.

"못 봐주겠네, 정말. 너도 가든지 말든지!"

"잡아먹진 마시죠."

그제야 키츠카는 완전히 몸을 돌려서 가고, 에블린은 가차 없이 콧방귀를 내뀌었다.

"허, 에키드나가 뭐래."

그녀는 오늘도 파워풀한 아름다움을 뽐냈고, 불같은 다혈질이었다. 레이저를 쏘는 듯한 시선을 돌려 자신을 보기에, 슬금슬금 물러나던 귀희는 흠칫해 굳어버렸다. 그에 에블린은 홱 정갈한 눈썹 한쪽을 치켜들었다.

"내가 병균이야? 왜 슬금슬금 피해, 피하길?"

"……."

여전한 적의에 귀희는 당장에라도 키츠카를 따라갈까 심각하게 고민했다. 다행히 소란을 들은 아라가 다가왔다.

"에블린, 너 또. 내색하지 않기로 한 거 아냐?"

"여기 머무는 건 봐주겠지만 싫은 소리까지 그만둔다는 이야기는 안 했어. 참고로 말해두지만!"

그녀는 붉은 매니큐어를 바른 손가락으로 찌를 듯이 귀희를 가리켰다.

"내게서 환자 취급을 받을 생각이라면 당장 고쳐 먹는 게 좋을 거야. 멀쩡히 움직이는 이상 넌 내게 환자가 아니고, 시한부니 이루어질 수 없는 사랑이니 하는 걸로 내 동정심을 살 수 있을 거라는 기대도 하지 마. 여기 이루어질 수 없는 사랑 한 번 안 해본 사람 없고, 이래 봬도 난 마녀라서 피도 눈물도 없거든."

아라는 한숨을 내쉬었다. 그러고 보니 에블린은 자신과 처음 만났을 때도 이랬다. 너무 오래전이라서 잊고 있었지만, 상황도 상황이거니와 천성적으로 불리(Bully) 근성이 있는 것이다.

"좋아요."

그런데 귀희는 의연히 고개를 끄덕였다. 너무 태연한 대답이었을까. 에블린은 그런 대답은 예상치 못한 듯 주춤 손가락을 오므리면서 '좋아?' 하고 반문했다.

"실제로 전 환자가 아니니까요. 단지 곧 죽을지도 모르는 특수한 상황인 것뿐이죠. 동정심 따위 바란 적 없어요."

에블린은 팔짱을 끼고 '흐응' 소리를 냈다.

"좋아. 그 기백 하나는 마음에 드네. 꼭 그 기세를 유지하길 바라. 따라와."

묘한 미소를 남겨둔 에블린은 하이힐을 부딪치며 가버렸고, 귀희는 '따라가요?' 라고 물으며 의아하게 아라를 보았다. 그러자 아라는 쯧, 혀를 내차고 저 멀리 에블린에게 물었다.

"설마 너 또 사람을 부른 거야?"

"당연하지. 쟤 꼴을 좀 보라고. 기껏 개화해 놓고도 머리는 처녀귀신처럼 치렁치렁 기르기만 하고 저 후줄근한 티셔츠라니! 아방가르드 정신도 정도가 있다고. 미운 오리 새끼 시절 너보다 약 1.5배는 더 내 심기를 거슬러!"

아라는 난감하게 웃고는 에블린의 뒤를 따랐고, 귀희에게 선택권은 없었다. 그래서 방으로 간 순간, 파락! 웬 옷이 제 발치에 날아와 떨어졌다. 제 옷임을 깨달은 귀희는 놀라서 안으로 뛰어 들어갔다. 에블린이 옷장 문을 열고서는 그녀의 옷들을 하나하나 꺼내보고 절레절레 고개를 저으며 모두 바닥으로 내던지고 있었다. 그중 몇은 그녀의 하이힐 아래 무참히 짓밟혀 있었고.

"무, 무슨 짓이에요?"

"왜, 불만 있니?"

'당연하죠!' 란 말이 목구멍 끝까지 치밀어왔지만, 당당히 제 옷을 밟고 서서 위압적인 신장으로 내리깔아 보는 눈빛에 차마 소리가 되어 나오지 않았다.

"어떻게 된 게 다 옷이 아니라 넝마야? 여기 구멍은 물고기 낚아 먹으려고? 키츠카가 너 밥 굶기디?"

"빈티지한 걸 좋아하는 편이에요."

몸이 이렇게 돼버리고 나서는 옷을 전부 새로 사야 했지만 그

와중에도 제 취향대로 고르거나 틈틈이 리폼을 하는 등 했다. 사실 그게 요즘 유일한 소일거리기도 했다.

"빈티지? 거지꼴이겠지. 내가 제일 싫어하는 종류의 인간이 뭔지 알아?"

짐작조차 하고 싶지 않아 귀희는 얼른 고개를 내저었다.

"남자는 머리까지 근육으로 된 것 같은 테스토스테론 과다분비 환자들이고, 여자는 자신이 여자라는 것조차 잊고 사는 생물들이야. 여자란 아름다워질 권리와 의무를 타고 태어났지. 꽃이 괜히 꽃이겠어? 꽃이 아름답지 않다는 건 꽃의 직무유기인 것처럼 꾸미지 않는 여자란 죄를 짓고 있는 거야!"

그리 말하는 그녀는 확실히 완벽한 메이크업과 헤어스타일링, 꽃무늬 시폰 블라우스에 화이트 H라인 롱스커트, 은색 하이힐을 매치한 패션 감각까지……. 오히려 그래서 지나치게 박력이 있기는 했지만, 남자라면 누구나 원할 만큼 아름답다는 사실은 부정할 수 없었다.

귀희는 괜스레 제 옷차림이 신경 쓰여 발을 꼼지락거렸다. 잠옷 대용으로 입는 박스 티셔츠와 헐렁한 등산양말, 오늘은 키즈카가 입히긴 했지만 제가 평소에 입는 그대로였다.

"특히나 너희 여신의 후예라는 것들은 조금 선물을 타고났다고 아주 막 쓰기로 악명이 높지. 아무리 패션의 완성이 얼굴과 몸매라지만 거지꼴을 하고 있는 여자를 예쁘다 할 남자는 없어."

"하지만 아라 언니는……."

아라는 이런 상황이 익숙한지 이제는 전혀 말릴 생각도 하지 않고—보기보다 대범한 걸까—차를 마시고 있었다. 청바지에 흰 티셔츠, 카디건에 플랫슈즈를 매치시킨 편안한 차림이긴 했지만 그 아름다움은 조금도 퇴색하지 않았다.

"쟤도 개천에서 용 난 거야. 10년 전의 쟤를 보고 좋다고 한 루카는 변태고. 하긴, 키츠카도 변태지."

자신을 머리부터 발끝까지 훑으며 픽 콧방귀를 뀌는데 할 말이 없어지고 말았다.

"아무튼 이건 모두 갖다 버려. 걸레로 쓸 것도 없으니까!"

우아하면서도 질풍처럼 사라지는 그 뒷모습에 당황한 시선을 숨기지 못하자, 아라가 안심하라는 듯 말했다.

"걱정 말아요. 에블린 나름대로 친해지는 과정이니까. 아무래도 오늘 계획은 바꾸는 게 좋겠네요."

역시 귀희에게는 선택권은 없었다. 오늘 왠지 피곤해질 것 같은 하루를 예상하고 한숨과 함께 걸음을 내딛었다. 그때였다. 핑— 관자놀이를 스치는 묘한 통증이 있었다. 알 듯 말 듯 찰나적인······.

귀희는 꾹 관자놀이를 주물렀다. 설마 벌써 증상이······? 하지만 더 생각할 틈도 없이, 밖에서 에블린이 신데렐라의 못된 언니 1처럼 외쳤다.

"꾸물댈 거야! 암브로시아는 가장 빨리 움직일 수 있는 종이라고!"

다급해진 귀희는 두통이고 뭐고 얼른 옷을 갈아입기 시작했다.

귀희는 완전히 파김치가 되었다.

"괜찮아요?"

아라가 묻자 귀희는 비척비척 고개를 돌리고 '지쳤어요' 하고 힘없이 중얼댔다. 그러자 비릿하게 날아드는 음성이 있었으니, 어째 시작할 때보다 더 쌩쌩해진 것 같은 에블린의 것이었다.

"벌써 양잿물 마신 참새처럼 그 꼴이야? 훈련은 폼으로 했니?"

이건 체력적으로가 아니라 행위 자체에 진력이 난 것이지만, 귀희는 감히 토를 달지 않았다. 저 성격에 또 무슨 말이 날아올지 모르니까. 해코지를 할 것 같으냐면 그렇지는 않지만, 어떻든 자신을 괴롭히려는 그녀를 대하는 시간이 길어질수록 기가 다 빨리는 기분이었다. 그에 더 지친 것도 있는데……

에블린은 아까와 완전히 달라진 차림새였다. 출장 나온 미용사에게 이미 완벽한 헤어 스타일링을 다시 받고, 메이크업아티스트에게 역시 완벽한 메이크업을 다시 받고, 직접 걸음을 한 디자이너에게 추천받은 칵테일드레스로 갈아입고, 그 위에 태그도 떼지 않은 명품 선글라스를 써보고 있었다.

악마는 프라다를 입는다더니, 과연.

밖에 나갈 수 없는 특수한 상황 때문에 밖에 나가지 않았다 뿐이지, 거의 쇼핑몰을 다 사들이지 않았나 싶을 만큼 쇼핑도 했다. 소위 '사모님'들은 저택으로 부띠끄 직원들이 찾아오는 VVIP 쇼핑을 즐긴다는 이야기를 듣기는 했지만, 가게를 통째로 옮겨온다는 이야기인 줄은 몰랐다. 이 정도나 되는 부(富)의 차이에는 아연해질 뿐이라 질투심이나 자괴감을 느낄 새도 없었다.

실로 이상한 나라에 빠진 앨리스가 된 것 같은 기분이었다. 분명히 얼마 전까지 자신은 평범한 이주민 소녀에 불과했는데, 알고 보니 여신의 후예라는 암브로시아라서 기묘한 세계에 오게 되었고, 그냥 한 남자를 좋아하게 됐을 뿐인데 시한부의 삶을 살게 됐고, 그런데 또 난데없이 호화로운 저택에서 일라이자(소설 〈피그말리온〉의 여주인공)가 되어 있으니……. 롤러코스터를 탄 것 같아 정신을 차릴 수 없었다.

"언니는 지치지도 않나 봐요."

역시 에블린의 지시에 따라 모습이 싹 바뀐 아라는 조금 웃었다.

"익숙해지면 괜찮아요."

그때, 출장 나온 사람들이 짐을 챙겨 나가고 있는 문가에 루카가 나타났다. 거의 볼 때마다 그렇듯이 그는 막내딸을 안고 있었지만, 사람들은 주춤거리며 눈에 띄게 두려워하는 기색으로 인사하고 분분히 사라졌다. 물론 그는 그들이 유령이나 되는 것처럼 무시하고 다가와 제 엄마에게 아웅대며 팔을 뻗는 딸을 아내에게 안겨주었다. 그리고 당연하게 그 옆자리에 앉았다.

아라는 장기 손님—자신과 키츠카—때문에 잠깐 직장에 휴가를 냈다고 들었지만, 아무래도 그는 일을 하지 않는 모양이었다. 여자들만의 시간을 위해 자리를 비켜주기는 했지만 어디를 다녀온 기색은 없었다.

"끝났나?"

"응. 어때?"

아라는 가벼운 교태를 담아 물었고, 그는 무심히 대답했다.

"좋아."

귀희는 환골탈태한 자신을 흘긋 내려다보았다.

여태 그래 본 적이 없어서 잘은 모르겠지만 사랑하는 남자에게서 듣고 싶은 대답이 저렇게 흰죽처럼 밍밍한 말은 아니라는 것만은 분명했다. 하지만 아라는 더없이 만족한 미소를 지었고, 그의 볼을 감싸고 살짝 키스까지 해주었다. 아마 귀희가 좀 더 능숙한 여성이었다면 아내의 가는 허리를 자못 소유욕을 담아 감싸고 있는 남자의 손이 의미하는 바를 알아챘을 것이다. 그렇지만 제 보기에는 영락없이 무관심한 남편과 관대한 아내라, 물끄러미 보다가 저도 모르게 속마음을 내뱉고 말았다.

"언니가 왜 베르티 씨랑 결혼했는지 모르겠어요."

물론 툭 말하고서는 깜짝 놀라 입을 막았다. 하지만 다행히 루카는 화내지 않았고, 아라는 그저 피식 웃었다.

"그러게요. 저도 궁금할 때가 많아요."

루카가 전혀 신경 쓰지 않는 것 같아 귀희는 호기심을 참을 수 없었다.

"근데 정말 왜였어요?"

"끈기에 졌다, 정도로 해두죠. 어찌나 독하게 쫓아오는지 더는 도망칠 수가 없겠더라고요."

쫓아와……?

외모를 떠나 이 미녀와 야수 같은 커플이 도대체 어떻게 이뤄

졌나 했더니, 역시 그랬던 걸까?

또르르 눈을 굴려 루카를 훔쳐보니, 이 모든 대화가 들리지 않는지 그는 아내의 머리카락을 가지고 쓰다듬었다 말았다 풀었다 하면서 손장난을 하고 있었다.

키츠카도 자주 하는 행동이었다. 여태 그다지 특별히 여기지 않았지만, 어쩐지 그 행동에 공통된 의미가 보일 것도 같아 빤히 쳐다보고 말았다. 그런데 그때, 그가 아내의 함함한 머리채를 쥐고 그 향기를 깊이 들이마셨다. 그리고 그녀를 응시하는, 폭풍이 치기 직전의 바다처럼 짙게 일렁이는 눈빛.

그 순간, 귀희는 모든 의미를 이해하고 말았다. 불덩이를 삼킨 듯이 속이 확 달아올랐다. 언제나 이렇게 자신은, 한 박자가 늦다.

"어쩌면 키츠카 씨도 그랬는지 모르죠."

갑자기 들려온 말에 귀희는 '네?' 새된 목소리를 내고 말았다. 키, 키츠카도 저런 의미였다고?

아라와 에블린은 '얘 왜 이래?' 하듯이 쳐다보았고, 루카만이 뭔가 알고 있는 것 같은 심술궂은 미소를 띠었다.

훤한 대낮에 상대도 눈앞에 없는데 이 무슨 정숙하지 못한 생각인가 싶어 귀희는 얼굴이 더 달아오르고 말았다. 에블린은 그 힌트를 놓치지 않고 눈을 가느다랗게 떴다.

"너, 지금 무슨 생각 했어?"

"네, 네?"

에블린은 표한하게 자리를 박차고 일어나, 귀희의 보들보들한

양 볼을 꽉 움켜쥐어 버렸다. 그리고는 '으으으윽!' 죽는 소리가
나오도록 관자놀이에 핏대를 세우고 꾹꾹 꼬집어댔다.

"이게 그렇게 안 봤는데 아주 앙큼하네. 정말 괴롭히지 않고는
배길 수가 없어."

귀희는 바동거리며 '그, 그게 아니라……' 하고 애써 부정했
지만 볼이 못난이 인형처럼 달아오를 때까지 꼬집히고 나서야
겨우 풀려났다.

"으으, 근데 뭐라고 하셨어요?"

성숙한 여인의 외모를 하고는 아이처럼 볼이 발간 모습이 귀
여웠던지 아라는 빙긋 웃었다.

"이 정도로 독하게 쫓아오는 사람이라면 오히려 괜찮지 않을
까 싶었어요. 무슨 일이 있어도 절 포기하지 않아줄 것 같았으니
까. 키츠카 씨도 그런 게 아닐까요? 아무래도 에키드나에 나하쉬
니까요. 보통이라면 일단 꺼리죠. 하지만 귀희 양은 키츠카 씨를
끝내 놓지 못해 역의 개화를 했을 정도니까, 굳이 밝게 보자면 마
음을 증명하는 데 있어서는 평생 분량을 끝낸 셈이라고 봐요."

에블린이 픽 웃으며 끼어들었다.

"목숨을 담보로 증명해야 하다니, 참으로 위험천만하게들 사
시네."

그때였다. 잠깐 창문 너머를 돌아본 루카가 꼭 들릴 리 없는
소리를 들은 양 말했다.

"왔다. 가봐."

"네?"

아라 역시 창문 쪽을 돌아보고 그의 말을 통역해 주었다.

"키츠카 씨 돌아왔나 보네요."

귀희는 바로 발딱 일어났다. 꼭 하루 종일 목 빼어 주인을 기다린 강아지처럼 흥분한 모습을 에블린은 못마땅한 눈으로 보았지만, 이미 귀희는 아무것도 보이지 않았다. 급한 마음에 인사도 하는 둥 마는 둥 뛰어나갔다. 익숙하지 않은 힐 때문에 달리기가 힘들어지자 구두까지 벗어 던지고 복도를 날듯이 달려갔다.

탕!

문을 박차고 방으로 들어가니 등을 보이고 선 키츠카는 막 재킷을 벗고 있었다. 그녀는 소리에 뒤돌아보는 그에게 분분히 다가갔다. 얼마나 뛰어왔는지 숨까지 할딱할딱했다.

"다녀오셨어요?"

키츠카는 그녀를 쭉 훑어보았다. 그제야 제 상태를 깨달은 귀희는 얼른 두 손에 덜렁 들고 있는 하이힐을 바닥에 가지런히 내려놓았다. 그리고 못내 어색한 웃음을 지었다.

"이건……."

"에블린의 솜씨군."

"알겠어요?"

"패션 하나만큼은 그녀의 의견에 토 달 게 없지."

확실히 그랬다. 무언으로 강요하는 눈빛이 무서워서 순순히 입기는 했지만, 블랙 랩 원피스는 제 눈으로 보기에도 제게 완벽하게 어울렸다. 아니, 사실 아직도 조금은 낯설어 완전히 자신이라고 생각되지 않는 이 연꽃 같은 미인에게.

"어울려요?"

"예뻐."

어라. 예쁘다고는 했지만 루카의 '좋아'보다 하등 나을 게 없었다. 그쪽이 밍밍한 흰죽이라면 이쪽은 환자들이나 먹을 법한 무염의 미음이었다. 그것도 무던히 대답하고 재킷을 옷장에 넣는 모습을 보면…….

귀희는 못내 속상해 제 차림을 내려다보았다. 아무리 그래도 조금은 감탄할 줄 알았는데.

그렇게 찡그리고 있는데, 그가 다가와 가볍게 키스해 주어 살짝 마음이 풀어지려는 찰나에 단단한 손이 당황스러운 곳에서 느껴졌다. 바로 치마 아래로, 허벅지에서 엉덩이로 올라오는 손길에 귀희는 그의 가슴을 살짝 밀어냈다.

"오, 오자마자요?"

"안아달라는 말 아니었나?"

"에? 어, 그냥 옷이 어떠냐고 물었을 뿐인데……."

"이렇게 예쁜 모습을 보여주는 건 안아달라는 말이나 마찬가지야."

속삭임은 입술 위에 내려앉았다. 그리고 연인의 밀어에 발갛게 달아오른 처녀는 그에게 안겨들었다.

오늘 하루 목말랐던 온기를 담뿍 들이마셨다. 이렇게 안겨 모자랐던 것을 채우고 있으려니 이미 영원한 에너지의 화수분이라는 영생이라도 얻은 것 같은 기분이었다.

"어디 다녀오신 거예요?"

문득 생각나 물으니, 키츠카는 옆으로 고갯짓했다.

"이거."

의아하게 시선을 따라 돌린 귀희는 또 그에게 정신이 팔려 전혀 눈치채지 못하고 있던 물건을 발견했다. 그의 발치에 놓인 물건, 스티커들이 어지럽게 붙은 익숙한 기타케이스였다. '어!' 소리를 내고 당장 앉아 케이스를 열어보자, 그녀의 기타가 여전한 모습으로 누워 있었다.

"내 기타……."

"찾아왔어."

사실 기순이 사준 기타를 잃어버려 속이 편하지는 않았지만, 어쩔 수 없는 상황이었으니까 거의 포기하고 있던 차였다.

"고마워요."

키츠카는 안겨드는 그녀의 머리를 쓰다듬어 주었다.

"몸은 어때?"

"괜찮아요."

"어지러운 건?"

"없어요."

그에게 안긴 채 와이셔츠 위로 탄탄한 가슴에 낙서하듯 동그라미니 세모니 도형을 그렸다. 그러다 점차 손바닥으로 크게 감싸고 위아래로 부드럽게 쓸었다. 딱히 유혹을 하는 것이 아니라, 그 느낌이 좋았기 때문이다.

볼을 감싼 손에 의해 고개가 들리고, 입안 가득 그의 맛이 다가왔다. 가벼운 인사였던 좀 전과 달리 키스는 금세 열기를 띠기 시작했다.

"벗겨줘."

그가 입술 위에서 속삭였다. 하지만 여자는 아직 어린 기색이 전부 가시지 않아 수줍음이 남아 있었기에 선뜻 행동하지 못하고 볼만 발갛게 붉혔다. 더한 것도 했건만 이상하게 남자의 옷을 제 손으로 벗긴다고 생각하니 못내 부끄러웠다.

"옷, 벗겨보고 싶다는 의미라고 생각했는데."

"네, 네?"

홍조가 거의 장밋빛으로 짙어졌다. 설마 옷을 선물하는 데 그런 의미가 있을 줄은.

어쩌지 못하고 우물쭈물하고 있으려니 그의 손이 재촉하듯 몸의 굴곡을 따라 그리며 내려가기 시작했다. 그리고 흠칫 힘이 들어가는 자그마한 엉덩이를 타고 다시 치마 아래로 스며들어 왔다. 가터벨트를 발견하고는 가늠하듯 손끝으로 타고 올랐다.

귀희는 달아오른 얼굴로 흘끔 그를 올려다보았다. 비교 대상이 없어서 미처 깨닫지 못하고 있었는데, 어제도 그렇고 아무래도……

"키츠카 씨 왠지 의외로…… 호색해요."

손은 여인의 향긋한 살나무 사이를 헤매고 있으면서도 표정만큼은 성자에 다름없는 남자는 눈 하나 꿈쩍하지 않았다.

"나하쉬니까."

"왠지 좀…… 변명처럼 써먹고 있지 않아요?"

손은 치마 아래를 빠져나왔지만 여전히 허리에서 벗어나지 못하고 있었다.

"참고 있어, 많이."

"참아요?"

"응."

"왜요?"

생각지도 못한 의외의 대답이라, 전혀 그런 것 같지 않았지만 일단 물어보기는 했다.

"……."

그런데 키츠카는 선뜻 대답하지 않았다. 의아해하며 그를 보는데 순간 탁 머리를 쳐오는 생각이 있었다.

"혹시…… 조금이라도 내 생명력을 아끼기 위해서?"

굳이 대답을 듣지 않아도 정곡이라는 것을 알 수 있었다. 그가 그곳에 꿀을 묻혀놓은 것처럼 거두지 못하던 손을 그녀에게서 뗐기 때문이다. 그 생각이 짚단에 놓은 불같던 욕구를 바로 소화시킨 것처럼.

"그냥 궁금해서 묻는 건데, 정말 그렇게 해서 아껴지긴 해요?"

"혹시 모르니까."

귀희는 잠깐 입을 다물었다. 하지만 화났다거나 슬퍼하기보다 무언가를 곰곰이 생각하는 기색이었다. 이내 납득했는지 고개를 주억였다.

"그럼 조금 참는 게 좋겠네요."

"그렇겠지."

"제가 아무리 귀여워 보여도 말이죠."

키츠카는 눈을 들었다. 마지막 말은 그로서도 다 이해되지 않았기 때문이다. 귀희는 수더분하게 제 머리를 긁적이고만 있더니 갑자기 무언가 떠올랐다는 표정으로 '아' 소리를 냈다.

"아참, 오늘 이것도 샀어요."

뜬금없는 화제의 전환이었지만, 그녀가 하는 거라면 아무래도 좋은 키츠카는 새로 샀다는 물건을 꺼내길 기다렸다. 그러나 귀희는 물건을 찾으러 가는 대신, 바로 그의 앞에서 원피스의 앞섶을 열었다.

거의 살색과 비슷한 금색 속옷에 감싸인 성찬이 하얗게 빛났다.

"예쁘죠?"

희고 가는 손이 황홀한 둔덕을 쓸어갔다. 미인의 손끝에서 눈부신 백옥의 피부가 따뜻한 생크림처럼 묻어 나올 것 같았다. 남자는 이제 눈조차 깜빡이지 않았다.

"이건 이렇게……."

여전히 천진한 얼굴을 한 여자는 속옷 앞섶을 아슬아슬하게 붙잡고 있는 후크를 열었다. 그리고 제 스스로 선물의 포장을 벗기듯 잡아 벌렸다.

"앞으로 열어지는 거래요."

무덤은 자체로 하나의 꽃인 성싶었다. 눈부시게 만개한 순백의 꽃잎, 그 가운데 다홍빛 수술이 소담히 고개를 들었다. 온유향(溫柔鄕), 따뜻하고 부드러운 곳은 그야말로 아찔한 향기를 풍기며 유혹했다.

남자는 초인의 인내로 시선을 들어 그녀의 눈을 보았다. 그 눈은 이미 선득한 광채를 내뿜고 있었다.

"고문받을 짓은 하지 않았던 것 같은데."

"했어요."

여자는 가볍게 그의 가슴을 밀었다. 적 앞에서라면 꿈쩍도 하지 않을 걸음이 자연스럽게 뒤로 물러났다. 제게 탄탈로스의 갈증을 불러일으키는 여체 앞에서는 그 같은 전사도 그저 남자였다. 위대한 왕도, 잔인한 정복자도, 야만적인 전사도…….

그녀는 그를 침대까지 몰아붙였다. 그 앞에서 다시 한 번 그를 가볍게 밀어 앉혔다. 거기서 사냥을 멈추지 않고 그의 위로 올라갔다. 그리고 다리를 벌려 흐벅진 허벅지로 남자를 누르고 올라탔다.

"제 앞에서 더 이상 이성적인 디어크는…… 싫어요."

이미 그곳에 볼 붉은 어수룩한 처녀는 없었다. 나하쉬는 성녀조차 창녀로 만들 수 있다더니, 과연 그러했다. 그 눈빛, 그 눈빛이었다. 그야말로 참혹한 광채를 내뿜는, 미혹하는 자의 응시가 수줍은 아가씨를 창부로 탈피시켰다. 그것은, 그것을 얻을 수 있다면 말룸(Malum:라틴어. 사과 또는 악)으로도 거침없이 손을 뻗을 수 있도록 만드는 말룸 그 자체였다.

군신을 유혹하는 금성처럼, 여인은 손을 뻗었다. 그리고 왕관을 쓴 샛별의 눈부신 손가락으로 밤하늘을 걷어냈다.

길게 내리깔린 밤하늘의 파문 위에 누운 군신의 육체는 자석처럼 여인의 손길을 끌었다. 손은 대지의 돌과 광물로 이루어진 것 같은 육신을 타고 은하수처럼 흘렀다.

그것이 스위치였다. 강한 힘에 끌려간 순간, 세상이 뒤집혔다. 놀란 소리 한 번 내어볼 틈도 없이 몸이 뒤집히고, 허리가 끌려갔다. 지익─ 난폭한 손길이 치마 아래서 그대로 얇은 레이스 팬티를 찢어냈다.

"……!"

그대로 그녀를 양분하는 거대함에 발작적으로 비명 같은 소리가 터졌다. 하지만 고통 때문만은 아님을 알았을 것이다. 아니, 설사 그랬다 하더라도 이번만큼은 들리지도, 듣고 싶지도 않았으리라. 우악한 손이 놀라 우는 가는 허리를 움켜잡았다.

여린 것과 단단한 것이 마찰할 때마다 여자는 자지러졌다. 끝까지 빠져나가고 끝까지 밀고 들어와 화상을 입는 것만 같았다. 거의 광기에 사로잡힌 남자는 그녀의 양손을 압박해 누르고 무자비하게 앗았다. 문명과 과학이 지배하는 인간의 도시를 덮친 해일처럼 모든 것을 할퀴고 지나가, 태초의 대지만이 남은 그곳에 문명과 이성이란 한 점 없었다.

압도적인 황홀경에 사로잡혀 여자는 비명을 내질렀다.

몸속에서 우주가 폭발한 것 같았다. 모든 것이 흩어지고, 천공의 성(城)이 몰락하듯 저 하늘 높은 곳에서부터 무너지는 세계와 함께 땅속 깊은 곳까지 추락했다. 그리고 까마득한 죽음에 질식당하여 숨 막히는 어둠을 뚫고 다시 태어나 신세계의 광채가 눈꺼풀 속에서 폭발했다.

루카는 멈칫했다.

"왜 그래, 루카?"

잠깐 찻잔을 들던 자세로 멈춰 있던 루카는 '아무것도'라고 대답하고 곧 태연히 다시 차를 마시기 시작했다. 아라는 고개를 갸웃했지만 금세 잊고 에블린과 하던 이야기를 계속했다. 얼마나 지났을까. 루카가 다 마신 찻잔을 내려놓고 중얼거렸다.

"보기와는 다른 타입이군."

아라가 다시 '응? 뭐?'라고 물었지만 루카는 대답하지 않았다. 그제야 뭔가 이상함을 느낀 에블린은 문가에서 들려오는 왠지 모를 수런수런함에 고개를 돌렸다. 젊은 직원들 두엇이 발갛게 붉은 볼을 하고 속닥대며 지나갔다. 동공이 크게 열릴 만큼 놀랐으면서도 흥분했고, 어딘지 장난기까지 퐁퐁 솟아나는 얼굴들은 꼭…… 뭐랄까, 그래, 꼭 실수로 부모의 정사를 엿본 자매가 지을 만한 것이다.

에블린은 홱 루카를 돌아보았다. 여전히 무표정했지만 오감 자체가 식스 센스 수준인 남자는 이 저택에서 나는 모든 소리를 듣고 있을 게 분명했다. 그녀가 저를 쳐다보는 표정에서 그가 무엇을 듣고 있는지 깨달았음을 알았을까.

"이제 끝난 것 같군…… 이 아니군. 저런. 힘들어하는 것 같은데."

그제야 아라도 뭔가 이상함을 느꼈는지 표정이 묘해지기 시작했다. 그리고 깨달은 찰나, 남우세스러움에 자리까지 박차고 일어나 파르르 떨었다.

"루카! 그런 걸 듣고 있으면 어떡해!"

에블린은 오만 인상을 쓴 채 표한하게 자리를 박차고 일어났다.

"이것들이 진짜!"

쿵쿵대며 사라지는 그녀의 등 뒤로 심드렁한, 그러나 조금은 억울해하는 것 같은 목소리가 따라왔다.

"이 정도 볼륨이라면 들으라는 거나 마찬가지다만."

온몸이 녹아내려 무너졌지만, 남자는 허리를 휘어 감고 놓아주지 않았다. 여자는 그대로 엎드린 채 해일처럼 끝없이 밀려드는 남자를 받아들였다. 짐승 같은 자세가 수치스러우면서도 무어라 형용할 수 없는 배덕한 쾌감에 엉덩이의 수위가 점차 높아졌다.

쾅!

갑자기 굉음이 천장을 뒤흔들었다. 귀희는 흠칫 몸을 굳혔다. 그리고 사방에 엉망으로 흐트러진 생각을 겨우나마 주워 모아 기습의 가능성을 떠올렸지만, 키츠카는 전혀 멈출 생각이 없어 보였다. 오히려 일어나려고 하는 그녀를 더 압박할 따름이었다.

쾅!

뒤이어 또 한 번의 굉음과 함께 문 너머에서 괴성이 우렁우렁 울려 퍼졌다.

"적당히 좀 해! 집을 무너뜨릴 셈이야!"

에블린.

거의 괴물 같은 괴성의 주인공을 깨달은 귀희는 당장 몸을 일
으키려고 했다. 하지만 키츠카는 허리짓을 멈추지 않아 그녀는
기겁하여 말했다.

"디, 디어크?"

말이 제대로 나오지 않을 정도로 가쁜 숨을 토해내며 불러보
아도 대답이 없었다. 그저 머리 위로 그늘이 드리워지고 귓가에
쉿, 소리가 다가왔다.

"책임지지 못할 짓은 하지 말라고 했잖아."

"그, 그런……."

그가 끝없이 밀려드는 이상 온 이성을 앗아가는 환락은 가시
지 않았다. 모질게 입술을 깨물고 참으려고 해도 애끓는 신음이
입 밖으로 넘쳐흘렀다. 그리고 앞서 이야기했지만, 그녀는 이럴
때면 이상하게도 목소리를 참지 못하는 편이었다.

"허? 무시해? 이것들이 진짜!"

쾅! 쾅쾅!

에블린은 어디 해보자는 듯 온 힘을 다해 문을 두드리기 시작
했다.

"애를 아주 잡아라, 잡아! 환자랍시고 마음 편하게 해주랄 때
는 언제고, 넌 기를 빨아 먹고 있냐! 그렇게 기 빨아서 네가 영생
할래! 이 뻔뻔한 나하쉬 같으니라고!"

쿵!

분을 참지 못하겠는지 문을 발로 걷어차기까지 했다.

"역시 시조부터 싹수가 노란 놈이었어, 넌!"

사랑과 기침은 참을 수 없다고 했지만, 참을 수 없는 것은 그 둘뿐만이 아니었다. 귀희는 머리가 이상해질 것 같은 막다른 길에서 울먹이며 고개를 사납게 내저었다.

"제, 제발⋯⋯. 모, 못 참⋯⋯."

깨어난 나하쉬는 실로 무자비했다. 연인이 흐느끼며 애원했건만, 그럼에도 잔인한 침략군처럼 유린을 멈추지 않았다. 쾅쾅쾅! 그 와중에도 굉음은 계속되고 있었다.

갑자기 그는 가는 허리를 강하게 움켜쥐었다. 그리고 타악, 밀고 들어온 순간 파정했다. 뜨거운 유백색의 탁류가 뱃속으로 그득 밀려들었다. 내장을 뜨겁게 달구는 하얀 용암인 듯해 여자는 거세게 몸을 떨었다. 마침내 윤택한 살꽃 사이로 남성이 빠져나가자, 우르르 무너져 내렸다. 그야말로 손가락 하나 까딱할 힘도 남아 있지 않았다.

남자는 손을 뻗어 가까운 탁자의 테이블보를 끌어당겼다. 무작정 잡아 빼는 손길에 탁자 위에 놓여 있던 물건들이 시끄러운 소리를 내며 떨어졌다. 하지만 그는 개의치 않고, 무난한 흰색이라 수건처럼 보이는 테이블보를 허리에 두르며 문 쪽으로 걸어갔다. 그리고 쿵! 쿵! 발길질에 흔들리고 있는 문을 거칠게 열었다.

"내가 포기할 거라는 생각은 버리는 게 좋⋯⋯!"

마침 또 문을 치기 위해 손을 들어 올리던 에블린은 바로 멈칫했다.

"계속 하실 겁니까?"

그녀는 그대로 꿀 먹은 벙어리가 되어버렸다.

눈앞에 나타난 남자는, 섬뜩하도록 다른 사람이었다. 삐딱하게 내려다보는 눈빛과 자세마저도 달랐다. 파르란 눈동자와 새빨갛게 짙은 입술, 빛나는 피부, 오싹한 요기(妖氣)……. 실로 뱀의 권화와 같이 유려하고, 사악하게 아름다웠다. 수백 년간 알아왔지만 그의 이런 모습은 단연코 목격한 바가 없었다. 에블린은 저도 모르게 위압되고 말았다.

"계속 하실 거냐고 물었습니다."

"어……. 아니."

쿵.

키츠카는 그대로 문을 밀쳐 닫았다. 그리고 가는 길목에 물병을 집어 따 마시고는 열을 식히기 위해 머리에도 붓고 젖은 머리카락을 쓸어 올렸다. 희미한 조명을 등진 그 모습을 귀희는 가물가물한 눈으로 바라보기만 할 뿐 꼼짝도 할 수 없었다. 온몸에 감도는 여운에 현실감도 어딘지 멀어 방금 일어난 일을 몽롱하게 인식할 뿐이었다.

그는 테이블보를 풀어 아무렇게나 내던지고 그녀에게로 돌아왔다. 그리고 이미 반쯤 잠 속으로 까라진 그녀의 턱을 들어 입을 맞추었다.

남자가 머금고 온 수원에서 흘러나온 수맥이 여자에게로 흘렀다. 자신도 몰랐던 갈증을 깨달은 여자는 무색무취의 넥타르를 달게 받아 마셨다. 더 원해 조르듯 아이처럼 수맥의 근원을 빨아당기자, 뭉클 정염의 맛이 느껴졌다. 남자가 기다린 것처럼 더 깊이 부딪혀 오기 시작한 것이다.

그제야 귀희는 자신이 어느새 그의 위에 길게 엎드려 누워 있다는 사실을 깨달았다. 물을 찾아 너무 멀리 와버린 것이다. 하지만 급히 뒤돌아갈 틈도 없이, 풍성한 융기의 봉화가 뜨거운 입 속에 앗기고, 계곡 사이로 불타는 열사(熱蛇)가 스며들었다.

독사에 물려 단말마를 토하며 까라지는 에우리디케처럼, 그녀는 그 불의 뱀에 물려 단말마 같은 신음을 내질렀다. 통증은 없었으나 그 열기는 흡사 온 장기를 불태우는 듯해 백열이 작렬하는 고통에 가까웠다.

그는 뱀이 달콤한 회향을 찾아 나서듯 내부를 온통 헤집었다. 그리고 활처럼 휘는 눈부신 여체를 타고 올라 만개한 젖가슴을 달게 삼켰다. 성녀의 육체는 점차 요부로 변모하며 유충의 점액을 벗고 성충으로 날갯짓하기 시작했다.

여인은 남자를 타고 서서히 허리를 흔들었다. 붉은 입술이 귓불을 깨물고 손바닥으로 가슴을 문지르며 재촉하자, 만물의 근원이 되는 샘을 그에게 숨김없이 열어주었다. 남자의 손은 크림 같은 살결을 쓸며 내려가 매끄러운 배로, 그리고 제 것을 가득 품은 숲을 헤쳤다. 열매를 찾아 가볍게 따자, 여인은 또 한 번 황홀한 폭발에 온몸을 내맡겼다.

아낌없이 목을 울리며 남자의 위로 무너졌다. 그 함초롬한 몸짓이 너무 어여뻐서, 그는 멈출 수가 없었다. 그의 위로 힘없이 늘어진 여체를 돌려 눕혀 갈대꽃 같은 다리를 벌리고 들어섰다. 연인은 힘겨워하며 고개를 저었지만 그는 이미 선뜻 들어서고

난 후였다. 본능처럼 감싸오면서도 저항하는 양 그의 가슴께를 헤매는 양손을 잡아 속박하고 재차 팽팽한 허리를 밀어붙였다.

몸이 흔들릴 때마다 입술 사이로 흐느낌에 가까운 신음이 발작적으로 넘쳐흘렀다. 하지만 그가 재차 들어설수록 살꽃은 늪처럼 남자를 끌어당겼다. 귀희 또한 자신의 변화를 느끼고 있었다. 더 이상 앗길 것도, 모두 재가 되어 더는 타오를 것조차 남아 있지 않을 것 같았건만, 애욕의 늪은 너무도 깊었다.

바쿠스(Bacchus)

6

귀희는, 불과 며칠 전까지만 해도 상상조차 못할 짓을 했다.

"미워요!"

키츠카에게 쿠션을 내던진 것이다. 팍! 쿠션은 그의 팔을 맞고 떨어졌다.

"이제 다른 사람들 얼굴은 어떻게 보라고요!"

"보기 싫으면 보지 마."

귀희는 베개를 주워 올리는 그를 째려보았다. 그 눈길이 제법 앙칼졌다.

"그런 말이 아니잖아요!"

"걱정 마. 내가 에키드나라는 건 이럴 때 딱 좋은 변명거리니까."

그답게 무심하면서도, 그답지 않게 능청스러운 말에 귀희는 기가 막혔다.

"키츠카 씨 에키드나가 아니었으면 어쩔 뻔했어요?"

"안 그래도 요즘 와서 감사하는 중이야."

귀희는 절레절레 고개를 흔들다가, 또 아까 장면이 뇌리를 스치자 신음하며 양손에 얼굴을 묻고 말았다. 그리고 그 장면을 곱씹을수록 앓는 소리도 깊어졌다.

"그게 그렇게 문제야?"

도저히 이해하지 못하겠다는 물음, 귀희는 차라리 울고 싶은 마음을 숨기지 않고 얼굴을 찡그렸다.

"에블린이 절 어떻게 생각하겠어요."

수건과 드라이기를 가져온 그는 소파에 앉아 이리 오라 손짓했다. 이런 상황에도 충실히 그 부름에 반응해 앞에 가 앉자, 그는 젖은 머리를 말려주기 시작했다.

후우웅—

드라이기의 소음 사이로 그가 말했다.

"그녀는 네가 나한테 관계되었다는 것만으로도 이미 충분히 싫어하고 있어. 신경 써봤자 해결될 문제가 아니라고 생각하는데."

찡그림이 더 깊어졌다. 물론 이미 알고 있는 사실이긴 하지만, 굳이 그걸 그렇게 이야기하는 그는 역시 감정적인 면에서 '일반' 기준에 한참 못 미치는 부분이 있었다.

"그렇긴 하지만……."

"해코지할 사람은 아니니까 신경 쓸 필요 없어."

"그게 아니라……."

귀희는 한참이나 우물쭈물하며 차마 말하지 못하다가, 키츠카가 드라이기까지 끄고 기다리고 있자 탄식처럼 속내를 토해냈다.

"부끄러워요."

기억은 희미하지만 에블린이 그때 그 소리를 다 들었다는 의미가 아닌가. 그때 그 소리를……. 으윽, 생각하면 할수록 목 졸린 신음이 새었다.

사실 그 와중에도 힘껏 밀어내지 못한 자신의 잘못도 있다고 하면 동의할 수밖에 없지만, 그때는 정말 아무 생각도 나지 않던 것을. 그저 그가 좀 더 주기만을, 좀 더 깊이 그 감각의 세계로 이끌어주기만을 바라게 되는 것을…….

덕분에 오늘은 꼼짝없이 저녁 식사도 방에서 해야 할 판이었다. 이미 드미트리에게 그렇게 부탁해 두기도 했고.

"한때 생각했던 적이 있어."

키츠카는 갑자기 말했다.

"널 안으면 모든 게 끝날 거라고. 이 고통도, 욕구도."

"그런데요……?"

"물 한 방울이 주는 더 깊은 갈증을 몰랐던 거야."

속삭임과 입술은 함께 다가왔다. 늘 설레는 감촉을 음미하며 귀희는 살며시 눈을 내리감았다. 하지만 바로 빠끔히 실눈을 뜨고 말았으니, 그녀를 성큼 안아 올려 자신의 위에 앉게 하고는 허리를 타고 내려오는 손길 탓이었다. 그 의도는 무엇보다 분명했다.

"역시…… 호색해요."

피식— 입술 위로 그의 웃음이 흩어졌다.

"그러니까 자극하지 마."

그리 말하면서도 결국 아직도 부풀어 있는 젖가슴을 감싸오는 손길을, 귀희는 모질게 마음을 먹고 애써 잡아 내렸다.

"더, 더 이상은 안 돼요."

"……."

자신이 그를 거절하는 날도 있다니, 참으로 인생사란 알 수 없지 않은가. 하지만 키츠카는 미련을 버릴 수 없는지 젖가슴을 지분대며 못내 손을 떼지 못했다. 또한 가까운 거리 덕분에 깊이 들여다보이는 초연한 동공 속에 나하쉬가 입맛을 다시고 있었다. 맞닿은 손에서 묻어날 것 같은 은연한 반짝임에, 이대로 끌려가 버리고 싶어질 것만 같아 귀희는 발간 사과처럼 얼굴을 물들이고 속삭였다.

"아프단 말이에요……."

키츠카가 조금은 힘이 든 것처럼 무지근하게 눈을 감았다 뜨자, 나하쉬는 녹음의 수면 아래로 사라졌다.

"말 잘 들을 테니까 입술은 허락해."

그는 살짝 볼 위로 키스하고, 천천히 입술을 맞부딪혀 왔다. 의뭉스러운 손길은 그저 허리에 머물러 있을 뿐이라, 귀희는 눈을 감으며 받아들였다. 입안에 그의 맛이 가득했다. 달아오르는 숨결 사이로 재차 혀가 얽혀 곧 그들은 하나의 폐로 호흡하는 것만 같았다. 어느덧 동조하여 팔은 그의 목에, 키스는 점차 그 자체로 성행위인 듯 진득하게 깊어졌다.

무의식적인지 의도적인지, 어느 순간부터 그가 이렇게 유혹하고 있음을 알았지만 그녀도 더 이상은 멈출 수 없었다. 육체적인 애욕만이 아닌, 머리가 하얗게 날아가는 정신적인 몰아(沒我)—

똑똑.

갑자기 들려온 노크 소리, 귀희는 말 그대로 펄쩍 뛰다시피 했다. 그리고 앞선 경험으로 배운 바가 많은 만큼 얼른 일어나 키츠카에게서 벗어났다. 그리고는 저 멀찍이 떨어져서 정신없이 옷매무새와 머리를 정리했다. 창졸간에 품 안 가득 황홀하던 온기를 빼앗긴 남자는 강렬한 집요함을 담아 그 뒷모습을 보다, 똑똑— 다시 한 번 들려오는 노크 소리에 일어나 문으로 다가갔다.

문밖에는 드미트리가 오늘도 정갈한 신사의 모습으로 서 있었다.

"메시지를 가지고 왔습니다. 실례하겠습니다. 메시지라서 부득이하게……."

그는 정중히 목례해 먼저 사과를 전하고, 융통성 없게도 토씨 하나 틀리지 않고 메시지를 전했다.

"됐으니까 뻘짓 그만하고 내려와서 밥 먹어."

성대모사를 했던들 메시지의 발신자가 누구인지 이토록 확실히 알 수 있었을까. 그러면서 드미트리는 천진하도록 해맑게 웃었다.

"저녁은 비프가 좋으십니까, 치킨이 좋으십니까?"

주춤거리며 식당으로 들어가자, 에블린이 썩은 미소로 그들을 반겼다. 그녀가 이미 돌아갔기를 바라면서도 역시 그리 쉽게 떠나주지는 않을 거라고 예상한 대로였다.

"왔네. 질리지도 않는 바퀴벌레 한 쌍."

귀희는 바로 볼이 붉게 달아올랐지만, 키츠카는 조금도 신경 쓰지 않고 자리에 앉았다.

"집에 가지 않으십니까?"

"신경 써줘서 차—암 고맙네. 집에 가봤자 누구처럼 반겨줄 사람이 없어서 말이야."

혼자 사는 걸까?

그러고 보니 에블린에 대해서는 별로 아는 게 없었다. 아라가 헌터일 때 같이 팀을 꾸렸던 페나 마녀라는 것 정도.

화제도 돌릴 겸 물어볼까 싶었는데 에블린이 먼저 그녀를 위아래로 훑고는 콧방귀를 내뀄었다.

"아가씨, 의외로 체력 좋나봐? 그 난리를 치고도 멀쩡하네."

사실 후들거리는 다리를 애써 숨기고 있을 뿐이었지만, 다른 사람과 이런 이야기를 하고 있다는 사실을 믿을 수 없어 귀희는 눈을 들지 못했다. 재빨리 화제를 돌렸다.

"베르티 씨와 아라 언니는요?"

"낸들 알아?"

물론 에블린은 고깝기 그지없는 얼굴로 이런 심드렁한 대답을 돌려줄 뿐이었고.

거인이 그들을 깔고 앉은 것 같은 침묵이 감돌았다. 어떻게든 무난한 화제를 찾기 위해 부단히 머리를 굴리던 귀희는 반짝 무언가를 떠올렸다.

"저기, 혹시 사라 아세요? 같은 페나 마녀인데……."

머릿속의 전구에 불이 들어온 것은 잠깐, 어이없다는 표정을 마주하고 있으려니 바로 기세가 꺾였다.

"아, 제피룸에는 페나가 대부분이지……. 모르실 수도 있겠구나."

"알아. 마녀사냥 때 화형당할 뻔했던 어린 걸 내가 구해줬으니까."

의외로 에블린이 담담하게 대답했을 때 귀희는 이거다 싶어 반색했다. 사라가 어렸을 때 한 번 화형당해 죽을 뻔했다가 살아났다는 이야기를 듣기는 했지만 그렇게 연결되는 인연이었을 줄은.

"아, 그럼……."

"그 대신 죽을 뻔했던 날 구해준 건 아비게일이었고."

또 침묵이 감돌았다. 귀희는 손톱을 만지작거리며 뒷말을 잇지 못했고, 키츠카야 말할 것도 없었다. 에블린이 갑자기 탁자에 뛰어올라 알몸으로 춤춘다고 해도 아무 반응을 하지 않을 것 같은 태세였다.

좌(左) 페나, 우(右) 에키드나.

등허리에 땀이 줄줄 흐를 것 같은 상황에서 질식하기 일보 직전, 구원의 사자들이 나타났다. 아이들과 함께 들어오는 아라와 루카를 발견한 귀희는 반색하며 벌떡 일어나기까지 했다. 그런데 오늘도 마냥 쾌활한 아이들과 달리 서로 무언가 대화를 나누며 걸어오는 부부의 모습이 꽤나 심각해 보였다.

"저, 무슨 일 있나요?"

흘긋 루카를 한 번 바라본 아라는 의식적으로 밝게 웃으며 고개를 내저었다.

"아뇨, 별일 아니에요. 식사하죠."

뭔가 싶어 반사적으로 루카를 바라본 순간 그도 귀희를 바라보았다. 시선이 딱 마주친 귀희는 키츠카와 자신을 번갈아 보는 그의 눈길에서 모든 의미를 읽어버렸다. 얼굴에서 폭탄이라도 터진 듯 귀까지 화르르르 달아올랐다.

"아, 아무래도 전 그냥 방으로 돌아가는 편이……."

에블린까지는 어떻게 참았지만, 이 남자마저도 자신들이 무얼 했는지 알고 있다고 생각하니 도저히 뻔뻔하게 얼굴을 맞대고 있을 수가 없었다. 게다가 아이들까지 온 마당에 에블린이 혹시 이상한 소리나 하지 않을까 싶어 걱정되기도 했다. 그래서 주춤대며 의자에서 엉덩이를 뗐을 때였다.

"아가씨, 혹시 기타를 치십니까?"

귀희는 '네?' 하고 드미트리를 돌아보았다. 그 찰나 에블린이 눈에 띄게 멈칫한 것은 알지 못했다. 그저 질문한 드미트리를 향해 순진하게 대답했을 뿐이다.

"아, 네. 어떻게 아셨어요?"

"아까 메시지를 전하러 갔을 때 실례지만 방에서 기타를 봤습니다. 아무래도 키츠카 씨께서 기타를 연주하실 타입으로는 보이지 않아서……. 부끄럽지만 저도 취미 삼아 기타를 조금 칩니다."

도리어 아라가 놀라 '그랬어요?' 하고 물었다. 드미트리는 나직이 웃으며 '취미라고 하기에도 부끄러운 졸렬한 실력이지만요' 하고 대답했다.

"괜찮으시다면 저녁 식사 후에 한 곡 청해도 되겠습니까?"

"그게, 그냥 정말 취미 수준이에요."

그는 손녀의 투정을 들어주는 할아버지처럼 빙그레 웃었다.

"그러니 의미가 있는 것 아니겠습니까. 전문가의 실력이라면 10불짜리 음반 한 장으로도 얼마든지 들을 수 있는걸요. 그럼 일단은 식사가 준비되었으니……."

"기타를 쳐?"

드미트리의 말을 싹둑 자르고 에블린이 물었다. 말단 사원을 대하는 사장처럼 거만하게 앉아 있다가 고개를 불쑥 앞으로 들이민 부담스러운 자세도 그랬거니와, 여전히 강렬하게 레이저를 쏘아대는 눈빛의 박력에 밀려 귀희는 고개를 주춤 뒤로 빼고 말았다.

"아, 네, 조금."

"쳐봐."

에블린은 맡겨놓은 듯이 명령했다. 그녀가 그러는 게 하루 이틀 일은 아니지만 이 갑작스러운 관심은 뭔가 싶어 당황한 귀희는 주변을 둘러보았다. 어쩐 일인지, 키츠카도 별다른 제지를 하지 않았다.

좌중에 흐르는 침묵으로 하여금 공통된 찬성을 읽었는지 드미트리가 눈치 빠르게 '제가 가져오죠'라고 말하고 거실을 나갔다. 그리고 화제가 넘어간 건 기쁘지만 왠지 뭔가를 기대하는 것 같은 분위기에 압도된 귀희가 막간을 이용하여 '정말 취미 수준' 임을 강조하고 있는 사이에 기타를 가져와 건네주었다.

오랜만에 잡는 기타가 조금은 어색했다. 하지만 곧 능숙하게 튜닝을 맞추고, 시작하려고 자세를 잡았다가 갑자기 꼼지락대며 신발을 벗었다. 모두들 의아하게 쳐다보자 어색하게 웃으며 '이게 편해서요' 라고 웅얼거렸다. 그리고 '흠흠' 목을 고르며 다시 자세를 잡았다.

타랑, 탕…….

You fill up my senses
당신은 내 감정들을 가득 채우죠

노래는 잔잔히 한 음, 한 음 시작되었다. 소녀인 듯, 여자인 듯 청아한 목소리가 보슬비처럼 잦아들었다.

Like a night in a forest
숲의 밤처럼
Like the mountains in springtime
봄날의 산들처럼
Like a walk in the rain
빗속의 산책처럼
Like a storm in the desert
사막의 폭풍처럼

Like a sleepy blue ocean
고요한 푸른 바다처럼

You fill up my senses
당신은 나의 감정들을 가득 채워요
Come fill me again
이리 와 날 다시 채워주세요

Come let me love you
당신을 사랑하게 해주세요
Let me give my life to you
내 삶을 당신에게 바칠 수 있도록

조용히 그 모습을 지켜보던 키츠카는 자리에서 일어났다. 벽으로 다가가더니 공간을 가늠하듯 잠깐 주변을 훑어보았다. 다들 의아한 눈으로 지켜보고 있는 사이, 손을 뻗어 허공을 잡아냈다.

허공은 그의 손으로부터 그 위에 걸쳐진 커튼처럼 너울너울 파문을 퍼뜨렸다.

초현실주의 그림에서나 볼 법한 광경에 아이들이 눈을 휘둥그레 뜨는 앞에, 그가 한 손으로는 허공으로부터 자아낸 천을 잡고, 다른 손으로는 커튼은 걷어내듯이 천을 길게 뜯어냈다.

물결치는 허공은 흡사 장막처럼 그의 손끝에서 춤추는 쾌미한 선을 그리며 나아갔다. 그리고 폭포수처럼 동시에 바닥으로 쏟아져 내리고, 별빛이 날아올랐다. 눈꽃이 바람을 타고 솟아오르듯 광활한 우주를 비춘 공간으로 흐드러지게 흩어졌다.

모두는 망연히 그 장관을 응시했다. 아이들은 거의 환희에 차 그곳으로 달려갔다. 그리고 신이 나서 키츠카 주변을 눈밭의 어린 동물들처럼 맴돌며 별빛을 향해 폴짝폴짝 손을 뻗었다.

Let me drown in your laughter
당신의 웃음 속에 빠질 수 있도록
Let me die in your arms
당신의 품 안에서 눈 감을 수 있도록
Let me lay down beside you
당신의 옆에 누울 수 있도록
Let me always be with you
당신과 언제나 함께할 수 있도록

빛은 노랫소리와 어우러져 허공을 유영하는 은어처럼 춤추고…… 그 가운데 소녀는 강물처럼, 잔디처럼 평온했다. 에블린은 천천히 주먹을 말아 쥐었다.

기타를 따로 아비게일에게서 배웠을 리가 없었다. 그녀는 저 아이가 채 말을 할 수 있기도 전에 떠나 버렸으니까.

그런데도 어쩌면…… 어쩌면 저토록 핏줄도 아닌 아비게일의 모습을 지니고 있는 걸까.

진창에서 개화한 꽃이라는 점마저도.

Come let me love you
당신을 사랑하게 해주세요
Come love me again.
이리 와 다시 한 번 사랑해 주세요

음이 잦아들고, 별빛이 잦아들고, 시간마저 잦아들었다. 침묵 속에 움직이는 것은 없었다. 그런데 갑자기 누군가가 사납게 자리를 박차고 일어났다.

"아비게일은 내 영웅이었어!"

에블린이었다.

영웅— 사라도 아비게일을 그렇게 칭했다. 아비게일은 갔지만, 그냥 간 것이 아니었다. 그녀에게 오백 년은 끝나지 않는 고통의 여정이자 인내의 복마전이었는지도 모르겠지만, 이렇게나 많은 이들의 희망이었던 세월이기도 했다.

"제 영웅이기도 했어요."

한때는 그녀를 편협한 질투심에서 미워하기도 했지만, 돌이켜 보면 아비게일은 자신에게도 영웅이었다. 그녀가 없었더라면 자신은 이렇게 살아서 키츠카를 만날 수 없었을 테니까.

"그리고 키츠카 씨의 친구이기도 했죠. 우리는 모두 소중한 누군가를 잃었어요. 그건 분명히 너무 슬픈 일이지만, 신이든지 누구든지 탓하고 싶은 일이지만…… 하지만 언제까지나 그곳에 머물러 있을 수는 없잖아요."

"나도 그런 줄 알았어. 이 녀석이 다른 아비게일을 죽기 직전의 상태로 만들어서 데려오기 전까지는."

아비게일…….

그래, 그랬구나. 귀희는 문득 깨달았다. 이제는 전생의 기억처럼 느껴지는 머지않은 과거에, 키츠카는 그녀를 그렇게 불렀다. 그때는 다른 여자를 칭하는 이름이라 생각하고 타오르는 고통과 질투에 몸을 맡겼지만, 그는 이 오랜 세월 그렇게 그녀를 부르고 있었다. 다른 여자가 아닌—

"내가 분명히 경고했지."

키츠카를 향해, 에블린은 탄식처럼 울분을 토했다.

"아무도 사랑하지 말라고."

아비게일의 장례식, 회생의 봄바람이 불어오는 아이러니한 무덤가에서 그녀는 그렇게 그에게 경고했다.

"실제로 넌 아무도 사랑하지 않았고. 그냥 모든 게 상관없을 뿐이었지. 그런데 어째서? 어째서 이 아이만은 그냥 내버려 두지 못했어?"

그래, 어째서 이 아이였을까.

키츠카는 스스로에게 물었다. 지금이야 개화를 해서 제법 여신의 후예다워졌다고는 하지만, 예전에는 아무리 양보해도 제법 귀염성 있는 수준에 불과했다. 능력이라면 말할 것도 없었다. 처절하게 무능하다 싶은 수준이었다. 그나마 신의 후예라는 최상위 종적인 위치에 있다고 해도, 사실 이제 거의 인간과 다를 바

없는 암브로시아와는 소위 '위험부담'이 너무 컸다. 모 아니면 도, 기존보다 뛰어난 개체를 얻거나 인간과의 하위 잡종을 얻거나.

물론 그는 후사를 남길 생각 따위 없으나 종족 번식 선상에서 가장 가치 있는 이성에게 끌리는 일은 이류의 어쩔 수 없는 본능……

그렇지만 그것뿐이었다면 그는 여타 숱한 여자들처럼 그녀가 불길 너머로 사라진 순간에 잊어버렸을 것이다. 그녀보다 더 아름답고 건강한 여자는 주변에 얼마든지 있었다. 하지만 해맑은 피부가 풍기는 우유 내음을, 햇살 같은 눈웃음을, 말간 눈동자에 넘실대는 빛을 떨칠 수가 없었다.

"모르겠습니다. 그저 귀희는 내게 웃어줬고, 난 그 미소를 떨치지 못했을 뿐입니다."

"마리."

기억 속에 빛 가운데 잠긴 온화한 미소가 그녀를 돌아보았다.

"D를 너무 미워하지 마. 좋아할 가치가 없는 사람을 좋아할 정도로 난 어리석지 않아. 그는 사랑할 만한 남자야. 만약 그가 그럴 마음만 먹는다면, 널 위해 세상의 규칙마저도 바꿔줄 테니까."

짧은 신음은, 그야말로 탄식과 같았다. 그리고 주먹을 쥐었다

폈다 하며 거친 숨을 몰아쉬던 에블린은 홱 그에게 손가락질했
다.

"살려, 어떻게든. 너도 사랑할 자격이 있다는 걸 증명해 보이
란 말이야. 다른 사람들은 모두 타고 태어나는 자격을 노력으로
얻어야 하니 불공평해? 어쩔 수 없어. 원래 인생은 불공평하거
든. 그러니까⋯⋯."

붉게 달아오르는 눈가에 울컥 물기가 비쳤다.

"죽게 하지 마."

그 말을 마지막으로 에블린은 이렇게 감정을 내보인 자신을
용서할 수 없는지 내치듯 몸을 돌렸다. 하지만 거실을 나서기 전
에, 분한 기세로 귀희를 돌아보았다.

"너."

응시하고 있자, 짓씹듯이 내뱉고서 돌풍처럼 사라져 버렸다.

"죽지 마. 아비게일처럼 개죽음만은, 당하지 마."

귀희는 이미 보이지 않는 그녀의 등에 조용히 대답했다.

"절대로요."

가치 없는 죽음은 결코 맞지 않을 것이다.

7

평온한 어둠 속, 귀희는 부드럽게 이완되어 있었다. 이 세계를 알게 된 후 그녀에게 이토록 평화로 부듯한 저녁은 없었으리라. 뒤늦게 다시 나타난 에블린이 반강제로 건넨 와인도 한 잔 맛본 그녀는 연인의 품속에서 단잠에 들었다.

이렇게 성장해 버렸다지만, 조용한 숨결을 내쉬며 잠든 얼굴은 아직도 마냥 어려 보였다. 손등에 닿는 볼은 새순처럼 보드라웠다. 외모와 관계없이, 그의 연인에게서 이 아기 같은 느낌은 영원히 사라지지 않을 모양이었다.

그래, 지금도 이렇게 아기 같을 뿐인데…….

지금 이 순간에도 손가락 사이로 모래알처럼 빠져나가는 그녀의 생명력을 느낄 수 있었다. 힘을 아끼기 위해 나름대로 자제했던 것은 치료법을 찾다 못해 민간요법에 기대는 병자의 심정과 비슷했다. 무엇을 해도 이미 시위를 떠난 화살을 막을 수는 없으리라. 무엇을 해도…… 영생을 얻지 못한다면.

그는 숲 속에 잠든 공주의 기상을 소원하듯 그 이마 위로 키스했다.

이 연한 살결이 그 무엇도 그에게 충동질하지 못했던 '삶의 의지'를 일깨웠다. 살고 싶다─ 그는 지금 이토록 강하게 바랐다. 언제까지나 그녀의 따뜻한 살결을 느끼고, 그 찬란한 눈빛을 들이마시며…….

그는 오로라가 동쪽 하늘에 그 발그스름한 얼굴을 비칠 때까지 깊이 잠들어 있을 연인을 마지막으로 돌아보고 문을 나섰다. 밤새조차 울지 않는 한밤, 복도는 을씨년스러웠다. 그런데 그는 얼마 가지 않아 걸음을 멈추었다.

어둠 속에 부옇게 번져 가는 연기…….

인영은 달빛이 교교히 흐르는 창가에 서 있었다. 악마의 공기를 풍기는 푸른 눈의 남자가 길게 숨을 내쉴 때마다 달콤한 시가 향이 짙게 퍼졌다.

"산책을 가기엔 늦은 시간인걸."

"나와서 피운다고 거트루드가 모르진 않을 텐데."

"오래된 버릇은 쉽게 죽지 않지. 가끔 생각이 날 때면 사랑하는 아내의 잔소리도 소용이 없더군."

"용건이 있나?"

지직……. 시가의 끝이 발갛게 빛나며 타올랐다.

"영생이라……. 굳이 찾자면 다른 방법도 있지."

후― 부연 연기가 긴 꼬리를 그리며 어둠을 갈랐다.

"수태."

아마 아라가 이 자리에 있었다면 찌푸린 얼굴을 하고 '루카, 그런 동물적인 단어 좀 쓰지 말라니까'라고 타박했으리라. 하지만 키츠카는 아무 반응도 하지 않았다. 물론 루카도 딱히 대답을 바라진 않는 모양이었다.

"확인되지는 않았지만 암브로시아는 임신을 하면 소위 '신의 능력'을 발휘하기가 용이한 모양이더군. 아마 그런 거겠지. 여자가 창조주에 가장 가깝게 다가서는 기간이니까."

흔들리지 않는 남자의 초연한 얼굴에서 사실을 읽은 것일까. 루카는 연기를 내쉬며 덧붙였다.

"보아하니 알고 있는 모양이지만."

"역의 개화를 한 암브로시아는 불임이다."

"그런가……. 운명의 여신이란 그런 존재지. 결코 원하는 것을 쉽게 주지 않아."

"아니었으면 어떻게든 했어."

어떻게든 했다…….

묘한 어감이었다. 임신으로서 영생을 얻을 수만 있었더라면 이미 그리 했을 거라는 듯. 비록 그것이 아이를 이용하는 일이고, 금지된 일일지라도.

"혈족의 규칙 따위 나부터 그다지 지키는 편은 못 되지만…… 그래도 그쪽은 아이에 관해서만은 지켜야 할 규칙이 있지 않나?"

키츠카가 빤히 쳐다보고 있기만하자, 루카는 피식 웃고 시가를 한 모금 더 깊이 빨아들였다.

"죽은 내 어머니가 그쪽 지식에 상당히 정통했었거든. 당신 손으로 죽인, 내 생물학적 아버지였던 남자를 되살린답시고 한때 온갖 밀교(密敎)에 심취해서 나도 본의 아니게 그쪽의 고향에 대해 많이 알게 됐지."

"다시 한 번 말하지만……."

키츠카 역시 천천히 말했다.

"박수를 쳐줘야 하나? 라이오네."

이번에는 루카가 침묵할 차례였다.

어둠 속에서도 광물처럼 명현한 눈동자, 심연의 지식마저도 모두 알고자 했던 파우스트 박사의 눈빛이 과연 저러했을까. 명성처럼 번뜩이는 지성과 그 기저에 일렁이는 광기─ 비밀스러운 지식의 약속이 넘실대는 동공 깊은 곳.

정말 보면 볼수록 마음에 들지 않아서, 루카는 삐뚜름하게 웃어버렸다.

"알고 있군."

"자신만 모든 걸 알고 있다는 착각은 버리는 게 좋아. 넓은 세상이니까."

"역시 싫은 남자군. 난 그쪽을 믿지 않아."

아라는 믿고 말고를 넘어서는 존재이니 제외하고 그는 누구도 믿지 않았지만, 이 남자는 특히 불신했다. 채식을 하는 에키드나라니, 오히려 그따위로 눈속임을 하려는 것 같아서 더 의심스러웠다. 그 연약한 아가씨 따위, 한입에 삼켜 버릴 것 같은 눈을 하고 있으면서.

"어쩌면 이 진행은 네가 의도한 그대로 아닌가? 이런 방법이 아니고서야 넌 그 아가씨를 손에 넣을 수 없었을 테니까. 그렇지 않나?"

루카는 무언가를 기대하는 것처럼 씩 웃었다.

"발라(Wala)의 아들."

아무 대답도 없는 녀석을 보니 꽤나 통쾌했다. 유치한 승부욕, 제 안에는 없는 감정이라 여긴지 오래거늘, 마땅한 상대를 찾지 못하고 있었을 뿐이었을까.

"죽은 여자 예언자들 발라는 세계가 탄생할 때부터 이미 죽어 있던 특수한 존재들이고, 이 우주에서 가장 오래된 지하 세계에서도 세계수의 뿌리마저 닿지 않는 골짜기에 영원히 잠들어 있지. 이 세계의 과거와 현재, 미래의 모든 지식을 알고 있지만 어떤 일에도 간섭하지 않아. 그저 오래된 암석 같은 존재지."

이야기를 하는 와중에도 연기는 뭉실뭉실 어두운 허공으로 번져 갔다.

"어느 날 그런 발라들 사이에 최초로 남자가 출현했지. 드문 일지만, 아마 한 발라가 마실 나갔다가 낳아온 혼혈 아들. 반은 이승의 존재고 반은 저승의 존재라……. 거기에 공간 능력까지 있다면 설령 염라대왕이라도 건너올 수 없는 이승으로 올 수 있겠지."

"이제는 에키드나들도 모르는 사실일 텐데."

"순진한 척이 제법이군. 너도 알지 않나? 라이오네라면 모두 이 정도는 알고 있어."

그렇군······.

라이오네라. 태초의 세계가 무너진 시점부터 지금까지 어둠에 숨어 비밀을 간직한 채 살아가길 택한 그늘의 혈족. 외부와 교류하며 계보를 이어가는 대신 문명의 제단에 태초의 순수성을 바친 대가로 순혈과 정보를 점차 잃어버린 다른 이류와는 다르다는 걸 알고 있었지만······.

"하지만 명백히 반은 저승의 존재라서 지상에서의 존립 자체가 위험했던 최초의 나하쉬가 '이브들을' 임신시켜 생존을 꾀했다는 사실도 알지."

요컨대 당시 남자들은 이브라는 신성한 여자를 건드려서 열받은 게 아니라, 어느 날 나타난 웬 기생오라비 하나가 제 여자들을 다 홀리고 다니니 물불 가리지 않게 되었다고 정리할 수 있었다.

공급과 수요에 심각한 불균형이 초래되면 시스템의 효율성 자체가 의심받게 되는 것은 기초적인 원리. 초기 남자들이 그런 이론을 알고 시스템의 안정화를 위해 행동하지는 않았겠지만, 오히려 더 본능적으로 그런 독과점에 상대해 제 번식의 가능성에 대한 위기감을 가졌으리라. 그리해 제 암컷들을 줄줄이 꾀어가는 피리 부는 사나이를 향한 마녀사냥에 분연히 나선 것일 터. 그리고 그때 나하쉬를 배척하면서 형성된 지독한 이지메가 여태까지 전해졌으리라고 충분히 예상할 수 있었다.

뭐, 원래 그렇지 않나? 이지메란 시간이 흐를수록 처음에는 왜 시작했는지도 알 수 없게 되는 법이니까.

하지만 기원이 다르다고는 해도 이류도 의식주 생활을 하는 유기체인 이상 인류와 근본적인 면에서는 크게 다르지 않았다. 그저 신성불가침적인 여자 하나를 건드렸다고 이렇게 오랜 시간 나하쉬를 적대하는 것은 효율성 측면에서도 타산이 맞지 않았다. 나하쉬가 이미 정립되어 있는 체계 자체에 치명적인 위협이 되었다는 가정하에야 이 정도의 배척과 경멸이 정당화될 수 있었다.

즉, 설사 자신이 진실을 몰랐더라도 조금만 더 생각해 보면 '이브'가 한 명이 아니었다는 결론으로 귀결할 수 있었다.

"그런데 이번에는 암브로시아라……."

더 이상 그 피는 불사를 약속하지 않으나 한때 불멸성을 품었던 육체는 가장 풍성한 수확물을 기대할 수 있는 비옥한 밭이었다. 제 씨를 싹틔우고자 하는 농부라면 차마 원하지 않을 수 없는 법.

특히 지상에서의 번식이 1순위 목표인 나하쉬에게라면 금광이나 다름없었다. 하지만 비록 지금은 잊었다고 해도 암브로시아는 명색이 이 세계에서는 신의 전당에 안치되어 예배를 받을 수 있는 유일한 존재였다. 일반적인 상황이라면 지하 세계의 심부름꾼 따위가 언감생심 넘볼 수 있을 리 없었다.

"이 정도라면 네 신이 도와주고 있는 게 아닐까 싶은데."

키츠카는 침묵했다.

다행히 이들 종족은 타 종의 일에 관심이 없었다. 그러니 모든 사실을 알면서도 여태 침묵해 오고 있는 것이었다.

오히려 인간과 섞여 살아가는 이 혼혈의 라이오네가 특기할 만했다. 그 스스로도 예전부터 존재는 알고 있었던 이 혼혈의 라이오네가 다른 이도 아닌 한때 제 보호하에 있었던 암브로시아와 결혼하게 된 사실을 알고 그도 조금은 놀랐다. 하지만 여타 제 동족처럼 영역을 구축하자마자 감쪽같이 그늘로 사라진 것을 보고 과연 피는 속일 수 없다고 생각했다.

수문장의 피는 오로지 한 군데 집중할 줄밖에 모르는 법이었다. 바로 자신이 무엇을 지켜야 하는가에.

"그럴지도 모르지."

키츠카는 선뜻 인정했다.

"그러니 이 기회를 놓치지 않을 생각이다."

서늘한 눈짓을 마지막으로 그는 걸어갔다. 그 뒷모습을 응시하던 루카는 마지막 전언을 담배 연기와 함께 내뱉었다.

"마지막으로 한 가지. 며칠 전에 내 혈족의 일원이 괴한에게 납치되어 사라졌다."

연락은 저녁 식사 직전에, 대노한 일족의 수령으로부터 왔다.

유괴된 일족은 그 냉혈한이 유난히 아끼는 일곱 번째 딸의 막내아들이었다. 태어난 지 몇십 년도 되지 않은, 아직 청년기도 채 지나지 않은 제 사촌 동생이라는 것 같았다.

꿀같잖지 않게 평정을 잃는 법이 없는 그 냉혈한이 분에 겨워 열화를 토하는 모습은 제법 흥미로웠다. 하지만 이야기를 들은 아라는 뭔가 이상하다며 불안해하는 반면 자신은 원래 기억조차 못할 소식이지만―

"아무래도 네게 관련되어 있을 것 같은 느낌이 드는군."

곧 복도에는 나직한 시가 연기와 어둠밖에 남지 않았다. 한동안 더 시가를 음미하던 남자는 곧 시가를 끄고 방으로 돌아갔다. 방의 거실을 지나 침실로 들어가자, 서너 사람이 누워도 충분한 침대에 여자가 푹 잠겨 잠들어 있었다.

그는 침대에 누워 아내의 작은 몸을 끌어당겼다. 목에 키스하며 허리를 따라 내려간 손으로 엉덩이를 가볍게 움켜쥐자, 아내는 바르작대며 중얼거렸다.

"……담배 냄새."

루카는 그녀의 목덜미를 애무하며 생각했다.

잔소리 열흘 치 당첨이군.

"인간이 비극을 만든 이유를 이해하겠어."

무엇을 의미하는지 바로 알았으리라. 아라는 조금 깨어난 눈으로 그를 보았다.

"그 두 사람을 보면 카타르시스*를 느껴?"

"일종의."

아라는 미간을 찌푸렸다.

"못됐어."

"이런 놈인 거 알고 결혼했잖아."

그는 아내의 부드러운 목덜미에 이를 박으며 헐렁한 잠옷바지를 끌어 내렸다. 단숨에 윤택한 곳을 가르는 거친 이물감에 그녀

---

* 비극을 보고 나서 오히려 우울함과 긴장감 같은 부정적 감정이 해소되는 일.

는 낮게 신음했다. 하지만 당장 이 여자가 제 품속에 살아 있다는 사실을 확인하지 않고는 배길 수 없었다.

"'뱀'은 말이죠."

높은 단상 위, 지성미 넘치는 눈빛으로 무장한 남자가 운을 뗐다.

"예로부터 지혜와 번영의 상징이었습니다."

단상 아래 가득한 청중은 하나도 빠짐없이 그를 주목했고, 중앙의 스크린에는 고대 벽화나 조각들에 나타난 뱀의 이미지가 하나둘 지나갔다.

"땅의 기운을 마음껏 받는 대지의 정령으로서 그 위치는 확고부동했습니다. 특히 고대 시리아, 팔레스타인, 이집트 등지에서는 풍요와 다산의 상징이었죠. 그런데 생명의 나무를 휘감은 지혜의 뱀 '네후쉬탄(Nechushtan)'이 에덴의 나무를 휘감고서 이브를 유혹한 악의 포교자 '사탄'으로 변했습니다. 언제부터, 왜?"

무지한 농민들을 계몽하기 위해 사명감에 찬 설교사처럼, 단상 위의 남자는 열변을 토했다.

"기독교, 즉 새 천년의 신이 등장한 겁니다. 사실 제우스에게 거세당한 그 아버지 크로노스는 원래 제우스를 주신으로 모시는 민족이 남하해 오기 전 그 지역에 살던 원주민의 신이었다고 하죠. 그리고 제우스로 인한 크로노스의 거세는 남하 민족에게 지배당하게 된 원주민이 상실한 주권의 알레고리이듯, 기독교의 태양이 밝아오기 전 뱀은 신이나 마찬가지였습니다. 제우스의 화신으로 등장하기도 하죠. 그렇지 않더라도 뱀이 지복(至福)과 지혜의 상징이었던 예는 수없이 많습니다."

스크린에 떠 있는 이미지가 넘어갔다.

"그러니 무지한 농민과 지주들이 받들어 모시는 그 야만적인 대지의 신을 정복하지 않으면 신흥 종교인 기독교에 미래는 없었을 것입니다. 하지만 이건 기독교에 대한 음모론 같은 것이 아닙니다. 역사의 분기점에 응당 따라오는 필수불가결한 변화였고, 승자와 패자가 존재하는 일종의 자연법칙이었다고 할 수 있습니다. 중요한 것은 어느 쪽이 얼마나 더 전략적이었느냐, 입니다. 그리하여 뱀은 그를 모시던 제단에서 끌어내려져 내동댕이쳐지게 됩니다. 배척하고 미워해야 할 악이 되어."

검은 선글라스 알 너머로 비치는 광경은 어딘지 꿈결처럼 멀었다. 하지만 시선은 스크린에 지나가는, 에덴의 나무에서 목을 내밀고 이브를 유혹하는 사탄의 이미지에 못 박혀 미동하지 않았다.

"망국의 유명과도 같이, 몰락한 신의 운명이란 응당 그런 것이었지요. 제 강의는 여기까지입니다. 감사합니다."

청중 가득 울려 퍼지는 박수 소리와 함께, 목소리는 들려왔다.

"이런 날씨에 선글라스라니, 안색이 별로 안 좋아 보이시는군요. 그릇을 바꾸시는 게 좋지 않습니까?"

"아니, 이 몸은 아직 쓸모가 있거든."

비어 있는 옆 의자로 와서 앉은 자는 훗 웃었다.

"부와 권력 말입니까."

사람들은 자리에서 일어나 웅성이며 강의장을 벗어나기 시작했다. 거의 뒤쪽에 앉은 두 남자를 신경 쓰는 사람은 아무도 없었다.

"그 몸의 주인, 높이 올라간 만큼 추락은 쓰겠지요. 우리의 몰락한 신처럼 말입니다."

"말은 바로 하지. 우리가 아니지. 너와는 관계없잖아?"

"같은 이류끼리 너무하시는군요."

어딘지 부루퉁한 어조는 정말 내심 섭섭해하는 걸까 의심스러울 정도였다. 물론 알라스테어는 털끝만큼도 신경 쓰지 않았다.

"그리고 첫 번째 나하쉬가 거짓 신으로 추앙받으면서 온갖 여자를 다 배태시키고 다닌 건 호랑이 담배 피우던 시절 이야기지. 정작 키츠카 그 녀석은 배척당한 기억밖에 없을걸."

"뭐, 기고만장할 타입이 아니시긴 하지요."

침묵이 감돌았다. 어느덧 조용해진 강의장, 강연이 끝난 무대에는 스태프들이 분주하게 움직이며 현수막을 끌어 내리고 있었다. 그 모습을 보며 깊은 생각에 잠겼던 알라스테어는 낮게 물었다.

"녀석도 알고 있나?"

"무얼 말씀입니까?"

어느새 책을 꺼내 읽고 있는 상대는 자못 고고한 태도로 책을 한 장 넘겼다.

"자신이……."

"쉿. 그런 이야기를 너무 공공연히 하다간 왕의 노여움을 살 수도 있답니다. 하지만 뭐, 이야기가 나온 김에 대답해 드리자면, 아마 그분도 알고 있을 겁니다. 지하 세계의 종들은 기록을 종이에다가 하지 않고 자기들 머릿속에 하는 모양이더군요. 밈(Meme)의 유전화라고나 할까요. 종이와 인쇄술을 발명하지 못한 모양이죠? 아무튼 지상에 와서 대를 거치면서 피가 많이 흐려졌다고는 해도 그만큼 중요한 건 잊지 않고 있겠지요."

"지상에 온 목적을 이루었던 나하쉬가 있나?"

상대는 짧은 실소를 흘렸다.

"없겠죠, 아직 세상이 멀쩡한 걸 보면."

알라스테어는 다시 생각에 빠졌고, 상대는 한동안 그를 가만히 내버려 두었다. 그러다 어느 순간 탁, 책을 덮었다.

"그러고 보면 인간이란 참 한심하지 않습니까."

"이견은 없지만, 뭐 때문에?"

"지옥, 저승, 사후 세계, 그런 것들의 실마리를 얻을 수 있다면 제 목숨이라도 바칠 것처럼 궁금증을 안고 살아가면서…… 정작 자신들이 그곳으로 가는 길을 부숴 버렸다는 사실을 까맣게 잊고 있다니 말이죠."

그가 묘한 눈길로 내려다보는 책은〈La Divina Commedia: Inferno〉. 단테의〈신곡〉, 지옥편이었다.

"하긴, 그걸 알았더라면 모든 비밀의 열쇠를 쥐고 있는 뱀신을 그렇게 천대하여 제단에서 끌어내리고 잊어버리진 않았겠지요. 그러니 어찌 한심하지 않다 하겠습니까."

그는 알라스테어를 돌아보고 싱긋 웃었다.

"그들이 버린 뱀신은 유일한 존재인데 말입니다."

미상불 그 미소는 칼날처럼 푸르고 날카로웠다.

"'지옥의 문'을 열 수 있는."

키츠카는 문을 올려다보았다.

어둠으로 채색된 거리, 스산한 밤안개 너머로 싸구려 네온사인이 번쩍거렸다. 지직, 지직, 몇 군데가 고장 난 네온사인이 빛날 때마다 특유의 튀는 소리가 났다. 어둠이 웅크린 골목 구석에서는 흑인 무리가 이런 거리에 홀로 나타난 그를 먹이를 노리는 맹수처럼 지켜보고 있었다.

그는 문을 밀어 열고 들어섰다. 안은 묘하게 조용했다. 이미 제법 취한 추레한 중년 남자나 짙게 화장을 한 늙은 여자 두엇, 구석에 잠든 젊은 남자, 바(Bar)의 웨이터 앞에 앉아 홀로 술을 마시는 여자 등 손님은 꽤 있었으나 다들 물속에 잠긴 듯 깊이 침잠된 분위기였다.

조용한 볼륨으로 틀어놓은 뉴스를 보고 있는 바텐더를 포함해 손님들은 모두 문이 열리는 소리에 돌아보았다. 문가에 선 키츠카를 보는 그들의 둔탁한 눈빛에 짧게 이채가 감돌았다. 지옥의 문 앞에 하릴없이 모여 앉은 영혼의 난민들이 막 지옥으로 온 어리바리한 신입을 보는 눈빛이 과연 그러할 것이다. 하지만 검은 트렌치코트를 입은 장신의 남자가 쉬운 먹잇감으로는 보이지 않았는지 모두 그냥 원래 하던 일로 돌아갔다.

키츠카는 그들 사이를 걸어 한쪽 구석 테이블에 웅크리고 앉은 남자에게로 다가갔다. 부연 담배 연기가 공기 중에 짙게 감돌았다.

드륵.

맞은편 의자를 빼고 앉았지만, 남자는 고개를 들지 않았다. 잠든 것 같지는 않았다. 흘러넘친 술잔을 앞에 두고 잔뜩 웅크린 채 무언가를 계속 끼적였다. 신문에서 아무렇게나 찢은 크로스퍼즐이었다.

"Barmecidal입니다."

갑작스러운 말, 그제야 짧은 몽당연필로 길게 줄을 긋던 남자의 손이 멈칫했다.

"뭐라고?"

"가로 4번. 답은 Barmecidal(허울뿐인, 겉치레의)입니다."

남자는 막 다른 단어를 썼다가 직직 줄을 그어 지운 가로 4번 칸을 쳐다보았다. 눈짓으로 칸을 세어보니 딱 10칸이었다. 쯧, 낮게 혀를 차고 투덜거리며 구불구불한 글씨로 적어 나갔다.

"이런 단어를 아는 고리타분한 녀석이 진짜로 있었군. 퍼즐도 지랄같이 만들어놨군. 이따위 단어를 누가 안다고."

투덜거리면서도 남자는 다시 크로스퍼즐에 몰두했다. 결국 키츠카가 먼저 말문을 텄다.

"오랜만이군요."

남자는 무시했다. 보통 사람이라면 인내심의 한계를 느낄 정도로 아주 한참 뒤에야 말했다.

"볼일 보고 갈 길 가."

"필요한 게 있습니다."

"그거라면 뒤쪽."

뒷문 쪽을 쳐다보자, 문 옆 어둠 속에 깊이 앉아 있는 뚱뚱한 남자가 무표정한 얼굴로 손가락 다섯 개를 펴 보였다. 그리고 바(Bar) 쪽으로 고갯짓했다. 그러자 바(Bar)에 앉아 있는 매춘부가 그를 보고는 윙크했다.

키츠카는 다시 남자를 돌아보았다.

"병력이 필요합니다."

"그따위 건 왜?"

"혼자 힘으로는 힘듭니다."

남자는 갑자기 푹 탁자로 고꾸라졌다. 그리고 들썩이는 어깨, 크크크큭― 낮은 웃음이 새어 나왔다.

"농담이 심하군."

"시간이 많지 않습니다."

또 한동안 남자는 직직 크로스퍼즐을 풀더니 툭 물었다.

"얼마나?"

"차출할 수 있는 최대한."

"전쟁이라도 할 셈인가?"

"필요하다면."

그때 문이 열리고 새 손님이 들어왔다. 하지만 두 남자는 신경 쓰지 않았고, 새로 들어온 사내는 바텐더에게 술을 시키더니 매춘부에게 치근덕거리기 시작했다. 매춘부도 이제야 겨우 마수걸이를 하는 듯 반갑게 남자와 시시덕거렸다.

"천 년이나 내버려 뒀던 걸 이제 와서 새삼스럽지 않나."

"사정은 전한 그대로입니다."

남자는 잠깐 침묵했다.

"도와준다면, 대가는?"

"원하시는 대로."

그 말이 떨어지길 기다렸다는 듯, 권태로웠던 남자의 기운이 변했다. 남자는 두터운 주먹을 꽈악 움켜쥐었다.

슥 고개를 든 헥터는 강렬한 살의로 눈을 번뜩였다.

"환술 쓰지 마라."

허공을 가르고 날아온 주먹이 그대로 얼굴을 후려쳤다.

우당탕!

탁자와 의자가 넘어지며 굉음이 울리고, 손님들이 모두 놀라 그들을 돌아보았다. 그때였다. 매춘부가 치마 속 허벅지 밴드에서 권총을 꺼내 곁에 있는 사내의 관자놀이에 정확히 총구를 대고 방아쇠를 당겼다.

타앙!

사내는 옆으로 날아가며 바로 재가 되어 흩어져 사라졌다. 그리고 매춘부는 욕지거리를 터뜨리며 일어나는 뒷문의 포주에게 두 번째 총알을 먹였다. 포주도 괴성을 내지르며 재가 되었다.

찰나에 일어난 일, 갑자기 바텐더의 눈이 형광색 고양이 눈으로 번쩍이더니 바(Bar)를 박차고 날아올랐다.

타앙, 쿠웅!

반대편에서 날아온 탄환에 맞아 그대로 뒷벽에 처박히며 재가 되어 흩어져 내렸다. 후두둑— 와장창. 그 충격에 뒷벽에 진열되어 있던 술병들이 우르르 떨어지며 산산조각 나는 소리가 내부를 가득 채웠다.

매춘부로 변장했던 여자는 상황이 정리되자 바로 핸드백에서 무전기를 꺼내 무전을 쳤다. 그러자 밖에서 흑인 무리로 변장해 있던 남자들이 무장한 채 우르르 밀려들었다. 조용하던 내부는 순식간에 아수라장으로 변했다.

남자, 언뜻 보면 마약중독자처럼 나흘은 씻지 않은 몰골로 추레한 옷차림을 한 헥터는 은색 매그넘의 총구를 내렸다. 그리고 바닥을 내려다보았다. 키츠카는 바닥에 드러누운 채 한 손으로 눈가를 가리고 있었다.

"교활한 자식. 너, 일부러 나 일하는 데 나타난 거지? 안 처맞으려고."

키츠카는 손을 내리고 천천히 일어나 앉았다. 기색은 담담했지만, 흘러내린 머리칼 사이로 파르란 눈빛이 희미한 광채를 발했다. 조용히 휘몰아치는 눈빛 너머로 나하쉬의 그림자가 언뜻 비쳤다가 사라지는 것 같았다.

"눈빛 봐라. 한 대 더 쳤다간 아주 찢어 죽이겠다고 덤벼들 기세구만."

키츠카는 느릿하게 눈을 감았다 떴다. 마법이나 무기에 의한 공격이 아닌, 순수한 육체적인 공격을 허용한 일은 처음이었다.

"아프군요."

"그것참 다행이군. 아프지 않으면 어쩌나 걱정했거든."

헥터가 손을 내밀자 키츠카는 그 손을 잡고 일어섰다. 그리고 탁탁 옷에 묻은 먼지를 털어내는데, 매춘부로 변장했던 여자가 다가왔다.

"당신이 헌터 D?"

천박한 화장을 짙게 한 여자는 그를 위아래로 훑어보고는 휙— 휘파람을 내불었다. 그리고 고양이처럼 가르랑대고 웃었다.

"내 취향인데, 한 번 어때요? 그쪽이라면 돈 안 받고 해줄 수 있는데."

헥터는 그녀에게 휘이휘이 손을 내저으며 어깨를 밀쳤다. 그리고 '아, 뭐예요!' 하고 반항하는 여자에게, 키츠카를 엄지손가락으로 가리키며 말했다.

"이 녀석은 건드리지 마, 내 사위 놈이니까."

옷매무새를 정리하던 키츠카는 멈칫했다. 여자는 '에에?' 하고 놀란 소리를 냈다. 그러자 헥터는 그야말로 똥 씹은 표정으로 퉤, 침을 한 번 뱉고는 덧붙였다.

"딸내미 임신시킨 개새끼를 어쩔 수 없이 받아들이는 더러운 기분이지만."

그리고는 아직도 다 분이 풀리지 않은 듯 키츠카를 차갑게 노려보았다. 하지만 곧 허공을 향해 푹 한숨을 올려다 쉬었다.

"주먹질 한 방으로는 분이 안 풀려. 하지만 머리끄덩이 잡고 말려도 듣지 않고 같이 놀아난 딸내미 탓도 있으니 뭐라고 할 수도 없고. 정말 딸 둔 게 죄지, 죄야."

"헥터한테 딸이 어디 있어요?"

"있어. 사고만 치고 다니는 애물단지 같은 거."

헥터는 탁자를 탕탕 두들겨 소란스러운 좌중의 시선을 집중시켰다. 한참 상황을 정리하느라 정신이 없던 사냥꾼들은 바로 그를 바라보았다. 그 눈빛들이 명현하게 빛났다.

"얘들아, 이제 이런 피라미 사냥은 지겹다. 오랜만에 제대로 된 사냥 한번 나가보자."

이단심문관(異端審問官).

한때 전 세계가 마녀사냥의 광기로 들끓을 때 그 중심에서 절대권력을 휘두르며 악명을 떨쳤던 그들은 어느 순간 거짓말처럼 역사에서 그 모습을 감추었다. 무고한 여자들을 산 채로 불태우고 사리사욕을 탐하는 등, 인간으로서 차마 입에 담을 수조차 없는 끔찍한 짓까지 저질렀지만, 아이러니하게도 유사 이래 그들만큼 효과적으로, 광범위하게 이단을 잡아들인 유능한 사냥꾼 집단은 없었다. 일부는 새로운 태양이 밝아오는 세계에서 있을 곳을 찾지 못해, 일부는 끈질기게 따라다니는 과거의 그림자에 쫓겨, 또 일부는 사냥의 맛을 알아버려서 그들은 인간으로서 유일하게 이류의 세계로 유입되었다.

세대에서 세대를 거치고, 그 후손들은 여전히 이곳에 존재했다. 아니, 단순히 존재하는 것 이상이었다. 인간 특유의 번식력으로 이류의 세계에서 감히 무시할 수 없는 거대한 집단을 형성한, 엄연히 새로운 이종(異種)으로 거듭났다. 하지만 이류보다 약한 인간의 육체, 선조들이 저질렀던 끔찍한 죄, 그로 인해 천대받고 배척되었던 수백 년. 그럼에도 모질게 살아남아 과거의 그림자를 벗어던지고 당당하게 일어났다. 마녀가 아닌 뱀파이어라는 다른 이단을 사냥하긴 하지만 이제는 '이단수도자'라는 별칭으로 불릴 만큼 엄격한 자신들만의 룰과 모럴에 복종하며, 사냥만을 위한 사냥을 배척했다.

그들은 종종 이야기하고는 했다. 이미 일어난 일을, 실수를 바로잡을 수는 없다. 그저 같은 실수를 반복하지 않으며 살아갈 뿐이다, 라고.

"잠깐만요."

갑자기 끼어들어온 음성, 모두는 거의 동시에 문가를 돌아보았다. 바깥에서 새어 들어오는 네온사인 조명에 늘씬한 실루엣을 자랑하는 여자가 서 있었다.

"날 빼놓지 말라고요."

헥터는 쯧, 혀를 내찼다.

"사라, 넌 헌터가 아니잖아?"

이미 전투태세를 갖춘 듯, 타이트한 흑색 일색의 복장을 한 사라는 하이힐을 부딪치며 안으로 들어왔다. 우아하게 물결을 그리는 육감적인 몸매에 모두는 숨을 죽였다. 그런데 갑자기 그녀가 휙, 사라졌다.

"나보다 빨리 움직일 수 있는 사람 여기 있어요?"

바로 등 뒤에서 들려온 목소리, 어느새 제 바로 뒤에 서 있는 사라를 돌아본 헥터는 절레절레 고개를 내젓고 말았다.

"여기 사령관은 내가 아니라고."

그 손끝이 가리킨 사람은, 다른 누구도 아니었다. 하나둘 시선이 그 주인공에게로 향했다. 사라는 한쪽 입꼬리를 말아 올려 삐뚜름하게 웃었다.

"마법사 겸 의사인 나 같은 재원을 다른 데 가서 찾을 수 있을 것 같아요?"

그의 아비는, 레온하르트는 이야기했다.

"디어크, 우리에게는 '힘'이 있다. 이 세계를 끝낼지 말지 선택할 수 있는 힘이. 하지만 아무도 그렇게 하지 않았지. 왜인 줄 아느냐?"

그래, 왜였을까. 그토록 미움받고 배척받으면서도.

어쩌면 그때 아비가 들려주었던 모호한 대답을, 이제는 조금 이해할 수 있을 것 같았다.

"살아보아라. 살아보면 알 수 있을 게다."

8

"하아암……."

하품이 길게 샜다. 귀희는 몽롱한 눈으로 정원을 응시했다. 키츠카는 또 외출을 했고, 함께 티타임을 즐기던 아라는 전화가 와서 자리를 비운 참이었다. 점심을 배부르게 먹어 뱃속에는 포만감이 가득했다.

경쾌한 흰색의 테라스 식탁 위에는 갓 구워낸 마들렌과 스콘, 브라우니가 한 접시 예쁘게 장식되어 있고, 시원한 서리가 채 가시지 않은 아이스티 잔 안에서는 얼음이 서로 찰그락 부딪혔다. 몽글몽글 몰려오는 봄기운에 또 한 번 하음, 하품이 났다.

정말 이렇게 평온한 때가 얼마 만일까. 여태껏 지옥 같았던 시간이 모두 거짓말처럼, 지금 이 순간만큼은 아무 걱정도 불안도 없었다. 키츠카가 함께 있었다면 더할 나위 없었을 테지만…….

그런 생각을 하는 동안 잠깐 잠의 파도에 쓸려갔던 것 같다. 바스락! 인기척이 귓가를 때렸을 때, 귀희는 번뜩 눈을 떴다.

철컥!

서슬 퍼런 총구의 끝, 낯선 남자는 눈을 휘둥그레 떴다. 하긴, 꽃무늬 쿠션을 안고 새끼 병아리처럼 고개를 까딱이며 졸던 아가씨가 전광석화의 속도로 허리춤에서 권총을 꺼내 겨눴으니 어찌 놀라지 않을까.

"누구죠?"

남자에게는 살기가 없었지만 귀희는 긴장을 늦추지 않고 물었다. 처음 보는 남자였다. 인간으로 보였으나 이제는 인간이라고 해도 마냥 안심할 수 없었다.

"어, 음, 리처드입니다만."

시원한 탕아의 미소가 어딘지 알라스테어의 느낌은 아니라서 귀희는 조금 총구를 내렸다.

"리처드가 누군데요?"

남자는 은근슬쩍 총구가 가리키는 방향에서 고개를 뺐다. 그리고는 또 그 여자의 가슴에 불어드는 한줄기의 청량한 바람 같은 미소를 빙그레 지었다.

"정원사죠."

귀희는 그를 훑어보았다. 상당한 미남, 어지간한 배우보다 정갈한 이목구비는 동서양의 매력을 동시에 풍겼다. 그리고 가죽 재킷과 티셔츠, 청바지에 운동화를 매치한 옷차림은 대충 입은 것 같아도 상당한 감각이 엿보였다.

"베르사체 재킷을 입는 정원사라고요?"

남자는 대수롭잖게 어깨를 으쓱였다.

"정원사는 베르사체 재킷 입으면 안 된다는 법이라도 있습니까? 정원사도 쥐꼬리 같은 월급 모아서 사 입을 수 있는 거고, 원한다면 버즈 알 아랍에서 장렬한 최후의 만찬을 즐길 수도 있는 겁니다."

뭔가 자신이 직업을 차별한 것처럼 되어버려 귀희는 머쓱해지고 말았다.

"그런 의미는 아니었어요. 전 그냥⋯⋯."

살기 어린 눈빛으로 총구를 겨눴던 여자는 누구였는지, 수더분하게 머리를 긁적이며 사과하자 남자는 물끄러미 보다 싱긋 웃었다.

"착하네요."

그러더니 초면에 총구부터 겨누고 봤던 그녀임에도 개의치 않고 다가와 옆자리에 앉았다. 너무 자연스러워서 귀희는 뭐가 잘못됐는지도 눈치채지 못했다.

"여기 살아요? 못 보던 얼굴인데."

"아뇨, 잠깐 방문했어요."

"집주인이랑 친구?"

"저랑 같이 온 분이요."

리처드는 흘긋 그녀의 목을 내려다보았다. 본인은 모르는 것 같지만, 목을 긁적이느라 드러난 목덜미에 옷깃 안쪽으로 열꽃이 울긋불긋 화려하기도 했다.

오호, 이 아가씨, 건드리면 부러질 것 같은 얼굴을 해서는 꽤 격렬한 애인을 두셨군.

게다가 저 가는 손가락에 알 굵은 알렉산드라이트 반지라니. 뭔가 상대 남자의 엄청난 과시욕이 보이는 것 같았다.

"애인?"

의뭉스레 찍어 맞춘 듯이 묻자, 귀희는 생각지도 못한 단어를 들은 것처럼 당황하고 말았다.

"예? 아…… 그런가."

그가 제 일생에 유일무이한 남자는 맞지만, 어쩐지 실감이 나지 않았기 때문이다. 애인이라는 어감은 정말 그가 자신만의 것이 된 느낌이어서…….

어딘지 처연한 색광이 흐르는 외모인데도 막내 여동생처럼 수줍어 어쩔 줄 모르는 모습에 리처드는 어렸을 때 길렀던 토끼를 떠올렸다. 털이 북슬북슬한 것이 요리조리 굴리고 싶을 만큼 꽤나 귀여웠더랬지.

결국 그가 너무 조물대서 스트레스 받아서 죽지 않았던가? 아, 뭐, 사소한 건 접어두고.

"남자친구는 어떤 사람? 이야기 좀 해봐요. 안 그래도 심심했는데."

귀희는 약간 상기된 볼을 손으로 식히다가 묘한 눈길로 리처드를 보았다. 너른 가슴을 쭉 펴고 기대앉아 마들렌까지 하나 집어먹으며 묻는 태도는 너무 당당해서 이 그림에서 뭐가 잘못되었는지도 알 수 없을 정도였다. 그녀부터 한때 웨이트리스였고 따라서 직업에 귀천은 없다고 생각하는 편이지만, 이건 아무리 그래도…….

"일은 안 하세요?"

"일도 다 때가 있는 법이거든요. 일하고 싶을 때 놀면 노는 게 노는 게 아니고 그 반대도 마찬가지인 것처럼 다 그런 거죠. 그 나저나 이거 맛있네. 제인이 구웠나?"

제인은 이 저택의 주방장이었다. 제인을 알고 있는 것으로 보아, 정원사가 맞든 아니든 이 집에 관련이 있는 사람인 것 같았다. 즉, 적은 아니라는 의미.

"그래서, 남자친구랑은 언제 처음 만났어요?"

"그게 좀 오래됐다고 해야 하나…….'

기억은 나지 않지만 어쨌든 처음 만난 것은 그녀가 어렸을 때 니까.

"누가 먼저 사귀자고 했어요?"

"음, 굳이 따지자면 저인 것 같은데."

귀희는 문득 생각했다. 그런데 왜 난 이런 이야기를 처음 보는 남자한테 하고 있는 거지? 갑자기 나타나서 한 몇 년 보고 지내 온 지인처럼 친근하게 말을 거는 남자의 페이스에 저도 모르게 말려서…….

"그럼 좀 힘들겠네요."

무어라 하기도 전에, 리처드가 먼저 한 말에 귀희는 의아해져 반문했다.

"힘들어요?"

"아니, 왜. 그렇지 않나. 어렸을 때 만난데다 먼저 사귀자고까지 했으면 아가씨가 주도권을 쥐고 있지는 않을 테니까."

"그건 그렇지만 딱히 힘들지는……."

그때 그녀를 쳐다보는 리처드의 눈빛으로 말할 것 같으면, '이런 맹탕 같은 아가씨를 봤나. 늑대가 입 벌리면 들어가 누울 아가씨일세' 라는 말이 환청으로 들려올 정도였다.

"남자란 단순한 생물이거든요. 조금만 오냐오냐 해줘도 기고만장해져서 끝 간 데를 모른다니까."

그러는 그쪽도 남자가 아닌가 싶었지만, 그 본인이야 어떤지 몰라도 키츠카를 모르니까 그리 말하는 것일 터.

"키츠카 씨는 그런 사람 아니에요."

"뭐, 아가씨가 그렇게 믿는다면 굳이 불신을 심어주고 싶지는 않지만……. 그냥 하나만 말해두자면, 너무 오냐오냐하지 말아요."

자신이 키츠카를 오냐오냐한다? 뭔가 상상조차 힘든 그림이라 대꾸할 기분도 들지 않았다.

"저, 실례지만……."

나쁜 사람은 아닌 성싶었지만 별로 더 이상 대화하고 싶지 않아서 막 양해를 구하려고 할 때였다. 저 멀리 들려오는 인기척에 리처드는 다가오는 아라를 발견하고 분분히 자리에서 일어났다.

"이크. 안마님 나오시네. 나 땡땡이 쳤다는 이야기는 하지 말아줘요. 들키면 감봉당하니까. 이 가난한 노동자를 불쌍히 봐줄 거죠?"

그러면서 마들렌과 쿠키를 큰 손으로 한 움큼 집어 들고는 찡긋, 매력적인 윙크를 남기고 바람처럼 사라져 버렸다. 어이가 없어서 허, 헛바람 소리만 내고 있는데 마침 다가온 아라가 말했다.

"아가씨, 케이크 먹을래요? 제인이 방금 전에 구웠다고……."

그런데 갈 때까지만 해도 정갈하게 정리되어 있던 접시에 쿠키들이 융단폭격을 맞은 것처럼 엉망이 된 모습을 발견하고 멈칫했다. 그리고 미묘하게 바뀐 공기를 느낀 듯이 주변을 둘러보았다.

"누구 왔다 갔어요?"

"정원사요."

"아, 리처드요?"

허, 정말 정원사였어?

참 이 미국이라는 곳은 알다가도 모를 동네였다. 어디 영화배우처럼 생긴 남자가 명품 옷을 입고 정원사를 하고 있다니. 여러모로 특이하기는 했지만 제 알 바는 아니라서 귀희는 금방 뇌리 밖으로 밀어냈다.

"참, 케이크요? 한 조각만 먹을까요?"

"그럴래요? 그럼 제인에게 말해줄게요."

자신이 가겠다며 일어나는 귀희를 만류하고 아라는 왔던 길을 되돌아갔다. 그런데 잠깐 무슨 생각이 들었는지 의아한 얼굴로 저 멀리 귀희를 돌아보았다. 귀희는 길게 하품을 하며 금세 꾸벅 꾸벅 졸고 있었다.

아라는 고개를 갸웃하며 중얼거렸다.

"근데 리처드는 여동생이 결혼한다고 시골집에 내려갔는데?"

귀희는 복도를 달려갔다. 가는 길을 따라 저택의 직원들이 간간이 웃으며 인사를 건네고 누군가는 키츠카를 보았다고 전해주기도 했다. 그리고 막 모퉁이를 돌았을 때, 키츠카는 그곳에 있었다.

그녀를 찾으러 오는 길이었을까. 외출하고 와서 재킷을 벗고 와이셔츠만 입은 차림, 아폴로의 전령이 내려앉는 창가에서 그 너머를 조용히 응시하고 있었다. 이럴 때면 그에게는 이 세상의 것이 아닌 것 같은 고고한 공기가 있어 선뜻 다가갈 수 없었다. 이렇게 그저 쳐다보게만 되었다.

그런데 그때, 그런 공기도 아랑곳하지 않는 위풍당당한 방해꾼이 나타났다. 반대편에서 검은 머리의 꼬마, 네로가 뽀르르 와서 키츠카의 바짓단을 잡아당겼다. 제 발치에 꼬물대는 작은 존재를 느낀 듯, 키츠카는 저 까마득히 높은 곳에서 아이를 내려다보았다. 그것도 한참 동안이나.

다른 아이였다면 이미 주눅이 들어 도망가 버렸을 테지만, 역시 그 아버지의 핏줄이었다. 아이는 오히려 유난히 초롱초롱한 눈을 빛내며 덩달아 그를 응시했고, 곧 키츠카는 놀랍게도 자세를 낮추었다.

시선의 높이가 같아지자, 아이는 무어라 말하며 제 손을 그에게 불쑥 내밀었다. 멀어서 무슨 이야기를 하는지는 들리지 않았다. 하지만 잠깐 아이가 내민 물건을 응시하고 있던 키츠카는 손을 내밀었고, 아이는 그 손바닥 위로 알록달록한 구슬들을 쏟았다. 붉은색, 노란색, 초록색, 파란색……. 색색이 쏟아지는 선명한 빛깔.

그것은 구슬이 아니라, 제 눈이 제대로 보고 있는 게 맞는다면, 그녀도 잘 아는 브랜드의 초콜릿이었다.

그에게 초콜릿을 건넨 아이의 의중을 알 수가 없어 고개를 갸웃할 때, 네로는 무언가 큰일을 해낸 것처럼 뿌듯한 얼굴로 뽀르르 가고, 키츠카는 제 손에 남은 화려한 색감을 보았다.

귀희는 몸을 돌려 벽에 기대었다. 흘긋, 판판한 배로 내려가는 시선은 불가항력이었다. 생각하지 않으려고 했지만…….

아마 환경이 좋지 않은지도 몰랐다. 이렇게 아이들이 있는 곳이어서야, 자꾸만 자신이 잃은 것, 가질 수도 있었던 것을 미련하게도 떠올리게 되었다. 하지만 생각하는 정도는 괜찮지 않을까.

만약 태어날 수만 있다면, 그 아이는 어떤 눈을 가졌을까. 머리카락은 자신을 닮았겠지. 미소는 꼭 제 아빠와 같지 않을까…….

"뭐 해?"

귀희는 흠칫 시선을 들었다. 어느새 다가온 키츠카가 한 손으로 모퉁이를 짚고 서 있었다. 그리고 그녀가 손으로 감싸고 있는 부위를 보고 물었다.

"배 아파?"

귀희는 얼른 고개를 내저었다.

"아뇨. 근데 네로가 왜 초콜릿을 준 거예요?"

"내가 식인종이니까, 라더군."

"네? 그런……."

순진한 아이가 설마 그런 악담을…….

그런데 갑자기 드는 생각이, 얼마 전 네로가 식인종이 뭐냐고 물었을 때 에블린이 분명히—

귀희는 풋, 웃어버렸다.

"설마 그거예요? 식인종은 단 걸 엄청 좋아하는 사람이라는?"

어른들 기준에서는 말도 되지 않는 것을 진지하게 믿고 있는 아이가 귀여워 귀희는 웃음을 참을 수 없었다. '뭐예요, 그게. 세상에. 귀여워라' 하고 웃는데, 그가 초콜릿 하나를 건넸다.

"먹을래?"

귀희는 피식 웃었다. 그란 남자의 손 위에 가득한 알록달록한 색감이 못내 어색하면서도 어쩐지 우스웠다.

"나 단 거 좋아하는데 완전 식인종이네요."

그는 먹을 수 없으니까 자신이 처리해야겠다 싶어 귀희는 주는 대로 받아먹었다. 그런데 한참 받아먹다 보니 복도에 멀거니 마주 보고 서서 어미 새가 새끼 새에게 먹이를 주듯이 초콜릿을 먹여주는 그와 또 그것을 받아먹는 제 모습을 생각하고 우스워졌다. 작게 웃어버렸다.

키츠카는 그런 그녀를 말없이 지켜보았다.

아이를 좋아한다는 것은 알고 있었다. 고향 마을에서도 동네

꼬마들이라면 하던 일 다 내려놓고 숨이 찰 때까지 놀아주던 모습을 기억하니까. 그리고 그 어머니 아래 자랐으니 언젠가 한 아이의 엄마가 되는 일이 그녀에게는 너무나 당연했으리라. 그런데 여자라면 비단 침대에서 태어났든 시궁창에서 났든 누구에게나 당연한 권리를 그를 사랑한 대가로 빼앗겨 버렸다.

물론 설령 배태 능력을 잃지 않았어도 그와 함께하는 한 아이는 얻을 수 없었을 것이다. 그는 이렇게 그녀에게서 빼앗기만 하는 존재인데도……

갑자기 그가 한 걸음, 성큼 다가섰다. 물씬 다가오는 남성성은 이토록 탁 트인 공간마저도 막다른 길처럼 느껴지도록 만들어, 귀희는 웃던 것도 잊고 순식간에 졸아붙었다. 조용한 시선이 그녀의 얼굴에 멈추었다가 얼핏 낮아지는 속눈썹 아래로 가려졌다. 물결치는 녹색 눈동자에 어딘지 은밀한 기운이 감돌았다.

"아이를 가지고 싶어?"

아까 배를 감싸고 있는 모습을 보았을 때 눈치챈 것 같았다. 그래도 불문율의 금기처럼, 서로 알고 있었어도 결코 입 밖에 내지 않았던 화제였다. 귀희는 놀라고 말았다.

"가지게 해줄까?"

흡사 순진한 처녀를 희롱하는 불한당처럼, 그는 여자의 볼 위에 나하쉬의 속삭임을 미끄러뜨렸다. 그의 아이를 가진다는 상상만으로도 메마른 자궁에 짜릿한 전율이 흘렀다. 또한 그 과정을 상상하며 본능적으로 뱃속 깊은 곳이 아릿하게 달아올랐다. 하지만 그만큼 혼란도 함께 찾아왔다.

"그건…… 있을 수 없는 일이잖아요."

"글쎄, 더 노력하면 어떻게든 될지도 모르지."

귀희는 미간을 찌푸렸다. 자신이 잘못 들은 게 아니라면…….

"지금 건 좀 용서하기 힘든데요."

둘 다 그녀가 아이를 가질 수 없다는 사실을 잘 알고 있었다. 그리고 그 사실에 그녀가 조금 힘들어하고 있다는 것도, 서로 이야기하지는 않았지만 그 역시 알고 있으리라. 그런데 그런 주제에 대해 꼭 농담하듯이 가볍게 말하는 게 이해되지 않았다. 그런 성품이 아닌 걸 아는데도.

그제야 그는 몸을 일으켜 조금 거리를 두었다.

"미안. 아이 같은 걸 진지하게 가지고 싶어 하는 게 귀여워서."

아이 같은 거……?

아이가 좋아 죽고 못 사는 타입을 아닐 거라고 생각했지만, 그래도 그가 사용하리라고 생각지 못했던 표현이 당혹스러웠다. 하지만 키츠카는 오히려 그녀가 이상하다는 듯 물었다.

"왜 아이가 가지고 싶어?"

왜냐고? 사랑하는 남자의 아이를 가지고 싶은데 이유가 있을 리 없잖은가. 자신을 닮고, 키츠카를 닮았을 아이, 분명 별빛처럼 반짝이는 눈을 지녔을 터. 품 안에 가득 그러안고 그 부드러운 살 내음을 맡을 수만 있다면…….

"그냥…… 디어크의 아이니까."

키츠카는 길게 숨을 내쉬었다. 어쩐지 조금은 한숨 같기도 했다. 정말 어쩔 수 없다는 듯이.

"아이는 가지고 싶지 않아."

이런 거부감은 생각하지 못했다. 충격에 되묻는 목소리가 얼핏 떨려왔다.

"어째…… 서요?"

"아버지가 된다는 생각을 해본 적도 없고, 내 굴레를 아이에게 물려주고 싶지도 않아."

아마 저도 모르게 상처받은 얼굴을 내보였던 것 같다. 여전히 담담한 얼굴이지만 그가 이리 말했으니까.

"미안해."

"아뇨, 사과하실 일은 아니잖아요."

뒤이어 애써 웃는 얼굴이 지독히도 시렸다면, 어떤 표정이었는지 알 수 있을까.

"어차피 원한다고 해도 가질 수 없는걸요."

그랬구나.

귀희는 한숨을 내쉬었다.

아이를 원하지 않았구나.

어차피 가질 수도 없으니 오히려 미련을 떨칠 수 있어 좋아야 할 텐데, 어쩐지 충격인 이유는 뭔지. 그녀도 어쩔 수 없는 여자라서, 자신과 낳는 아이라면 괜찮다는 말을 기대했기 때문인가 보다. 하지만 원래 입에 발린 말 따위 하지 않는 남자인 것을. 무엇보다 순혈 에키드나니까, 아이를 꺼릴 수밖에 없는 상황도 이해했다. 그래도…….

귀희는 또 한 번 한숨을 푹 토해냈다. 자신의 생각에 더 상처를 받는 느낌이었다.

그래, 어차피 가질 수도 없고, 그런 남자라는 거 모르지도 않았는걸. 그만 생각하자.

그렇게 애써 위로하고 고개를 드는데, 낯익은 암갈색 눈동자 한 쌍이 코앞에서 그녀를 뚫어져라 쳐다보고 있는 게 아닌가. 귀희는 화들짝 몸을 물렸다.

"리, 리처드?"

너무 깊이 혼자만의 상념에 빠져 있었던 모양이다. 어느새 바로 제 앞에서 꿇어앉아 턱을 양손에 받친, 다분히 소녀 같은 자세를 한 그는 오늘도 여전히 자유로운 탓이었다. 한 줄기의 바람처럼 빙그레 시원한 미소도, 빈티지 재킷에 청바지를 입은 차림도.

"무슨 생각을 그렇게 깊게 해요?"

"여긴 어떻게 들어왔어요?"

지금 그녀가 있는 곳은 한쪽에 당구대 하나밖에 놓여 있지 않은, 자주 사용하지 않는 거실의 무대 계단이었다. 정원사라고는 하지만 이런 안쪽까지 자유롭게 드나들 수 있나 싶었다. 하지만 리처드는 으차, 하고 신음에 비해 가볍게 일어나며 대수롭잖게 대답했다.

"걸어 들어왔죠."

"그게 아니라……."

어딘지 자신만 볼 수 있는 램프의 요정 지니가 아닐까 싶을 만큼 묘한 공기가 있는 남자였다. 이 사람이라면 어떻게든 했겠지 싶어 더 캐묻고 싶은 마음도 생기지 않았다. 그게 이 남자의 재주라면 재주라고 해야 할까. 뭐, 도둑은 아닌 것 같으니까.

"그냥 생각을 좀 했어요."

"심각해 보이던데?"

"뭐……."

남자친구가 아이를 원하지 않는다— 라는 이야기까지는 차마 할 수 없어 모호하게 뭉그러뜨리는데, 마침 그때였다. 핑크색 세발자전거를 타고 찌릉찌릉 거실 밖 복도를 지나가던 도로가 그를 보고는, 자전거를 내팽개치고 흥분한 새끼강아지처럼 함박웃음을 지으며 날래게 달려왔다.

"리처드!"

몹시 애지중지해서 같은 구두만 열 켤레쯤 있는 빨간 에나멜 구두로 경쾌하게, 레이스 치맛자락을 휘날리며 단숨에 달려온 아이는 덥석 리처드에게 안겨들었다. 리처드 역시 아이를 번쩍 안아 들었다.

"요 귀염둥이! 삼촌이라고 부르라니까."

"우웅, 리처드는 리처드인걸."

고개를 갸웃하며 말하는 아이가 귀여워 못 참겠다는 듯이 리처드는 껄껄 웃었다.

"리처드, 아이가 있어요?"

도저히 애 아빠로 보이지는 않았으나 묻자, 리처드는 질문이 갑작스러운 것 같았지만 일단 대답해 주었다.

"있어요. 지금 집엔 저 혼자뿐이지만."

아, 좋지 않은 사정이 있는 걸까.

"근데 왜 갑자기 그런 질문을?"

"그냥. 아이를 안는 자세가 익숙해 보여서요."

"그 녀석은 더 이상 이렇게 안기지도 않아요. 징그러울 정도로 애늙은이라서, 벌써부터 날 아버지라고 부른다니까."

아무래도 이혼을 하고 따로 사는 모양이었다. 그러니까 아이도 아버지가 낯설어서 그렇게 깍듯이 예의를 차리는 것일 테고.

편모슬하에 살고 있을, 얼굴도 모르는 아이를 생각하니 마음이 좋지 않았다. 물론 그녀 자신처럼 어머니와만 살아도 충분히 행복할 수도 있겠지만, 짧게 보기로도 리처드는 분명 친구처럼 좋은 아버지일 것 같았다.

좋은 아버지라……. 태어나지 못할 제 아이도 자신을 닮았는지 가지지 못할 존재인 모양이었다.

갑자기 어떤 것에 관심이 생기면 그에 관련된 것만 보이듯이, 생각은 다시 거기로 돌아가 괜히 우울해지고 말았다.

잠깐 그녀를 보던 리처드는 도로를 내려주고 다음에 놀아주겠다며 아이를 먼저 보냈다. 아이는 안 그래도 가던 길이 있었는지 밝게 웃으며 그녀와 리처드에게 인사하고 종종 거실을 나갔다. 귀희도 웃으며 손을 흔들어주었다.

"속상해요?"

"예?"

질문에는 대답 없이, 리처드는 '음' 하며 거실 너머를 보고 무언가를 가늠하나 싶더니 갑자기 빙그레 웃었다. 어쩐지 음모를 획책하는 악동 같다는 생각도 잠시, 덥석 그녀의 손목을 잡아끌었다.

"이리 와요."

"어, 저기……."

부드럽긴 했지만 강한 힘에 끌려 엉거주춤 따라가고 말았다.

어느덧 휘파람까지 부르며 그가 자신을 데려간 곳은, 저택의 남쪽 날개 1층에서 지하로 통하는 통로였다. 리처드가 기사도 정신을 발휘하여 여성분 먼저, 라는 듯 옆으로 비켜서서 자리를 터주었다. 하지만 동굴에 지어놓은 옛날 수도원처럼 벽돌로 된 아치형 천장에 가지런히 지하로 내려가는 어슴푸레한 전등을 보고 있자니 자연스레 여자라면 가질 만한 불안감이 피어올랐다. 지하라는 공간이 주는 폐쇄성과 어둠 때문일까. 그에 주저하며 리처드를 쳐다보자, 그는 알 만하다는 듯 피식 웃으며 먼저 계단을 내려갔다.

콧노래를 부르면서 여유롭게 내려가는 등을 보자니 제 걱정이 무례했나 싶어졌다. 어쩔 수 없이 귀희도 그를 따라 돌계단에 걸음을 디뎠다.

한 층 정도 내려가자 조금 너른 공간이 나왔다. 그 끝에 희미하게 어두운 안쪽이 들여다보이는 유리벽이 굳게 닫혀 있었다. 리처드가 문 옆에 붙은 전자기계판에 번호를 누르자 유리벽은 옆으로 스르륵 밀려났다.

먼저 안으로 들어간 그의 뒤로 쾌적한 냉기가 흘러나와 발목을 아스라이 감쌌다. 내부에 탁, 불이 켜지고, 보물 창고는 모습을 드러냈다.

천체처럼 높은 궁륭 아래, 귀희는 갓 도시에 상경한 시골 처녀처럼 아연한 눈으로 안을 둘러보았다.

거대한 동굴 같은 내부에 천장까지 와인셀러가 빼곡히 차 있고, 그 안에 온갖 와인 병들이 하나의 예술품처럼 천편일률적으로 전시되어 있었다. 그리고 한쪽 벽에는 포도나무 왕관을 쓴 디오니소스가 토가를 입은 사람들과 축제를 벌이는 모습이 베수비오 산 기슭의 유적에 있을 법한 정교한 모자이크로 가득 장식되어 있었다.

와인셀러를 열어 와인 하나를 꺼낸 리처드는 바(Bar)에 걸린 와인 잔 두 개의 다리를 한 손으로 잡아서 들고 와서 코르크를 열었다. 여전히 경쾌한 콧노래는 멈추지 않았다.

마치 몽중에 찾아온, 유쾌하고도 냉정한 술과 광기의 신, 올림포스의 열두 불멸자 중 유일하게 인간에게서 태어나 신이 된 디오니소스처럼, 남자는 어스름한 전등 아래 빛나는 와인 잔을 들어 보이며 싱그럽게 웃었다.

"속상한 마음에는 이거만큼 좋은 게 없죠."

9

"에, 그건 좀 아닌 것 같은데."

"그런 거예요?"

리처드는 고개를 끄덕이며 기대고 있던 아일랜드 탁자에서 몸을 일으켰다. 그리고 와인 병의 주둥이를 잡아 그대로 한 잔 더 부어주었다.

"그렇다니까. 아가씨가 너무 쉽게 받아준 거예요. 이야기 들어보니까 딱 견적이 나오네. 아무리 아가씨를 위해서였다지만 마음고생 시킨 게 얼마야. 그런데 그렇게 쏠랑 받아줘요?"

"그래도 아쉬운 쪽은 저잖아요."

꿀꿀꿀……

귀희는 어스름한 조명 아래 감람석 빛으로 반짝이며 떨어져 내리는 와인을 멍하니 응시했다. 깨끗하게 닦인 투명한 크리스 털 잔도, 디오니소스의 성수도 보석 같아 너무 예뻤다. 뭔가 몽 롱해지면서 아무래도 좋은 느낌.

사실 처음에는 척 봐도 맛 좋고 비싼 와인, 맛이나 볼 생각이었 지만 정말 혀가 녹는 듯이 달아 한 잔이 두 잔이 되고 두 잔이 세 잔이 되더니 결국 아무래도 좋아져 버렸다. 여차하면 키츠카가 물어주겠지.

"아니, 그러니까 대체 왜? 아가씨가 뭐가 부족하다고."

둥그런 와인 잔에 비친 제 얼굴을 멍하니 응시했다.

"원래 전 이렇지 않았으니까요. 사실 아직도 거울을 볼 때마다 흠칫흠칫해요. 이 여자는 키츠카 씨랑 잘 어울리지만 원래 저 는…… 저는…… 그냥 꼬맹이였는걸요. 정말 그때부터 날 좋아 했던 건가 믿기지 않을 정도로……."

"아가씨."

귀희는 무거운 눈꺼풀을 밀어 올리고 그를 보았다.

한 병에도 몇천을 호가하는 와인들이 줄지어 늘어서 있는 곳 의 비밀번호도 알고 있고, 태도에서 배어 나오는, 좋게 말해 기품 이고 속물적으로 말해 돈 냄새라고 해야 할까. 이런 남자가 절대 정원사일 리는 없다고 생각은 하고 있었지만 이제 아무래도 좋 았다. 해를 끼치지도 않고, 어쨌든 이야기는 잘 들어주니까. 뭐 랄까, 오히려 제 이야기를 들어주기 위해 나타난 지니 같은 느낌 이었다.

"남자란 사랑이 없어도 그 짓을 할 수 있는 생물이라지만 사랑하지도 않으면서 사랑하는 것처럼 보이게는 못해요. 어디선가 티가 나지. 지나치게 단순한 동물이거든. 음, 그냥…… 아가씨 남자친구 취향이 독특하다고 생각해요."

귀희는 턱을 괸 그대로 무거운 눈꺼풀을 다시 한 번 밀어 올렸다. 욕이야, 칭찬이야?

"아무튼 사랑하는 사이에 더 처지고 말고 하는 게 어디 있어요. 그건 자신감의 문제라고 생각하는데. 그것보다, 솔직히 말해 봐요. 좀 억울하지 않아요?"

"억울……?"

리처드가 와인을 한 잔 더 마시기에 귀희도 이제 자연스레 자신의 잔을 들었다.

"아가씨는 밤마다 베갯잇 좀 적셨을 텐데, 남자친구는 그냥 탄탄대로잖아. 아가씨가 그렇게 쫓아다녔다면 받아주면서 어이쿠, 감사합니다, 하진 않았을 거 아녜요?"

귀희는 빛 아래 반짝거리는 와인을 보며 잠깐 생각에 빠졌다. 그런데 이상했다. 하라는 생각은 하지 않고, 자꾸만 눈이 감겼다.

"응? 아가씨? 자요?"

아뇨, 안 자요. 그런데 너무 졸려……. 도저히 눈을 뜨고 있을 수가…….

"하아, 하아…… 하아……."

귓속이 거대한 공간인 것처럼 제 숨소리가 웅웅 울려왔다. 숨을 쉴 때마다 바람이 폐부까지 깊이 불어들어 전신에 소용돌이 치고, 하늘로 부유하듯 몸이 가벼웠다. 팔다리의 근육이 수축하고, 팽창하고, 수축하고, 팽창하고…… 탄력적으로 물결쳐 이대로라면 올림포스 산이라도 암벽등반으로 올라갈 수 있을 것 같았다.

사삭, 사삭.

바람결에 나뭇잎들이 화려한 군무를 추고, 머리 위로 창공이 먹먹하도록 넓게 펼쳐져 있었다. 군청빛 하늘은 너무도 크고 가까워, 그 별의 바닷속으로 추락하는 기분까지 들었다.

"아가씨!"

멍멍한 고함이 귓가를 울렸다. 하지만 당장에라도 폭우가 되어 쏟아질 것 같은 별빛에 매료된 그녀는 주의를 기울이지 않았다. 그저 자신이 내려가는지 올라가는지도 알지 못한 채 그 탐스러운 빛을 쫓았다.

"아가씨!"

다시 한 번 고함이 사방을 우렁우렁 울려왔다. 그제야 그녀는 그 소리가 아래서 오고 있다는 사실을 몽롱하게 깨달았다. 그리고 문득 아래를 내려다보았을 때—

화악, 불어 올라오는 바람과 함께 발아래로 까마득한 높이를 깨달았다.

꿈속에서 거인이 된 것일까? 저 아래에서 이쪽을 올려다보고 무어라 외치고 있는 리처드는 거인국에 간 걸리버만큼이나 작았다. 저보다 훨씬 큰 남자를 이렇게 내려다보고 있자니 어쩐지 기분이 좋아 배시시 웃어버렸다.

"귀염 떨면서 웃을 때가 아니에요! 내려오라고! 진짜 골 때리는 아가씨네. 어째서 취하니까 나무를 타는 거야?"

리처드는 애가 탔다. 그녀가 작동을 멈춘 로봇처럼 갑자기 탁자에 머리를 처박고 잠들기에 어깨를 몇 번 흔들다 내버려 두고 여유롭게 주변을 정리하고 있을 때였다. 전조도 없이 벌떡 고개를 드는 게 아닌가. 너무 갑작스러워서 식겁 한 번 제대로 했다. 그런데다가 갑자기 일어나 뛰쳐나가더니, 정말 말릴 틈도 없이 정원에서 신발을 내던지고 맨발로 나무를 타기 시작했다. 그리고 흡사 표범 과의 짐승을 떠올리게 하는 날렵한 몸놀림으로 순식간에 저렇게나 높이 올라가 버렸다. 정말 누가 암브로시아 아니랄까 봐.

그래 봤자 술에 취한 암브로시아였다. 어쩌다 떨어지기라도 한다면 줄초상이 나리라. 혹여 저 아가씨가 다치면 무표정한 얼굴로 살벌한 분위기 한 번 제대로 조장하는 그 에키드나 형님이 그를 가만히 둘 리가 없었다. 아가씨에게 이런 주사가 있을 줄이야……

낭패감이 드는데, 어지간해서는 타지 않는 그의 애를 바싹 졸아붙게 하고 있는 여자는 귀엽게도 웃으며 손짓할 따름이었다.

"리처드도 올라와요. 기분 좋아요!"

그러면서 날씬한 다리를 내저으니 치맛자락이 펄럭이면서 온 세상 만물이 그녀의 눈부신 허벅지를 구경하고 말았다. '이크' 소리를 낸 리처드는 얼른 몇 걸음 물러났다.

그때, 저쪽에서 다가오는 소란스러운 말소리와 인기척이 느껴졌다. 여전히 나무 위에서 아슬아슬하게 휘적대고 있는 여자를 잠깐 당혹스러운 눈으로 올려다본 리처드는 에라, 모르겠다, 어떻게든 하겠지, 하고 재빨리 정원의 어둠 너머로 사라졌다. 사고 치고 줄행랑을 한두 번 쳐본 게 아닌 폼이 분명했다.

반면 귀희는 지상에서 무슨 일이 있거나 말거나 황홀한 부유감을 마음껏 음미하고 있었다. 그냥 기분이 너무 좋아서, 다른 것은 아무것도 생각하고 싶지 않았다.

"백귀희."

이렇게 먼데도, 바로 곁에서 속삭이는 것처럼 귓가를 잡아채는 낮은 목소리가 들려왔다.

멈칫하고 천천히 아래를 내려다보자, 어둠이 낳은 것 중 가장 아름다울 직한 존재가 그녀에게 손을 뻗고 있었다.

"내려와."

배슬배슬 흘러나오던 웃음은 어느새 말라 버리고, 그녀는 무표정한 얼굴로 그를 내려다보았다.

"싫어요. 키츠카 씨가 말한다고 다 들어야 해요? 내가 아직 그런 어린애로 보여요?"

저 아이는 또 무슨 소리를 하는 걸까.

이런 것을 두고 기가 막힌다고 하는 건지, 키츠카는 한동안 그녀를 올려다보기만 했다. 신발은 어디다 내팽개쳤는지 보드라운 맨발, 흘러내린 카디건은 손목에 걸려 있어 노란 원피스를 입은 눈부신 어깨와 가슴께도 훤하게 드러내 놓은 상태였다. 그리고 이런 위치에서는 붙잡으면 뭉그러질 것 같은 연한 다리마저도 모두 눈에 들어왔다. 덕분에 소식을 듣고 같이 온 아라 부처는 더 다가오지 못하고 멀찍이서 지켜보고만 있는 상태였다.

"떨어지면 다쳐."

"안 떨어져요. 나무는 몇 번이나, 몇 번이나 탔는걸요. 한 번도 떨어지지 않았어요."

"술 마셨잖아, 너."

오는 길에 몇 병이나 와인 병이 굴러다니는 것을 보았다. 결코 그 양을 혼자 마셨을 리는 없을 테니—누구와 마셨는지는 나중에 알아내고—둘로 나눈다고 해도 혼자서 가공할 만한 양을 마셨음이 분명했다.

이제 와 이야기하지만, 어려서부터 동네 아저씨, 아주머니로부터 술을 받아 마셔온 그녀는 상당한 말술이었다.

"그래요, 마셨어요, 조금!"

귀희는 갑자기 분기를 터뜨리며 가지에 발을 디디고 일어났다.

"난 술도 마시면 안 돼요? 나도 이제 열아홉 살이라고요! 어린애가 아니에요!"

키츠카는 그녀가 떨어질지도 모를 때를 대비해 바로 몇 걸음 물러났다.

"아무도 너한테 어린애라고 하지 않았어."

"그런 거 말로 하지 않아도 알아요. 그러니까 늘 당신이 말하는 대로 좋다고 꼬리 흔들 거라고 생각하죠."

"그렇지 않아."

"내가 쉽게 보이죠? 무조건 당신이 좋다고만 하니까, 싫다고, 못된 소리하고, 괴롭히고 쫓아내도 그냥 쫓아오니까……."

"어떤 녀석이지?"

싸늘한 냉기를 품은 음성, 정말로 화를 참는 듯이 하는 어조에 갑자기 조금 정신이 들었다. 신나게 사고를 치던 강아지가 주인의 엄한 목소리에 화들짝 반응해 꼬리를 말 듯.

"어떤 녀석이 너한테 그딴 소리를 한 거야?"

멀리서도 형형히 빛나는 야차의 눈빛에 오금이 희미하게 저려왔다. 정말로 혼나는 아이의 심정이 되어버린 귀희는 저도 모르게 순순히 나무를 내려갈 뻔했다. 하지만 그런 자신을 발견하자마자 오기가 들어 더 발끈했다.

"그럼 아니에요?"

키츠카는 거의 처음으로 드러내 놓고 한숨을 내쉬었다. 그리고 조금은 어쩔 수 없다는 듯 물었다.

"내가 어떡했으면 좋겠어?"

또 그 어린애를 대하는 것 같은 어조 때문이었을까. 정말 애처럼 굴어버리고 싶은 심정이 되어 귀희는 오만한 눈빛을 숨기지 않았다.

"빌어요."

"내가 잘못했어. 어린애 취급했던 거 사과할게."

말이 끝나기 무섭게 그는 사과했다. 정말, 한 치도 주저하지 않았다. 도리어 귀희가 움찔하고 말았다.

"그러니까 이리 와."

"그게 아니에요……. 그게 아니란 말이에요……."

뭐가 아닌지는 모르겠지만 이게 아니라는 것만큼은 확실했다.

"속상해하지 마."

그런데 그는 갑자기 말했다.

"아이는 네 잘못이 아니야. 내 잘못이야. 내가 원하지 않아."

귀희는 아무 말도 없이 그를 내려다보았다.

생각해 보면, 꼭 엄마가 되어야지, 라든가 언제 아이를 가질 거라든가 군이 계획하고 살아오지는 않았지만 그녀는 기순을 보고 살아왔다. 언젠가는 엄마가 되는 일이 그냥…… 당연했다. 하지만 정말 아이를 가질 수 없다는 사실은, 부차적이었다. 그가 바라지 않는다는 사실이 둔기가 되어 가슴을 쳐왔다.

사실 그가 진심으로 아이를 원하는지, 원하지 않는지는 알 수 없었다. 그런데도 또 그렇게 악당을 자처했던 이유는, 자명했다.

자신은 왜 지나고 나서야 깨닫는 걸까. 알고 있으면서도, 왜 번번이 놓치는 걸까. 어째서 좀 더 깊이 꿰뚫어 보지 못하는 걸까…….

아마 자신의 바보 같음에 더불어, 그가 그만큼 숨기는 데 능숙하기 때문이리라. 아무도 외부로부터 작용하는 강제에 의해 능숙해질 필요가 없는 것에조차 능숙해져야 했던 남자를, 그녀는 왜 자꾸 힘들게만 하는 걸까.

"그렇게 다정하지 말아요. 이제는 더 사랑할 여유조차 없는데……."

그는 아까처럼, 조금 어쩔 수 없다는 듯이 웃었다.

"그러면 애 좀 그만 태워."

그녀는 쫓아가고, 그는 쫓아내야 했지만, 그는 그러고 싶지 않아도 그래야만 했다. 거기에 누가 쫓는 자였고 쫓아내는 자였는지 구분은 없었다. 둘 모두 쫓았고, 쫓겼기 때문이다.

그녀는 말없이 하늘을 올려다보았다. 차양처럼 드리워진 울창한 나뭇잎 너머, 무연한 창공에 보름달이 교교히 떠 있었다. 그 달빛마저 신의 전언처럼 무겁게 그녀를 짓눌러 오는데, 어쩐지 조금 웃음이 나왔다.

해볼 테면 해보라지.

귀희는 키츠카를 돌아보았다. 그리고 다리에 힘을 주고, 주저 없이 뛰어내렸다. 허공에 안겼다.

허공에도 성별이 있다면 너른 가슴을 가진 남자일까. 키츠카는 그 남자에게서 그녀를 낚아채듯 잡아 온 품으로 안았다. 그리고 한 덩이가 된 두 연인은 그대로 싱그러운 초록빛 땅으로 무너졌다. 작게 쿵, 소리가 울렸다.

이름 모를 벌레들이 날아오르고, 대지의 풋풋한 녹색 이불은 그들을 아늑히 감싸왔다. 그 위에 누워, 귀희는 달빛이 탐내 마지않는 남자를 내려다보았다.

정말 온몸이 하나의 식물이 된 것 같았다. 그라는 태양 빛을 받아 마음은 무럭무럭 자라나고, 꽃이 그 눈부신 행성의 눈빛에 한껏 고무되어 화려한 꽃잎을 피워 올리듯이 그녀는 점차 아름다워졌다.

한 가지 흔들리지 않는 확신이 있다면, 메피스토펠레스가 찾아와 또 한 번 일평생의 그리움과 한 달의 행복을 바꿀 수 있다는 계약 조건을 내놓는다면 자신은 결코 주저하지 않으리라.

그녀의 인생에서 가장 눈부신 한 달이었다. 이 남자가 있기에…… 이렇게 사랑하고 사랑해 주었기에.

"사……."

범람하는 강물처럼 차오르는 마음을 주체할 수 없어 귀희는 입을 열었다. 그런데 바로 강한 온기가 뒷목을 감싸오고, 잔디 이불에 등이 닿았다. 그리고 달빛을 가리는 음영과 함께 뜨거운 입술이 찾아왔다.

그녀는 눈을 감았다.

"사랑해."

속삭임은 바람처럼 그녀에게로 불어들었다. 찬연한 바닷물이 밀려닥쳐 온몸을 적시듯, 사방에 빛나는 초록 물이 그녀의 가슴에도 젖어들었다. 싱그럽고, 싱싱했다.

"정말 가지가지 한다."

머리맡에 붉은 하이힐이 다가와 있었다. 위를 올려다보자, 아니꼽다는 표정을 가차 없이 드러낸 에블린은 거꾸로 보아서인지 반대로 음영이 져서 더욱 박력 있게 보였다.

"보시든지 말든지 마음대로 하시죠."

에블린은 조금만 섬세한 사람이라면 상처받을 정도로 썩은 표정을 지었다.

"됐네요. 이젠 지겨워서 싫거든? 자, 드라마 끝났으니까 모두

해산!'

에블린은 휘휘 손을 내저으며 몸을 돌려갔다. 그 모습을 잠깐 보다 서로를 바라본 귀희와 키츠카는, 누가 먼저랄 것도 없이 서로에게로 기울어졌다. 그런 연인을 풀들이 수줍었는지 속살대며 몸을 기울여 가려주었다.

윽, 머리야.

귀희는 관자놀이를 꾹꾹 눌렀다. 좋은 술은 숙취도 없다더니……. 하지만 마신 양을 생각해 보면 해당 와인 회사들이 억울해할 일이기는 했다. 그것도 적당한 양을 마셨을 때의 이야기일 테니까. 어제 기억이 희미해서 잘은 모르겠지만 마지막으로 탁자에 나뒹굴고 있던 병을 세어봤을 때는 열한 병이었다.

"괜찮아요?"

귀희는 관자놀이를 마사지하던 손을 내렸다. 오늘도 여전히 어디서 나타났는지 알 수 없는 리처드가 서 있었다.

"치사하게 도망가기예요?"

리처드는 대수롭지 않게 어깨를 으쓱였다.

"술 마시다 뛰쳐나가서 갑자기 나무에 기어 올라간 게 누군데?"

"취했잖아요. 떨어져 죽거나 다치면 어떻게 책임지려고요?"

"어라, 내가 왜 책임을 져요?"

"먼저 술을 권한 건 리처드잖아요."

"그거야 서로 완벽하게 판단 능력이 있는 성인 간의 쌍방 합의

하에 마신 거죠. 책임 전가하면 못 써요. 때찌!"

그러면서 리처드는 정말 허공에 대고 찰싹 때리는 동작을 했다.

"저 열아홉 살인데요."

리처드는 그녀를 머리부터 발끝까지 훑어보았다. 무슨 생각을 하는지는 충분히 알 수 있었다.

"마음이?"

"진짜 열아홉 살이에요."

이건 뭐 홍길동도 아니고 진짜 열아홉 살을 열아홉 살이라고 말하지 못하는 자신의 팔자가 기구했다. 믿지 않으리라곤 알았지만, 왠지 모르게 억울해서 누차 주장했다. 그러자 리처드는 '흠' 소리를 흘리더니 턱 하니 팔짱을 끼고서는 다시 그녀를 천천히 훑었다. 그리고 그녀의 가슴이 분명한 곳에 시선을 멈추더니 자못 감탄스러운 어조로 중얼거렸다.

"확실히 요즘 애들 발육이 좋다더니……."

귀희는 깜짝 놀라 자신의 가슴을 가리고 눈을 흘겼다.

"어딜 보는 거예요?"

리처드는 시선을 그대로 둔 채 대답했다.

"발육 상태가 좋은 쇄골?"

"시치미 떼지 말아요. 가슴 봤잖아요."

"내가 언제요? 재봐요, 내 시선의 각도를."

아주 미묘하지만 분명히 가슴보다는 조금 위에 멈춰 있다. 귀희는 불퉁하게 입술을 내밀고 투덜거렸다.

"유치해요."

"별말씀을."

"칭찬 아닌데요?"

"세상 모든 건 자기 생각하기 나름이죠. 모든 것에서 긍정적인 부분을 찾는 좋은 습관을 길렀다고 할까요."

결국 귀희는 졌다는 듯이 고개를 내젓고 말았다. 정말 한마디도 지지 않는 남자였다. 이리 미끄덩, 저리 미끄덩, 이 정도의 능청이라면 에블린마저도 찜 쪄 먹을 수 있는…….

그런 생각을 하던 찰나, 귀희는 멈칫했다. 갑자기 머릿속이 확 밝아지는 느낌이었다.

"리처드!"

리처드는 갑자기 얼굴을 확 들이밀어 오는 귀희에 주춤 고개를 뒤로 빼며 '네?' 하고 반문했다.

"소개팅 안 할래요?"

리처드는, 그를 만난 이래로 가장 아방한 표정으로 눈을 끔뻑였다. 물론 의미가 와 닿는지 않는다기보다 너무 생각지도 못한 말을 들은 얼굴이었다. 그러다 뜬금없이 말했다.

"아가씨, 축하해요."

"네? 뭘요?"

"날 황당하게 만들었어요. 이거 진짜 힘든 일인데……."

그러거나 말거나, 어떻게 이런 생각을 떠올렸는지 몰라도 제 천재적인 아이디어에 흥분한 귀희는 앞뒤 생각하지 않고 그의 팔을 잡아당겼다.

"이리 와봐요."

"어, 저기……."

그는 얼결에 그녀에게 끌려갔다. 하지만 곧 흥미진진한 악동의 얼굴이 되었다. 이 엉뚱한 아가씨가 저 작은 머리로 또 무슨 생각을 하고 있는 건지 궁금해졌기 때문이다.

"이렇게 된 거 참고 삼아 말하자면, 제가 좋아하는 타입은 말이죠……."

귀희는 갑자기 밝아져서 자신의 이상형에 대해 일장연설을 토하는 리처드를 데리고 저택의 공용 서재로 갔다. 분명히 아까 거실로 내려오기 전에 서재로 가는 길이던 에블린을 만났기 때문이다.

서재의 문 앞에서 노크를 할까 하다가 말없이 문을 열고 들어갔다. 높은 천장 아래 사방에 책꽂이의 책들이 빼곡한 서재는 창문에서 잦아든 햇빛에 물들어 고적했다. 바삭한 종이 내음이 풍겨왔다. 그 가운데 섬처럼 조성된 네모난 소파에 앉아 무릎에 책을 올려놓고 독서 중인 에블린은 한 폭의 그림처럼 지적인 미녀였다.

오늘은 조금 편하게 짧은 바지에 민소매 티, 화려한 프린팅이 있는 가운 같은 겉옷을 패셔너블하게 걸치고 있었다. 물론 오늘도 찍히면 죽을 것 같은 하이힐은 여전했지만.

들어오는 인기척에 에블린은 고개를 들었다. 앞서 들어오는 그녀를 보고, 이어 들어오는 리처드를 보고 표정이 바뀌려는 찰나 귀희가 헛기침을 하고 먼저 말했다.

"어, 이쪽은 리처드예요."

에블린은 상황이 전혀 이해되지 않는 얼굴이었다. 물론 그럴 만도 했지만 말이다.

"직업은……."

그러고 보니 그를 뭐라고 소개해야 할지 몰라 돌아보자, 어쩐지 지나치게 에블린을 응시하던 리처드는 빙긋 웃었다. 그가 이런 상황에 크게 당황하지 않으리라는 생각은 했지만 과하게 매력적인 미소에 귀희가 조금 놀랄 정도였다.

"정원사입니다."

소리는 내지 않아도 에블린은 '허?' 소리를 내듯이 그들을 보았다. 귀희는 다시 작게 헛기침을 했다. 동네의 아주머니, 아저씨들 사랑의 메신저를 하던 경험이 적잖았지만 성격도, 종도 특이한 이 미녀가 어떻게 반응할지 불안했기 때문이다.

"그러니까 얼마 전에 알게 된 친구인데요, 보니까 둘이 대화가 잘 통할 것 같아서……."

리처드는 막 운을 떼는 그녀를 지나쳐 가서, 아직 앉아 있는 에블린에게 손을 내밀었다.

"처음 뵙겠습니다. 성함이……?"

이제야 상황이 파악된 것일까. 한동안 내밀어진 손을, 그 주인이 민망하도록 빤히 쳐다보던 에블린은 살짝 눈을 치켜떴다. 어쩐지 조금 못마땅해하는 것 같아서 귀희가 어떻게 이 상황을 풀어볼까 생각하는데, 다행히 곧 에블린이 입을 열었다.

"에블린이요."

"전 리처드라고 합니다. 뭐, 기왕 이렇게 만났으니……. 취미는 어떻게 되시는지?"

리처드는 또 뭐가 이상한지 느낄 수 없을 정도로 자연스레 그녀의 옆자리에 앉았다. 탁, 에블린은 책을 닫아 옆으로 치웠다.

"난 그쪽 마음에 들어요."

순간 귀희는 '응?' 했다. 지금 자신이 제대로 들은 게……?

"그쪽도 그런 것 같은데, 서로 알 거 다 아는 사이에 감질나게 괜히 간 보지 말고 바로 본론으로 들어가죠."

리처드는 피식 웃었다.

"저돌적이시군요."

"저돌적인 여자는 싫은가요?"

"지금 방금 제 완벽한 이상형을 만난 것 같아서 벅찬 감동을 곱씹고 있는 중이었습니다."

"앞서 나가지 말아요. 아직 저돌적인 건 시작도 하지 않았는걸요."

그러더니 에블린은 보란 듯이, 아주 대수롭잖게 그의 턱을 쥐고 치켜들었다. 귀희는 헉 소리를 삼켰다.

"아가씨, 고마워. 어쩜 이렇게 내 구미에 맞는 물건을 골라왔어? 아가씨도 쇼핑에 자질이 좀 보이네."

무, 물건? 이거 당사자를 앞에 두고 하기에는 굉장히 무례한 이야기가 아닌가?

하지만 리처드는 별로 개의치 않고 제 날렵한 턱선을 가볍게 쓸고 있는 그녀의 손을 잡고서 말했다.

"참, 저 아이가 있습니다만."

"잘됐네요. 저도 있어요."

귀희는 눈을 동그랗게 뜨고 에블린을 보았다.

"있어요?"

에블린은 오히려 어이없다는 시선을 그녀에게 던졌다.

"내 나이가 몇인데? 인간이었으면 이미 대가족의 조상님이었지."

아니, 그래도 당연히 처녀인 줄로만……. 물론 그런 쪽의 처녀는 절대로 아닐 거라 생각하지만 아이를 낳을 타입으로는…….

"당신 같은 여자에게서 2세를 보다니, 어떤 남자인지 몰라도 질투심이 느껴지는군요."

"걱정 말아요. 둘째는 당신한테서 볼까 생각 중이니까."

이제 귀희는 헉 소리를 삼키다가 사레가 들릴 지경이었다.

지, 진도가 이렇게 빨라도 돼?

이 동네에서는 이게 일반적인 상황이라면 도저히 적응할 수 없을 것 같았다.

그런데 이번에는 가히 경악할 만하게도, 에블린은 고속도로처럼 쭉 빠진 다리를 뻗어 리처드의 위에 올라탔다. 그때 자연스럽게 그녀의 허리를 받쳐 주는 손이 의미하는 바를, 귀희는 여전히 모르고 있었다.

"기왕 말 나온 거 지금 만들어볼까요?"

귀희는 기겁하고 얼른 손으로 눈을 가렸다. 얼굴이 화끈거렸다. 타인의 저런 모습을 실제로 보기는 처음이었다.

그런데 정말 쥐구멍을 찾아 들어가고 싶을 정도로 민망하고 부끄러운데 참으로 이상하게도 눈을 가린 손가락이 자꾸만 벌어졌다. 매번 일을 만들었던 제 호기심을 알면서도 눈은 이미 한 덩어리처럼 겹쳐진 남녀를 향해 가는데…….

달칵—

"어머니?"

문밖에서 소란스러운 소리와 함께 뜻밖의 방해자가 나타났다. 열 살쯤 되었을까 한, 깎아놓은 밤톨처럼 잘생긴 동양인 소년, 어딘지 굉장히 낯이 익다 싶은데—

"어? 에비 이모! 얼레리 꼴레리!"

그 뒤로 빠끔히 고개를 내밀며 장난스럽게 웃는 금발벽안의 소년은 어딜 보아도 베르티 주니어가 분명했다.

동양인 소년은 남우세스럽도록 밀착해 있는 남녀를 번갈아 보더니, 정말 인생을 다 산 노인처럼 폭 한숨을 내쉬었다.

"집에 갈 때까지는 참으실 수 있잖아요."

"너 이 녀석, 순서가 틀렸어. 뭐부터 해야 하지?"

에블린이—도통 남자의 위에서는 내려올 생각을 하지 않은 채—손가락을 까딱이며 한 말에 소년은 또 한 번 미약한 한숨을 내쉬는가 싶더니, 그녀에게 다가가서 볼에 가볍게 키스해 주었다.

"다녀왔습니다."

이어 소년은 리처드를 보았다. 꼭 근엄한 아버지가 사고뭉치 아들을 보듯이.

"아버지, 보는 눈이 있는 곳에서는 실례예요."

"아, 아버지?"

어안이 벙벙해진 귀희는 정신없이 두 남녀를 돌아보았다.

"어, 어머니?"

그때였다. 리처드는 갑자기 도저히 못 참겠다는 듯 파안대소를 하며 배를 잡고 웃어댔고, 에블린은 콧방귀를 내뀌며 기가 차다는 얼굴을 숨기지 않았다. 귀희는 도무지 영문을 알 수가 없었다. 그런데 당혹하여 그들을 번갈아 보다가 어떤 무시할 수 없는 사실을 깨닫고 말았다. 거의 바닥을 구르며 웃어대는 리처드와 그를 제 어머니와 똑같은 표정으로 쳐다보고 있는 소년이 확대, 축소판처럼 닮았다는 사실을.

"다, 닮았⋯⋯?"

그제야 리처드는 웃음 열매를 한가득 매단 얼굴을 하고 일어나 악수를 청했다.

"정식으로 소개하죠. 리처드 레인스터입니다."

귀희는 그 이름이 의미하는 바를 알 수가 없어 동그랗게 뜬 토끼 눈으로 그를 올려다보기만 했다. 그러자 한동안 잘 참는가 싶던 리처드의 입꼬리가 경련이 온 것처럼 씰룩대더니만 결국 다시 바닥에 쓰러져 박장대소하기 시작했다. '히이익— 나, 나 죽어⋯⋯'라고 숨이 끊어질 것 같은 유언도 남기며.

귀희는 안쓰러울 정도로 애절하게 도움을 청하는 눈으로 에블린을 돌아보았다. 에블린은 탁 눈을 쳐들었다.

"내 이름이 뭐야?"

"네? 에, 에블린⋯⋯."

"성은?"

성? 그러고 보니 들은 적이······.

결국 에블린은 대노하듯 외쳤다.

"레인스터! 아직 내 성도 몰랐단 말이야?"

"마, 말해준 적이 없잖아요. 근데 레인스터라면······."

귀희는 바닥을 기며 웃는 리처드와 그 옆에 고까운 태도로 팔짱을 끼고 서 있는 에블린을 번갈아 보았다.

"남매는 아니겠죠."

"끔찍한 농담 그만둬. 이런 바보의 피가 내 몸에도 흘렀다면 콱 죽어버리고 싶을 거야."

리처드는 여전히 드러누운 채 거꾸로 에블린을 올려다보았다. 아직 눈가에는 눈물이 그렁그렁했다.

"안타깝게도 네 아들의 몸에는 내 피가 흐르는데."

에블린은 차갑게 그를 내려다보았다.

"유전자의 신비라는 게 있어서 참 다행이지 뭐야. 피는 흐르는데 닮지는 않았더라고."

리처드는 '그래?' 하고 중얼거리더니 그를 그냥 축소시켜 놓은 소년에게 손짓했다. 그리고 다가온 아이의 얼굴을 덥석 쥐고는 '어디 보자. 얼마나 안 닮았나' 말하면서 요리조리 돌려보았다. 에블린은 눈을 굴리며 덧붙였다.

"얼굴 빼고."

아이는 소스라치며 제 얼굴을 빼내더니 리처드의 팔을 잡아끌며 '아버지, 일어나세요' 하고 재촉했다. 리처드는 아이가 일으켜 주는 대로 뼈가 없는 연체동물처럼 흐물흐물 몸을 일으키더니 아이가 타박했을 때에야 똑바로 일어나 섰다.

"그래도 얼굴은 날 닮아서 다행이지?"

에블린은 못 말린다는 듯이 눈을 흘길 뿐 별말은 하지 않았다. 그건 동의한다는 의미인가…….

아니, 그게 중요한 게 아니고! 귀희는 여전히 이 상황을 납득할 수가 없었다. 왜냐? 걸리는 게 너무 많았으니까!

"에블린, 집에 가도 반겨줄 사람이 없다고 했잖아요."

"내가 언제……. 아, 그때. 그거야 리처드는 출장을 갔고 한스는 캠프를 갔었으니까."

이어 귀희는 제법 단호한 눈으로 리처드를 돌아보았다.

"지금 집에 혼자라고 하지 않았어요?"

"일찍 출장을 마치고 왔는데 한스는 캠프를 갔고 에블린은 이 집에서 도통 돌아오질 않았으니까요."

에블린은 미간을 찌푸리고 리처드를 돌아보았다.

"일찍 돌아왔어? 근데 왜 연락을 안 했어?"

"만나서 말하려고 여기로 왔는데 먼저 이 아가씨를 만났거든. 이야기를 듣다 보니 재밌어서 나도 모르게 다른 리처드 행세를 했지 뭐야."

"다른 리처드? 정원사 말이야?"

리처드는 고개를 끄덕였다.

"한스도 없고 에비 너도 바빠 보여서 며칠만 장난치려고 했지."

귀희는 다리에 힘이 풀려서 주저앉을 것만 같았다. 이게 웬 허무개그란 말인가. 만약 이 모든 상황을 지켜보고 있는 전지적 작가시점의 사람이 있었다면 이 바보들의 행진이 얼마나 어이없었을까?

"이거 웃으라고 하는 짓들은 아니겠지."

갑자기 들려온 루카의 목소리에 모두 시선을 문가로 돌렸다. 그리고 귀희는 앓는 소리를 삼키며 제 손에 이마를 묻고 말았다. 루카와 아라에, 심지어 키츠카까지 있었다. 와서 계속 상황을 지켜보고 있었는지 루카는 문가에 팔을 기댄 채 어이없다는 얼굴이었고, 아라는 겨우 웃음을 참고 있는 표정, 조금 떨어진 옆에 서서 팔짱을 끼고 있는 키츠카는 무표정했다.

리처드는 가장 먼저 안으로 들어온 루카에게 '여' 하고 손을 들어 보였다.

"와인 잘 마셨다."

루카는 무심하게 그를 보고 소파에 앉았다.

"역시 쥐새끼는 너였군."

"역시? 나 말고 네 창고에 기어들어 갈 쥐가 또 있어? 그거 라이벌 의식 느껴지는데. 그런 용자는 나밖에 없을 거라고 생각했는데 말이야."

"당장 입금해."

"치사한 놈."

아라가 웃으며 끼어들었다.

"안 그래도 며칠 전에 아가씨가 리처드를 만났다고 해서 의아

했어요. 리처드, 그러니까 정원사 리처드는 여동생 결혼식 때문에 시골집에 내려갔는데 누굴 만났나 싶어서요."

"에? 그랬어요? 그럼 말 좀 해주지 그랬어요."

귀희가 속상해하며 작게 투덜거리자, 아라는 어깨를 으쓱였다.

"리처드가 잠깐 물건 가지러 들렀나 했죠. 설마 이쪽 리처드일 줄 알았겠어요. 뭐, 리처드 성격상 충분히 있을 법한 일이긴 했지만."

루카가 한마디 더 거들었다.

"처음 고용할 때부터 정원사 이름이 마음에 들지 않았어."

"뭐, 인마. 우리 아버지가 고심해서 지어주신 '대단히 강한' 이라는 멋진 의미가 있는 리처드란 이름이 어디가 어째서……."

아라와 루카는 갑자기 서로 시선을 교환했다. 그리고 루카는 무표정하게, 아라는 피식 웃으며 동시에 말했다.

"딕헤드니까."

에블린은 쯧쯧 혀를 내차며 고개를 내젓고 말았고, 아라는 킥킥 웃으며 '리처드 별명이에요. 루카가 붙였는데, 리처드는 아주 질색하죠'라고 설명해 주었다. 리처드는 눈을 굴리며 '내가 왜 내 아들한테 한스란 이름을 붙였는데? 이 녀석이 절대 별명 따위 못 짓게 하려고 엄청 고심한 거라고' 하고 말했다.

귀희는 이런 떠들썩한 분위기가 낯설어 한참 멍하니 쳐다보고만 있었다. 그러다 순간 피식 웃고 말았다.

행복하다……. 꼭 모든 일이 일어나기 전, 자신의 마을로 돌아가 마을 사람들과 모여 앉아 있는 느낌이었다. 비록 시간이 되면 저 문 너머로 나타나 이제 그만 집에 가자며 손을 내미는 기순은 없지만, 그 모든 일을 겪고도 또 이렇게 웃을 수 있다는 사실이 신기했다. 인간은 아무리 넘어져도 또 한 번 일어날 수 있는 존재라는 말은, 이런 의미였을지도 몰랐다.

'하지만 너에겐 고작 보름도 남지 않았잖아.'

그런데 갑자기, 가슴 한구석을 아릿하게 파고들어 오는 교활한 속삭임.

'네가 죽고 나서도 이 그림은 변하지 않겠지. 넌 필멸하고 저들은 영속할 거야. 넌 과거가 되어……'

모두가 웃으며 대화를 나누는 행복한 광경을 보며, 귀희는 아무도 모르게 꾸욱 이를 사리물었다. 웃고 떠드는 사람들 사이로 그런 그녀를 조용히 지켜보고 있는 눈에 대해서는 알지 못했다.

The Humming Lullaby

10

찰랑, 찰랑찰랑.

가분한 발걸음을 따라 경쾌한 방울 소리가 퍼졌다. 작은 발이 카펫을 사뿐사뿐 밟아갔다.

가볍게 날아오르는 새인 듯, 우아한 고양이인 듯, 여인은 움직였다. 시선을 독식하며 중앙으로 나아갔다. 찰랑, 찰랑, 찰랑. 그 가느다란 손목에서 순금의 광채를 내는 방울 팔찌가 각종 보석들과 함께 반짝거렸다.

단상에 높이 앉은 늙은 사내의 눈빛은 음험했다. 세상의 주인처럼 온갖 보석으로 치장하고 황금의 권좌에 앉아 있지만 그녀를 내려다보는 눈빛은 한갓 늙은 수컷에 불과했다. 금물과 보석의 광채, 권력의 단물만을 빨며 살아가는 괴물의 눈빛이다.

그럼에도 사내를 바라보는 그녀의 눈빛에는 교태가 는실난실했다. 분명히 그 얼굴은 제 것이건만, 낯선 사내에게 처음 보는 얼굴로 색스러운 아양을 떨었다. 아치처럼 둥그렇게 휘는 눈매, 물기 어린 새까만 눈동자, 도톰하게 부어오른 붉은 입술……. 나하쉬의 암컷이 있다면 저것일 듯.

우둔한 늙은 사내는 요부의 덫에 걸려 한껏 기뻐하고, 그녀는 강렬한 미향을 풍기며 일어나 춤추기 시작했다.

눈부신 살결과 풍만한 가슴, 가느다란 허리를 비추는 능사를 두르고 관능의 몰아로 침몰했다. 아찔한 파도를 타는 허리가 육욕의 기대를 허락하고, 고개를 젖힐 때마다 드러나는 팽팽한 젖가슴과 매끄러운 목에 관객으로 자리한 사내들은 거친 숨소리를 삼켰다. 그 정기를 빨아 성장하는 독초처럼, 춤이 깊어질수록 여인은 더욱 아름다워지고 더욱 요염해져 눈빛만으로도 사내들은 절정을 맛보았다.

마침내 춤이 끝나자 여인은 함초롬히 카펫에 다리를 꿇고 앉았다. 늙은 사내는 숨이 넘어갈 듯 기뻐하며 원하는 것을 말하라 하였다. 그 말을 기다린 것일까, 그녀는 둥글게 붉은 입술을 휘었다. 그리고 카나리아처럼 간드러진 목소리로 무어라 속삭였다.

그러지 마. 무슨 말을 하는 거야. 싫어…….

왠지 모를 두려움에 외쳐 보았지만, 아무도 제 목소리를 듣지 못했다.

사람들은 그저 제 얼굴을 한 요부의 입술에서 떨어진 말에 경악했다. 하지만 늙은 사내는 결단을 내린 듯 소리치고……. 여인은 입술을 길게 늘어뜨리며 기괴하게 웃었다. 그리고 뒤를 돌아보자, 어둠 속에 무언가 희미하게 떠올랐다.

무엇인지 제대로 보이지 않아 귀희는 미간을 가득 좁혔다. 희끄무레한 물체가 점차 윤곽을 드러내기 시작했다.

여인은 그녀의 앞을 지나가 그 물건을 받아 들었다. 품 안에 가득 안기는 물건, 크리스마스 날 기대하던 선물을 받는 아이처럼 손이 어렴풋이 떨리고 있었다.

기쁨에 함빡 웃으며 여인은 몸을 돌렸다. 그러자 보이는……

빛나는 은쟁반, 그 위에 울컥 넘쳐흐르는 질척한 핏물.

그리고 창백한 남자의 머리.

튀어나올 듯 커지는 자신의 눈에 비친, 날카로운 환희에 빛나는 여인의 미소가 섬뜩했다.

귀희는 비명을 내지르며 몸을 일으켰다.

숨이 가쁘고 온몸이 사시나무처럼 떨려왔다. 급히 주변을 둘러보고 안도감에 목을 놓아 울어버릴 뻔했다.

꿈, 꿈이었다……. 몹시도 생생해 지금도 그 공간에 아련히 퍼지던 향내, 우렁우렁한 웃음소리, 입가에 남은 싸늘한 미소를 느낄 수 있었지만 그래도 꿈이었다.

목이 타는 듯 말라 다급히 잔에 물을 붓는 손이 부들부들 떨려왔다.

왜 하필 그런 꿈을.

커다란 은쟁반에 놓인, 새파랗게 질린 키츠카의 머리를 떠올리자 속이 좋지 않았다. 신음을 내며 입가를 짚었다. 그런데 그제야 귀희는 텅 빈 침대를 깨달았다.

"디어크?"

서늘한 한기가 흐르는 방, 키츠카의 흔적은 없었다. 당혹이라기보다 공포에 사로잡혀 둘러보다가 그의 겉옷 중 하나가 없는 것을 보았다. 구두도.

외출한 걸까, 이런 시각에? 하지만 분명히 같이 잠자리에 들었는데 왜 중간에 말도 하지 않고……

불길한 꿈 때문일까. 그냥 있을 수 없어진 귀희는 카디건을 챙겨 입고 밖으로 나섰다. 복도는 침잠되어 있었다. 한 번도 어둠이 무서웠던 적은 없었다. 하지만 밤이 찾아와도 파도 소리, 풀벌레 소리, 바람 소리, 온갖 소리가 들려와 오히려 풍요롭던 고향의 밤과 달리 이토록 완전한 정적에는 어쩐지 사람을 주춤하게 만드는 뭔가가 있었다. 찾아봐도 키츠카가 집에 있을 것 같지 않았지만 다시 잠이 올 것 같지도 않았다.

목적지 없이 헤매고 다니다가 목이 말라 부엌으로 내려갔다. 한편에 서 있는 냉장고를 발견하고 열었다.

"잠이 오지 않나?"

귀희는 기겁하고 몸을 돌렸다. 그리고 다급히 허리춤을 짚었지만 아무것도 잡히지 않았다. 마음을 산란하게 하는 꿈 때문에 총을 휴대하는 것을 잊었다. 하지만 그러고 나니 어둠 속에 버티고 있는 커다란 윤곽과 목소리가 낯익다는 생각이 들었다.

"베르티…… 씨?"

긴가민가하며 들여다보자, 어둠 속에서 윤곽이 희미하게 떠올랐다. 의자에 앉아 식탁에 긴 두 다리를 올리고 있었다. 여전히 얼굴은 잘 보이지 않았지만 창가를 넘어오는 달빛이 기울자 묘한 금속성을 품고 반짝이는 금발이 어둠 속의 괴한이 그임을 증명해 주었다.

대체 왜 이런 시각에 이런 곳에서…….

"어둠 속에서는 상념도 많은 법이지."

왜였을까. 신기를 받듯이 그녀는 그 순간에 깨달았다. 그들이 온 이후로 그는 제대로 잠든 적이 없다— 그 사실을. 아마도 키츠카가 그녀는 모르는 사이에 매일 밤 외출을 했듯이.

그들을 믿을 수 없었던 걸까. 아니면 그들이 불러올지도 모르는 위험을 경계했던 걸까. 아마 둘 다이리라. 이곳에는 그가 목숨처럼 여기는 가족이 있으니까. 이해는 되지만…….

"주무시지 못했나요?"

제게 이렇게 은혜를 베풀어준 사람들이 피해를 입었다고 생각하니 마음이 좋지 않았다. 그런데 피식, 조롱기를 품은 실소가 들려왔다.

"진절머리가 날 정도로 착하군. 그 남자가 선택한 이유도 알 것 같아."

묘한 여운이 느껴지는 말을 그냥 지나칠 수가 없었다.

"무슨 의미죠?"

"굴러먹을 대로 굴러먹은 바람둥이가 결국은 처녀에게 장가드는 법이지."

귀희는 꾹 입술을 깨물었다.

또…….

"왜 그렇게 다들 키츠카 씨를 못 잡아먹어 안달이죠?"

"나하쉬니까. 당연하지 않나. 숨쉬는 것 자체가 해악인 존재도 있는 거야."

조금 뜻밖이었다. 둘 다 알파여서인지 서로를 그다지 좋아하지 않는다는 사실은 알고 있었다. 하지만 이 상식에서 자유로운 것 같은 남자마저도 그런 편견을 가지고 있었다니. 둘은 거의 말도 잘 섞지 않았지만 그래도 어딘가 통하는 느낌을 받았는데…….

"키츠카 씨가 있어서 이 세상이 망하기라도 하나요?"

하도 답답해 거의 따지듯 묻고 말았다. 그런데 그녀를 똑바로 응시하는 시선이 느껴졌다.

"아가씨는 아무것도 모르는 거군. 그렇지?"

"……."

그러는 그쪽은 어떻게 알고 있는 걸까. 하지만 왠지 납득은 되었다. 그쪽에게도 그런 공기가 있었으니까, 오래된 거목 같은.

"알고 싶나?"

"아뇨. 키츠카 씨가 말해주지 않는 거라면 그럴 만한 이유가 있다고 믿어요."

"이 모든 것에도 불구하고, 라는 건가. 솔직히 감탄스럽기는 해."

끼익—

의자가 밀려났다. 공간을 지배하는 남자의 존재감에 귀희는 압도되어 한 발자국 물러나고 말았다. 포식자는 피식자가 내뿜는 공포의 냄새를 귀신같이 맡을 줄 안다고 했던가. 애써 의연한 척하고는 있지만 어둠과 달, 마법을 관장하는 푸른 헤카테*의 짐승이 내뿜는 눈빛에 심장이 두방망이질 쳤다.

"끝이 좋지 않을 건 알고 있었겠지."

하지만 적어도 이 포식자에게는 그녀를 먹이로 삼을 생각은 없어 보였다. 나직이 울리는 목소리에 아무런 감흥도 없었다.

"아라한테서 영생을 얻기는 힘들 거야. 10년 전 그날 이후로 아라는 한 번도 그 힘을 발현하지 못했거든. 아무리 아이를 가져도 마찬가지야. 유한한 인간의 몸에 무한한 신의 힘이 깃들 수 있는 기회가 있다면 아무래도 한 번 이상은 되기 힘들겠지. 부질없는 희망은 버리는 게 좋아."

굳이 그란 남자가 길게 해준 말을 평소의 스타일대로 정리하자면, '딴 데 가서 알아봐' 이것이었다. 귀희는 이미 여러 차례 깨물어 헤진 입술을 잘근 씹었다.

그래……. 어차피 자신부터 그런 기적을 바란 적은 없었다.

아주 혹시, 하고 생각해 보지 않았다면 거짓말일 테지만 그런 게 자신의 몫이 아니라는 것쯤은, 이미 오래전에 깨우쳤다.

"결국 제가 영생을 얻지 못하고 죽었을 때 아라 언니가 받을 상처가 걱정되시는 거군요."

키츠카가 아무것도, 심지어 그 자신조차도 신경 쓰지 않는 방관주의자라면, 이 남자는 철저하게 자신만 생각하는 이기주의자

---

* Hekate: 달의 여신, 대지의 여신, 지하의 여신 등 세 여신이 한 몸이 된 여신으로 달의 여신으로서는 흔히 아르테미스와 동일시되고, 지하의 여신으로서는 정령, 주법의 여신이 되어 사자의 넋을 인도한다고 생각되었다.

였다. 그에게 가족은 조금 더 범위가 넓어진 '자신'일 뿐이었다.

"쓸데없이 감상적인 부분이 있어. 그만두란다고 그만둘 것도 아니고, 솔직히 조금 성가시지만 어쩔 수 없는 부분이니까."

그 점을 별로 거리끼지도 않고 인정했다. 요컨대, 그는 아라가 고집을 부리니 어쩔 수 없이 두고 보고는 있지만 처음부터 그들을 받아들일 생각이 없었던 것이다.

"제가 어떻게 하길 바라시는 거죠?"

그는 물끄러미 그녀를 보았다. 지끈, 지끈……. 아까부터 그녀를 괴롭혀 오던 두통이 점차 심해지고 있었다.

"그건 네가 더 잘 알고 있을 텐데."

가슴이 서늘하게 식었다. 이 남자 설마 알고 있는 거—

하지만 물을 필요도 없이, 어스름 너머로 그녀를 응시하는 눈동자가 모두 설명해 주고 있었다. 그는 처음부터 그녀가 무슨 생각을 해오고 있었는지 알고 있다는 사실을.

그를 바라보는 그녀의 눈 밑이 파들파들 떨려왔다.

"어떻게…… 알았죠?"

그는 천천히 입을 열었다.

찰칵!

문고리를 잡으려는 순간 타이밍 좋게 열린 문에 놀라 귀희는 눈을 동그랗게 떴다. 하지만 곧 안도했다.

키츠카는 그녀의 팔을 부드럽게 잡아 방 안으로 끌어당겼다.

"어디 갔었어."

돌아왔는데 자고 있어야 할 그녀가 보이지 않아서 기분이 좋지 않았나 보다. 귀희는 조금 난색 어린 웃음을 지었다.

"어디긴요. 디어크 찾으러 갔죠."

"밤에는 방에서 나가지 마."

"어디 갔다 오시는 거예요? 아니, 매일 밤 이렇게 나가셨어요?"

"신경 쓰지 마."

피곤한 걸까. 돌아서며 내뱉는 어조가 평소보다 딱딱했다. 아무리 그래도 매일 밤 이렇게 외출을 했다면 슬슬 무리가 올 법도 했다. 하기야, 루카도 꽤 한계에 달해 있는 듯 보였다. 티는 내지 않았지만 지금 키츠카처럼 주변 공기가 더욱 묵직하게 느껴지는 느낌이 그에게도 있었다.

"디어크."

키츠카는 머리칼을 쓸어 올렸다. 그답지 않게 조금은 피로가 묻어나는 동작이었다.

"시간이 부족해."

밤마다 어디서 뭘 하고 다녔는지는 몰라도, 목적은 한 가지밖에 없었다. 진시황이 찾았고, 바리데기 공주가 찾았던 그것. 아이러니하게도, 산처럼 쌓인 금에도 숱한 미인에도 세상을 다 가진 권력에도 흔들리지 않을 그 같은 방관자는 준다고 해도 사양했을 영생을 찾는 것.

"괜찮아요. 모든 게 다 괜찮을 거예요."

키츠카는 얼핏 굳었다. 등에 가분히 와 닿는 말랑한 온기, 낮설지는 않으나 자세만큼 느낌이 달랐다. 조심히 허리를 둘러 안아 명치 부근을 꾹 누르는 손길은 평소와 다른 의미로 가슴에 불을 붙였다.

"……."

키츠카는 가볍게 그 팔을 풀어 그녀를 앞으로 돌려세웠다. 그리고 자세를 숙여, 그녀의 무릎 아래로 팔을 넣어 안아 들었다. 귀희는 조금 놀랐지만 거절하지 않고 그에게 안겨들었다.

그는 그녀를 침대에 내려놓고, 자신 역시 그 옆에 누웠다. 그리고 아이에게 자장가를 불러줄 때 하듯 가슴께를 도닥이는데, 그녀가 미간을 얼핏 찌푸렸다. 그는 조용한 시선으로 이유를 물었다. 그러자 귀희는 그의 목을 감싸 안으며 악기처럼 매끄러우면서도 풍요로운 몸을 그에게 의도적으로 밀착했다.

"싫어요, 아이처럼 대하는 거."

낮게 내려앉은 눈빛을 따라 단단한 손이 굴곡진 몸을 쓸어내렸다. 그 손길은 분명 아이를 대하는 것과는 거리가 멀었다.

"널 오랜만에 재워볼 수 있어서 좋은걸."

"오랜만에요?"

"딱 한 번, 널 내 품속에서 재워본 적이 있었지. 아무것도 걱정하지 않고 내 품속에서 잠드는 널 보는 건…… 내 인생에서 가장 황홀한 경험이었어."

그렇게 읊조리는 그는 과거의 어딘가에 있었다. 아마 자신을 한 씨 부부에게 맡기기 전일까. 내리간 눈빛은 온후하게 깊고, 대리석처럼 딱딱하던 입가에는 미소가 희미했다. 행복해 보인다고 할까.

고작 그런 작은 기억에도 행복해지는 걸까…….

"그때 난 무슨 생각을 했을까요?"

"기분 좋다고 생각하지 않았을까. 그때 네 표정은 정말 기분 좋아 보였거든."

"아니면 아, 이 오빠 잘생겼다. 나중에 커서 이 오빠랑 결혼해야지, 그렇게 생각했을지도 몰라요."

그는 낮게 웃었다.

"그거 청혼인가?"

"어, 몰랐어요? 청혼한 지가 언젠데. 나 몸이 이렇게 되던 날 그랬잖아요. 디어크 없이는 살 수가 없다고. 그게 청혼이 아니고 뭐예요?"

그녀는 고개를 내저으며 짐짓 너스레를 떨었다.

"너무한다. 디어크를 위해서 이렇게 되기까지 했는데 이제 와서……."

"네가 원한다면."

갑자기 머리 위로 드리워진 그림자, 역광을 받은 그늘 속에서 눈동자만이 파르스름하게 빛났다.

"신을 죽여줄게."

귀희는 살짝 눈을 크게 떴다. 아마도 그의 진심, 불안과 환희로 심장이 거세게 뛰면서도 오히려 너스레를 떨고 말았다.

"에이……. 사랑 고백이 살벌하게 그게 뭐예요? 별이나 달 같은 걸 따준다고 해야지."

그런 말을 하도 진지하게 하기에 그냥 한 말이었건만, 그는 자 못 천진하기까지 한 얼굴로 물었다.

"따다 줘?"

만약 그녀가 '네'라고 대답만 한다면 정말로 별을 찾아가리 라. 물리적으로 별을 딴다는 행위 자체가 불가능하다고 해도 바 다를 건너고, 사막을 넘고, 숲을 지나 딸 수 있는 별을 찾아 언제 까지나 헤맬 것이다.

그녀는 몸을 돌려 그의 품에 안겨들었다. 그리고 팔이 닿는 한 그를 꾹 끌어안고 속삭였다.

"아니, 옆에 있어줘요. 언제나……."

다정한 손길이 등을 도닥여 주었다. 한참 음미하다 귀희는 속 삭였다.

"자장가 불러줄까요?"

"자장가?"

"네. 장담하는데, 이거 진짜 졸려요. 눈 뜨면 아침일걸요?"

키츠카는 피식 웃으며 고개를 베개 깊이 묻었다. 그 시린 눈가 에 봄기운이 번져서 겨울이 녹아내리며 옅은 미소를 피워냈다.

겨울이 지나면 봄은 오게 마련이지만, 모두가 당연시 여기는 그건 사실 기적이다. 세상이 온통 꽁꽁 얼어버리는 혹한이 어느 새 생명력으로 넘치는 온기가 된다는 것, 그게 기적이 아니라면 무엇이 기적일 수 있을까. 마치 그런 기적을 마주한 듯 여자는 황홀했다.

"그래, 그럼 어디."

귀희는 천천히 노래하기 시작했다.

잘 자라 우리 아가
앞뜰과 뒷동산에
새들도 아가 양도
다들 자는데
달님은 영창으로
은구슬 금구슬을
보내는 이 한밤
잘 자라 우리 아가
잘 자거라

낮쥐도 밤새도 모두 잠들어 밤은 적요했다. 달빛도 별빛도 사그라졌다. 하늘에 걸린 밤의 장막은 밤바람에 아스라이 물결쳤다.

어둠에 안겨, 모든 것은 말없이 잠들어 있었다. 편안히 이완된 몸, 규칙적인 숨결……. 자는 법을 모르는 것 같던 그녀의 엔디미온*도 드디어 모르페우스(꿈의 신)의 축복을 받았다. 여자는 스스로 셀레네가 된 듯, 잠에서 깰까 환영처럼 사라질까 감히 건들 수 없는 남자를 하염없이 응시했다.

온 누리는 고요히 잠들 때

---

* 그리스 신화에서 달의 여신 셀레네가 반하여 영원히 잠들게 만든 미소년.

선반에 생쥐도

다들 자는데

자그마한 소리에도 번개같이 깨곤 하던 남자는 평온했다. 거의 들리지 않을 만큼 낮은 숨소리가 들려왔다. 이런 숨소리를 내며 잠든 그는 아주 깊이 잠들었기 때문에 직접적으로 건들지만 않으면 대신 깨어나 지키고 있는 '무의식'도 눈을 뜨지 않는다는 사실을, 경험을 통해 알고 있었다.

조심히 일어난 그녀는 소리 없이 문가로 다가가 마지막으로 남자를 한 번 돌아보고 방을 나섰다.

뒷방서 들려오는

재미난 이야기만

적막을 깨치네

끼익—

그녀는 건너방의 문을 열고 들어갔다. 아무도 쓰지 않는 방은 어둡고 을씨년스러웠다. 붙박이장을 열고 그 구석에 깊숙이 넣어둔 기타 케이스를 꺼냈다. 그리고 지퍼를 열고 뚜껑을 들자, 붉은 벨벳 위에 누운 것은 기타가 아니었다. 달빛에 엄슬한 윤기를 흘리는 검은 산탄총이었다.

능숙한 손길로 탄창을 열어보자 코끼리도 단번에 잡을 수 있을 것 같은 굵직한 탄환이 차 있었다. 산탄총을 원래 자리에 내려놓고, 권총을 꺼내 기타 케이스 한구석에 있는 박스를 열어 탄창에 탄환을 채웠다. 연습으로 장탄할 때마다 차가운 금속이 소름 끼쳐 몇 번이고 미끄러지던 손은 더 이상 떨리지 않았다.

"네게는 의지가 없어."

천천히 입을 연 루카는 말했다.

"의지……?"

어떻게 알았냐는 질문에 대한 대답치고는 뜬금없는 말이라 그녀는 되물었다.

"그래, 삶에 대한 의지. 내가 아라한테 끌린 첫 번째 이유는, 이유야 어쨌든 그녀가 살아야 한다는 투지로 가득했기 때문이지. 그 정도의 의지는 제 영혼까지 장작 삼아 강렬하게 타올라 경탄해 마지않을 수 없는 빛으로 보여. 하지만 네겐 그게 없어. 벌써 모조리 타버린 잿더미에 불과해."

루카는 보라며 가볍게 눈짓했고, 귀희는 찬장에 달린 거울로 자신을 보았다.

"시커멓고 둔탁하지."

어느새 이렇게나.

거울 너머 여자에게는 병색이 완연했다. 푸르스름한 빛이 돌 정도로 창백한 피부, 둔탁한 눈동자, 나날이 윤기를 잃어가며 이제는 그저 새까만 한밤의 색으로만 보이는 머리칼, 부러질 것같이 마른 몸태, 금방이라도 균열이 갈 것 같은 표정……. 온통 시리고 차가운 겨울의 냄새가 났다.

시간이 없다.

그 명제를 어느 때보다 처절히 통감할 수 있었다.

"살아야겠다는 생각이 없는 거지. 너 하나 살리겠다고 매일 밤 마력이 바닥날 때까지 돌아다니는 그 남자는 무슨 죄인가 싶지만, 본인도 알고 있을 테니 별로 불만은 없겠지."

얼음장 같은 그녀의 손끝이 움찔 움직였다.

"알고…… 있어요?"

"제 여자한테 살 생각이 없다는 것조차 깨닫지 못하는 놈은 그냥 머저리야. 다행히 머저리는 아니잖아?"

귀희는 꾹 입술을 깨물었다. 그러고 보면 요즘따라 키츠카가 아무 말 없이 그녀를 응시하는 일이 잦았다. 늘 그렇게 말이 없는 남자니까 그러려니 했었는데…….

"하지만 잿더미에도 불씨는 있더군. 그게 네가 지금 당장 모든 걸 끝내지 않는 이유겠지."

자신은 죽을 것이다.

그녀는 알고 있었다. 그저 웃는 척, 믿으면 기적이 이뤄질 거라고 믿는 척, 키츠카가 하는 말이라면 목숨을 걸고라도 믿는 척, 할 수 있는 모든 '척'은 다 해왔다. 때로는 자신이 그런 척을 하고 있을 뿐이라는 사실을 잊고 또 안일하게 기적을 바라게 될 뻔했던 적도 있었다. 도저히 흔들릴 줄 모르는 키츠카를 보고 있노라면 또 바보같이 희망하게 될 것만 같았다. 삶을, 미래를.

하지만 그것들은 처음부터 자신의 몫이 아니었다. 자신의 몫은 비명횡사한 아비게일이나 끝까지 처녀로 단명한 전대 쿠인쿠에 같은 것이었다. 물론 그렇지 않았다면 더할 나위 없이 좋았겠지만, 애초부터 제 것이 아니었다고 생각하니 오히려 마음이 편해졌다. 다소 아이러니한 표현이지만 불교에서 말하는 대로 욕망과 집착을 내려놓으니 고통이 사라졌다고 할까…….

머릿속이 맑아지고, 무엇에 집중해야 하는지 분명해졌다.

그래, 어차피 자신의 죽음이 정해진 일이라면, 결코 피할 수 없는 일이라면…….

"그래서, 어쩔 거지?"

루카는 그녀를 시험하듯이 묻고 있었다. 귀희는 의아한 시선을 들었다.

"알고 있는 게 아니었나요?"

루카는 훗 웃었다.

"안타깝게도 독심술은 못해. 그리고 네 그 작은 머리가 바쁘게 돌아가고 있는 건 알았지만 무슨 생각을 하고 있는지까지는 내 알 바 아니지."

귀희는 침묵했다. 간교한 남자……. 과연 사자의 모습을 한 여우와 같았다.

"알라스테어, 아니, 성자의…….."

결국 천천히 입을 열자 루카의 눈빛에 흥미가 일었다. 어쩐지 지금 그는 이 상황을 한 편의 재미있는 연극처럼 보고 있는 것 같기도 했다.

"본체를 찾으려고 해요."

루카는 작게 '호오?' 소리를 내었다.

"네 조직이 몇 년간 공을 들였는데도 성공하지 못한 일을 네가 해보겠다고?"

"왠지는 모르겠지만 성자는 제게 적대적이지 않아요. 잘만 하면 속여 넘길 수 있을지도 몰라요. 아니, 그것까지는 불가능하더라도 본체가 어디 있는지에 대한 실마리 정도는 얻을 수 있겠죠."

결단을 내린 지는 오래되었다. 하지만 운명의 괘종시계가 긴박하게 괘종을 울리고 있음을 알면서도 선뜻 나설 수가 없었다. 그녀를 미끼로 하는 방법 따위 일언지하에 거절해 버릴 게 분명한 키츠카 몰래 저택을 빠져나갈 길이 없었기 때문이다. 하지만 그건 스스로를 정당화해 온 것에 불과했다. 사실은 마지막 숨을 내뱉는 순간까지 그를 떠나고 싶지 않은 나약함이었음에도.

"그럼 제 발로 호랑이굴에 걸어 들어가겠다는 말인가?"

귀희는 의연한 시선을 들었다.

"도와주실 수 있나요?"

"좋아."

루카는 너무나 선뜻 동의했다.

키츠카 몰래 나갈 수 있는 방법이 없는 것은 사실이었다. 하지만 이 남자가 도와주기만 한다면 이야기는 달랐기에 거의 기대하지 않고 제안해 본 거였는데, 루카가 이렇게 순순히 동의할 줄은 몰랐다. 그래서 그녀는 오히려 놀라고 말았다.

"웃기는 소리 집어치우라고 하실 줄 알았는데요."

"좀 흥미로워져서. 아라와 나도 이루어질 확률이 낮은 사이였지만 너희 둘은 정말 가능성이 없어서 말이야. 어떻게 끝날지 개인적인 호기심이 생겼다, 정도로 해두지. 아무튼 목숨을 걸고 하는 도박이라는 건 알고 있겠지."

귀희는 고개를 끄덕였다.

"그 뱀파이어 녀석, 보기보다 성격 있는 것 같더군. 네가 속이려고 했다는 걸 알면 절대 그냥은 죽여주지 않을 거다."

"말이죠, 제가 어차피 죽을 운명이라면, 그게 피할 수 없는 일이라면……."

하늘 위의 달이 기울며 언뜻 새어 들어온 빛이 여인의 눈가를 스쳤다. 그 빛이었는지, 아니면 죽기 직전 백조의 울음과 같은 생명력의 광채였는지 그는 여인의 눈동자에서 아주 강렬한 섬광을 본 것 같았다.

"갈 땐 가더라도 혼자 가지는 않겠어요."

루카는 느릿하게 입술을 말아 올렸다. 그리고 그 입가에 살아나는 것은, 흥미가 동한 악동의 미소보다는 조금 더 사악한 악당의 미소였다.

"죽는 날까지라도 제 남자 곁에 붙어있겠다고 울고불고 하지 않는 점은 마음에 드는군."

탁.

마침내 작업을 끝내고 기타 케이스를 닫았다. 반짝— 갑자기 스치는 빛, 놀라서 번뜩 고개를 돌렸다. 하지만 달빛의 장난이었는지 서늘한 빛을 반사하는 거울이 그녀를 비추고 있었다.

그 속에 여인은 눈밭의 자작나무처럼 부러질 듯 시린 겨울의 향기를 풍겼다. 죽음의 그림자는 이미 그 발치에 진득했다. 하지만 눈빛만은 마지막 생명력이 응축된 듯 선득하고도 휘황한 빛을 뿜었다. 귀(鬼), 과연 그러했다. 흡사 살육의 기대감에 빛나는, 세례 요한의 목을 원한 헤로디아의 딸처럼.

자, 이제 그녀는 춤출 준비가 되었다. 권좌에 높이 앉은 음흉한 헤롯 안티파스가 즐겁게 지켜보고 있는 앞에서.

잘 자라 우리 아가
잘 자거라…….

11

달칵.

문을 닫고 나왔을 때였다.

"그만둬."

뒤돌던 걸음이 멈칫했다. 맞은편 창을 넘어 스며드는 달빛은 페르세포네가 하데스에게 끌려가며 떨어뜨린 베일처럼 은은히 반짝였다. 그 사이로 하얀 미립자들이 너울너울 물결쳤다.

휘황한 달빛에 상대의 그림자가 거의 그녀의 발치까지 짙게 드리워졌다.

아무리 피곤해도 쉽게 잠들 거라고 생각하진 않았지만…….
그를 마주하는 그녀의 눈꺼풀이 희미하게 떨렸다.

"결국…… 알고 있었나요."

달빛을 등지고 서 있는 남자는 대답하지 않았다.

아주 오랜만에, 그는 깜빡 단잠에 들었었다. 아마 피로와 수면 부족이 쌓여 생물이라면 견딜 수 있는 한계를 넘었기 때문이리라. 하지만 무엇보다 예리한 비수와 같은 의식을 이완시켜 결국 잠들게 한 것은 그녀가 곁에 있다는 안도감이었다. 그런데 문득 안도감의 근원을 잃었다는 사실을 몸이 먼저 깨달아 의식이 빠르게 깨어났다. 그리고 비어 있는 침대를 발견한 순간, 그는 깨달았다.

그녀가 결국 그로서는 선택하지 않길 바랐던 길을 택하고 말았다는 것을.

분명히 성자는 영생에 대한 유일한 실마리였다. '영생자'를 만들어본 경험이 있는 유일무이한 존재이기 때문이었다.

철컥.

재킷의 안주머니에서 나온 총의 입구가 똑바로 그를 향했다.

"하지만 막을 수는 없을 거예요."

"이래서는 아무것도 해결되지 않아."

"아뇨, 아무리 생각해 봐도 이게 유일한 해결 방법이에요."

그는 한 걸음 내딛었다. 그를 향한 총구는 떨리지 않았지만 걸음은 저절로 물러났다.

"다가오지 말아요. 정말, 쏠 거니까."

그는 궁금했다. 그녀는 무엇을 그리 두려워하고 있을까. 그 자신을? 핏기 하나 없는 얼굴은 표백해 놓은 것처럼 창백했다. 기특하게도 총을 겨눈 손은 그 서늘한 감촉의 공포를 극복한 듯했지만, 상대는 그가 아닌가. 하지만 그 파르랗게 질린 눈빛은 '상대'가 어떤 두렵고 전율스러운 존재인지 알고 있는 피식자의 것이었다.

그런 눈빛을 믿을 수 없어 한 걸음 더 내딛자, 그녀는 다급히 총을 두 손으로 쥐어 고정했다. 그러나 그는 다가가는 걸음을 멈추지 않았다. 그리고 당황한 그녀가 어쩌지 못하는 사이 단숨에 바로 앞까지 다가와 똑바로 섰다.

총구는 바로 그 가슴에 닿았다. 그럼에도 그는 머리 위에 그림자를 드리우고 서서 보잘것없는 미물 하나를 대하듯 무심한 눈으로 내려다보았다.

마치 그때처럼.

"쏴 봐. 난 이런 걸로 죽지 않아. 머리, 심장, 상관없어. 쏴."

물론 그때 그녀는 몸을 떨었을 뿐 감히 쏘지 못했다.

"그럼 닥쳐. 날 쏠 자신조차 없는 각오라면 분한데 어쩔 줄 몰라 악부터 쓰는 어린애 앙탈일 뿐이야."

귀희는 이를 악다물었다.

총구를 올렸다. 똑바로 그의 이마를 향했다. 어차피 인간의 무기 따위가 그를 상처 입힐 수 없으리란 사실은 알고 있었다. 하지만 적어도 그녀의 결단이 어느 정도인지는 보여줄 수 있으리라.

타앙! 탕! 타앙!

거센 총성이 재차 허공을 때렸다.

까랑! 깡!

물렁한 젤리 같은 허공에 박힌 탄피들은 곧 추진력을 잃고 바닥으로 떨어져 내렸다. 그는 여전히 무심한 눈빛이었다. 그리고 그녀에게로 손을 뻗었다.

여기서 잡히면 다시 기회는 오지 않을 것이다.

귀희는 당장 뒤돌아서 그에게서 달아나기 시작했다. 여태 누구보다 가까이에서 그의 능력을 봐왔으니 결코 달아날 수 없다는 사실을 알았지만, 이대로 포기할 수는 없었다.

그 찰나였다. 우웅— 묘한 파동이 느껴졌다. 달리면서도 놀라 돌아본 순간, 횟— 허공에 청명하도록 투명한 금빛이 스쳐 지나갔다. 그리고 나타난 금빛의 반원구가 키츠카를 감쌌다. 낯선 것이었지만 천천히 앞쪽의 모퉁이를 돌아 나오는 루카를 본 순간 모든 것을 이해할 수 있었다.

귀희는 멈추지 않고 달렸다. 그리고 그를 스쳐 지나갔다. 찰나적으로, 입모양으로 속삭였다.

고마워요.

그 무관심한 얼굴로 보건대 그가 할 대답이란 자명했지만, 말할 만한 시간은 주지 않았다. 귀희는 그대로 열려 있는 창문 밖으로 뛰어내렸다. 밤공기가 훅 가까워진 순간 낯선 육체 능력을 사용하느라 아찔 몰려오는 현기증을 겨우 억눌렀다. 단숨에 가깝게 다가온 나뭇가지를 붙들고 파사사삭! 야생동물을 닮은 몸놀림으로 날렵하게 바닥으로 내려섰다.

성공했다.

때맞게 '능력'을 사용할 수 있을지 없을지 미지수였기에 성공한 지금 안도감에 주저앉을 것만 같았다. 하지만 그럴 틈은 없었다. 그녀는 지체하지 않고 정원의 어둠 속으로 뛰어갔다.

반면 그녀가 떠난 자리에 대치한 두 남자는 서로에게서 조금도 눈을 떼지 않았다.

"남의 일에 상관하는 성격으로는 보지 않았는데."

반원의 금빛에 갇혀 있는 키츠카가 먼저 나직이 말했다. 치익. 루카는 담배에 불을 붙였다. 가볍게 빨아들이고 내뱉자 뻑뻑한 연기가 그를 유혹적으로 휘감았다가 사그라졌다.

루카는 훗 웃었다.

"글쎄?"

키츠카는 더 이상 가타부타 군말하지 않았다. 허공을 잡고 끌어당기자 물결치며 자아진 천이 그를 휘감았다. 그리고 사라졌다. 바로 어떤 공성무기로도 점령할 수 없는 성벽처럼 최강의 수비력을 자랑하는 결계 안에서 말이다.

루카는 작게 '호오?' 소리를 흘렸다. 결계를 이런 식으로 무효화하는 상대는 처음이었다. 역시 미지에 싸여 있는 마수 리히터의 열세 번째 자식인가.

"하지만 쉽게 이 저택에서 빠져나갈 수는 없을걸."

그는 허공에 길게 손짓했다. 그곳에서 파직, 금빛 전기가 일었다. 그리고 흡사 물에 닿은 전류처럼 강한 스파크를 일으키며 온 공간에 번개를 일으켰다.

파지직, 지직!

무언가를 찾듯 여기저기 가 부딪히던 전류가 한 지점에 응축된 찰나, 더 강한 전기 작용을 일으켰다. 그러자 그 부분의 공간이 울렁울렁 흔들리면서 서서히 그 안에 숨은 자를 드러냈다.

뒤돌아 있는 남자는 얼핏 고개를 돌려 그를 보았다.

휘리릭!

반응할 새도 없이 바닥에서 원형을 그리며 올라온 천이 다시 그를 휘감았다. 그리고 크게 내둘러진 천이 천장에 부딪히며 녹아드는 동시에 복도를 가득 매운 전율의 짐승이 모습을 드러냈다.

크르릉!

위대한 천신(天神)의 옥좌를 지킬 법한 짐승을 마주한 루카는 천천히 삐뚜름한 미소를 지었다. 그리고 중얼거렸다.

"파수꾼인가. 그래, 전해지는 대로 실존한다면 바로 그런 모습이겠군."

짐승은 도약했다. 다행인지 불행인지 복도의 천장은 그만한 몸집을 가진 짐승이 뛰어도 충분할 만큼 높았다.

즈윽.

루카는 아주 오랜만에, 한 발을 뒤로 물렸다. 실존하지 않는 환영을 실체화한 허구에 불과하나 저것이 줄 충격의 강도는 충분히 예상할 수 있었기 때문이다.

콰앙, 쿠우우우웅!

비스듬하게 허공을 가른 금빛의 방패와 짐승이 부딪혔다. 굉음이 천지를 찢었다. 터져 나간 충격파가 수많은 칼날처럼 공간을 할퀴었다.

짐승은 자잘하게 균열이 일어난 투명한 금빛의 방패를 발판 삼아 그 몸집에 놀랍도록 민첩하게 다시 뒤로 도약했다. 몸집이 줄어드는 동시에 빙글 회전하며 매로 화했다. 그리고 휘익― 창문을 넘어 날아올랐다.

싸우려면 얼마든지 더 싸울 수 있었을 텐데도 지금 목적은 오로지 그 소녀를 쫓아가는 것이기에.

혼자 남은 루카는 바닥을 내려다보았다. 아직 붉게 불타고 있는 담배가 바닥에 떨어져 있었다.

주변을 가볍게 훑자 분명히 벽이 터져 나가는 걸 봤는데 사방은 아무 일도 일어나지 않은 것처럼 별다른 이상없이 적요했다. 자신부터 이 주변으로 결계 안의 결계를 쳐두긴 했지만 스스로 결계를 거둔 일이 없으니 저 남자의 능력이었으리라.

루카는 못마땅하게 중얼거렸다.

"퍽이나 신경 쓰는 척하는군."

차가 달리고 있었다. 사방은 온통 어둠이었다. 그저 끝도 없이 뻗은 무심한 밤의 황야에 도로가 지평선 너머까지 이어져 있을 뿐이었다. 그리고 덜덜 떨리는 계기판의 화살표는 120을 가리키고 있었다.

귀희는 입가에 대고 있는 엄지손가락을 질끈 깨물었다. 옆얼굴을 타고 질척한 땀방울이 흘렀다. 몸의 떨림은 잦아들었지만 온통 땀으로 축축한 등은 불가피했다.

괜찮아, 괜찮을 거야.

각오했잖아.

그때였다. 너무 제 생각에 빠져 있었을까. 빠앙— 커다란 경적 소리와 함께 새하얀 헤드라이트 빛이 뭉텅 쏟아져 들어왔다. 기겁한 귀희는 본능적으로 핸들을 꺾었다. 반대편에서 오던 트럭이 아슬아슬하게 차를 스치고 지나갔다.

안도감도 찰나, 앞 차창 너머로 검은 그림자가 스쳤다.

"……!"

멀리 도로 한 중간에 어디서 나타났는지 알 수 없는 사람이 서 있었다. 당황한 그녀는 정신없이 브레이크를 찾았지만, 훈련을 받으면서 운전을 배웠어도 아직 익숙하지 않았다. 그런데다 아래쪽이 어두운 탓에 브레이크를 잘 볼 수 없어 계속 헛발질했다. 그러다 오히려 액셀러레이터를 밟아버려 차가 빠르게 돌진하기 시작했다. 하지만 우뚝 서 있는 인영은 눈부신 헤드라이트를 밝히고 질주해 오는 차 앞에서도 꿈쩍하지 않았다.

미친 듯이 발길질하다 겨우 브레이크를 밟았다.

타앗, 끼이이이익!!

차는 엄청난 속도로 미끄러지며 멈춰 섰다.

귀희는 한동안 핸들에 머리를 박은 채 움직이지 못했다. 갈비뼈 안에서 심장이 쿵쾅거리는 소리가 뇌리까지 울려왔다. 가까스로 고개를 들자, 차는 도로 중간에 버티고 있는 남자 바로 앞에 멈춰 서 있었다.

헤드라이트가 환하게 비추고 있는 남자의 눈빛은 둔탁했다. 그저 기계처럼 움직여 다가오더니 운전석의 문을 열었다. 하지만 더 이상은 움직이지 않았다.

귀희는 잠깐 그를 보다 차에서 내렸다. 그러자 남자는 그녀가 미처 보지 못했던, 그의 뒤에 서 있던 차로 가서 뒷좌석의 문을 열어주었다. 귀희는 저항하지 않고 뒷좌석에 올라탔다. 남자는 그녀의 옆에 들어와 앉았다. 운전석에 다른 남자가 앉아 있었지만 그 역시 눈빛이 흐렸다. 하지만 두 남자 모두 뱀파이어로는 보이지 않았다.

탁, 문이 닫히자 차가 출발하기 시작했다. 뒤창 너머로 아직 헤드라이트가 켜진 채 그대로 운전석 문이 열려 있는 차가 금세 멀어졌다.

끽, 차가 멈추었다. 한참을 달려왔다. 하지만 아직 꺼지지 않은 헤드라이트 빛 때문에 여전히 밖으로는 어둠만이 보였다. 두 남자도 계속 그대로 앉아 있을 뿐이었다. 목적을 다 이루고 수명이 다한 기계처럼.

"알라스테어?"

나직이 부르자, 옆에 앉은 남자의 눈에 서서히 이채가 돌기 시작했다. 그리고 완전히 맑아진 눈으로 빙긋이 웃었다.

"들어와."

그 말을 끝으로 남자는 다시 눈빛이 탁하게 변했다. 귀희는 밖으로 나왔다.

후우우우—

강한 바람이 불어닥쳤다. 들큼한 바다 냄새가 섞여 있는 바람이었다.

사납게 흩날리는 머리카락을 쓸어 올리고 고개를 들자 절벽 끝에 웅크리고 앉은 거인을 마주했다.

성인지, 요새인지, 어둠 속에서 그저 거대한 덩어리로만 보이는 건물은 위압적이었다. 마치 해신이 바닷가에 낳아둔, 식인귀 거인 폴리페모스*가 어두운 동굴 속에서 눈을 빛내며 먹잇감이 찾아 들어오기를 기다리고 있는 듯이.

거인이 앉아 있는 주변으로는 온통 깎아지듯 가파른 절벽이었다. 그 아래 바다가 있는지 거센 파도 소리가 귓전을 때려왔다.

천천히 걸음을 내딛었다. 하늘에 달이 떠 있기는 하지만 이 거대한 식인 거인이 두려운지 구름 뒤에 숨어 사위가 어둑했다. 그래서인지 양옆으로 천 길 낭떠러지인 길을 멋도 모르고 걸어가고 있는 것만 같았다.

꾹…….

귀희는 왼손에 낀 반지를 움켜쥐고 길을 나아갔다. 그리고 대문에 다다르자, 끼익— 문이 저절로 밀려났다. 어둠이 갈라진 틈으로 조심히 걸어 들어갔다.

탁.

---

*그리스 신화에 나오는 외눈박이 거인 키클로프스의 수령. 포세이돈의 아들. 오디세우스의 꾀에 의해 소경이 된다.

갑자기 등 뒤에 느껴진 인기척, 화들짝 놀라 돌아보았다. 어느새 다가왔는지 바로 뒤에 서 있는 인물은, 집사 드미트리를 떠올리게 하는 노신사였다.

말을 걸려고 했지만 그는 줄에 매달린 피노키오처럼 슥 옆으로 손짓했다. 인간으로 보였으나 그에게서도 스스로 생각하는 주체로서의 생명력은 느껴지지 않았다. 말없이 따라나서자 나선형으로 굽은 계단을 올라 계속해 위층으로 올라갔다.

붉은 카펫이 깔린 복도는 을씨년스러웠다. 간간이 서 있는 석고 흉상들은 어딘지 섬뜩했다. 가는 길목에 벽에 걸린 초상화 하나가 시선을 끌어 잠깐 멈춰 서서 응시했다. 조각 같은 미남, 느낌은 많이 다르지만 분명히 요즘 알라스테어가 사용하는 몸의 주인이었다.

이런 상황에 뜬금없는 생각이지만, 그의 취향은 다소 요란한 것 같았다. 같은 저택이라고 해도 베르티 저택에 비해 이곳은 지나치게 권위와 사치의 냄새가 풍겼다. 크기가 쓸데없이 큰 것은 말할 필요도 없었다.

그늘 아래 조용히 기다리고 있는 노신사를 따라 다시 걸음을 옮겼다. 마침내 그가 그녀를 안내한 곳은, 웅장한 회장이었다.

한 걸음, 두 걸음……. 내딛는 걸음마다 끈질긴 시선들이 따라왔다. 입구부터 양옆으로 도열해 있는 검은 남자들이 그 가운데를 지나가는 그녀를 응시하는 시선은 그야말로 살찐 토끼를 보는 하이에나의 것이었다. 두려웠지만 귀희는 내색하지 않았다. 회장의 중앙까지 똑바로 걸어가자, 남자는 흡사 왕처럼 의자에 느긋하게 앉아 있었다.

아니, 그는 실제로 왕이었다. 그 정신적인 영향력 아래 거의 그와 한 몸이라고 할 수 있는 이 뱀파이어 군단의 거짓된 충성을 받는 제왕.

"어서 와."

그는 그녀가 멈추자 일어나 낮은 계단을 내려왔다.

"이 저택에 온 소감이 어때? 지금 네가 지내고 있는 저택보다는 위치가 좀 좋지 않지만, 창밖으로 바다가 내려다보이는 풍경이 아주 그만이야."

"인테리어는 좀 졸부 스타일이네."

그는 피식 웃었다.

"성장하더니 독설도 늘었는걸. 그나저나…… 어쩐 일이지? 네발로 직접 내게 오다니."

귀희는 입술을 달싹였다. 하지만 무어라 말하기도 전에 갑자기 그가 먼저 손을 내밀더니 '아아, 잠깐만' 하고 말했다.

"그전에."

그가 고갯짓한 순간이었다. 바로 뒤에 다가온 뱀파이어들이 그녀를 잡아 무릎을 꿇렸다. 그녀를 보잘것없는 물건처럼 다루는 그악한 악력에 낮게 신음하고 말았다.

알라스테어, 아니, 그가 뒤집어쓰고 있는 인간 남자의 손길이 다가와 턱을 가볍게 들어 올렸다. 분명 껍질은 인간일 텐데도 그 손은 이미 카론의 배를 탄 이인 양 섬뜩하게 차가웠다.

"녀석과 관계를 가졌나?"

그 질문이 너무나 뜻밖이라, 귀희는 한 대 얻어맞은 듯 '뭐?'
하고 되물을 수밖에 없었다.

"관계를 가졌느냐고."

"그게 무슨……."

"가졌겠지."

어쩔 수 없이 볼에 열이 올랐다. 자신을 대상으로 한 이런 화
제에는 역시 익숙해질 수 없었다.

"당신이 알 바 아니잖아."

"지금까지 널 안지 않았다면 그 녀석은 그쪽으로 문제가 있는
거야. 임신했을 가능성이 있나?"

도대체 왜 그런 질문을 하는지는 모르겠지만 만약 임신을 했
다고 해도 사정을 봐주려고 묻는 게 아님은 확실했다.

"없어."

"확실한가?"

"왜 그런 걸 묻는 거야? 여기 산모 우대석이라도 있나봐?"

무엇이 우스웠는지 알라스테어는 픽 웃음을 토해냈다.

"조심하라고, 아가씨. 그런 얼굴로 독설이라니……. 아주 오랜
만에 설 것 같으니까."

그녀는 두렵지 않았다. 그렇게 이야기하는 남자의 눈빛은 얼
음장보다도 차가웠기 때문이다. 어떤 종류의 성적인 긴장감도
엿보이지 않았다.

"아무튼."

그는 손을 거두고 일어섰다.

"어렵게 발걸음했으니 부디 오래 지내도록 해. 알고 보면 그리 지내기 나쁜 곳은 아니니까."

그는 몸을 돌렸다.

"알라스테어."

나직한 부름, 그래도 듣지 못했을 리 없을 텐데 별로 상관없다는 듯 돌아보지 않았다. 큭큭, 귀희는 낮게 웃었다. 그제야 이상함을 느꼈을까. 얼핏 돌아보았다.

"당신도 정말 남의 말을 듣지 않는구나. 인간을 무시하지 말라고 했잖아."

귀희는 고개를 들었다. 오딘의 명을 받드는 발키리처럼 강렬하고 아름다운 얼굴 위로 결연한 전사의 이채가 흘렀다. 시리도록 푸른빛, 거의 전장에 임하는 전사인 듯 비장하면서도 날카로운 냉소였다.

"뭔가…… 내 예상과는 다른 용건이 있는 모양이군. 의외성이 있는 건 언제나 즐겁지. 주저하지 말고 말해봐."

그녀는 기꺼이 주저하지 않았다.

"뱀을, 키츠카를 죽여줘."

형형한 눈동자는 파르란 살기로 빛났다.

12

"지금 뭐라고 했지?"

알라스테어는 지극히 의심스러운 표정이었다.

"그 몸은 이제 귀까지 멀었어?"

"갑작스러운 심경의 변화로군."

"당신이 그랬잖아, 생각이 바뀌면 찾아오라고."

알라스테어는 '뭐……' 하고 조금 떨떠름하게 운을 뗐다.

"물론 내가 그렇게 말하긴 했지만 별로 기대하진 않았거든."

"내가 왜 죽어야 해?"

무대는 준비되었다. 이제 관객들은 모두 숨을 죽이고 그녀의 솔로 무대를 기대하고 있었다. 그 기대감을 배신하지 않기 위해서라도, 귀희는 이것은 단순한 연기가 아니라 지금 이 순간만큼은 자신의 진심이라고 스스로를 세뇌했다.

"이제야 겨우 살 만해졌는걸. 근데 잠깐 사랑을 한 대가로 스물도 되기 전에 요절해야 한다니 아무리 생각해 봐도 억울하잖아. 내 잘못은 그냥…… 그 사람을 좋아한 것밖에 없는걸."

귀희는 꾹 이를 물었다.

"죽고 싶지 않아."

알라스테어는 그녀를 바라볼 뿐이었다. 그 비수 같은 눈빛이 제 거짓말을 모두 꿰뚫어 볼 것만 같아, 떨리는 심장을 억누르느라 가슴께가 온통 뻐근했다.

"설마 믿으십니까?"

그런데 갑자기 목소리가 들려왔다. 번뜩 시선을 돌리자, 권좌 옆으로 드리워진 그늘에서 희미한 금빛이 반짝였다. 그리고 남자는 흡사 제왕을 위한 막후의 참모처럼, 얼핏 모습을 드러냈다.

'저 남자는……?'

아직 그늘 아래 있어 매끈한 구둣발이 보일 따름이었다. 어렴풋한 윤곽으로는 아마도 젊은 남자, 칼날처럼 반듯한 줄이 잡힌 정장을 입고 포마드로 머리를 단정하게 쓸어 넘겼다. 머리카락 한 올 흐트러지지 않은 모습도 그렇고 차림새도 어딘지 19세기의 영국 느낌이 났다. 하지만 확실히 알 수 있는 것은 꽤나 화려한 금발을 가진 남자라는 점밖에 없었다.

"이 암브로시아 아가씨는 연기력이 제법이시군요."

담백한 중저음의 음성에 옅은 비웃음이 감돌았다. 예상치 못한 인물의 등장에 귀희는 불안해졌다.

"때로는 지나치게 똑똑하기도 하지. 아가씨, 무슨 꿍꿍이지?"

"내 손으로 할 수 있는 일이었다면 이미 했어. 하지만 불가능한 거 알잖아. 사실 내 손으로 그런 짓까지는…… 하고 싶지 않아."

귀희는 눈을 내리깔며 중얼거렸다.

키츠카를 향한 지나친 증오심은 오히려 의심을 살 것이다. 아무리 개화를 했다고 해도 성격이 180도 변해 버린 것도 의심스럽기는 마찬가지였다.

"무엇보다 내겐 시간이 많지 않아. 이렇게 개화를 하면 얼마 살지 못한다더군."

알라스테어는 흘긋 남자를 돌아보았다. 그러자 남자는 그 정보의 신빙성을 증언하듯이 고개를 끄덕였다.

저 남자는 대체 누구인데 이런 정보를 알고 있는지……?

하지만 예상치 못한 복병이 등장했다고 해서 여기서 그만둘 수는 없었다.

"얼마나 남았지?"

"그건 몰라. 하지만 얼마 남지 않은 건 확실해."

확실히는 모르지만 아마 보름도 남지 않았을 것이다. 물론 그런 정보까지는 줄 수 없어 에둘렀다.

"저런, 저런……. 거봐, 아가씨. 내가 경고했잖아? 이런 경우에 동양에서는 어른 말을 들으면 자다가도 떡이 나온다고 하지 않나?"

귀희는 대답하지 않았다. 괜히 대답해서 이 악당에게 그런 사소한 즐거움까지 주고 싶지는 않았다.

"뭐, 인생이란 어떻게 될지 알 수 없어서 즐거운 거라지만 또 이런 식으로 흘러가게 될 줄은 몰랐군. 그래서 내가 어떻게 해주길 바라는 거지? 키츠카를 죽여주면 되는 건가?"

"결국 당신이 바라는 것도 그거 아냐?"

"그랬지. 불가피하게 계획을 조금 수정하게 되었지만."

그 시선은 여전히 그늘 속에서 자리를 지키고 있는 남자에게로 향했다. 어쩐지 즐거움이 넘실대는 눈동자에 귀희는 뇌 속까지 시리게 울려오는 섬뜩한 느낌을 받았다.

"무슨 말이야?"

픽—

웃음은 그늘 속에서 흘러나왔다. 시선이 모이자 남자는 '아, 실례'라고 제법 정중한 태도로 사과했다.

"혹시 아가씨, 모르십니까?"

왜인지는 모르겠지만 갑자기 어둠 속에서 루카가 했던 말이 떠올랐다.

"아가씨는 아무것도 모르는 거군. 그렇지?"

두 남자가 의미하는 바가 같다는 느낌을 지울 수가 없었다.

"그쪽은 선문답이 취미인가요? 알아듣게 말해야 제가 무슨 말인지 알 거 아닌가요?"

"뭐, 모르는 게 약이라는 말도 있습니다만……. 그래도 아가씨한테까지 이야기하지 않았다니 과연 입이 무거우시구나 싶군요. 그 정도니 장로님께서 그렇게 믿고 아끼셨겠죠."

장로님을 알고 있다?

탁, 바로 앞에 다가온 인기척에 귀희는 생각을 그만둘 수밖에 없었다. 조명 빛으로 인해 얼굴에 짙은 음영이 드리워진 알라스테어가 그녀를 내리깔아 보고 있었다.

"녀석은 널 사랑하나? 네가 죽는다면 과연 녀석은 어떻게 나올까?"

안일했던 걸까. 이 죄의 성자를 뜻대로 속여 넘길 수 있을 거라고 생각했던 자신이 멍청했다.

아이러니한 표현이지만, 악당의 차가운 미소에서 신의 얼굴을 볼 수 있었다. 어떻게든 그녀를 이 세계에서 제거하기 위해 이 뱀파이어 인형에게 몸소 의지를 부여한 것 같은 신의 얼굴을.

"정말 널 사랑한다면 지옥으로 쳐들어가 구해오지 않을까?"

지옥.

그 단어에 가슴이 섬뜩했다. 설마 싶었다. 이들도 첫 번째 나하쉬가 저승에서 왔다는 사실을 알고 있는 걸까? 혹시 자신이 모르는 게 그 사실과 관련된……?

귀희는 큭큭 웃었다. 그리고 갑작스러운 웃음소리에 정적이 감도는 주변을 둘러보고는 천연덕스럽게 말했다.

"아, 미안. 웃으라고 하는 소리 아니었어? 설마 당신 지옥 같은 걸 믿어?"

"뱀파이어와 여신의 후예가 사는 세계잖아? 기적을 믿어봐도 손해 볼 건 없지."

"그럼 내가 번지수를 잘못 찾았네. 몽상가인 줄은 몰랐는걸.

난 현실적으로 일을 처리해 줄 사람이 필요해. 안타깝지만 이쪽은 목숨이 달려 있거든."

알라스테어는 잠시 그녀를 응시했다. 그리고 무슨 생각이 들었는지 낮은 웃음을 흘렸다.

"이해는 하지만 만약 네가 지금 연기를 하고 있는 게 아니라면 정말 여자란 존재는 무섭군."

"그래서 동양에서는 여자가 한을 품으면 오뉴월에도 서리가 내린다고 하지. 그건 당신이 가장 잘 알지 않아? 아비게일은 당신을 죽이기 위해 폭탄을 온몸에 두르고 왔다지? 꽤나 원한이 심했나 봐. 아, 당신한테는 자랑 삼을 만한 일인가?"

알라스테어는 빙긋이 웃었다.

"아가씨."

그 순간이었다. 뒤에서 한 뱀파이어가 우악스러운 손길로 머리채를 휘어잡아 목이 뒤로 꺾였다. 고통스러워 낮게 비명을 터뜨리고 말았다. 알라스테어는 무릎을 접고 앉아 그녀와 시선의 높이를 맞추었다.

"난 아가씨의 그 당돌한 말투도 좋아하지만 귀여움과 건방짐은 구별하는 편이 좋아. 나의 인내심은 그렇게 많질 않거든."

귀희는 훗 웃었다.

"죄의 성자? 누가 당신 같은 소인배한테 그런 대단한 별명을 지어줬어?"

알라스테어는 미소를 잃지 않았다. 파르랗게 윤기가 흘러 당장에라도 깨어져 버릴 유리 같지만 그만큼 아름다웠다.

"정말이지, 보통 그런 깜찍한 도발은 귀엽게 봐주는데 말이야……."

살을 뚫고 흉기가 깊이 밀려들었다. 비명을 내지른 것 같았다. 하지만 영혼까지 갈퀴로 긁어내 가는 것 같은 고통에 아무 소리도 들리지 않았다. 뼈를 으스러뜨릴 듯이 그녀를 제압하고 있는 악력에 발버둥도 칠 수 없었다. 목덜미가 불타는 것만 같았다. 뱀파이어가 제 피를 삼키는 소리가 천둥처럼 귓가를 울렸다.

마침내 놓여나자 버려진 인형처럼 힘없이 차가운 돌바닥에 늘어졌다.

"짖는 개는 한 번쯤 밟아줘야 버릇이 들겠지."

축 늘어진 몸이 제어를 벗어나 부들부들 떨려왔다.

무서워.

두려웠다. 공포심에 머리가 이상해질 것만 같았다. 하지만……그녀를 적대하는 이 세계의 의지보다 더 두려운 것이 있을까?

"그래, 죽여."

들리지도 않을 만큼 나직한 읊조림이었다.

"당신이 굳이 수고하지 않더라도 이대로라면 어차피 머지않았어."

강한 현기증에 몸을 일으키다가도 계속해 미끄러졌다. 하지만 귀희는 이를 모질게 물고 알라스테어를 노려보았다. 악에 받쳐 소리쳤다.

"죽여봐. 그래서 어디 키츠카가 날 구하러 오는지 보자고! 그럼 지옥이 정말 존재하는지 하지 않는지 알 수 있겠지. 나도 바라는 바야!"

짝…… 짝짝짝…….

갑작스레 울린 박수 소리는 천천히 거의 갈채가 되었다. 알라스테어는 조금 감탄한 듯도 한 어조로 말했다.

"역시 무시할 수 없군. 한때는 키츠카 녀석 그냥 변태가 아닌가 싶었는데, 보는 눈이 제법이야. 그 비린내 나는 꼬맹이가 너 같은 여자로 성장할 줄 누가 알았겠어. 아무튼 그 방법도 흥미롭지만, 아가씨는 달리 쓸 데가 있거든."

귀희는 비소했다.

"과연 그럴 시간이 있을까? 당신 본체, 이미 뒤질 만한 데는 거의 다 뒤졌어. 발견되는 것도 시간문제일걸."

"걱정 마, 절대 그럴 일은 없으니까."

"그런 과한 자신감은……."

"내 몸은 여신의 가호를 받고 있거든."

그때였다. 뚜벅…… 뚜벅……. 이쪽으로 다가오는 발걸음 소리가 울렸다. 알라스테어는 바로 문가를 돌아보았다. 그 순간 그늘 속의 남자는 자신을 감싸고 있는 곳으로 녹아들듯 모습을 감추었지만 아무도 눈치채지 못했다.

"백마 탄 왕자님께서 도착하셨군."

어둠을 가르고, 구둣발이 나타났다. 한 걸음, 두 걸음, 전혀 급할 것 없이 걸어올수록 그 어깨에 걸친 망토 같은 어둠을 벗어 던지고 모습을 나타냈다. 도열한 뱀파이어들 사이로 남자는 오히려 그들을 거느린 사령관과 같았다.

"생각보다 늦었군."

재빨리 움직인 뱀파이어들이 귀희를 붙들었다. 키츠카는 그 자리에서 걸음을 멈추었다. 하지만 그녀가 인질로 잡혀 있다고 해서 다급해하거나 초조해하는 기색은 전혀 찾아볼 수 없었다. 그저 조용한 눈으로 그녀를 응시하고 물었을 뿐이다.

"괜찮아?"

귀희는 꾸욱 이를 물었다.

알라스테어는 도대체 무슨 생각을 하고 있는 걸까. 키츠카를 여기로 유인해 오다니……. 아무리 제 인형이 많다 하더라도 그에게는 상대가 되지 않는다는 사실을 누구보다 잘 알고 있을 텐데.

반대로 본체를 찾지 못하면 알라스테어는 처치할 수 없었다. 아무리 그의 인형을 많이 없앤다하더라도 대체물은 얼마든지 있기 때문이었다. 이런 교착 상태로는 아무것도 해결되지 않기에 스스로 호랑이 굴에 걸어 들어오는 무리한 방법을 쓴 것이건만.

"괜찮지 않으면요? 날 이렇게 만든 건 당신이잖아요."

아직, 아직 괜찮아. 알라스테어를 속여 넘길 수 있는 길은 있었다.

"당신만 없었더라면……."

뒤에 도열해 있는 뱀파이어 중 하나가 움직였다. 너무 순식간이어서 반응할 새도 없었다.

서걱—

검이 허공을 갈랐다. 침묵이 흐르고, 여전히 무표정한 키츠카의 고개가 옆으로 비스듬하게 기울었다.

귀희의 눈이 서서히 커지기 시작했다. 우뚝 솟은 몸에서 머리가 굴러떨어졌다. 그리고 돌바닥에 떨어져 공처럼 툭툭 굴러가다가 멈춰 섰다.

아무 생각도 할 수가 없었다. 비명을 지를 생각조차 들지 않았다. 그저 망연히 쳐다보고 있는 앞에, 몸을 잃은 머리는 그 자리에서 꼼짝도 하지 않았다. 그 아래로 검붉은 핏물이 배어 나와 서서히 웅덩이를 만들었다.

관제탑을 잃은 몸은 기우뚱하더니 쿵 소리를 내며 뒤로 넘어갔다. 검은 구둣발이 피 웅덩이를 헤치고 들어갔다. 검의 끝에서는 톡, 톡, 질척한 핏방울이 흘러 웅덩이에 떨어지며 옅은 파문을 퍼뜨렸다.

그 광경은 내려다보며 갈색 머리를 한 뱀파이어는 자신이 공격을 하고도 황당한 얼굴이었다.

"설마, 이거 진짜인가?"

아니, 그는 알라스테어였다. 원래 그가 조종하던 인간 남자는 지금은 흐리멍덩한 눈으로 서 있을 뿐이었다.

"농담이겠지."

이렇게 간단히 키츠카를 처치해 버린 상황이 자신도 믿기지 않는 모양이었다.

"맞아."

목소리는 바로 뒤에서 들려왔다. 알라스테어는 흘긋 돌아보았다. 키츠카는 그곳에 멀쩡한 채로 서 있었다. 하지만 목이 떨어진 시신도 여전히 그대로였다. 알라스테어는 삐뚜름하게 웃었다.

"고약한 유머군. 아가씨를 보라고. 완전 넋이 나갔잖아?"

그가 생채기 하나 없이 멀쩡한 모습을 보고도 귀희는 넋이 나간 채였다. 키츠카는 그녀를 서늘한 눈으로 돌아보았다.

그러면 당연히 피할 수 있었으리라. 그런데도 일부러 환술까지 써가며 그런 광경을 보여준 이유는, 자신을 벌주려고 한 것이리라. 그에게 상의도 하지 않고 멋대로 뛰쳐나가 버린 자신을…….

"하여간."

뱀파이어의 몸을 빌린 알라스테어는 아직 핏물이 묻은 검을 골프 클럽이라도 되는 것처럼 어깨에 걸쳤다.

"아가씨, 의외로 연기는 꽤 하던데 임기응변은 좀 약하네. 생각해 보라고, 이 녀석이 그렇게 쉽게 죽을 리가 없잖아? 아니면……."

알라스테어는 입매를 늘어뜨리며 히죽이 웃었다.

"사랑하는 남자가 죽는 모습에는 초연할 수 없는 여자의 마음이란 역시 그런 건가?"

시험이었나. 그녀가 정말 키츠카를 죽이길 원하는지에 대한…….

귀희는 후후 웃었다. 억지로 짓는 미소에 얼굴은 온통 균열이 가서 부서질 것 같았지만 어떤 면에서는 진심으로 웃고 싶은 마음도 들었다. 역시 괜히 천 년을 살아남은 게 아니라는 건가. 아무리 강한 정신감응력이 있었다 한들 이 정도로 교활하지 않았다면 천 년은 힘들었으리라.

"그래도 실험을 할 정도면 믿을 뻔했다는 거네."

"그러길 바랐던 희망사항이라고 해두지. 아쉽네. 진짜로 아가씨와 같은 편이 됐다면 일이 더 재미있어졌을 텐데 말이야. 그럼……."

크르르!

그 찰나였다. 키츠카 뒤로 허공에 세 개의 동심원이 생겨나더니 앞으로 길쭉하게 길어졌다. 그리고 눈 깜빡할 새에 검게 물들더니 세 마리의 거대한 짐승들로 화하여 달려 나왔다. 공간이 쩌렁쩌렁하도록 울부짖으며 아직 미처 반응하지 못하는 알라스테어를 지나, 그녀를 지나고, 어둠이 드리워진 벽으로 돌진했다.

우웅— 쾅!!

황금빛의 반원구가 빛나는 동시에 세 마리의 맹견은 보이지 않는 벽에 부딪힌 것처럼 튕겨져 나갔다. 두 마리는 촤르르륵— 뒤로 미끄러지고 가장 강하게 튕긴 한 마리는 천장에 부딪혔다가 떨어지며 허공에 녹아들었다 다시 형체를 갖추었다. 그리고 자신이 튕겨 나온 방향을 향해 으르르르! 흉기 같은 이빨을 드러냈다.

그들이 위시한 키츠카의 눈이 암청색으로 선득하게 빛났다.

"꼬리가 보이는군."

남자는, 다시 그늘 속에서 기척을 드러냈다.

"정말 무시할 수 없군요."

이번에도 윤곽만이 희미하게 보일 따름이었지만, 얼핏 웃고 있다는 것은 알 수 있었다.

"하지만 이건 모르셨겠죠."

우웅―

키츠카는 아래를 내려다보았다. 그를 중심으로, 바닥에 금빛 선이 원형을 그렸다. 키츠카는 바로 능력을 발동했으나 그를 감싼 금빛의 반원구가 찰나적으로 마력을 차단했다.

핏― 칼로 내리그은 듯 허공에 자상이 스며났다. 길어지고 길어져서 천장에 닿더니 방향감각이 다른 두 개의 공간을 중첩시켜 놓은 것처럼 천장을 그대로 뚫고 올라갔다. 후우우우우― 틈 사이로 불어닥친 엄청난 광풍이 그들을 휩쓸고 지나갔다. 그때부터 공간은 평범한 3차원이 아니었다. 위도 아래도 방향도 끝도 없는 이상한 감각의 공간이었다.

쿠구구구구.

끝도 없이 하늘로 솟구친 허공의 틈이 열리기 시작했다. 끼긱, 끼긱, 끼기긱, 머리가 터질 것 같은 괴이한 쇳소리를 내며 문 모양으로 한쪽이 열리고, 이어서 다른 쪽이 열렸다. 쿠웅, 두터운 철문처럼 힘겹게 열린 문 너머로 불어드는 바람은 실로 적을 향해 질주하는 백만 군대와 같았다. 몰아치는 바람이 피부라도 벗겨갈 것 같았다.

그녀가 얼굴을 가린 팔 틈으로 겨우 보이는 문 너머는 어두운 황야였다. 두 개의 공간을 가져다 붙여놓은 듯, 문을 경계로 한쪽은 공간 감각이 이상하더라도 어쨌든 그들이 있는 저택의 회랑이었고, 반대편에는 지옥의 광야처럼 황폐한 땅만이 광막하게 펼쳐져 있었다. 지평선에는 산조차 없고, 침침한 잿빛 하늘에 어떤 빛도 없었다.

《문이 열렸다.》

뇌리를 통째로 울려오는 목소리는 한 사람의 것이 아니었다. 수천, 수만의 것이었다. 하지만 이게 정말 목소리인지조차 헷갈렸다. 그것은 굉음이나 폭풍 소리에 가까웠다.

《문이 열렸다!》

휘오오오오— 쿠우우웅!

바람을 따라 문을 넘어오려던 것들이 문을 경계로 보이지 않는 벽에 가로막혔다. 그 충격에 귀희는 뒤로 넘어지고 말았다. 그럼에도 눈앞의 광경에서 눈을 뗄 수가 없었다. 흡사 아우슈비츠의 가스실에 갇힌 유대인들처럼 수많은 사람들이 보이지 않는 벽을 긁으며 절규하고 있었다. 아니, 그것들은 사람이 아니었다. 사람으로서 희미한 윤곽만 있을 뿐인 검은 덩어리들이었다. 꼭 누군가가 벽을 향해 던진 찰흙처럼 붙어 허공을 내리 긁고 비명을 지르고 머리를 찧고 발악했다.

《나갈 수가 없다. 나갈 수가 없어! 이건 문이 아니야! 문이 아니야!》

키츠카는 여전히 문의 중앙에 선 채로 그들을 올려다보고 있을 뿐이었다. 도저히 지상의 것이라고 할 수 없는 그 끔찍한 광경에서 조금도 시선을 돌리지 않았다.

그때였다. 망자들은 한꺼번에 휘릭 눈을 돌려 키츠카를 보았다. 한순간 절규가 잠잠해졌다.

《나하쉬다.》

수많은 목소리가 한 번에 이야기하는 그 이름은 마치 속삭임 같았다. 그리고 그들을 고통으로부터 구원할 구원자를 찬양하듯 소리를 높였다.

《나하쉬.》
《나하쉬.》
《나하쉬.》

귀희는 그제야 알 수 있었다. 정말로 그 이름은 지상의 언어로 지어진 것이 아님을.

쿠구구구궁.

문이 다시 닫히기 시작했다. 망자들은 울부짖었다. 광산에 산 채로 매몰되는 광부들처럼 절망적으로 절규했다. 하지만 마침내 문이 닫히고, 틈은 허공에 녹아들어 사라졌다.

공간은 원래대로 돌아왔다.

"Lasciate ogni speranza, voi ch' entrate*(너희 여기에 들어오는 자, 모든 희망을 버려라)……."

침묵의 가운데, 나직이 읊조림이 퍼졌다.

"실제로 지옥을 본 듯한 묘사가 아닙니까. 과연 희망이라고는 가질 수 없는 곳이죠."

남자는 여전히 그곳에 있었다. 키츠카는 천천히 그를 돌아보았다.

"확인했습니다. 참, 맥두걸 씨. 거기 조심하는 게 좋을 겁니다."

알라스테어는 날카롭게 시선을 돌렸다. 그 끝, 피 웅덩이 속에 덩그러니 놓인, 잘린 머리가 있었다.

번쩍―

머리에서 빛이 폭발해 사방으로 하얗게 작열했다. 충격이 천지를 뒤흔들고 굉음이 울렸다. 쿵! 우르르르! 저택이 통째로 무너지는 것만 같았다. 자욱한 연기가 일어 한 치 앞도 보이지 않았다.

충격이 다소간 가시고 난 자리, 콜록! 콜록! 뻑뻑하도록 애체하게 번진 먼지에 귀희는 재차 기침을 토해냈다. 거칠게나마 숨이 쉬어지는 것을 보니 죽지는 않은 모양이었다. 그런데 바람 한 점 불지 않은 내부인데 어디선가 거인이 크게 숨을 들이켜는 것처럼 거센 공기의 회전이 있었다. 덕분에 장막처럼 두꺼운 연기가 서서히 가시기 시작했다. 귀희는 흐릿한 눈을 겨우 떴다.

"디, 디어크……."

---

*『신곡』, 단테.

그녀의 뒤에 있는 뱀파이어도 사납게 고개를 내저으며 정신을 차렸다. 그 와중에도 그녀를 고집스럽게 붙들고 있는 채였다.

크르릉! 그때, 부연 연기 너머로 사나운 울부짖음이 들렸다. 그리고 휙— 엄청난 속도로 달려온 거대한 물체가 그녀를 붙잡고 있는 뱀파이어에게 덤벼들었다. 쿵— 크르르! 검은 짐승이 하얗게 공기를 찢으며 날아와 뱀파이어의 목을 찢어발겼다. 정신을 차릴 틈도 없었다. 곧이어 강한 악력이 그녀를 잡아 세웠다. 소리를 지르며 반항하려는 찰나, 그가 누구인지 보았다.

키츠카.

그는 그녀를 데리고 달렸다. 귀희도 정신없이 따라갔다. 여기저기서 아직 형체가 남아 있는 뱀파이어들이 고장 난 기계처럼 일어서고 있었기 때문이다. 그런데 연기를 헤치고 나아간 찰나였다.

"......!"

귀희는 다급히 멈춰 섰다. 바로 발치에, 분화구처럼 거대한 구멍이 검은 아가리를 쩍 벌리고 있었다.

폭발은 거의 지하까지 미친 것 같았다. 층층이 난 구멍은 끝이 보이지 않을 만큼 까마득했다. 후우우우우— 그 구멍 아래 숨은 괴물이 숨을 쉬듯 연기가 그들의 발목을 스쳐 아래로 빠르게 빨려 들어갔다.

당황하며 키츠카를 보려는 순간, 강한 팔이 허리를 휘어 감았다. 그리고 구멍 속으로 뛰어들었다. 끝없이 까라지는 느낌에 비명도 나오지 않았다. 그런데 얼마나 떨어져 내렸을까.

턱!

강한 반동과 함께 추락이 멈추었다. 그제야 내쉬는 것마저 잊고 있던 숨을 거칠게 토해냈다. 키츠카는 그녀를 안은 채로 층의 바닥에 구멍이 나며 튀어나온 잔해를 붙잡고 있었다. 그렇게 허공에 떠 있기를 잠깐, 준비할 새도 없이 다시 몸을 날려 귀희는 낮게 비명을 터뜨렸다.

첨벙!

물보라가 솟았다. 꼭 감고 있던 눈을 슬며시 뜨자, 그가 드디어 그녀를 바닥에 내려놓았다.

참방, 물이 발목을 적셨다. 지독한 악취가 코를 찔러왔다. 뻥 뚫린 구멍 때문에 위에서 빛이 내려와서 어느 정도 앞이 보였는데, 둥근 콘크리트 천장과 한 방향으로 흘러가는 물은 하수구가 분명했다.

아득히 높은 구멍 위에서 소란스러운 발걸음 소리가 울렸다.

"이리 와."

키츠카는 바로 그녀의 팔목을 잡고 움직였다. 아니, 움켜쥐었다는 말이 맞았다. 강한 악력에 팔목이 욱신거려 왔다.

"디어크, 아파요."

첨벙, 첨벙, 시궁창 물을 헤치고 끌려가다시피 하며 작게 속삭였지만 키츠카는 뒤 한 번 돌아보지 않았다.

"참아."

차갑지도 따듯하지도 않은, 전혀 감정이 느껴지지 않는 음성. 두려운 악당 앞에서도 흘리지 않았던 눈물이 핑 돌았다. 하지만 스스로 이 상황을 만들어놓고 지금 얼간이처럼 울어버리고 싶지 않아 입술을 꾹 깨물었다.

"소용없어요."

그제야 키츠카는 천천히 걸음을 멈추었다. 하지만 그녀를 돌아보는 눈동자는 담담했다. 그녀를 탓하지도 원망하지도 않았다.

"이래 봤자 난 살 수 없어요."

"벌써 포기한 건가?"

"아뇨, 납득한 거죠. 해피엔딩? 좋죠. 가능만 하다면요. 하지만 그런 게 가능할 리 없잖아요? 모든 일이 다 잘 풀려서 영생을 얻고, 알라스테어도 처치하고, 영원히 행복하게 사는 일 따위가 있을 거라고 믿지 않고 믿기지도 않아요."

말없이 응시하는 남자를 담은 눈동자가 흐려졌다. 곧 와르르 무너질 댐처럼 균열이 가득했다.

"어차피 우리, 운은 지독하게 없는 사람들인걸요."

그럼에도 고집스러운 여자는 흔들리는 자신을 애써 내보이지 않으려고 독기로 무장했다.

"그전까지는 순진하게 믿었을지도 모르지만, 시한부 선고를 받고 나니 모든 게 분명해지더군요. 우리의 몫은 그런 게 아니었다고. 그렇다면, 내가 죽는 게 피할 수 없는 운명이라면……."

귀희는 이를 악물었다.

"당신을 이 빌어먹을 세상에 혼자 두고 가지는 않겠어요."

"네가 가자고 했다면 두 번 묻지도 않았을 거야."

그런 게 아니라는 듯이, 거칠게 고개를 내저었다.

"우리 둘이 사이좋게 가는 것만으로는 안 돼요. 우리는 데려가야 할 사람이 있잖아요."

세상에서 제일가는 바보가 있다면 아마 이 세계 자체일 것이다. 케케묵다 못해 악취까지 나는 옛날 일에 집착하느라 가장 중요한 일이 무엇인지 깨닫지도 못하는, 머리가 굳어버린 고지식한 바보였다. 세계가 해야 할 일은 적어도 지금은 조용히 살고 있는 나하쉬의 후손을 적대하는 것이 아니라, 이대로 놔두면 이 세계에 무슨 해악을 끼칠지 모르는 그 악당을 없애는 것이었다. 그런데 전근대적인 사고방식을 가진 바보가 도저히 눈을 뜰 줄 모른다면, 누구라도 그 일을 대신하는 수밖에.

"모든 걸 내 손으로 끝낼 거예요."

키츠카는 말이 없었다. 어느 순간, 손을 뻗었다. 제 손을 잡는다고 생각했지만, 제 왼손 약지에 빛나는 반지를 잡았다. 그 근처로 공간이 희미하게 물결쳤다. 그리고 그가 손을 돌리자, 반지는 온데간데없고 단검 하나가 놓여 있었다.

살아생전 본 적 없는 낯선 금속처럼 칼날은 검었다. 그리고 그 위에 음각된 이상한 글자들 위로 섬뜩하게 파르란 광채가 흘렀다.

그는 그녀에게 그 칼을 쥐게 하고, 그대로 손을 잡아 제 가슴께로 이끌었다. 예리한 칼끝은 허공에서 보이지 않는 벽을 만나 주위로 파문을 퍼뜨렸다. 물리적인 공격을 소용없게 만드는 그 능력을 알았기에 저항은 하지 않았다. 그런데 칼은 허공의 수면을 통과해, 천천히 밀고 들어갔다. 칼을 타고 저항력 너머 천과 살갗이 찢기는 느낌이 전해졌다. 귀희는 기겁해 손을 떨쳐 냈다. 하지만 키츠카는 저항에도 불구하고 그녀의 손을 잡아 강제로

칼을 쥐게 했다.

"이거면 날 죽일 수 있어."

파랗게 언 눈동자가 손안의 섬뜩한 금속보다 더욱 시리게 가슴을 헤집었다.

"이 물건 앞에서는 환술이 소용없으니까. 이걸로 여길 찌르면 돼. 바로 여기다."

손끝은 정확히 딱딱한 살갑옷 너머의 심장을 짚었다.

"내 목숨은 네게 줬어. 어떻게 할 건지는, 네 마음이야."

결국은 모두가 죽는다. 그렇지만 모두에게 아주 사소한 것이라도 태어난 이유가 있듯이 아마 자신도 태어난 이유가 있을 터였다.

처음에는 그것이 이 남자라고 생각했다. 하지만 아니었다.

오히려 그는 정해지지 않은 운명, 신이 끝끝내 허락하기를 거부한 갈림길이었다. 그를 사랑한 것은 아무도 시키지 않은 일, 오로지 자신만의 선택이었다. 그렇기에 그녀는 이 결말이 자랑스러웠다. 그 대가로 내린 벌이 언젠가는 누구나 맞이해야 하는 죽음이라면, 고개를 똑바로 들고 의연히 맞이해 줄 생각이었다.

그런데 왜 살고 싶어지는 걸까.

받아들일 준비가 되었다고, 이제 죽어도 여한이 없다고 그렇게 믿었건만 어째서 이 손안의 온기에 심장이 뛰고 삶을 소원하게 되는 걸까.

투둑…….

거짓말처럼 눈물이 볼을 타고 흘렀다. 울컥 치받혀 온 뜨거운 덩어리가 차마 입 밖으로 내뱉을 수 없었던 소망이 되어 터져 나갔다.

"디어크, 살고 싶어요."

그의 옷깃을 삶의 유일한 보루인 양 모질게 움켜쥐었다. 다리가 무너져 주저앉고 말았다. 차가운 물이 무릎을 적셔왔다. 그럼에도 개의치 않았다. 그녀는 오열 사이로 울분을 터뜨렸다.

"분에 넘치는 이야기를 한다고 벌받아도 상관없어요. 난 살고 싶어요, 당신과 함께."

갈비뼈가 으스러질 것처럼 끌어 안겼다. 더 이상 가까워질 틈은 없는데도, 그녀 또한 정신없이 그를 끌어안고 또 끌어안았다. 조금이라도 놓치면 이대로 이 남자를 잃어버리게 될까 봐 피가 통하지 않아 하얗게 질린 손으로 그를 더욱 강하게 부여잡았다.

"제발 살게 해줘요."

참 시궁창 같은 사랑이었다. 남들에게는 아침에 해가 뜨고 밤에 달이 뜨는 것처럼 당연한 사실이 그들에게는 이렇게 힘들었다. 그저 살기를, 무엇을 위해서도 아니고 살기 위해서 살기만을 바랐을 뿐인데.

"믿어."

그는 강하고 흔들리지 않는 음성으로 속삭였다. 그리고 눈을 마주한 채 볼을 부듬으며, 이제 그녀의 신앙이자 종교가 되어버린 그 눈빛으로 약속했다.

"날 믿어. 영생이 안 된다면 지옥의 문이라도 열어서 널 데려올 테니까."

그녀는 천천히 눈을 내리감았다. 눈물이 넘쳐 볼을 타고 하염없이 흘러내렸다.

한때 그녀는 이 세계에서도 저 세계에서도 갈 곳이 없는 이방인이었다. 보이지 않는 길 위에서 방황하며 갈피를 잡지 못하고 헤맸다. 하지만 처음부터 그녀가 돌아갈 곳은 단 한 군데뿐이었던 것을.

그곳은 그녀에게 있어 타락한 소돔과 고모라이자 동시에 영원과 구원을 찾는 신성한 예루살렘. 영생의 힘이 없어도 영원히 그녀를 살게 하는— 바로 '키츠카'라는 이름의 도시였다. 그리고 필멸하는 육체는 언젠가 사그라지더라도 영혼만은 그 아름답고도 견고한 난공불락의 성채도시에서 번영을 누리며 살 것이다.

13

귀희는 키츠카가 내민 손을 잡았다. 그리고 조심히 걸음을 디
며 바위를 밟고 내려갔다. 키츠카는 그녀를 들어 안아서 내려가
는 것을 도와주었다.

마침내 눈앞에 한 사람이 겨우 들어갈 수 있을 법한 바위의 틈
새가 보였다. 키츠카가 먼저 들어가서 손을 내밀었다.

동굴의 내부는 제법 널찍했다. 얼핏 1평 정도, 위치상으로 보아
도 저택 아래 바다를 마주하는 절벽에 자리해 숨기로는 안성맞춤
이었다. 하지만 바닥이 축축했다. 즉, 밀물이 들어오면 바다에 잠
기는 장소라는 의미였다. 그래도 새벽이 밝을 때까지 채 한 시간
도 남지 않았으니 추격이 끊길 때까지는 숨어 있을 수 있으리라.

울퉁불퉁한 바위벽에 등을 기대고 앉자 겨우 숨을 고를 수 있

었다. 물기 때문에 내부가 습해 낮게 몰아쉬는 숨소리가 유독 크게 울렸다. 귀희는 정적 가운데 욱신대는 몸을 끌어안고 있다가 입을 열었다.

"디어크, 혹시…… 지옥의 문을 열 수 있어요?"

물으면서도 너무 가당치 않은 질문이라 어이가 없었다. 아무리 얼토당토않은 일이 벌어지는 세계라고 해도 지옥의 문이라니……. 하지만 '그런 것'을 보고 난 후에는 묻지 않을 수도 없었다. 그건 절대 단순한 환각 따위가 아니었다.

"그래."

키츠카는 허무할 정도로 담백하게 인정했다.

"하지만 조금 달라."

"달라요?"

"내가 아니라, 내 아이가 열 수 있어."

선뜻 이해가 가지 않아 그를 쳐다보기만 했다. 그러자 그는 낮게 한숨을 내쉬었다. 그리고 이야기하기 시작했다. 여태껏 그녀에게마저 숨겨왔던 진실을.

"내가 에키드나로서 순혈이라고는 하지만, 에키드나라는 종은 이미 탄생부터 혼혈이야. 말했듯이 지상에 온 첫 번째 나하쉬가 여러 종의 여자들과 거듭 번식을 반복한 끝에 태어났으니까. 그게 에키드나가 가끔 듣도 보도 못한 특질을 가진 이형을 낳는 이유지. 하지만 개중에서도 첫 번째 나하쉬의 유전자를 순수하게 간직한 두 개체가 결합하면 나하쉬를 낳아. 내 경우지. 그리고 그 나하쉬가 여자아이를 낳으면 그건 '발라(Wala)'다."

"발라……?"

신록의 눈은 하늘 위에 고고히 떠 있는 달로 옮겨갔다. 달빛은 고대인들이 믿었던 대로 흡사 악마의 눈빛인 듯 스산했다.

"죽은 여자 예언자. 이 세계가 탄생하기 전부터 죽은 채로 존재했던, 저승과 이승 어디에도 속하지 않는 특이한 존재들이지. 그녀들은 신도 악마도 아냐. 오히려 '자연' 같은 것에 가까워."

뭐야, 그게.

귀희는 저도 모르게 생각했다.

그런 게 존재한다고? 나하쉬가…… '그런 걸' 낳는다고?

"명계는, 흔히 생각하는 땅 밑의 지하 세계가 아냐. 편의상 명계라고 부르기는 하지만 인간들이 죽어서 간다는 사후 세계와도 달라. 예전에는 생명이 다한 이류들이 가서 부활을 기다리는 중간지대였던 적도 있지만 태초의 세계가 무너지며 그곳으로 통하는 문도 닫혀 버렸지."

태초, 신들의 나라 아스가르드(Asgard)에서 발원한 수원은 거인의 나라를 거쳐 인간 세계로, 그리고 거벽처럼 솟은 천험한 준봉(峻峯)들과 다섯 개의 강, 광대한 대평원을 지나 세계의 끝까지 흘렀다. 그리고 대지가 끝나는 곳에서 거대한 폭포가 되어 귀를 멀게 하는 굉음과 함께 무저갱 아래로 쏟아졌다.

신들도 함부로 갈 수 없는 그 까마득히 깊은 곳에 고인 막대한 수량은 다시 강이 되어 굽이굽이 흘렀다. 그리고 다시 준봉들과 첩첩한 강, 황폐한 황무지를 지난 끝에야 '지옥[Hell]'이라 불렸던 어둠의 자치국에 다다랐다.

그 이름이 먼 지역을 의미하는 고유명사에 지나지 않았던 당시에는 그곳도 지상에서 발원한 수원이 지류를 타고 흘러들어가는 '세계의 일부'였다. 물론 빈말으로라도 녹음이 우거진 낙원이었다고는 할 수 없었다. 어둠과 괴물, 혹한의 나라였다. 결코 쉽게 갈 수 있는 곳도 아니었다. 하지만 오딘으로 와전된 위대한 왕이나 거인으로 육화된 전사들이 명예와 금단의 지식을 쫓아 여행했던 것처럼 살아 있는 몸을 하고도 방문하는 일이 불가능하지만은 않았다. 그런데 태초의 세계가 무너지며 사자의 인도를 받아 대하를 타고서만 갈 수 있는 길목도 막혀 버렸다.

지옥은 그렇게 그대로 내버려졌다. 강도 끊어졌다. 이제 그곳은 아무도 오지 않고 아무도 가지 않는, 영원히 시간 속에 박제된 황폐한 공간이었다.

무너진 문 너머로 갇혀 버린 그 세계가 지금은 어떤 모습을 하고 있고 어떤 존재들이 사는지는, 그로서도 알지 못했다.

"이제는 그곳으로 가는 일도 오는 일도 불가능해. 하지만 어떤 세계의 법칙에도 구애받지 않는 기이한 존재인 발라는 그때나 지금이나 유일하게 저승과 이승을 마음대로 오갈 수 있지."

하나인 동시에 여럿이기도 한 그 기묘한 존재들 사이에서 최초의 나하쉬는 눈을 떴다. 그때 이미 세계는 어떤 천체도 빛나지 않는 침침한 하늘 아래 정체된 고독한 곳이었다. 어떤 존재나 생명도 없었다. 하지만 그 또한 거의 암석 같은 의식밖에 가지지 못했기에 그곳에서 잠들었다 깨어났다 하며 수백, 수천, 어쩌면 수만 년의 세월을 보냈다. 그런데 어느 순간 머릿속을 울리는 신비한 음성을 듣고 일어났을 때, 그는 폭풍이 몰아치는 어두운 황야를 건너고 있었다.

영원히 끝나지 않을 것 같은 황야를 건너는 동안 음성은 계속해서 뇌리를 울려왔다.

《문을 열어라.》

어떤 언어도, 어떤 소리라고도 형용할 수 없었다. 지상의 언어로 번역하는 것조차 불가능했다. 떠올리면 의미는 아주 단순했으나 정작 말로 내뱉으려고 하면 되지 않았다. 지금에 와서야 별과 달, 행성, 대지, 사물을 포함하는 우주 만물의 운행에 관한 지식을 지니고 있으면서도 오히려 생물이라기보다 자연의 일부이기에 절대 침묵하는 발라로서의―그 핏줄로서의―본능이 아닐까 짐작할 뿐이었다.

그 음성은 결코 단순한 생물의 것이 아니었으니까.

"나하쉬는 그 발라를 낳을 수 있어. 애초에 나하쉬부터가 발라의 자식이니까."

"그리고 그 아이가 지옥의 문을 열 수 있는 거구요."

"임신했을 가능성이 있나?"

그래서 알라스테어가 그런 이상한 질문을 했던 것이다. 이 사실을 알고……. 하지만 키츠카가 그녀에게도 이야기하지 않고 지켜온 비밀을 어떻게? 아니, 어떻게 알았는지는 차치하고라도 어째서 이 오랜 세월 가만히 있다가 이제 와서야……

'그 남자.'

귀희는 일순 계시를 받듯이 깨달았다. 끝까지 그늘에 숨어 있던, 정체를 알 수 없는 그 남자. 그래, 바로 그가 정보의 출처였으리라. 그를 만나기 전까지는 알라스테어도 이 사실을 몰랐던 것이다. 그렇다고 해도 문제는 알라스테어는 도대체 왜 지옥의 문 같은 것을 열려고 하는가, 그것이었다.

"그것도 조금 달라."

귀희는 의아한 눈으로 그를 보았다. 다르다고?

"나하쉬가 낳는 발라는 정확한 의미에서 발라가 아냐. 살아 숨쉬는 육체를 가진 발라라니, 있을 수가 없지. '그건' ……."

그로서도 섣불리 어떤 단어를 써서 묘사해야 할지 알 수 없는지 생각을 거듭했다. 하지만 '그건' 이라는, 지극히 거리감을 가진 대명사만으로도 그 미지의 존재에 대한 강렬한 이질감을 느낄 수 있었다.

"존재만으로도 이승과 저승을 관통할 수 있기 때문에 발라는 굳이 '문' 이라는 것을 열 필요가 없어. 하려고만 한다면 당연히 가능하겠지만, 발라는 그런 일은 하지 않아. 타인의 명령을 받고서는 더더욱. 하늘이 누군가의 말을 듣고 비를 내리거나 태양이 빛을 내지 않듯이. 하지만 순리를 거스르지 않는 발라로서의 초의식이 없는 단순한 전사체라면 어떨까."

소름이 끼쳤다. 시체 조각을 짜 맞춘 역순(逆順)의 육체로 살아난, 존재한 전례가 없었던 기이하고도 두려운 존재인 프랑켄슈타인 박사의 괴물이 떠오르고 만 것은 불가항력이었다.

"그건 어떤 죄의식이나 위기감도 없이 필요하다면 얼마든지 저승과 이승 두 세계를 연결할 수 있는……."

뒤이어 나올 말을 예감한 듯, 가슴을 감싼 뼈의 갑옷 속에서 심장이 쿵쾅대며 뛰었다.

"'지옥의 문' 그 자체다."

"그게 지옥의 문이라는 건가?"

들려온 목소리에, 창가에서 밤바다를 내려다보고 있는 남자가 흘긋 뒤를 돌아보았다.

"아뇨, 지옥의 문이 열리는 원리는 전에 설명해 드린 그대로입니다. 방금 제가 쓴 방법으로는 아주 짧은 동안에만 공간을 강제로 비집어 열 수 있을 뿐입니다. 일종의 공간마법이니까요. 물론 키츠카 씨의 능력과는 많이 다르죠."

"짧다 해도 한 사람 정도는 들어갈 시간이 되지 않나?"

남자는 단호히 고개를 내저었다.

"'틈'과 '문'은 다릅니다. 제대로 된 문을 통해서가 아니면 저승과 같은 영체가 아닌 한 아무도 통과할 수 없습니다. 반대도 마찬가지죠. 우리와 같은 육체가 없으면 이쪽으로 올 수 없습니다. 말씀드렸다시피 그런 제약 없이 저승과 이승을 이을 수 있는 존재는 발라뿐입니다."

그 기이한 찰흙덩어리 같은 것들이 아무리 발악을 해도 손끝 하나 넘어올 수 없었던 모습을 본 이상 납득할 수 있었다. 하지만 그렇기에, 필요에 의해 동업을 하고 있으면서도 이 모든 것에 대한 지식을 가진 남자가 더 수상했다.

"너희는 어떻게 그런 마법까지 쓸 수 있는 거지?"

남자는 화사한 얼굴로 빙그레 웃었다.

"기업 비밀입니다. 저희도 먹고는 살아야죠. 뭐, 비즈니스 파트너로서 의리에 한 가지만 알려 드리자면, 태초에는 어느 정도 자격만 갖추면 지옥에 갈 수 있었습니다. 물론 괜히 지옥은 아니어서 추천할 만한 여행지는 아니었지만 아예 갈 수 없는 곳은 아니었다는 말이죠. 위쪽 세계와 지옥을 잇는 실질적인 '길'이 있었으니까요. 일종의 '오케아노스*' 같은, 바다보다도 크고 깊은 강을 타고 가면 가능했던 것 같더군요. 하지만 태초의 세계가 멸망할 때 일어난 대화재 때문에 그 강까지 말라 버렸죠. 아무튼 우리는 그 강의 원리를 아직 잊지 않고 있을 뿐입니다. 끊어져 버린 공간 사이의 길을 짧게나마 연결하는 방법이죠."

알라스테어는 그 이야기들의 진정성을 가늠해 보듯 한동안 말이 없었다.

"발라, 정말 낳을 수 있는 건가?"

"확률은 처음부터 반반이었습니다. 가능할 수도, 불가능할 수도 있습니다. 그 확률을 믿고 도박을 할지 말지는 온전히 당신의 선택입니다. 그만두시겠다면 전 이만 물러가죠."

달변에 감탄했을까, 알라스테어는 픽 웃음을 토하더니 몸을 돌렸다.

핑— 핑핑핑—

---

* Oceanos: 그리스 신화에서 원반상으로 생각된 대지를 둘러싼 대하(大河).

신호는 사방으로 퍼졌다. 절대 그를 배신할 일이 없는 충실한 인형들이 움직일 시간이었다. 어차피 지금으로서는 큰 소득이야 없을 테지만, 아침이 밝을 때까지 두 사람을 괴롭힐 수는 있으리라.

남자는 물끄러미 그 모습을 보다가 말했다.

"왜 이렇게까지 하느냐고 묻지 않으시는군요."

알라스테어는 다른 사람이었다면 말을 꺼낸 것 자체를 후회할 만큼 비웃는 눈으로 그를 보았다.

"의외로 생색을 내는 편이었군. 굳이 그런 인사치레까지 해야 하나? 네 녀석이 정말 순수한 마음으로 날 도우려는 거면 모르겠다만."

남자는 피식 웃고는 말이 없었다. 알라스테어는 그를 무시하고 밖으로 나섰다.

"하지만 나하쉬는 예외 없이 늘 남자아이를 낳아. 여자아이가 태어난 적은 한 번도 없지."

"지금까지 단 한 번도요?"

키츠카는 고개를 끄덕였다.

"발라가 태어났었다면 이 세계가 지금처럼 평온할 리 없으니까."

귀희는 입을 다물었다. 어쩐지 이제야 모든 상황들이 이해가 가면서도 이 엄청난 정보를 쉽게 소화할 수 없었다. 자신이 알고 보니 여신의 후예였던 상황에서야 무엇이 더 놀랍겠냐마는, 신기하게도 여전히 놀라웠다.

"너무 엄청난 이야기라 오히려 현실감이 없어요."

태초, 대하, 지옥……. 평소라면 잘 쓰지도 않을 단어들이 너무 방대하고 관념적이어서 제대로 와 닿지도 않았다.

"나도 마찬가지야."

이런 이야기여서 여태 그녀에게도 숨겨왔다면 얼마든지 이해할 수 있었다. 본의 아니게 알게 돼버린 지금도 그냥 모르는 상태로 돌아가고 싶었다. 하지만 늘 그렇듯, 시간을 되돌릴 수 없는 한 앞으로 나아갈 수밖에 없지 않은가.

"혹시 또 내가 모르는 게 있어요?"

"있어."

그가 너무 확언을 해서, 귀희는 불안해졌다.

"뭔…… 데요?"

키츠카는 잠깐 말이 없었다. 그사이에 귀희는 더욱 불안해졌다. '지옥의 문' 그 자체나 다름없는 존재를 낳을 수 있다는 사실까지 털어놓은 마당에 이렇게 말하길 주저하는 이야기라면 도대체 어떤…….

"나…… 사실 채식을 좋아하지 않아."

"네?"

"먹을 때마다 가끔은 미칠 것 같아. 에키드나한테 채식이라니, 고문이 따로 없지. 그거 알아? 어렸을 때는 장로님 몰래 텃밭에 가져다 버린 적도 있어. 그래도 결국은 배가 고파서 먹게 됐지만."

"그럼…… 먹지 말아요……."

무어라 해야 할지 몰라 흐리게 웃으며 말하자, 키츠카는 작게 어깨를 으쓱였다.

"글쎄, 이젠 버릇이 돼버려서."

알 수 있었다. 그녀가 이 상황을 너무 심각하게 받아들이지 않았으면 해서 그답지 않은 농담을 한 것을. 물론 어느 정도 진심은 섞여 있겠지만……

귀희는 손을 뻗었다. 그리고 그의 얼굴을 감싸 안고 그녀를 마주 보게 했다. 그는 고요한 눈동자로 그녀를 응시했다.

"그래서 나하쉬에게 미혹의 능력이 있었군요."

어떤 여자든 제 뜻대로 할 수 있도록…….

마치 암브로시아가 생존에 유리하도록 빨리 움직일 수 있는 육체를 가지고, 뱀파이어가 흡혈을 하는 데 용이하도록 긴 송곳니를 가지고, 새가 날개를, 토끼가 빠른 다리를, 사슴이 뿔을 가지게 됐듯 나하쉬 역시 생존과 번식에 유리하도록 그 능력을 가지게 됐으리라. 그리고 이 선악과가 녹아 흐르는 듯 붉은 머리칼과 치명적인 독의 빛깔을 지닌 눈동자도.

그래, 미혹의 능력이 없어도 어떤 여자가 이 매혹적인 머리칼과 눈동자를 거부할 수 있을까. 애초에 그녀들에게 사랑받기 위해 만들어진 이 육신을…….

"정말 마력 때문에 당신을 사랑한다고 느끼는 걸까요?"

그는 대답하지 않았다. 이제 와서야 그럴지도 모른다는 생각에 두려워진 듯. 귀희는 정말 일부러 그런 목적으로 만들어두었다고밖에 볼 수 없는 아름다운 얼굴을 쓰다듬으며 속삭였다.

"하지만 그러면 어때요. 우리는 모두 무언가에 미혹돼요. 상대의 외모, 상대의 말투, 상대의 성격……. 무언가가 있어야만 상대에게 사랑을 느끼잖아요. 마력 또한 당신의 것인데…… 그것에 홀렸다 한들 뭐가 잘못된 건지 모르겠어요."

어느 철학자가 이야기했던가. 인간은 자신에게 나쁜 일은 결코 하지 않는다고. 일견은 나쁜 일처럼 보여도 어떤 면에서는 꼭 좋기 때문에 하는 거라고.

설령 나하쉬에게 미혹되어 목숨이 위험해지더라도, 아주 희박한 확률로라도 지옥의 문을 열 수 있는 아이를 낳을지 모른다고 해도, 그 모든 위험을 상쇄할 정도로 무언가가 좋기 때문에 그녀는 이 남자를 선택했을 터. 그리고 그건 아마…….

"가장 뛰어난 유전자를 지닌 이성에게 끌리는 건 이류와 인간을 포함한 모든 동물의 본능이지."

키츠카는 말했다.

"하지만 나하쉬에게는 아예 그렇게 되도록 처음부터 정해져 있어. 스스로 원하지 않아도 능력이 알아서 해주니까."

처음 시작은, 열다섯 살. 그 이후로도 적지 않은 여자가 그에게 미혹되었다. 대대로 에키드나에 대한 적개심을 교육받은 페나 마녀들도 예외는 아니었다. 남성은 본능적으로 나하쉬를 적대하지만 여성은 어느 종이라도 그 마수에서 자유로울 수 없었다. 그건 하늘이 하늘이고 바다가 바다이듯 당연한 사실이었다. 하지만…….

키츠카는 그녀의 얼굴을 감싸 안고 속삭였다.

"하지만 네가 나에게 웃어주지 않았다면 난 널 찾지 않았을 거야."

그건 아마 그의 다정함.

이 온기와 세상 모든 것을 맞바꾸었다. 불공정한 물물교환이었지만 그녀는 조금도 손해를 보지 않았다. 오히려 손해를 본 것은 이 온기를 그녀와 맞바꾼 세상일 테니까.

그녀는 그에게 키스했다. 그 또한 그녀에게 입 맞추었다. 혀가 얽히고, 팔이 얽히고, 다리가 얽히고, 영혼까지 얽혀들어 하나가 되었다. 연리지와 비목어는 두 몸이 한 쌍이었지만 그들은 그저 하나였다. 하나의 폐로 숨을 쉬고, 하나의 심장으로 박동치고, 하나의 피부로 열락을 느꼈다.

태양신의 검에 찔려 거인이 흘린 생명의 영액(靈液)인 듯, 새벽 물이 동굴의 입구에 잦아들었다. 바다가 물결쳤다. 안락한 동굴 속으로 보랏빛으로 물결치는 파도가 밀려들었다. 그리고 어머니의 양수처럼 두 연인을 감싸 안아왔다.

밀려드는 바닷물과 함께 생명력이 그녀에게 밀려들었다. 뜨겁고 힘찬 생명력이었다. 그 자체만으로도 그녀를 영생하게 할 것 같은 열기를, 여자는 온 힘을 다해 받아들였다. 밀려오고, 쓸려가고, 밀려오고, 쓸려가고……. 규칙적인 자연의 리듬과 함께 두 육신은 배어 나온 끈끈한 점액에 휩싸여 한 마리의 유충인 듯 서로에게 녹아들었다.

내지르는 비명은 세상에 다시없을 환회의 것이다. 바다의 만조(滿潮)와 함께 그녀는 대지의 자궁에서 다시 태어났다. 신의 눈을 닮은 서색 빛의 파도에 안겨.

14

햇살은 뜨거웠다.

사방은 온통 황량한 황토빛 사막, 피어오르는 아지랑이가 어지럽게 춤추었다. 지평선까지 내뻗은 검은 고속도로 위에는 개미 그림자 하나 보이지 않았다. 물기 하나 없는 땅 위에 걸을 때마다 터벅터벅 찍히던 물 발자국도 이제는 바싹 말라 버렸다.

귀희는 아득한 시선을 들고 중얼거렸다.

"끝이 없네요……."

옆에서 걷고 있는 키츠카도 지평선을 바라보았다.

"그렇군."

그는, 실로 난생처음 보는 몰골이었다. 젖은 옷이야 이미 말랐지만 와이셔츠는 단추를 세 개나 잠그지 않았고, 코트는 걸치고는 있지만 앞섶은 완전히 풀어 헤쳤다. 역시 젖었다 마른 머리는 거의 야성적이었다. 건들면 베일 것같이 단정하던 평소의 모습은 어디에도 없었다.

다행히 탈출은 순조로웠다. 해가 뜨면 인간의 몸을 사용하고 있는 알라스테어를 제외하고 모든 뱀파이어들은 잠들 테니 아침이 되기를 기다렸다가 동굴에서 나왔다. 하지만 도로에 들어선 순간부터 문제는 시작되었다. 키츠카가 차를 타고 오지 않았기 때문이다. 물론 환각을 쓸 수도 있지만 그 능력도 무적은 아니라서 자신이 아닌 생물—귀희 자신—을 데리고 이동을 하는 데는 무리가 있는 모양이었다. 또 낮이니까 섣불리 능력을 쓰다가 누구의 눈에 띌지 몰랐다. 그래서 걷다가 히치하이킹이라도 하려고 했는데, 문제는 이런 외지에는 다니는 차도 없다는 점이었다.

그런데 갑자기 피식 웃음이 났다. 이유를 묻듯 그가 시선을 보냈다.

"아뇨, 그냥 갑자기 우스워서요. 이러고 있는 게."

"그래? 난 좋은데."

아득히 먼 태양이 하얗게 작열하고, 광활한 땅은 고요하고도 숨 막히는 자연의 존재감을 내뿜고 있었다. 신이 배합하지 않고서야 나올 수 없는 색을 한 새파란 하늘에는 삐익— 독수리가 크게 울면서 비상했다.

"살아 있는 것 같아."

아이러니하게도 선대들이 온갖 역경과 배척을 이겨낸 덕분에 이제는 완전히 지상에서의 존재가 안정되었음에도 불구하고, 그는 한 번도 실제로 이 세계에서 살고 있다는 느낌을 받은 적이 없었다. 언제나 한 꺼풀 얇은 장막 너머에 있는 느낌이었다.

심지어 아비게일의 죽음 앞에서도 그는 방관자였다. 그녀는 그나마 늘 그를 감싸고 있는 장막으로 가장 가까이 다가온 존재였지만 그래도 장막 너머에 있었다. 그녀도 그것을 알았는지 아니면 제 일에 정신이 팔려 다른 데 신경 쓸 여력이 없었는지 더 이상 요구하지도, 다가오지도 않았다.

"디어크, 우리 살아요."

귀희는 말했다.

"아무도 원하지 않으니까 우리만은 우리를 버리지 말아요. 그래도 끝내 안 된다면, 보란 듯이 같이 세상을 버려주자구요. 우리가 버리는 거예요."

키츠카는 희미하게 웃었다.

"지옥도 그렇게 생각만큼 나쁜 곳은 아니야."

"가본 적 없잖아요."

"기억은 하니까."

어쩐지 이런 엄청난 대화를 전혀 엄청나지 않게 하고 있는 게 우스워 또 웃음이 나왔다.

"근데 디어크, 아까 영생이 안 되면 지옥의 문이라도 열어서 절 데려온다고 했잖아요."

"그래."

"지옥의 문을 어떻게 열려고요?"

그래, 지옥의 문은 그가 아이를 낳아야만 열 수 있으니까…….

사실 아까부터 신경이 쓰였는데 차마 묻지 못하다가 말이 나온 김에 물었건만, 키츠카는 대답이 없었다. 그러다가 툭 한마디한다는 게 이랬다.

"넘어가지."

귀희는 피식 웃어버렸다. 뭐, 더 이상 곤란하게 만들지는 않기로 할까. 만약 정말 그녀가 죽으면 그가 생각조차 하기 싫은 '무슨 짓'을 해서라도 지옥의 문을 열고 말 테니 절대 죽으면 안 되겠다고 생각할 따름이었다.

그때였다. 저 멀리, 카키색 지프 한 대가 달려왔다. 귀희와 키츠카는 멈춰 서서 차가 다가오기를 기다렸다.

"세워줄까요?"

이런 장소에서 짐 하나 소지하지 않은 둘은 아무리 봐도 수상한 몰골이었다. 생각이 있는 여행자라면 세워줄 리가 없었다. 하지만 모래바람을 일으키며 달려온 지프는 정확히 그들 앞에 멈춰 섰다. 그리고 조수석에 앉은 남자가 꼭 옛날 말보로 담배의 광고에나 나올 법한 모습으로 뭉근한 바람결에 풍성한 머리카락을 흩날리며 선글라스를 내리더니 말했다.

"이봐, 어디까지 가? 같은 방향이면 태워주지."

귀희는 안도의 한숨을 내쉬었다.

"리처드."

운전대를 잡고 있는 루카의 모습도 보였다. 비록 그는 꼭 억지로 끌려와서 골이 난 아이처럼 그들을 본 척도 하지 않았지만.

리처드는 어깨를 으쓱였다.

"아라한테 엄청 혼났다고요, 이 녀석. 덕분에 오랜만에 그 괄괄한 성질 구경 한번 제대로 했지 뭐야. 당장 두 사람 찾아오라고 엄청 혼나고 쫓겨났으니까 좀 봐줘요."

아라가? 무조건 순종하는 아내상은 아니지만 그래도 보통 루카가 하는 말이라면 특별히 토를 달지 않는 모습만 봐왔기에 귀희는 아라가 그랬다는 게 퍽이나 의외였다. 물론 그 말을 듣고 루카가 순순히 그들을 찾으러 나왔다는 것도.

"일단 타요."

둘은 차에 올라탔다. 차가 출발하자, 활짝 열어둔 창문으로 뜨거운 바람이 불어들었다. 노곤한 몸이 차의 좌석에 파묻히는 것만 같았다. 정신없이 잠이 몰려왔다. 그에 사막에 안긴 것 같은 기분으로, 귀희는 묵직한 눈꺼풀을 내리감았다.

정말 많은 일이 있었다. 돌이켜보면 이게 전부 이번 생에서 일어난 일이 맞나 싶을 정도였다. 물결치는 카리브해가 보이는 곳에서 키츠카를 만났고, 별빛 아래 자신의 비밀을 알게 되고, 섬처럼 우뚝 솟은 성채도시로 가고, 사랑을 하고, 울고, 성장을 했다. 그리고 시골 할머니의 집처럼 사랑스러운 저택에서 살며 공주님 같은 기분도 느껴보고 좋은 사람들을 만났다.

좋은 일도 많았지만 참 많이 울었고 힘들었다. 누군가에게서 다시 삶을 살겠느냐고 질문을 받으면 선뜻 대답하지 못할 것 같았다. 하지만 결국 주저하면서도, 그녀는 고개를 끄덕이고 말 것이다.

한 번 살고 끝내기에는, 이 강렬하게 살아 존재하는 느낌을 도저히 놓을 수 없을 테니까.

"뭐야."

리처드는 사막의 바람을 한껏 음미하다가 백미러를 보고 피식 웃어버렸다. 루카도 흘긋 뒤를 돌아보았다.

"꼭 애들 같군."

어느새 귀희에 심지어 키츠카까지, 서로에게 고개를 기댄 채 잠들어 있었다. 강렬한 사막의 바람 속에 고단한 두 연인은 몹시도 평온해 보였다.

끽.

차가 멈추는 느낌에 귀희는 잠에서 깨어났다.

"자, 도착했습니다요. 안에 들어가서 편안하게 자라고."

몽롱한 눈으로 밖을 보자 베르티 저택이 아니었다. 관목과 숲으로 둘러싸인 한적한 곳에 나무로 지어진 2층 건물은 일반 가정집으로 보였다. 흔들의자가 놓인 덱* 위에는 토종개 한 마리가 느긋하게 누워 쉬는 중이었다. 의아함에 돌아보자 리처드는 미안하다는 얼굴로 웃었다.

"아이들이 있으니까 아무래도 장소를 옮기는 편이 좋을 것 같아서요."

이해한 귀희는 고개를 끄덕이고 차에서 내렸다. 인기척에 쫑긋 귀를 들고 일어난 개가 꼬리를 흔들며 그들에게로 뛰어왔다.

---

* 집 후면에 마루처럼 앉아서 쉴 수 있게 만들어놓은 곳.

"들어가 봐요, 아라가 기다리고 있으니까."

"저, 아라 언니…… 많이 화나셨죠?"

"글쎄."

운전석에서 내린 루카가 먼저 들어가며 덧붙였다.

"화가 났으면 다행이지."

무심한 등을 보며 의미를 곱씹고 있는데, 리처드도 먼저 지나쳐 가며 설명을 곁들였다.

"아라가 제일 무서울 때는 화를 내지 않을 때거든요."

낮은 계단을 올라 안으로 들어가자, 거실 소파에 앉아 있던 아라가 고개를 들었다. 그 반대편에 앉은 에블린도 얼른 돌아보았다. 죄인처럼 주눅이 들어 들어오는 귀희를 발견한 얼굴에 안도감과 분노가 빠르게 지나갔다. 당장에라도 벼락같이 소리치며 자신을 꾸중할 것만 같아 귀희는 차마 인사말조차 건네지 못했다.

"아가씨 왔어요?"

하지만 아라는 전혀 아무렇지 않은 얼굴이었다. 꼭 잠깐 외출했다가 온 그녀를 반기듯 웃으며 '많이 배고프죠? 먼저 뭐라도 먹을래요?' 하고 물었다. 그리고는 정말 뭐라도 만들어주려는지 부엌으로 갔다. 귀희는 '아……' 소리를 내며 굳어 있다가 얼른 그녀를 따라갔다.

"저, 언니…… 죄송해요."

"네? 왜요?"

막 찬장에서 냄비를 꺼낸 아라는 정말 그녀가 왜 사과하는지 모르겠다는 표정을 지었다.

"그건……."

"왜 저한테 미안해요? 전 어차피 아가씨와 어쩌다 동족으로 태어난 것밖에 공통점이 없는걸요. 피차 관계없는 타인 아니겠어요?"

다정한 어조이되 그래서 더 서슬 퍼런 구밀복검의 말에 귀희는 어깨를 움츠리고 말았다. 역시 뒤따라온 에블린은 문가에서 '으와, 너무한다. 한창때의 나도 그렇게까지는 이야기하지 않았는데' 라고 중얼거렸다. 하지만 아라는 개의치 않고 냉장고에서 재료들을 꺼내와 태연히 식사를 준비했다.

"뭐가 미안해요? 환각 능력을 지닌 키츠카 씨도, 악력으로 뱀파이어의 머리를 부술 수 있는 루카도, 공간이동을 할 수 있는 에블린도, 이래 봬도 10년 넘게 헌터 생활을 해온 저도 다 제쳐 두고 아가씨 혼자 뱀파이어 소굴로 쳐들어간 거요?"

그건 그들의 능력에 대한 자랑이 아니라, 얼마나 귀희가 현실을 모르고 행동했는지 일깨워 주기 위해 고의로 더 꼬집어 이야기하는 것이었다. 확실히 귀희는 자신이 얼마나 안일했는지 새삼 깨달을 수 있었다.

"미안해할 거 없어요. 인생 어차피 혼자 사는 거잖아요. 뭐, 하나 애석한 건 그러다 죽으면 그거야말로 개죽음이라는 걸 아가씨가 모른다는 걸까요."

귀희는 차마 말을 할 수가 없었다. 그런데 고개를 수그리고 있는 그녀는 알지 못했지만 속사포처럼 차가운 말을 뱉어내던 아라의 표정이 갑자기 변했다. 고개를 숙여 드러난 하얀 목덜미에 남은 상처 때문이었으리라.

"그래서 화가 나요. 그런 아가씨가 나 어릴 때 같아서."

당장에라도 울어버릴 듯 울분에 찬 음성, 귀희는 천천히 고개를 들었다.

"나누고 싶지 않은 짐을 억지로 나누라고 하지는 않아요. 아무리 작은 짐이라도 남에게 지우고 싶지 않은 기분 아니까요. 하지만 죽으러 가지만 말아요. 죽으면, 정말 다 끝이니까."

"……."

"그렇게 다 말해 버리면 정작 내가 할 말이 없어지잖아."

그때였다. 갑자기 들려온 목소리에 귀희는 멈칫했다. 정말 자신이 제대로 들은 건지 확신할 수 없어 한참이고 굳어 있다 천천히 돌아보자, 영화처럼 느리게 문이 열리고 그리운 향기가 물씬 다가왔다. 입술 사이로 신음 같은 부름이 새었다.

"헥터 아저씨……."

헥터는 눈가에 주름을 잡으며 희미하게 웃었다. 천천히 그쪽으로 향하던 걸음이 이내 달음박질이 되었다. 그 너른 품에 뛰어들었다.

아무것도 해결된 것은 없는데도 해일처럼 밀려오는 안도감에 울음이 터졌다. 아름드리나무 같은 든든한 팔은 그녀를 강하게 안아주었다.

"괜찮아, 이제 다 괜찮을 거야."

단순한 위로였으나, 그립고 그리운 여인의 그림자가 느껴지는 말에 귀희는 더욱 울음을 참을 수 없었다.

"아가씨."

이어서 따듯한 손이 어깨에 다가왔다.

"우리 암브로시아는 어차피 이 시대에는 맞지 않는 존재예요. 이미 오래전에, 태초의 세계가 멸망할 때 같이 사라져 버렸어야 했는데도 끈질기게 살아남았죠. 하지만 살아남은 게 비난받아야 할 일은 아니잖아요. 그러니까 살아남아요. 아무도 비난할 수 없도록."

귀희는 정신없이 고개를 끄덕였다. 그리고 약속하고, 또 약속했다.

"네, 네…… 네……."

"이제 어떡해야 하죠?"

한바탕 폭풍이 지나고 나자, 아라가 말했다.

"잠깐, 돕겠다는 건 아니겠지."

아라는 루카를 의아한 눈으로 보았다.

"무슨 소리야? 당연히 도와야지."

루카는 귀찮아하는 기색이 역력한 얼굴로 쯧, 혀를 내찼다.

"적당히 좀 해. 오지랖도 정도가 있어."

"그렇다고 우리랑은 상관없는 일이라며 내버려 둘 수는 없잖아."

"내버려 둬. 우리는 할 만큼 했어."

그때까지만 해도 아라는 루카를 설득해 보려고 최대한 회유조로 이야기했지만 그가 그렇게까지 말했을 때는 입가가 굳기 시작했다.

"뭐를? 아가씨를 혼자 가게 내버려 둔 거? 그건 더 간섭하기 귀찮으니 가서 죽든지 말든지 알아서 하라는 거나 마찬가지였잖아."

"그래, 맞아."

루카는 조금도 주저하지 않고 냉담하게 인정했다. 그에 아라는 새삼 충격을 받은 얼굴이었다. 귀희는 불안해졌지만 애초에 이런 상황을 만든 장본인이 섣불리 나설 수가 없었다. 그래서 다른 이들에게 도움을 청하는 시선을 보냈지만 예상대로 키츠카는 부부간의 일에 끼어들 생각이 전혀 없는 모양이었고, 루카를 처음 만나는 헥터로서는 상황이 잘 이해되지 않아 어리둥절한 기색이었다. 하지만 외부인인 둘은 그렇다손 치더라도 그나마 믿을 만한 레인스터 부부마저도 어깨를 으쓱일 따름이었다.

"당신은 아가씨가 불쌍하지도 않아? 최소한의 연민이나 동정심도 없는 거야?"

"왜 그런 걸 가져야 하지? 제 몫도 책임지지 못해서 남에게 민폐나 끼치는 덜떨어진 녀석을 따라다니며 뒤치다꺼리나 할 정도로 난 한가하지 않아."

귀희는 움찔했다. 설사 보편적인 불특정다수를 두고 이야기했다고 해도 분명 그 집합에 자신이 속한다는 사실을 눈치챘기 때문이다.

"보통 그런 걸 두고 '도움을 청한다'고 해. 당신이 리처드에게 도움을 청했듯이."

아라는 무언가를 굉장히 참는 기색이었다. 하지만 본성 자체가 차가운 남자는 지금만큼은 사랑하는 아내에게도 가차 없었다.

"그만큼 대가를 치렀지."

그 대답에는 아라도 더 할 말을 찾을 수 없는 것 같았다. 그가 한 대 걷어차기라도 한 것처럼 굳어 있더니 얼핏 떨리는 목소리를 내었다.

"당신…… 왜 그렇게 이기적이야?"

귀희는 더 이상 방관하고 있을 수만은 없었다.

"잠깐, 싸우지 마세요……."

그들 사이를 가로막으며 말렸으나 둘은 아예 그녀가 보이지 않는 것 같았다.

"이런 놈인 거 몰랐나?"

아라는 귀희를 말리기는커녕 혼자 가는 일을 도와주기까지 한 루카가 왜 그랬는지 십분 이해할 수 있었다. 하지만 그가 결코 그녀에 대한 동정심이나 인도주의 차원에서 행동하지 않았을 것은 분명했다. 그런 남편의 차갑고 계산적인 본성을 새삼 깨닫고 실망했기 때문이리라.

"그래, 알았지만 나랑 10년을 살고도 여전한 당신을 보니 기가 막혀!"

결국 아라는 폭발하고 말았다. 여태까지의 온화한 모습은 온데간데없이, 그야말로 입에서 불길을 토했다. 그 노기를 고스란히 받은 루카의 눈빛도 변했다. 하지만 단순히 아내가 그에게 소리를 질렀다는 사실 자체보다―오히려 그 점에는 대해서는 조금도 놀란 것 같지 않았다—그 말이 암시하는 의미 탓 같았다. 고요하던 푸른 눈동자에 실제로 탁, 새파란 불꽃이 튀었다.

"내가 변하길 바랐나?"

"변하길 기대했다면 당신처럼 머리까지 근육으로 된 파시스트는 애초에 쳐다보지도 않았어. 하지만 그 입으로 날 사랑한다고 말했을 땐 최소한 타인에 대한 연민 정도는 가지게 된 줄 알았어!"

루카는 꾹 탁자를 짚었다. 그리고 위협적으로 몸을 낮추며 잇새로 으름장을 놓았다.

"난 널 사랑한다고 했지, 전 인류를 상대로 봉사하겠다고 한 게 아냐."

귀희는 자신이라면 그 눈빛 앞에서는 달아난 이성도 곧바로 돌아올 것 같았건만, 다정한 엄마이자 순한 아내인 줄로만 알았던 아라는 거의 뱀파이어 사냥에 나선 사냥꾼처럼 눈에 독기를 번뜩였다. 부부의 어느 쪽이 더 무서운지는 감히 결정할 수 없었다.

"인류를 상대로 그러라는 게 아니잖아. 최소한……."

루카는 허리를 폈다. 그리고 아라를 향해 얼핏 경멸까지 섞인 눈빛을 던졌다.

"너도 변하지 않았어. 여전히 같잖지도 않은 영웅주의에 젖어 있어. 모두 네가 어떻게 해주지 않으면 제 목숨조차 챙기지 못하는 얼간이인 줄 아는 오만함은 그대로야."

역린을 건드리고 말았을까, 울컥한 아라는 참을 새도 없이 그에게 손을 날렸다. 하지만 루카는 너무나도 쉽게 그 손목을 잡아냈다. 아라가 팔을 당겼지만 루카는 오히려 힘을 더하면서 그녀를 차갑게 타오르는 눈으로 마주 보았다. 아라는 말 그대로 으르렁대며 이를 드러냈다. 그 순간에는 그들이 서로 사랑하는 사이라는 사실을 믿을 수 없을 정도였다. 그야말로 일촉즉발의 순간이었다.

타앙!

총성이 울렸다. 모두는 깜짝 놀라 분분히 물러서고 루카는 본능적으로 아라를 당겨 제 등 뒤로 감추었다. 하지만 천장을 향해 총을 들고 있는 인물을 본 순간 기가 차다는 표정을 숨기지 못했다.

귀희는 총구를 천천히 내렸다.

"베르티 씨, 그게 아니잖아요."

사랑하는 만큼 싸움도 살벌하게 하는 부부를 말리기 위해서는 달리 방법이 없었다.

"당신한테는 무엇보다 가족이 중요한 것뿐이잖아요."

루카는 그녀에게로 성큼 다가왔다. 그러자 여태까지는 그래도 흥미로운 구경을 하듯 방관하던 좌중의 분위기 또한 급변했다. 헥터는 움찔하며 허리춤을 짚고, 아라와 레인스터 부부도 어렴풋이 긴장했다. 그리고 귀희는 그 누구보다도 빠르게 어느새 제 등 뒤에 와 있는 인기척을 느꼈다. 모두가 꼭 루카를 뱀파이어 대하듯 했지만, 루카는 개의치 않고 그녀를 향해 위협적으로 고개를 내렸다.

"건방떨지 마, 꼬마."

귀희는 루카를 빤히 쳐다보았다.

문득 사랑이란 참 불가사의한 것이라는 생각이 들었다. 그가 도와준 것은 별개로 치고, 자신이라면 이런 남자를 사랑하는 일은 도저히 불가능할 것 같은데 아라는—지금은 그에게 분노하고 있더라도—기꺼이 그의 아이까지 낳아주었으니 말이다.

"닥쳐요."

그녀가 실제로 F로 시작하는 단어를 써서 루카에게 그런 말을 했다는 데 이 장소에 있는 사람들 중 누가 가장 놀랐는지는 알 수 없었다. 리처드는 턱이 빠질 정도로 입을 떡 벌렸다.

"당신에게 그런 말을 들을 이유는 없어요. 그쪽 논리대로라면 제가 애초에 신세를 지게 된 건 아라 언니의 뜻이었으니 제 문제는 아니죠. 하지만 그런 게 아니기 때문에 분명 전 빚을 졌다고 생각하고, 언젠가 갚을 수 있다면 모든 힘을 다해서 갚겠어요. 그렇다고 그게 베르티 씨에게 이런 취급을 받아야 할 이유라고 생각하지는 않아요."

리처드는 '와우, 브라보' 중얼거리며 박수를 쳤다. 에블린은 여전히 분위기에 구애되지 않는 제 철부지 남편의 옆구리를 꾹 찔러서 주의를 주었다. 하지만 리처드는 천진한 눈으로 '왜?' 하고 되물을 따름이었다.

루카는 흘긋 키츠카를 보았다.

"믿는 구석이 있다는 건가?"

나중에 반추해 보고 귀희 자신도 놀라 버린 일이지만, 그녀는 보란 듯이 묘한 웃음을 지었다.

"왜, 안 돼요?"

루카는 천천히 몸을 폈다.

"싸워볼까?"

그제야 키츠카가 끼어들었다.

"그만하지. 어차피 네 뜻대로 될 테니까."

이 남자를 신임하지 않는 것이 그가 하는 말의 무게마저 가볍게 여긴다는 뜻은 아니었다. 오히려 섣부른 말은 하지 않는 남자임을 알고 있었기에 그 말에 무시할 수 없는 의미가 있다는 사실을 기민하게 눈치채고 루카는 눈을 가느다랗게 떴다.

"무슨 의미지?"

"키츠……."

아라는 무언가를 깨달은 듯 발작적으로 그를 말리려고 걸음을 내딛었다. 하지만 키츠카가 좀 더 빨랐다.

"거트루드, 임신했더군."

모두는 번뜩 아라를 돌아보았다. 아라는 탄식을 토하며 이마를 짚고 말았다.

"당신은 진짜 짐승이야. 내가 다섯째는 싫다고 했잖아."

분명 피임을 하라고 했는데도 알았다고 말만 하고 막무가내였던 밤이었을 것이다. 이미 생긴 아이를 어찌할 수는 없지만 루카가 알게 되면 극단적인 조치를 취할지도 몰랐기에 숨겨왔는데…….

"아이를 가졌는데도 말하지 않았다고?"

루카는 당장 화를 내야 할지도 알 수 없을 만큼 기가 막힌 얼굴이었다.

"당신이 이럴 것 같았으니까……."

갑자기 '을(乙)'의 입장이 된 아라는 어물어물 말을 흘렸다. 그런데 의외로 루카는 별다른 기색 없이 무표정한 얼굴로 침묵을 지켰다. 하지만 조금만 자세히 보면 어떤 미세한 변화도 없는 얼굴은 밀랍을 발라 굳혀놓은 것처럼 온통 균열이 가기 직전이라는 사실을 알 수 있었다.

"루카?"

그게 불안했던지 아라도 견고하게 팔짱 낀 그의 팔에 살며시 손을 얹었다. 그제야 루카는 억눌린 숨을 토하듯이 굳게 문 잇새로 겨우 내뱉었다.

"이건 진짜 참기 힘들군."

할 수 있는 말이 없어 아라는 어색하게 웃었다. 귀희는 조심스럽게 키츠카에게 물었다.

"디어크는 어떻게 알았어요?"

키츠카가 대답하기도 전에, 아라가 먼저 말했다.

"저도 키츠카 씨가 이야기해 줘서 알았는걸요."

얼마 전에 저택 청소를 감독하고 있는 그녀에게 키츠카가 드물게도 다가오더니 대뜸 말했다.

"다섯째인가?"

"네? 뭐가요?"

"아이."

"아뇨, 막내는 넷째인데요."

"아니, 네 뱃속에."

"그게 무…… 설마 나 임신했어요!?"

너무 당황해서 도리어 그에게 묻는 어이없는 상황을 연출하고 말았다.

"꿈에서 봤어."

리처드는 '거참, 잡기에 능한 친구일세' 하고 중얼거렸다. 그건 어쨌거나, 루카가 상황을 정리했다.

"이제 이견은 없겠지."

"하지만……."

아라가 발작적으로 반박하려고 했으나 루카는 단호했다.

"권아라."

그가 그녀를 이렇게 부른다는 것은 정말 마지막 기회라는 의미였다. 아라가 혼난 아이처럼 부루퉁하게 입을 다물자 귀희가 나섰다.

"언니에겐 따로 지켜야 할 게 있잖아요."

"하지만 혹시 아가씨가 잘못되면 난 평생 후회할 거예요."

귀희는 고개를 내저었다.

"세상에 삶은 너무나 다양해요. 각자 온 힘을 다해서 본인의 삶을 사는 거죠. 지금도 어디에선가는 누군가 죽어가고 있지만 지금 우리는 우리의 삶을 사는 것처럼."

어쩌면 이 아이는…….

아라는 난색 어린 웃음을 짓고 말았다.

때로는 말간 눈동자가 그저 순진한 아이처럼만 보이는데, 이렇게 말하는 모습을 보면 자신의 스무 살 때와는 너무나 달랐다. 어찌 보면 그 나이대 그들이 처한 상황은 비슷했다. 부모와 양아버지를 잃고 오로지 증오만을 생명의 원동력으로 썼던 자신, 그리고 부모, 양부모, 양어머니까지 모두 잃고 시한부 삶의 경계에 다다른 그녀. 과거의 자신과 지금의 그녀에게 공통적으로 없는 것은 미래였다. 하지만 과거의 자신은 그 현실 앞에 자폐증환자처럼 자신의 안으로 침잠했고, 지금의 그녀는 의연하게 고개를 들고 다가오는 화려한 절정을 준비하고 있었다.

"두 사람에 비하면 우리가 너무 어리고 유치하네요."

"그럼 정리하자고."

리처드가 나섰다. 그는 엄지손가락을 젖혀 루카를 가리켰다.

"이 녀석이라고 무적은 아니에요. 결계를 유지하고 있는 동안에는 행동반경이 제한되죠. 아이들 때문에 결계의 강도를 낮출 수도 없고요. 어차피 처음부터 전투요원은 될 수 없었어요."

뒤이어 아라를 가리켰다.

"임산부는 당연히 제외. 여차할 때 공간이동이 가능한 예비역인 에비도 제외. 그럼 우리 넷 중에서는 나밖에 남지 않는데……."

"미안하지만 당신은 내가 반대야. 조금 단단해진 몸뚱이로 성자를 상대하는 건 무리야."

리처드는 에블린을 보고 빙긋이 웃었다.

"스스로 인정하기 힘들었던 사실을 대신 말해줘서 고마워. 하지만 에비 말이 맞아요. 나는 타고나길 싸움 체질이 아니거든요.

대신 효과적으로 도울 수 있는 다른 수단은 있죠."

"도움은 여기까지면 충분해."

키츠카가 딱 잘랐지만 리처드는 제법 거만하게 손가락을 까딱거렸다.

"잠깐, 내 취미생활을 방해하지 말아달라고."

"취미생활이요?"

귀희가 순진하게 물은 질문에 리처드는 한껏 풍운아의 미소를 지었다.

"돈지랄이 내 취미거든요."

헥터는 '이 친구 마음에 드는걸?' 하고 말했다. 그때였다. 문이 열리고, 검은 양복을 입은 남자들이 줄줄이 들어오기 시작했다. 저마다 듣도 보도 못한 기계들을 한 아름 안고. 그리고 귀희 일행은 개의치 않은 채 일사불란하게 설치하기 시작했다.

키츠카는 리처드에게 서늘한 눈빛을 던졌다.

"이런 거 말인가?"

남자들이 일사불란하게 움직이는 광경을 그답지 않게 잠깐 멍해져 쳐다보고 있던 리처드는 천천히 에블린을 돌아보았다.

"나 갑자기 이 형님이 엄청 좋아지는데."

Amaranthine(시들지 않는, 불사의)

15

삐삐삐.

"온도계 줘요."

겨드랑이에서 알람 소리를 내는 온도계를 빼주자, 앞에 앉은 사라가 액정의 숫자를 확인했다.

"37도. 미열이 있네요. 어디 불편한 데는 없어요?"

"그냥 기운이 없는 것 정도⋯⋯."

사실 무얼 해도 힘이 없었다. 그런 증상은 처음부터 있었지만 분명히 갈수록 심해지고 있었다. 요 며칠간은 조금만 움직여도 피로해져 눕고 싶고, 누우면 임신한 여자처럼 잠부터 쏟아졌다. 최근 깨어 있는 시간보다 자는 시간이 길었다. 그래서 잠들지 않기 위해 세상 무엇보다 무거운 눈꺼풀과 사투를 벌이고 있노라면 키츠카는 오히려 다정하게 쓰다듬으며 잠들 때까지 곁에 있어주었다. 그리고 깨어나면 뭘 하고 왔는지 옷차림은 달라져도, 늘 그 자리에 그대로 있었다.

"얼마나……."

뭔가 열심히 적는 사라를 보며 귀희는 조심히 입을 열었다. 사라는 '네?' 하고 고개를 들었다.

"얼마나 남았을까요?"

"글쎄요. 이건 일반적인 질병이 아니니까……."

"일주일도 남지 않았을 거예요."

병은 자신이 가장 잘 안다고 하던가. 일반적인 질병은 아니지만 귀희는 알 수 있었다. 숫자로 나타낼 수 있다면 자신의 생명력은 10%도 남지 않았으리라.

사라는 그녀의 손을 강하게 잡았다.

"모두 함께 노력하고 있어요. 조금만 더 견뎌줘요."

귀희는 작게 웃었다.

"걱정 말아요. 절대 먼저 포기하지는 않아요."

"그래요. 그 태도예요. 암도 마음가짐에 따라 완치될 수 있다는 거 알죠?"

사라는 '잠깐만요'라고 말한 뒤 방 밖으로 나섰다. 앉아서 기다리는데, 열린 문틈 너머로 요 며칠 늘 그렇듯 사람들이 분주하게 돌아다니는 소리가 들리고 사라가 '어디 볼일 보러 가세요?' 하고 묻는 소리가 들려왔다. 귀희도 일어나 빠끔히 밖을 내다보았다.

바깥은 전쟁터를 방불케 했다. 일반 가정집의 거실에 국방부의 중앙통제실을 그대로 옮겨온 듯, 수십 대의 컴퓨터와 그녀는 이름도 알 수 없는 온갖 장비들이 즐비했다. 사람들은 모니터에 뜬 지도를 보며 설전을 벌였고, 프린터들은 쉴 새 없이 작동하며 결과물을 토해냈다.

목적은 단 하나— 알라스테어의 본체를 찾는 것.

현재로서 그들이 기댈 방안은 그뿐이었다. 보다시피 병력은 부족하지 않지만 아무리 인해전술로 성자의 뱀파이어 군단을 사냥해 봤자, 알라스테어의 의식이 살아 있는 한 대체할 수 있는 인형은 얼마든지 있었다. 그리고 알라스테어가 영생으로 향하는 유일한 실마리이니만큼 일단 그의 본체를 이쪽 수중에 넣어야만 했다.

그래도 이 모든 노력과 수고가 모두 그녀 하나를 살리기 위해서라니, 매일 보면서도 가끔 믿기지 않았다. 분명히 리, 아니, 장로는 이 일에 관여할 수 없다고 했으니 조직의 후원을 받지도 못할 텐데 모두 제 가족의 목숨이라도 걸린 양 최선을 다했다. 고맙고 송구스러워 그런 이야기를 하면 헥터는 묘한 얼굴로 웃으며 말하고는 했다.

"그래도 키츠카 녀석이 육백 년을 헛살지는 않았다는 거겠지."

아무튼 그런 풍경은 여전한데, 어쩐 일인지 헥터가 말끔한 정장을 갖춰 입고 있었다. 키츠카도 뒤따르고 있었다. 단정한 그의 차림은 평소와 크게 다를 것이 없었지만 코트를 입은 걸 보아하니 헥터와 함께 외출하는 모양이었다.

"어디 가세요?"

덩달아 궁금해져 묻자, 헥터는 사라를 묘한 시선으로 바라보았다.

"아비게일의 기일이야."

사라는 '아!' 하고 손을 입으로 가렸다. 헥터는 이해한다는 듯고개를 끄덕였다.

"정신없었으니까 잊고 있었을 법도 하지. 시간이 없다는 건 알지만, 그래도 기다리고 있을 것 같아서. 일 년에 하루뿐이잖아. 한 시간만 다녀올게."

"기다려요. 저도 금방 옷 갈아입고 올게요."

사라가 급히 방으로 들어가고, 귀희는 헥터에게 물었다.

"제피룸으로 가세요?"

"아니, 아비게일은 발할라에 들지 않았거든."

"네? 분명히 발할라에 벽감이……."

"그건 상징 같은 거고, 진짜 무덤은 따로 있어."

뜻밖이었다. 아비게일은 아인헤리의 호칭을 받은 암브로시아가 아니었던가. 그런 그녀가 어째서 발할라가 아닌 곳에…….

헥터는 쓸쓸하게 웃었다.

"아비게일은 죽어서는 조직을 떠나고 싶다고 누누이 말했었거든. 고인의 유언에 따라서 외부 묘지에 묻혔지."

"그랬군요……. 저도 가도 될까요?"

"물론이지. 아비게일도 널 보고 싶어 할 거야."

귀희는 하늘을 올려다보았다. 침침한 잿빛 하늘이 낮게 깔려 있는 것을 보아하니 곧 비가 오려는 모양이었다.

푸른 녹음에 둘러싸인 곳에는 쓸쓸한 바람이 감돌았다. 아비게일이 묻힌 곳은 숲 사이로 난 도로를 달려 깊이 들어가면 고적한 나무들에 둘러싸여 있는 공동묘지였다. 각기 개성이 있는 크기와 형태의 묘비들이 일률적으로 늘어서 있고, 각자 사랑하는 이들의 손길이 느껴지는 묘비들 끝에 그녀가 잠든 곳도 있었다.

하얀 대리석으로 만들어진 그녀의 묘비 앞에는 처연하게 고개를 숙인 마리아상이 서 있었고, 그 앞에 막 헥터가 내려놓은 백합 꽃다발이 시리게 빛났다.

ABIGAIL DE LA CRUZ
Our dear daughter, rest in peace
아비게일 델 라 크루즈
친애하는 딸, 평화 속에 잠들다.

"아비게일."
헥터는 긴 묵념 끝에 말문을 텄다.
"봐. 귀희도 함께 왔어. 아, 넌 이름을 모르겠군. 그 아가씨야, 네가 텍사스에서 구해온…… 벌써 이렇게 컸어."
함께 온 사라도, 키츠카도, 조용히 묘비를 응시하고 있었다. 헥터는 쓰게 웃었다.

"아니, 좀 지나치게 커버렸지. 그간 대체 무슨 일이 있었는지 궁금하겠지만 그 긴 이야기를 다 할 시간은 없네. 그냥 억하심정에 고자질 하나 하자면……."

헥터는 키츠카에게 묘한 시선을 던졌다.

"이 녀석이 아가씨를 꿀떡했지 뭐야."

"표현은 가려서 하시죠."

"사실이잖아? 아비게일이 여기 있었다면 더 심한 표현도 했을 걸."

사라가 어깨를 으쓱이며 거들었다.

"고소했을지도 모를걸요."

세 사람이 그런 대화를 나누는 동안, 귀희는 묘비를 바라보고 있었다.

아주 많은 말들이 머릿속에서 떠올랐다 사라졌지만 어떤 것도 입 밖으로 낼 수가 없었다. 고맙다? 미안하다? 용서해 달라? 모두 다 말해야 할 것 같은 동시에 어떤 말도 적합하지 않게 느껴졌다. 그리고 이런 몸으로 찾아와 버려서야, 이런저런 일이 있었지만 그래도 이렇게 살아 있다고 자랑스럽게 말할 명분도 서지 않았다.

그저 제 몫으로 사온 꽃다발을 내려놓고, 속으로 읊조렸다.

'조금만 기다려 주세요. 자랑스럽게 이야기할 수 있게 되면, 꼭 다시 찾아와 그간의 이야기를 모두 들려줄게요.'

일어서서 묵념을 끝내자, 조용히 어깨를 안아주는 온기가 있었다.

"시간이 없어서 이만 가볼게. 모든 게 끝나고…… 다시 다 같이 찾아올게. 기다려."

모두 발걸음을 돌렸다. 이런 장소에 올 때는 꼭 비가 오는 법인지 조금씩 빗방울이 굵어지고 있었다.

헥터가 앞장서고, 키츠카와 귀희는 그 뒤를 따랐다. 사라는 기도를 하듯 묘비 앞에 서 있다가 가장 마지막으로 걸음을 돌렸다. 그리고 귀희의 어깨를 안고 걸어가는 키츠카의 등을 보았다.

언제나 흔들리지 않는 등, 저 결연한 의지가 흐르는 등을 언젠가 본 일이 있었다. 바로 이 무덤가에서.

"D."

사라가 부르는 소리에 키츠카는 흘긋 돌아보았다.

"이제 와 하는 말이지만, 미안했어요, 그때."

시신조차 들지 않은 관을 땅에 묻으며 오열과 함께 그를 탓했다. 영원히 죽지 않을 것 같던 그녀의 영웅이 없는 현실을 믿을수가 없어서. 누구라도 탓하지 않으면 아비게일의 이상 징후를 보지 못했던 자신을 탓하게 될 것만 같아서⋯⋯.

하지만 그때도 지금도 키츠카는 담담했다.

"됐어. 어차피 동네북이니까."

이렇게 반응하리라고 생각은 했지만, 안도했을까. 사라는 찡그리듯 웃어버렸다. 그리고 그 뒤를 따라가며 짓궂게 물었다.

"이제 보니 은근히 담아뒀던 거 아니에요?"

"그러게. 이 녀석, 은근히 용렬하니까."

귀희는 피식 웃으며 키츠카를 따라 차에 올라탔다. 헥터와 사라는 다른 차에 탑승했다.

탁, 문이 닫히고 차가 출발했다. 짙어진 공기에 차 안은 유난히 아늑했다. 차 안을 감도는 자연스러운 정적에 귀희는 창밖을 바라본 채 생각에 잠겼다.

부슬부슬 흩날리는 빗방울이 차창에 점점이 흔적을 남겼다. 그 사이로 얼핏얼핏 자신의 초췌한 얼굴이 비쳤다.

이제는 정말 건들기만 해도 부서질 것 같았다. 머리카락에도 피부에도 윤기가 없었다. 조금 남은 생명력이 모두 응축된 것 같은 눈동자만이 어쩌면 괴이하도록 형형했다. 암이 아니라서 머리카락이 빠지지 않아 다행이라고 할까. 이런 몰골을 보면 누구도 그녀를 여신의 후예라고는 생각하지 못하리라.

그러고 보면 그녀는 암브로시아니까 죽어도 시신이 남지 않을 것이다. 죽는다는 생각은 하지 않기로 했지만 그래도 상상은 불가피했다. 죽으면 아비게일처럼 시신도 없는 관만이 땅에 묻히겠지.

귀희는 멈칫했다.

잠깐, 시신도 없는 관……?

"여신의 가호를 받고 있거든."

그리고 뇌리를 스친 한마디, 귀희는 느리게 고개를 들었다. 차창 너머로 묘지는 점차 멀어져 이제 거의 보이지 않았다.

"잠깐…… 잠깐만요."

키츠카는 바로 반응했다. 손을 올려 운전기사에게 차를 멈추게 했다. 귀희는 점차 확실해져 강렬한 확신이 된 충동에 이끌려

튕겨 나가듯 차에서 내렸다.

"백귀희! 멈춰."

바로 따라 내려 그녀를 붙잡는 키츠카를 휙 돌아보고 외쳤다.

"디어크! 저거였어요!"

무슨 일인가 싶어 덩달아 멈춘 차에서 헥터와 사라도 내렸다. 그리고 웅성대며 '뭐? 무슨 말이야?' 하고 물었다.

"알라스테어의 본체! 아비게일의 관 안에 있는 거예요!"

마치 충격에 물리적인 힘이 있는 것처럼 얻어맞은 모두는 얼어버렸다. 아무도 입을 떼지 못했다. 하지만 귀희는 어느 때보다 확신할 수 있었다.

"알라스테어가 그랬어요. 자신의 본체는 여신의 가호를 받고 있다고. 그때는 그냥 두루뭉술하게 신이 보호하는 것처럼 아무도 찾을 수 없다는 의미라고 생각했지만, 여신이라면 암브로시아잖아요. 그리고 암브로시아인 아비게일의 관에는 아무것도 들어 있지 않잖아요. 심지어 우리로서는 감히 열어볼 생각도 못하는 곳이죠. 이만큼 몸을 숨기기 좋은 곳이 또 어디 있어요?"

이미 설득당했을 것이면서도, 헥터와 사라는 한동안 아무 말도 하지 않았다. 이해는 되었다. 둘은 아비게일을 경외하다시피 했고, 귀희의 말대로라면 알라스테어가 거기 있든 없든 무덤을 열어봐야 한다는 것을 의미했기 때문이다.

"확신할 수 있어? 아인헤리의 무덤이야. 때가 되기 전에 아인헤리의 안식을 방해하면 저주를 받는다고."

헥터의 그 말에 귀희는 더 확신했다. 헥터가 유별난 게 아니라

이것이 조직에서는 일반적인 태도인 만큼 그 간교한 성자가 이 점을 파악하지 못했을 리 없었다.

"아비게일은 이해해 줄 거라고 생각해요. 만약 자신의 관에 알라스테어가 누워 있다면 더욱."

헥터와 사라는 서로 시선을 교환했다. 그리고 사라가 고개를 끄덕였다.

"선택권이 없네요."

쿠구궁―

굉음과 함께 어둠이 열렸다. 후두둑, 자잘한 흙더미가 쏟아져 내리고, 관이 허공으로 떠올랐다.

기중기 끝에 매달린 관은 천천히 바닥으로 내려왔다. 단단한 오동나무로 만들어진 관의 표면에 정교하게 조각된 발키리의 검에 특유의 옻칠 윤기가 흘렀다. 꿀꺽……. 누군가가 긴장해 고인 침을 크게 삼켰다.

헥터가 일꾼들에게 고갯짓했다.

"열어."

일꾼 둘이 철 지렛대를 관의 틈 사이로 밀어 넣었다. 그리고 하나, 둘…… 셋! 구호에 맞춰 온 힘을 다해 지렛대를 내렸다. 하지만 견고하게 못질해 놓은 관의 뚜껑은 육중하여 장정 둘의 힘에도 쉽게 열리지 않았다. 일꾼들은 다시 한 번 지렛대에 힘을 주었다.

쩌억, 쿵!

드디어 관의 뚜껑은 큰 소리를 내며 뒤로 넘어갔다.

가느다랗던 보슬비는 어느새 굵직한 빗방울이 되어 내렸다. 금세 흙바닥에 고이며 웅덩이를 만들어 뒤이어 떨어지는 빗방울들이 타닥! 타닥! 흙탕물을 튀겼다. 주변의 온도가 급격히 낮아진 듯, 하아아……. 누군가가 내쉬는 숨결이 부옇게 김이 되어 피어올랐다.

빗방울은 가만히 내리감은 눈꺼풀 위에도 떨어졌다. 그리고 중력을 이기지 못하고 둥그렇게 호선을 그리며 매끈한 볼을 타고 흘렀다.

남자는 마치 새신랑 같았다. 처녀로 죽은 망자를 위해 바쳐진…….

희미하게 빛나는 하얀 양복은 새하얀 수의와도 같고, 넥타이에 꽂힌 금빛 넥타이핀은 저승의 뱃사공 카론에게 낼 뱃삯일까. 성인의 마지막 모습처럼 얼룩 하나 묻지 않은 고결한 얼굴, 하지만 핏기 하나 없이 선득한 윤기가 흐르는 피부는 차가운 도자기 인형을 연상시켰다.

아무도 입을 열지 못하는 가운데, 헥터가 나직이 읊조렸다.

"이런 개새끼…… 이런 데 숨겨놓으니 찾질 못했지……."

이것이 알라스테어…….

그는, 아니, 그의 본체는 얼핏 백발로 보이는 연한 플래티넘 블론드를 가지고 있었다. 그야말로 천상의 색이었다. 그리고 잠든 것처럼 살짝 눈을 감은 모습은 사탄보다 '계명성' 루시퍼*의 화신이었다. 지금 반대편에서 위험한 암청색 눈으로 그를 내려다보

* Lucifer: 빛을 가져오는 자.

는 남자와 비교해 본다면, 오히려 실로 천상의 대변자— 그저 아름답다는 말밖에는 떠오르지 않았다.

"이 남자가…… 알라스테어예요?"

키츠카 역시 알라스테어에게서 시선을 떼지 않았다. 성자는 마지막으로 봤을 때와 전혀 다르지 않은 모습으로 잠자듯 누워 있었다.

"그래."

그 성품으로 보아 아름답지 않은 육신에 자신을 담고 있으리라고는 생각하지 않았다. 외모에 좌지우지될 정도로 어수룩하지도 않지만, 이렇게 예상을 빗나가는 얼굴을 하고 있을 줄이야. 조금은 더 사악해 보이는 생김새일 거라고 생각했는데…….

"이 자식 난독증이야?"

헥터는 숨을 헐떡이며 분을 토했다.

"묘비를 보라고! 아무리 비어 있다지만 남의 무덤이잖아! 왜 지가 기어들어 가 누워 있는 건데? 내가 이 새끼 누워 있는 데 와서 매년 꽃 바치고 헌사 올리고 그랬단 말이야? 이런 개 같은!"

키츠카는 시선으로만 주변을 훑었다.

"자리를 옮기는 편이 좋겠군요."

헥터는 이를 악물었다.

"소각로로 옮겨. 산 채로 불태워 버릴 테니까. 본체가 잿더미가 되면 의식도 별수 없겠지."

헥터가 손짓하자 일꾼들이 모여들어 관을 옮길 준비를 했다. 귀희는 알라스테어에게서 시선을 떼지 못하고 지켜보았다.

이렇게 끝인가.

드디어 그와의 악연이 끝나는 건가.

반짝—

그때였다. 관이 조금 움직이자 알라스테어의 귓가에서 무언가가 빛났다. 시선을 집중하자…….

귀희는 몸을 조금 앞으로 기울였다.

턱!

갑자기 팔을 잡아오는 손이 있었다. 귀희는 깜짝 놀라 고개를 들었다.

"다가가지 마."

키츠카였다. 놀란 귀희는 가슴을 쓸어내리며 작게 '네' 하고 대답했다. 하지만 다가온 헥터가 알라스테어를 발로 툭 건드렸다. 금방이라도 일어나 냉소를 지을 것 같은데도 알라스테어는 조금 흔들릴 뿐이었다.

"괜찮아. 이건 시체나 다름없으니까. 심장이 없으니까 숨도 쉬지 않아. 그런데도 썩지 않는 건 초자연적인 힘 때문이라고 할 수밖에 없지."

확실히 알라스테어는 숨조차 쉬지 않았다. 주검처럼 창백하지는 않지만 전혀 생기가 없어서 잘 빚어둔 인형으로밖에 보이지 않았다.

"그나저나 키츠카, 이리 좀 와봐. 여기 흙이…….."

헥터와 키츠카는 저쪽으로 가더니 어떤 무덤을 살펴보았다. 그 모습을 보다 귀희는 잠깐 알라스테어를 돌아보았다. 그리고

저편에서 구둣발로 툭툭 흙을 차보고 있는 키츠카를 한 번 보고,
알라스테어에게로 손을 뻗었다.

머리카락을 살짝 걷어내고 귀를 보자, 붉은 귀고리가 반짝였
다. 작은 은제 십자가 가운데 정교하게 조각된, 이름 모를 가톨
릭의 성녀가 태양 같은 붉은 루비를 안고 있는 모양.

매우 낯익었다. 티끌 하나 묻지 않은 차림에 대비되게도 굉장
히 낡은 이 귀고리는…….

'어디서 봤더라.'

그래, 기억났다. 수십 장의 그림과 사진 속에서 아비게일이 늘
하고 있던 귀고리였다.

턱!

불쑥 올라온 손이 강하게 손목을 휘어잡았다.

"……!!"

─그것은 차가운 냉소를 품은 푸른 눈동자.

그녀는, 이 눈을 알고 있었다. 그리스인의 잿빛 눈 아래, 괴물
로 변하며 울부짖는 뱀파이어의 눈 아래, 병든 인간 황태자의 파
란 눈 아래 맴돌던 악마의 눈을…….

똑바로 그녀를 올려다보고 있는 눈동자에 비릿한 웃음기가 감
돌았다.

"서프라이즈."

강한 충격이 사방을 후려쳤다.

"너, 너……!!"

시간이 느려진 것만 같았다. 소리도 사라졌다. 천천히 모두는 경

악하고, 헥터는 소리치고, 몸을 돌리는 키츠카의 코트가 펄럭였다.

기이이이이잉—

그리고 충격파가 첩첩이 퍼져 나갔다. '신호'가 전방으로 폭발하며 엄청난 고통이 찾아왔다. 사방의 풍경이 구겨지는 거울처럼 일그러졌다. 자신이 비명을 지르고 있는지도 확실하지 않았다.

실제로 물리력을 가진 것처럼 강한 신호가 사방으로 퍼지자 땅이 진동했다. 이어 여기저기서 간헐천이 솟구치듯 땅이 솟아올랐다. 그리고 얇은 땅 밑에 묻혀 있던 관들이 일제히 열리면서 시신들이 일어났다.

아니, 시신들이 아니었다. 둔탁한 눈동자를 빛내는 뱀파이어들이었다.

흡사 진시황을 지키는 불사의 친위대 병마용정처럼, 그들은 땅을 열고 기어 나와 사람들을 공격하기 시작했다. 소리 없는 학살극이 시작되었다.

기이잉— 기이이잉—

절규를 내질렀지만 온 사방을 울리는 '신호'에 일그러진 공간에서는 아무에게도 들리지 않았다. 귀에서 목을 타고 선혈이 흘렀다. 귀희는 눈을 까뒤집으며 혼절하고 말았다. 추락하는 눈꺼풀 사이로, 달려드는 뱀파이어들을 향해 검을 뽑아 드는 키츠카가 마지막으로 비쳤다.

쿵, 어둠이 덮쳐 왔다.

16

빛이 눈가를 스쳤다. 귀희는 눈을 떴다. 단순히 두통이라고 설명할 수 없는 엄청난 통증이 찾아왔다. 나직한 신음이 새어 나왔다. 몸이 꼼짝도 하지 않았다. 그런데 다시 한 번 빛이 눈가를 스쳐 어렵사리 눈꺼풀을 밀어 올렸다.

처음에는 아무것도 보이지 않았다. 흐린 시야에 몽롱한 빛이 점점이 빛날 뿐이었다. 천천히 시야가 명료해지자 불타오르는 밤의 도시가 눈을 태워왔다. 전면창 너머 각종 지물(地物)을 품은 도시는 웅장했다. 어두운 방에 창은 흡사 없는 듯 깨끗해 허공에 매달려 있는 것 같은 느낌이었다.

"일어났어?"

창 앞에 서서 도시를 내려다보고 있는 남자가 고개를 돌렸다.

밤의 태양이 비추는 머리카락은 빛나는 금발, 고대의 남신이 살아난 것 같은 얼굴로 눈웃음을 지으며 빙그레 웃었다.

인종이 다양한 뱀파이어 군단은 여전히 왕의 충성스러운 친위대처럼 그를 위시하고 있었다. 그곳에 세워둔 마네킹인 양 벽 쪽에 일정한 간격으로 서서 그리 넓지 않은 사무실을 원형으로 에워싼 채였다. 보기에는 모두 그리스 조각처럼 아름다운 모습들이어서, 낮의 주인들이 쓰고 나간 그대로 말끔한 사무실이 박물관 전시실이라도 되는 것 같았다.

"어떻게……."

달그락, 알라스테어가 몸을 돌리자 그가 들고 있는 크리스털 잔 안의 얼음 조각이 부딪혔다.

"어떻게 움직이느냐고?"

크리스털 잔을 건네자 옆에 서 있는 뱀파이어가 기계적인 몸짓으로 잔을 받아 들었다. 물론 그 동작은 축 늘어진 피노키오에게 줄을 매달아 끌어 올리는 것 같은 움직이었을 따름이다.

알라스테어는 전혀 급할 것 없이 옷의 단추를 하나둘 풀었다. 그리고 깔끔한 드레스셔츠를 잡아 벌렸다.

"네 남자친구가 이런 몰골로 만들어놨는데 말이야, 그치?"

그녀는 날숨을 들이켰다. 정신이 번쩍 들었다.

미세한 흉터자국 하나 없는 가슴의 왼쪽에 보기 끔찍하도록 흉측한 상처가 있었다. 솜이 터진 봉제인형처럼 얼기설키 꿰매두기는 했지만 갓 생긴 것처럼 아직도 새빨갛게 불거져 있는 그로테스크한 상처였다. 실로 끔찍해 저도 모르게 눈을 돌리고 말았다.

"그런데 나한테 정신감응력이 있잖아?"

'설마……' 하는 눈빛을 읽었을까. 알라스테어는 크큭 웃었다.

"아가씨는 이해가 빨라서 좋군. 그게 내 몸도 조종할 수 있더라고. 거울의 원리라고 해야 할까."

들불을 놓은 듯 타오르는 도시를 투영하는 창은 거울처럼 내부의 모든 풍경을 비추었다. 그 창을 가리키는 알라스테어도, 그 반대편에서 의자에 못 박힌 채 그를 떨리는 눈으로 바라보는 여자의 모습도.

"아이러니하지만 시금석에 능력을 반사해서 내 본체로 보내면 되더군."

그런데 갑자기 대리석 조각처럼 핏줄 하나 보이지 않는 얼굴에 서서히 균열이 가기 시작했다. 아니, 흡사 균열처럼 보이는 혈관이 풍선에 바람을 불어넣듯 불거져 올랐다. 하나를 이어서 둘이, 뒤이어 세 개, 네 개가 흉측하게 불툭불툭 솟았다. 그야말로 고르곤 자매의 막내가 괴물 메두사로 변하는 것 같은 모습이었다.

기잉—

귓가에 소름 끼치는 기계음 같은 소리가 울리자 그의 얼굴을 징그럽게 뒤덮은 혈관들이 가라앉았다. 파열하기 직전인 파이프를 억지로 밀어 넣듯이.

"보다시피 무리는 많이 가는 작업이지만."

알라스테어는 아무 일도 없었다는 양 술을 한 모금 마셨다. 빙글빙글 가볍게 잔을 돌리자 투명한 잔 안에서 반짝이는 호박색 액체가 나른한 춤을 추었다.

"넌 조금만 힌트를 주면 결국 내 본체를 찾아낼 줄 알았지."

"힌트를 줬다고?"

"그래. 왜 그랬을까?"

그가 다가오기 시작했다. 왈칵 두려워진 귀희는 본능적으로 의자를 박차고 일어나려고 했다. 하지만 되지 않았다.

기잉— 기잉—

귓가에 대고 쇠를 내리 긁는 것 같은 소리가 재차 울렸다. 몸을 움직이려고 애쓸수록 그 소리도 강해졌다.

알라스테어는 손톱을 가지런히 정리해둔 손끝으로 의자 팔걸이를 짚었다. 그리고 사악 쓸며 등받이로 나아갔다. 이어서 느긋하게 뒤로 돌아간 알라스테어는 양손으로 그녀가 앉아 있는, 아니, 줄도 없이 속박되어 있는 의자의 등받이를 쥐었다.

"본체만 잘 숨겨놓으면 난 무적에 가까운데 말이지. 왜 본체를 위험에 빠뜨리면서까지? 그치?"

귓가에 다가온 비단결처럼 부드러운 목소리가 밀어를 속삭이듯 은밀했다. 귓바퀴에 올올이 소름이 일었다.

"세상에는 도박을 감수해야 하는 것도 있거든. 그리고 그 도박이 성공했을 때는……."

드르륵.

그가 끄는 대로 바퀴가 움직여 의자가 돌아갔다. 창을 마주하던 그녀는 굳게 닫혀 있는 문을 바라보게 되었다.

"그만큼 얻는 것도 많지."

그때였다. 흡사 무대 위에서 등장하는 타이밍을 기다리고 있기라도 했던 것처럼, 끼익— 문이 열렸다.

"그만둬, 키츠카."

헥터는 앞서 가는 키츠카의 팔을 붙잡았다.

"아무리 너라도 무리야. 혼자 돌파하겠다니. 또 3년 전 일이 반복될 뿐이라고. 그리고……."

뒷말을 암시하듯 돌아보자, 저 멀리서 사라가 손을 털며 다가왔다. 그 찌푸린 미간에 심각한 빛이 짙었다.

"분명해요. 파훼의 마법이 걸려 있어요."

사라는 뒤를 돌아보았다. 그 시선은 높이, 더 높이, 끝도 없이 올라가 웅장하게 솟아오른 건물에 멈추었다. 건물은 자신을 위시한 건물들 사이로 제왕인 듯 우뚝했다. 그 위용은 가히 위압적이었다. 묵직하게 내리깔린 밤하늘 아래 어떤 층에도 불이 들어와 있지 않아 더욱 음산했다. 당장에라도 깊은 잠에서 일어나 그 발치에 조밀하게 밀집해 있는 그들을 쿵 내리찍어 버릴 것 같았다.

사라는 시선을 내리고 주변을 둘러보았다. 테러리스트라고 알려둬 전방을 통제하고 있는 경찰차까지 포함해, 1개 군단에 맞먹는 병력이 깔려 있었지만 사방은 묘하게도 고요했다. 여기저기서 번쩍이는 헤드라이트 빛만이 간간이 자신의 존재를 알리고 있었다.

"안에서는 전혀 마법을 쓸 수 없도록 돼 있을 거예요."

어차피 뱀파이어는 마법을 쓸 수 없으니 무효화 마법이 발동된 공간에서는 오히려 무적에 가까웠다. 특히 마법이 주요한 공격 무기였던 상대로는.

"하루 이틀 준비한 게 아닌 게 분명해요."

"왜 이렇게 오래 뜸 들이면서 간을 보나 했더니 이걸 준비하느라 그랬군."

사라는 동의하는지 고개를 끄덕였다. 헥터는 아득한 시선을 들어 까맣게 잠들어 있는 마천루 거인을 올려다보았다. 절로 중얼거림이 새어 나왔다.

"개새끼, 스케일도 크네."

성자가 누구를 염두에 두고 이런 엄청난 프로젝트를 계획했는지는 자명했다. 더구나 하필 또 격전지로 택한 장소가 이곳이어서야.

말하지 않아도 모두 알고 있는지 하나둘 그 주인공을 돌아보았다. 서늘한 밤바람에 붉은 머리가 낮게 흩날렸다. 그 아래 신록의 눈동자가 파르랗게 광채를 발했다.

"여러분은 따로 해주실 일이 있습니다."

그가 사라를 돌아보자, 모두의 시선이 그녀에게로 모였다.

"이렇게까지 거대한 무효화 마법 결계를 펼치려면 분명히 강력한 마력을 지닌 '무언가'를 시금석으로 사용하고 있을 거예요. 그게 아니고서는, 성자를 도와주는 게 누구든지 이렇게까지 대규모 마법을 쓸 수 있을 리가 없어요. 그러니까 그걸 찾아서 해체해야만 해요."

"생물일 가능성이 높습니다."

키츠카가 덧붙였다.

"하지만 이렇게까지 강한 마력을 지닌 이류가 있을 리가……?"

"그건 저도 모르겠어요. 하지만 생명력이 느껴지는 건 사실이에요. 생물일 가능성도 염두에 두서야 할 것 같아요."

좌중에 무거운 침묵이 감돌았다.

윈디 시티(Windy City), 시카고. 고층 건물이 즐비하게 늘어선, 인구 약 130만 명의 거대한 메트로폴리탄이다. 그 생기만큼 어둠도 짙은 이 콘크리트 도시에서 24시간 잠드는 법이 없는 인간들의 눈에 띄지 않고 어디 있는지, 무엇인지, 크기는 얼마나 되는지 전혀 실마리가 없는 '무언가'를 찾아내야 한다니. 차라리 10여 년 전 뉴욕 타임스퀘어에서 떨어뜨린 100달러 지폐를 찾는 게 더 빠르리라.

"좋아."

하지만 다른 방법이 없었다. 무슨 꿍꿍이가 있어도 있으니 이 정도로 함정이라는 사실을 광고하는 무대를 마련해 놓은 것이겠지만, 괜히 많은 숫자가 돌격하면 성자가 바라는 대로 먹잇감밖에 되지 않을 수도 있었다. 제피룸으로부터 지원을 받지 못해 이곳에 소집된 사냥꾼들은 모두 헥터가 개인적으로 알고 있는 이단심문관, 즉 인간뿐이었고, 아무래도 인간은 뱀파이어의 상대가 되지 못했다. 아이러니하지만, 수족이 다 잘려 나간 것 같은 상태로도 키츠카 혼자 돌파해야 가장 승산이 있었다.

만약 그들이 시간 내에 결계를 해체할 수만 있다면.

"기왕 이렇게 된 거 노가다의 끝을 보여주지. 모두! 준비해!"

남녀를 불문하고 모두 일사불란하게 움직이기 시작했다. 헥터
는 한 사냥꾼에게 산탄총을 받아 장전하고 키츠카를 돌아보았
다.

"반드시 찾아낼 테니까 죽지 마, 절대로. 죽어서 들려 나오면
그땐 네 시신이라도 내가 끝장낼 테니까."

헥터는 무어라 설명할 수 없는 기분이었다.

키츠카가 죽을 수도 있다는 생각은, 예전에 그가 이 건물에 혼
자 돌파할 때도 하지 않았다. 아니, 그런 생각 따위 할 수도 없었
다. 시공을 초월하는 환술을 자유자재로 쓰고 장로도 그 끝을 알
수 없다고 했던 마력을 가진 D. 키츠카에게 죽음이라니, 가당키
나 한 소리인가. 하지만 지금은 환술도 마력도 쓸 수 없었다. 이
토록 불리한 싸움은 그로서도 해본 적 없으리라.

"헥터."

낮은 부름, 몸을 돌려서 가던 헥터는 흘긋 돌아보았다.

"믿겠습니다."

인간, 그리고 에키드나.

유사 이래 두 종은 단 한 번도 손을 잡고 협력해 본 역사가 없었
다. 만약 신이란 게 정말 존재한다면 자신이 가장 사랑하는 종인
인간과 가장 혐오하는 에키드나가 협력하는 모습에 기함을 할지
도 몰랐다. 하지만 그는 어리석은 인간일 뿐이어서, 신의 위대한
의지니 뭐니 하는 것은 알지 못했다. 아니면 역시 아웃사이더라

서 이 세계의 복잡한 메커니즘은 알지 못하고 알고 싶어 하지도 않는 귀희의 무식하기까지 한 단순함이 옳은 것인지도 몰랐다.

어쩌면 나하쉬인 저 녀석은 정말 이 세계에 커다란 해가 되는 존재일 수도 있다. 하지만…….

'엿 먹어. 난 적어도 너 같은 녀석보다는 저 자식을 더 좋아하니까.'

헥터는 사납게 인상을 일그러뜨렸다. 그리고 욕지거리를 하듯이 내뱉고 차에 올라탔다.

"짜샤, 믿지 않으면 어쩔 건데?"

사방에 포진한 검은 SUV들이 웅크린 야수처럼 낮게 울며 먹이를 찾아 하나둘 출발하기 시작했다. 키츠카는 하늘을 향해 도전적으로 솟은 오만한 마천루를 돌아보았다. 그리고 입구로 천천히 걸음을 옮겼다. 뭉근한 밤바람이 옷깃을 휘감고 지나갔다.

어느 선을 넘어간 순간, 마력이 전혀 느껴지지 않았다. 평범한 인간이 되어버린 듯 늘 전신의 혈관을 타고 탁류처럼 강렬하게 소용돌이치던 그것이 거짓말처럼 사라졌다. 몹시 생소한 느낌이었다.

이것은, 그에게도 도박이었다.

끼익― 문을 열고 들어섰다. 비상등 외에 불이 모두 꺼진 내부는 고요했다. 폭풍 전야의 냄새가 났다.

뚜벅, 뚜벅…….

돌과 직선으로 이루어진 현대의 예술품 속에 딱딱한 구둣발 소리가 울렸다. 기척 하나 없는 공간에 여기저기 부딪혀 에코를 퍼뜨렸다. 높이 솟은 천장에서부터 비스듬하게 내려오는 유리창 너머로는 병정처럼 늘어선 국기들이 펄럭였다.

잠깐 서서 벽에 크게 붙은 안내도를 보았다. 맨 아래서부터 확인하며 시선을 올려 가장 꼭대기에 멈추었다. 그런데 거기에 스티커가 붙어 있었다. 형광 핑크색 화살표 모양에 귀여운 두 개의 송곳니 그림이 있고 'RIGHT HERE(바로 여기)' 라는 글씨가 프린트되어 있었다.

바닥에도 같은 스티커들이 쭉 한 방향을 향하고 있었다. 단지 'ONLY ECHIDNA(에키드나만)' 라고만 다른 글씨가 쓰여 있었다.

그는 그 스티커들을 따라갔다. 모퉁이를 돌자, 화살표는 엘리베이터를 가리키고 있었다. 버튼을 누르자, 맨 꼭대기에 있던 엘리베이터는 천천히 계기판에 붉은 숫자를 바꾸며 내려오기 시작했다.

띵—

엘리베이터가 도착한 소리와 함께 스륵 문이 열렸다. 화살표 스티커는 내부로 이어졌다. 다만 이번에는 'RELAX(긴장 풀어)' 라고 쓰여 있을 뿐이었다.

엘리베이터는 가장 높은 층에 도착했다. 문이 열리고, 화살표는 어두운 복도로 이어졌다.

WELCOME

검은 구둣발이 스티커를 무작스레 밟고 지나갔다. 하나, 둘,

셋……. 복도를 따라 쭉 이어진 화살표는 어떤 문을 타고 올라가 그곳에서 끝났다.

KNOCK AND ENTER(노크하고 들어와)

그는 문고리를 잡았다. 물론 노크 따위 하지 않았다.

끼익―
문이 열렸다. 그곳을 바라보고 있던 귀희의 눈이 흔들렸다.
키츠카.
그는 여기까지 무난하게 올 수 있었는지 상처 따위 입지 않은 멀쩡한 모습이었다. 하지만 안도하기도 전에, 그녀는 오히려 그것이 의미하는 바를 알 수 있었다.
"당신 정말…… 지옥의 문을 열려고 하는 거야?"
알라스테어는 의자의 등받이를 놓고 앞으로 돌아오며 훗 웃었다.
"문에 대해 알게 됐나보군."
그리고는 키츠카를 돌아보고, 아주 반가운 지인이라도 만난 것처럼 화사하게 웃었다.
"거기 그렇게 멀뚱히 서 있지 말고 들어와."
철컥.
관자놀이에 섬뜩한 한기가 밀착했다. 귀희는 움찔했다. 차마 고개조차 돌려볼 수 없었지만 관자놀이를 아프게 누르고 있는 차가운 감촉의 정체는 의심할 바 없었다.

"너무 긴장하지 말라고. 그냥 이야기를 좀 하고 싶을 뿐이니까. 아직 밤은 길잖아."

알라스테어가 손가락을 까딱이자 뱀파이어 하나가 테이블에서 크리스털 물병을 열고 잔에 호박색 액체를 부었다. 그리고 티슈까지 한 장 꺼내 잔 밑에 받치고 알라스테어에게 건넸다.

"한 잔 권하고 싶은데 넌 술을 마시지 않으니 애석하네. 아가씨라도 한잔할래?"

귀희는 빤히 그를 쳐다보기만 했다. 그러자 알라스테어는 고개를 갸웃했다.

"아직 미성년자던가? 요번에 열아홉 살이 되지 않았어?"

그가 이런 성격인 건 이미 오래전에 파악하지 않았던가. 귀희는 새삼스럽지도 않아서 대답했다.

"맞지만 사양하겠어."

알라스테어는 어깨를 으쓱이며 '뭐, 그렇다면' 말하고 막 생각났다는 듯 키츠카를 돌아보았다.

"그나저나 넌 진짜 할 줄 아는 것도 많더군. 그런 좋은 능력을 가지고 있으면서 왜 여태 이야기하지 않았어? 좋은 재능을 숨기는 것도 일종의 범죄라고. 아 참, 그건 네 아이의 재능인가?"

귀희는 꾹 이를 물었다.

역시…….

"여태 태어나지 않은 발라가 이제 와서 태어날 거라고 생각해?"

"해보지도 않고 포기하지 말라고. 자고로 노력은 배신하지 않는 법이거든. 그래서 아가씨, 노력은 해본 거야?"

귀희는 의아한 시선을 들었다.

모른다.

그는 그녀가 불임이라는 사실을 모르고 있었다. 그렇다면 알라스테어에게 지옥의 문에 대해 알려준 그 남자가 그것까지는 모르고 있는 걸까, 아니면 일부러 그 정보만은 빼놓고……?

아니, 지금 그런 건 아무래도 좋았다.

"지옥의 문 따위를 열어서 뭘 하려고? 세계정복이라도 할 셈이야?"

"아가씨, 그 나이에 너무 상상력이 부족한 거 아냐? 게다가 세계정복 같은 걸 해서 뭘 하라고? 정복을 하면 다스려야 할 텐데 그런 골치 아픈 거 그냥 줘도 싫다고. 아무리 영생자라고 해도 스트레스로 일찍 죽어버릴걸. 스트레스엔 장사 없잖아."

"그럼 대체 뭣 때문에?"

"다 알려주면 재미없으니까 한 번 상상력을 발휘해 봐."

이런 상황에 태평한 생각일지는 몰라도 상상력만큼은 제법 풍부하다고 믿어왔는데, 도저히 감도 잡히지 않았다. 혼란과 답답함이 곤죽된 감정이 얼굴에 고스란히 드러났는지, 알라스테어는 이 상황을 재미있어하고 있는 게 분명한 눈빛으로 그녀를 지켜보았다. 손안에서 장난감 팽이가 돌듯 잔 안의 액체가 빙글빙글 회전했다.

"아비게일은 지옥에 없어."

허공을 가르고 날아온 담담한 음성.

술잔을 돌리던 손이 멎었다. 한동안 반응이 없던 알라스테어
는 느릿하게 돌아보았다. 그 입가에 냉소는 일견 미소 같았으나
서릿발처럼 차가웠다.

"지옥에 가봤나?"

키츠카는 대답하지 않았다. 낮게 가라앉은 암청색 눈동자는
실로 지옥이라도 엿보고 있을 것 같건만, 그 눈동자에 비친 남자
는 거침없이 조소했다.

"무로 돌아간다고? 그걸 보고 돌아온 이류가 있나? 증명할 수 있
는 방법이 있으면 어디 한 번 증명해 봐, 기꺼이 믿어줄 테니까."

설마 아비게일을 데려오려고……?

귀희는 발작적으로 떠오른 제 생각을 부정했다. 아니, 그에게
그럴 이유가 없지 않은가. 아비게일은 그를 죽이려고 했던 헌
터…….

그때였다. 귀희는 고개를 젖히고 있는 알라스테어의 귓가에
빛나는 붉은 성녀 귀고리에 시선을 멈추었다.

콜롬비아 태생인 아비게일은 원래 가톨릭교도였다. 절망의 바
닥에서 그녀가 끝까지 성모에 대한 신앙을 지켰는지는 알 수 없
지만, 그녀의 무덤을 온화한 눈으로 내려다보던 성모상을 기억
했다. 그리고 하고많은 곳 중에서 하필 자신을 죽이려고 했던 여
자의 이름이 걸린 곳에 누워 있던 그의 본체…….

질문은, 어떠한 강렬한 확신과 예감으로부터 흘러나왔다.

"당신, 아비게일을 사랑했어?"

멈칫— 굳어버린 어깨는 무슨 연유에서였을까. 아니면 자신의 착각이었을까.

"설마."

알라스테어는 천연덕스럽게 그녀를 돌아보았다. 그 눈에 깃든 지독한 냉소는 그녀가 얼마나 가당치도 않은 질문을 했는지 깨닫게 해주었다.

"아가씨, 난 뱀파이어야. 뱀파이어가 사랑이 뭔지나 안다고 생각해?"

"그럼 왜 아비게일을 위해 지옥의 문까지 열려고 하는 거야?"

그 입가에 스미는, 환희 어린 미소는 과연 아름다웠다.

"넌 예쁜 걸 박제해 놓고 싶다고 생각해 본 적 없나?"

"무슨……."

"영생은 영원히 그녀를 살아 있는 채로 박제해 놓을 수 있는 거였지. 단순한 박제는 생동감이 없으니까."

알라스테어는 창 너머를 응시했다. 언제나 생각하지만 밤하늘은, 그 차갑고도 애잔한 묵빛 눈동자를 닮았다.

처음 그녀를 본 것은, 광분에 찬 인파 사이에서였다. 침침한 잿빛 거리는 더럽고 시끄러웠고, 폭정과 기아에 찌들어 거리를 배회하는 인간들은 혐오스러웠다. 그런 주제에 동족상잔의 도착적인 환희에 젖어 화형대 위에서 산 채로 불타오르는 여자를 향해 돌을 던지는 인간들 가운데, 그녀가 있었다.

처음에는 검은 후드를 눌러쓴 채 아무 움직임이 없었다. 아마 그 기묘한 침묵이 그의 시선을 끌었을 것이다. 그리고 누구에게도 보이지 않는 유령처럼 그녀가 묘한 잔영을 그리며 움직였을 때, 후드 아래로 강렬하게 빛나는 묵빛 눈동자를 마주했다.

이내 그녀는 야생동물을 연상시키는 움직임으로 솟구쳐 올랐다. 보통 인간들은 그녀가 움직이는 모습조차 보지 못했을 것이다. 그리고 그 찰나, 화형대에서 불타던 여자는 온데간데없이 사라지고 화형대의 불길만이 먹이를 잃은 것도 모른 채 무아지경에 빠져 광기의 춤을 추고 있었다.

그리고 그 후에도 몇 번이고 그녀를 보았다. 사형장에서, 전쟁터에서, 시궁창에서, 빈민가에서…….

그녀는 언제나 가장 더럽고 낮은 곳에서 발견되었다. 항상 누군가에게 쫓기거나 싸우고 있거나 정신을 잃은 인간을 들쳐 업고 있거나 그게 아니더라도 어쨌거나 그 비슷한 상황에 있었다. 그녀는 몰랐을 테지만 그는 항상 그녀를 보고 있었다. 그리고 어느 순간 생각했다.

가져야겠어.

그리해 꺾었다. 진흙탕에서 피어나 투쟁을 멈추지 않는 그 투사의 꽃을.

"내가 그녀를 영생자로 만들었어. 내 창조물이었지."

그 음성이 선득하게 잦아들었다. 스스로에게 그 사실을 주지시키기라도 하듯. 하지만 이어 그들을 돌아보는 눈빛은 경쾌했다.

"난 내 걸 강제로 뺏기는 데 익숙하지 않거든. 하지만 시신도 남기지 않고 죽어버려서는, 천하의 나도 어쩔 수 없는 일이 있어서 말이야. 근데 마침 좋은 방법을 알게 됐지."

그렇게 이야기하는 시선은 확실한 뜻을 내포하고 키츠카를 바라보았다.

"그게 뭐야……."

도저히 이해할 수 없으면서도 그 불꽃처럼 강렬한 집착이 두려워 몸이 떨려왔다.

알라스테어는 입가에 웃음을 베어 물었다. 어쩌면 이렇게까지 돼서도 순진한 그녀가 조금은 귀엽다는 얼굴이었다.

"이해하라고는 안 해. 어차피 인간 따위가 이해할 수는 없을 테니까. 하지만 넌 조금은 이해할 수 있겠지."

키츠카는 얼굴에 두려움을 고스란히 내보이는 귀희를 보았다. 떨리는 눈빛, 창백한 얼굴색, 파랗게 질린 입술, 봄이 와 꽃들이 만개해도 지옥에 한 발을 걸쳐 둘 수밖에 없는 가련한 페르세포네의 정령은 그럼에도 그 같은 존재에게는 가당치 않게도 눈부셨다. 쉽게 얻을 수 없음을 알았기에 페르세포네를 납치해 버린 하데스의 기분을 그 자신만큼 잘 이해할 수 있는 남자가 있을까. 세계가 사계절의 반은 혹독한 겨울에 시달리더라도 한 여인을 얻고자 했음을……

그녀를 가시덤불로 싸인 높은 성에 가둬놓고 울리고, 범하고…… 자신만이 즐기며…….

어쩌면 세계는 자구책을 내놓았던 것인지도 몰랐다. 끝내 그녀를 얻지 못했다면 이 지옥의 사자가 결국은 이 세계에 남은 나머지 봄마저 없애려 할지도 모르기에 차라리 내줘 버렸던 것인지도. 하지만 하데스와 근본적으로 다른 점은, 그는 그녀가 이 지상에 불러오는 봄마저도 사랑했다.

"정말로 아비게일을 죽인 게 뭔지 아나?"

이 방에 온 후 처음으로, 알라스테어는 의아한 눈을 했다. 귀희도 마찬가지였다.

아비게일을 죽인 거라면 알라스테어를 죽이기 위해 몸에 두르고 갔던 폭탄이지만 심리적으로는 제 앞에서 뱀파이어에게 잡아먹히는 많은 사람들을 구해지 못했다는……. 하지만 그 생각을 읽기라도 한 듯, 키츠카는 말했다.

"영생자가 된 건 악당의 잘못이라고 넘기면 돼. 많은 사람들이 죽은 일도 본인의 잘못은 아니지. 아비게일은 그걸 모를 정도로 멍청하지 않았어."

대체 그렇다면…….

"널 사랑했다는 죄책감."

무언가로 얻어맞은 듯, 귀희는 눈을 크게 떴다.

"그 모든 것에도 불구하고 널 사랑하게 된 자신에 대한 자괴감이 아비게일을 광란으로 몰아넣은 거다."

"하, 하하……."

알라스테어는 낮게 웃음을 터뜨렸다. 그리고 그런 우스운 소리 따위 처음 들어본다는 양, 절레절레 고개를 내저었다.

"너야말로 상상력이 제법이군. 암브로시아가, 뱀파이어를? 아니, 혹시 내가 그녀한테 무슨 짓을 했는지 까먹었나?"

스톡홀름 증후군인지 그딴 것은 몰랐다. 아비게일은 한 번도 자세히 이야기하지 않았기 때문이다. 하지만 그녀가 광란에 시달린 끝에 자해로 피투성이가 된 몸을 끌어안고 토했던 절규만은 기억했다.

"아름답다고 생각해 버렸어. 너무나 순수하게 사악해서 오히려 아름다웠어. 그 몸에 안기면서 이대로 죽어도 좋다고⋯⋯! 가졌어! 그렇게! 절대 용서받을 수 없는 생각을! D, 날 죽여. 날 죽여줘! 아아아⋯⋯!"

"⋯⋯."
알라스테어는 언뜻 고개를 숙인 채로 한동안 아무 말도 하지 않았다. 어느 순간 후, 한숨을 내쉬며 고개를 들었다.
"정말 눈물겹군."
희미한 빛 아래 드러난 그의 눈빛이 변했다. 세상의 시간을 다 가진 듯 여유롭던 공기가 사라지고 강렬한 살기가 표면으로 떠올랐다.
주검 같던 뱀파이어들에게 생명력이 태동했다. 갑자기 키츠카에게 덤벼들어 그를 잡아 무릎 꿇렸다. 아무리 마력을 쓸 수 없다고 해도 키츠카는 이상할 정도로 저항하지 않았다.
"그렇다고 하면 내가 진실한 사랑을 몰랐다며 눈물로 회개라도 할 거라고 생각했나?"
알라스테어는 그에게로 다가갔다.
"도대체가 말이야, 사랑, 어감부터 징그럽게 오글거리지 않아?

적당히 좀 해. 정말 토할 것 같으니까."

마지막 말은 거의 씹어 내뱉듯 했다. 키츠카에게 불쑥 다가선 눈빛은 혐오로 번득거렸다. 하지만 가만히 응시하는 시선 외에 돌아오는 대답이 없자, 알라스테어는 한 몸 안에 여러 사람이 살고 있는 것처럼 갑자기 눈빛이 부드러워졌다.

"이봐, 키츠카. 생각 좀 해봐."

흡사 연인이라도 대하듯 다정한 손길이 날렵한 턱을 쓰다듬었다. 그리고 유혹하듯 가까워진 입술이 피부 위에 속삭임을 미끄러뜨렸다.

"네 시조가, 첫 번째 나하쉬가 왜 지상에 왔을지. 온갖 여자들을 임신시키면서 아이를 낳은 데는 분명히 목적이 있었겠지. 발정 난 망아지도 아니고 말이야. 아마 그건 이승에 지옥의 문을 열기 위해서였겠지. 보라고. 넌 태생부터 착한 편이 아니야. 악당 중에서도 가장 질 나쁜 악당이지."

알라스테어는 품속에서 단검을 꺼내 들었다. 그리고 작지만 날카로운 이를 드러낸 야수를 어르듯 쓰다듬었다. 칼날이 각도를 바꾸며 차가운 윤기를 발할 때마다 귀희는 불안하게 두근거리는 심장을 억누를 수 없었다.

"넌 나와 같은 걸 알아. 여태 내가 널 조종할 수 없었던 이유는 네가 주변의 공간을 교묘하게 왜곡해서 신호를 돌렸기 때문이지. 네가 나와 근본적으로 다른 생물이어서가 아니었어. 어디 한번 증명해 볼까, 응?"

갑자기 알라스테어가 키츠카의 어깨를 쥐었다. 뒷일을 예감한 귀희가 소리치며 일어났으나 우악스러운 힘에 잡혀 다시 의자에 내리꽂혔다.

푹.

키츠카는 이를 악물었다. 이미 오래전에 아물어 흔적조차 없는 옆구리의 상처 자국을 그대로 찔러 들어오는 섬뜩한 한기가 있었다. 끝까지 밀고 들어와 각도를 바꾸며 내부를 헤쳤다.

알라스테어는 키츠카의 얼굴을 붙잡고 자신을 마주 보게 만들었다.

"환각을 쓸 수 없으니 이제 신호를 돌릴 수 없겠지."

기잉―

구심점으로부터 충격파가 터져 나오듯이 신호가 번져 나갔다. 그 신호는 여태까지와는 전혀 비교할 수 없이 강력해, 실제로 어떤 물리력을 가진 것처럼 상대를 공격했다. 바로 키츠카를.

이제 모든 것이 분명해졌다. 여태까지 그 모든 수고를 하면서 알라스테어가 결국 원했던 것은 단 하나였다.

키츠카의 몸.

지옥의 문을 낳을 수 있는, 나하쉬의 육체.

"그만…… 하지 마……."

그녀는 철저히 무력했다. 이 모든 일이 바로 제 눈앞에서 일어나고 있는데도, 아무것도 할 수가 없었다. 위대한 여신의 피가 흐른다던 육신은 성자의 인형에 불과한 뱀파이어 하나도 떨치지 못해 이렇게 떨면서 애원할 수밖에 없었다.

"걱정 마."

알라스테어는 그녀를 돌아보았다. 끓어오르듯 튀어나오는 혈관들이 거미줄처럼 얼굴을 뒤덮고 서서히 번져 가 안구에마저 실핏줄이 비정상적으로 도드라졌다.

기잉— 기이잉— 기이이—

"아가씨는 아무것도 잃지 않을 테니까."

퍽.

갑자기 보이지 않는 총알에라도 얻어맞은 듯, 알라스테어는 고개를 휙 젖혔다. 그 반동에 몸까지 뒤로 넘어갔다.

쾅!

강한 충격에 문짝이 날아가고 먼지가 부옇게 일었다. 그리고 검은 남자들이 일사불란하게 들이닥쳤다. 하지만 아직 공사 중인 내부에는 건축 자재만이 어지럽게 널려 있을 뿐, 그들을 제외한 인기척은 없었다. 그것을 확인하자 남자들은 지체하지 않았다.

"철수!"

워커 소리가 정신없이 울리고 남자들은 썰물처럼 내부를 빠져나갔다. 사라는 한숨을 내쉬며 권총을 허리춤에 꽂았다.

여섯 개 조로 나눠 조금이라도 수상한 곳이라면 닥치는 대로 뚫고 들어가서 수색 중이었지만, 그들 조만 해도 벌써 네 번째인데도 여태까지 발견한 것이라고는 마지막으로 갔던 건물에서 마약 파티를 벌이고 있던 대학생 그룹뿐이었다.

사라는 상황을 보고할 겸 전화를 걸며 뒤따라 나가기 시작했다.

"헥터, 뭐 좀 찾았어요?"

[찾기는 뭘 찾아. 미칠 지경이야.]

"베이스 쪽은 어때요?"

[아직 아무 변화도 없어. 내부에서 무슨 일이 벌어지고 있는지도 모르겠고, 정말 이번처럼 악조건이기는 처음이군.]

시계를 내려다보자 키츠카가 내부로 들어간 지 벌써 20분이 지나고 있었다. 과연 마력을 쓸 수 없는 그가 얼마나 더 버틸 수 있을지…….

초조해진 사라는 저도 모르게 욕지거리를 뇌까리고 말았다. 빵빵, 그때 밖에서 그녀를 찾는 클랙슨 소리가 울렸다.

"알았어요. 뭔가 발견하면 바로 알려줘요."

막 그녀가 지나가는 문 옆의 어둠 속에서 무언가가 움직였다. 하지만 소리도 기척도 없어 그녀는 아무것도 모르고 있었다. 어둠에서 태어나듯 새하얀 손 두 개가 서서히 드러났다.

"저희는 더 북쪽으로 가볼……!"

흠칫 돌아본 찰나였다. 강한 손이 입을 틀어막았다. 본능적으로 발버둥 쳤지만 뒤에서 그녀를 끌어안은 힘은 보통 인간의 것이 아니었다. 마치 바이스로 온몸을 죄는 것만 같았다. 바닥에 나뒹군 핸드폰 너머로 헥터가 그녀의 이름을 정신없이 소리쳐 불렀다.

"쉿."

귓가에 입술이 닿았다. 턱을 으스러뜨릴 것 같은 악력보다 그 시체처럼 차가운 입술에 더 소름이 끼쳤다.

사라는 당장 힘을 발동했다. 순간이동 시 늘 그렇듯 몸이 깃털처럼 날아오를 듯 가벼워지며…… 다시 망치로 찍어 누르는 것처럼 무거워졌다. 우웅, 그녀의 입을 틀어막고 있는 손에 희미한 금빛이 일었다. 눈이 최대치로 팽창했다.

'무효화 마법!'

그럼 이자가……!

쿡쿡, 남자는 귓가에서 매력적인 중저음으로 웃었다.

"서쪽으로 가십시오."

바로 몸이 자유로워졌다. 사라는 앞으로 휘청한 순간에 허리춤에서 권총을 뽑아 발포했다. 탕! 탕탕! 탕! 총구가 쉬지 않고 불을 뿜었다. 하지만 30㎝도 되지 않는 거리이건만 총에 맞아 쓰러지는 인기척이 없어 주춤하며 발포를 멈추었다.

그곳에는, 아무도 없었다. 다급히 주변을 둘러보아도 기척은 찾을 수 없었다.

촤락!

한구석에 드리워진 공업용 비닐까지 끌어 내리고 총구를 겨누었지만 소득을 얻지 못했다. 사라는 아직 창문이 달리지 않아 뻥 뚫린 구멍 너머를 보았다.

'서쪽으로 가라고?'

분명히 함정일 것이다. 하지만 그것이 지금 얻을 수 있는 유일한 실마리였다.

사라는 당장 핸드폰을 주워 들고 달려 나가며 소리쳤다.

"서쪽! 서쪽으로 가요!"

탁탁탁탁, 날듯 달려가는 발걸음 소리가 멀어지고, 문 옆 어둠에서 남자가 태연히 걸어 나왔다. 단정한 구두, 깔끔하게 다린 정장…… . 느긋하게 걸어 창가에 훌쩍 올라섰다. 불빛의 군집이 빛나는 도시의 숲을 내려다보는 눈동자는 서늘한 금속성이 흐르는 짙은 황금빛, 달빛에 비춘 입술은 매력적이고도 비릿한 냉소를 띠었다.

"성자여, 당신의 역할은 여기까지입니다."

자, 이제 그도 남은 할 일을 할 때였다. 시선이 모두 다른 쪽으로 쏠려 있을 때 말이다.

그는 티끌 하나 묻지 않은 검은 신사모를 눈동자와 꼭 같은 빛깔을 내는 머리 위로 꾹 눌러썼다.

"처음부터 당신도 절 믿지는 않았으니 그리 억울하진 않겠지요. 그럼 이만."

그는 뮤지컬 배우인 양 경쾌한 걸음으로 창가에서 훌쩍 뛰어내렸다.

알라스테어는 고개를 홱 젖혔다. 그 반동에 몸까지 뒤로 넘어갔다.

놀라 팽창하는 눈동자에, 그가 서서히 뒤로 쓰러지는 모습이 비쳤다. 그리고 바닥에 닿기 직전에 뻗어져 나와 그를 잡는 손까지도.

손을 뻗고는 있지만 키츠카는 여전히 고개를 숙이고 있었다. 그리고 천천히 다리에 힘을 주고 일어났지만 뱀파이어들은 그를 제

압하지 않았다. 오히려 한 걸음 물러서며 그에게 자리를 내주었다.

그는 똑바로 섰다. 그리고 고개를 들었다.

시린 달빛을 흡수하며 팽창하는 눈동자에는 미풍 같은 온유함이 없었다. 오만하고 견고한 냉소가 있을 따름이었다. 같은 얼굴을 하고 있는데도 눈빛 하나로 그토록 사람이 달라 보일 수 있는지는, 처음 알았다.

그는 마치 처음 녹색 눈동자로 바라보는 세상이 신기한 듯 바깥을 응시하다, 숨을 크게 들이마셨다. 하지만 곧 늘 가지런하던 미간에 주름을 잡으며 제 옆구리를 내려다보았다. 똑바로 꽂혀 있는 단검을 보고는 쯧, 혀를 내찼다.

"이런 통증을 잘도 참았군."

붉은 입술에서 낯익은 목소리가 흘러나왔다. 네가 원한다면 신을 죽여줄게, 라고 너무도 다정히 속삭였던…….

그는 쑥 단검을 뽑아내 내팽개치고는 코트까지 벗어서 던졌다. 그리고 그녀의 눈가를 살며시 쓸어주던 손으로 남색 와이셔츠의 단추를 거칠게 잡아 뜯었다.

"단추는 왜 이렇게 많이 잠가둔 거야?"

그가 너무나 익숙한 목소리로 투덜투덜 무어라 말하지만, 귀에 들리지 않았다.

"숨쉬는 것 자체가 해악인 존재도 있는 거야."

이제야 귀희는, 루카가 왜 그런 말을 했는지 깨달았다.

나하쉬가 이 지상에 존재하는 한 언제든지 지옥의 문이 열릴 가능성은 있었다. 그가 원해서든 아니면 이렇게 이용당해서든. 그리고 만에 하나 지옥의 문이 열리게 된다면, 공간의 틈 사이로 '그런 것'을 보아버린 그녀로서는 진실을 알고 있는 모두가 나하쉬라면 치를 떨었던 이유를 이해하지 않을 수 없었다. 하지만……

디어크는 그런 짓 따위 하지 않아.

"선하다, 악하다……."

알라스테어는 흘긋 돌아보았다.

"대체 그 기준은 누가 나누는 거야? 신이?"

작은 손이 의자의 팔걸이를 으스러뜨릴 듯 움켜쥐었다. 그리고 고개를 드는 그녀의 눈은 물기 너머로 강렬하게 빛났다.

"나라면 엿이나 먹으라고 하겠어."

페나 마녀들이 암브로시아에게는 숭고한 선일지 몰라도 에키드나에게는 잔인한 살해자들이었다. 그리고 엄밀히 들여다보면 암브로시아도 뱀파이어에게만은 악이었다. 그 반대도 마찬가지이듯이.

"나 이래 봬도 원래는 신이었거든. 선한 것도 악한 것도 없어. 그건 행위에 임의로 부여되는 정의일 뿐이야!"

우리는 모두 표면의 한 꺼풀을 벗겨보면 괴물 에키드나였다.

홍채를 조금만 더 깊이 들여다보면 얇은 표면 아래 괴물 에키드나를 키우고 있었다. 그것은 사악하고 교활하며, 식인을 즐기고, 깊은 한밤에 찾아오는 몽마처럼 호시탐탐 우리를 악의 유혹에 들게 했다. 미혹하여 종내에 파멸로 이끄는 그것은— 결국 또 다른 '나' 였다.

"네 같잖지도 않은 믿음을 절대적인 기준인 양 선전하지 마!"

귀희는 소리쳤다. 사력을 다해, 이렇게 하면 모든 일이 해결될 것처럼. 뱀파이어가 그녀를 제압하기 위해 쥐고 있는 팔이 곧 부러질 것 같은 통증을 전달했지만 멈추지 않았다. 아니, 멈출 수 없었다.

"심지어 넌 악한 것도 아니야. 이제 알겠어. 사랑 따위 토할 것 같다고 건들대며 쿨한 척하는 게 멋진 줄 아는, 몸만 큰 어린애일 뿐이지!"

갑자기 팔이 풀렸다. 정신없이 악을 쓰던 귀희는 그 반동에 바닥으로 굴러떨어졌다.

"허억, 헉……."

흐트러진 머리카락 사이로 불을 뿜는 것 같은 뜨거운 숨결이 새었다. 소름 끼치도록 차가운 손이 다가와 그녀의 머리카락을 걷어 올렸다. 귀희는 부옇게 흐려진 눈을 들었다.

그녀가 몹시 사랑스럽다는 눈으로 바라보는 남자.

실로 나하쉰 듯 그 저주받은 다이아몬드의 참혹한 광채를 뿜으며 아름답게 웃었다.

"하지 마. 디어크는…… 그렇게 웃지 않아……."

"눈을 감으면 모든 게 잊힐 거야. 난 녀석과 다르지 않아. 너만 큼은 꽤 좋아하거든. 원한다면 녀석인 척해줄 수도 있어. 이 몸 으로 여자들을 안는 건 그냥 '작업' 의 일부분일 뿐이니까 너무

섭섭하게 생각하지 마."

그는 조금 미안하다는 얼굴로 난색 어린 웃음을 지었다.

"아가씨가 아이를 낳아줄 수 있다면 가장 이상적이겠지만 아쉽게도 곧 죽어버릴 테니까, 그렇지?"

그는 으차, 하고 일어났다. 핑— 신호가 가볍게 주변을 훑자 뱀파이어들이 움직였다. 그리고 한쪽 구석에서 아까부터 용도를 알 수 없었던 관을 들고 와서 잠든 알라스테어의 본체 옆에 내려놓았다.

"일단 자리를 좀 옮기는 편이 좋겠어. 자꾸 여기저기 맴도는 피라미들이 느껴지는걸."

쿠웅.

그 순간이었다. 기묘한 충격이 건물 전체를 뒤흔들었다. 하지만 단순한 폭발 같은 게 아니었다. 오히려 폭발이라기보다 건물 전체의 전력을 한 번에 끊어버리듯이 공기의 흐름이 달라졌다.

알라스테어는 천장을 둘러보고 중얼거렸다.

"결계가 풀렸군."

본체 안에 있었다면 몰랐겠지만 마력의 흐름을 감지하는 능력을 가진 육체 안에 있다 보니 결계가 사라졌다는 것을 바로 느낄 수 있었다.

"역시 배신했나. 그 여자가 아담 개리슨을 배신한 이야기를 듣고도 손을 잡았던 내가 멍청했지."

어차피 신용한 적 따위는 없었다. 녀석에게 다른 꿍꿍이가 있다는 사실은 녀석이 사람 좋은 미소를 띠고 지옥의 문에 대해 이야기해 줬을 때부터 눈치채고 있었다. 하지만 전화위복, 마침 키츠카의 육신을 입었을 때 결계가 풀렸으니 오히려 그에게는 이득이었다.

그래, 이 몸은 그로서도 마냥 부러워할 수밖에 없었던 환술을 쓸 수 있지 않은가.

시험 삼아 허공을 손가락으로 슥 가르자 공간이 천으로 화하여 끌려왔다. 호오, 매우 흥미로워 절로 탄성이 새었다.

귀희는 그 모습을 마냥 절망적으로 바라볼 수밖에 없었다.

그래, 현실에는 '오래오래 행복하게 살았습니다' 같은 결말 따위 없는데도 자신은 무엇을 믿고 바랐던 걸까…….

또륵—

눈물이 흘러 바닥을 짚고 있는 손에 떨어졌다. 그리고 그 손의 약지에 빛나는 녹주석 반지가 눈에 들어왔다.

"이거면 날 죽일 수 있어."

꾸욱, 반지를 움켜쥐었다. 비척대며 일어났다.

천천히 바닥에서 떨어진 발걸음이 달리기 시작했다. 언제나 그녀의 길잡이가 되어주던 든든한 등을 향해.

타악—

강한 타격에 그녀는 그대로 나동그라졌다. 얻어맞은 볼이 화끈거렸다. 질끈 깨문 입술 사이로 억억 울음이 새었다.

"아가씨, 정말 이렇게 일을 어렵게 만들 거야?"

아직도 그가 쥐고 있는, 공간에서 자아져 나온 천은 바람이 불지 않는데도 펄럭펄럭 흔들렸다.

그는 여전히 키츠카였다. 일그러진 표정도 삐딱한 입매도 다르지만 그녀가 사랑한 머리카락, 눈동자, 얼굴이었다. 설사 할 수 있었어도 그녀는 찌를 수 없었다. 그러면 정말, 끝이니까.

"디어크, 사랑해요."

알라스테어는 한숨을 내쉬었다. 정말 이 여자의 멍청함에는 질렸다. 달리 말하면 그런 순수함이 매력이기도 해서 누구나 작고 귀여운 동물에게는 애정을 느끼듯이 죽일 것 없이 데리고 있을까 했는데, 이래서야 그것마저도 귀찮을 것 같았다.

"아가씨 말이야……."

그때였다. 갑자기 왼쪽 팔이 홱 들렸다. 무언가 막혀 있던 것이 터지듯 저절로 팔에 마력이 쏠린 것이다. 사용하는 데 익숙하지 않아 당황하는 순간, 화악— 마력이 폭주해 천이 크게 휘돌았다. 다급히 끌어당겼지만 오히려 고삐를 붙잡을수록 거칠어지는 야생마인 양 날뛰었다. 그리고 옆 벽에 가서 부딪히는 순간, 콰과과과과! 실제 물리력을 가진 철퇴처럼 벽을 파훼하며 나아가 창마저도 산산이 부서뜨렸다.

"큭!"

그 잔해가 사방으로 비산했다. 반사적으로 팔을 들어 충격에 대비했지만, 느껴지는 통증이 없었다. 의아해하며 팔을 내리자, 날카로운 잔해들이 허공에 꽂힌 듯이 멈춰 있었다. 그리고 보이는 광경은, 활짝 열린 밤하늘이 아니라 대리석이 깔린 어딘가의 내부였다.

그가 서 있는 쪽은 분명 본래의 사무실인데, 발치에서 이어지는 대리석은 쓰러져 있는 귀희를 지나 그 뒤의 방까지 연결되어 있었다. 그리고 방은 어딘지 낯익었다. 그 중앙에 똑바로 서 있는 여자도.

그녀를 비춘 눈이 팽창했다.

검은 코트, 검은 바지, 검은 구두……. 저승에서 온 사자처럼 온통 검은 여자의 구릿빛 피부가 침침한 조명 아래 매끄러운 빛을 발했다. 그야말로 우월한 유전자의 집합체인 듯 탄력적인 몸매는 흡사 흑표범, 물결치는 검은 머리칼은 봉긋한 가슴을 타고 흐르고 고혹적인 눈동자는 귀기(鬼氣)로 스산했다.

"알라스테어."

그날 그녀는 그 아름다운 입술로 처음 그의 이름을 불렀다. 그가 주는 배덕한 환락 속에서도, 지옥 같은 절망 속에서도 부르지 않았던 그 이름을.

"사랑해."

펄럭―

날아오르는 코트 자락은 저승새의 날개처럼, 잘록한 허리를 빼곡하게 두른 폭탄이 눈에 들어왔다.

"그러니까 함께 가자."

"그러니까 돌아와요."

빛이 폭발했다. 그를 보호하기 위해 달려드는 뱀파이어들 사이로, 붉은 불길의 괴물이 순식간에 그녀의 아름다운 육신을 갈가리 찢어 집어삼켰다. 그것은 너무나 생생한 악몽의 재현이었다. 분명 과거를 재현한 환각일 뿐임을 알고 있으면서도 본능적으로 제 입에서 터져 나오는 절규는, 그를 향해 달려오는 괴물의 울부짖음 같은 굉음에 가려져 들리지 않았다.

번쩍, 바로 그 뒤를 이어 강한 빛이 눈을 때렸다. 알라스테어는 흠칫 정신을 차렸다. 부서진 곳 하나 없이 멀쩡한 창 너머 환한 빛이 뭉텅 쏟아져 들어왔다. 어느새 창밖으로 나타난 헬리콥터가 눈부신 헤드라이트로 그들을 비추고 있었다. 역시 그 빛을 받은 귀희는 느릿하게 뒤를 돌아보았다.

이어서 헬리콥터에서 불길이 일었다. 알라스테어는 번뜩 창가에 쓰러져 있는 제 본체를 보았다. 다급히 손을 뻗었다.

기잉―

신호가 터져 나가고, 폭발음 같은 총성이 연달아 울리며 창이 산산이 터져 올랐다.

17

어둠 속에 둔탁한 은빛을 내는 문고리가 있었다. 군데군데 칠이 벗겨진 녹슨 철문은 굳게 닫혀 있었다. 하지만 먼지가 두껍게 앉은 문고리에 사람의 손가락 자국이 선명했다.

크기를 보건대 남자의 것.

붉은 레이저선이 문고리에 안착했다. 스륵, 스륵, 이어서 숱한 레이저선이 따라와 문고리 위로 붉은 거미줄을 쳤다.

문 옆으로 얼굴에 칠한 위장크림 때문에 하얀 눈자위만 빛나는 남자가 고갯짓했다. 그러자 어둠에 가려져 보이지 않는 수많은 인기척이 긴장했다. 헥터는 꾹 권총을 움켜쥐었다. 그리고 남자에게 고개를 끄덕였다.

남자는 바로 문을 열고 돌격했다.

"Freeze!"

철컥, 철컥, 철컥, 수십 개의 총구가 쇳소리를 울리며 하나의 목표를 겨누었다. 하지만 총성은 이어지지 않았다. 오히려 무거운 침묵이 감돌고, 선봉에서 총을 겨누고 있는 헥터는 서서히 총구를 내렸다. 무언가 말을 하려는 듯 입술을 달싹였다가 도로 다물어 버렸다.

"뭐예요? 무슨 일이에요?"

뒤에서 사라가 남자들을 헤치고 앞으로 나왔다. 그리고 방 안을 바라본 그녀 역시 언어능력을 잃어버렸다. 옆에서 헥터가 'Holy fucking……' 차마 말을 다 끝내지도 못하고 신음처럼 중얼거렸다.

눈앞에 펼쳐진 풍경은, 기대와는 너무도 달랐다. 바닥에는 무엇으로 그렸는지 알 수 없는 거대한 원형의 진이 있었고, 형광물질을 품은 듯 밝은 금빛으로 발현하는 진 가운데 사람이 누워 있었다. 그리고 저주를 내리는 짚인형처럼 그 배에 수직으로 똑바로 박혀 있는 장검……

그 아래로 흐르는 선홍빛 핏물은 원형 진을 수로처럼 타고 구석구석에 퍼져 나가고 있었다. 핏물이 영양분을 공급할 때마다 섬뜩하도록 이상한 빛깔을 지닌 자주색 검은 두쿵, 두쿵, 살아 있는 생물인 양 고동쳤다.

"이런 빌어먹을! 어린애잖아?!"

그나마 가장 먼저 정신을 차린 헥터가 거칠게 뇌까리며 진 가운데 있는 소년에게로 뛰어갔다.

"잠깐만요!"

사라가 다급히 그를 막아섰다.

"무슨 마법이 걸려 있을지 몰라요. 내게 맡겨요."

사라는 굵은 침을 삼키고 조심히 진 안으로 걸어 들어갔다. 진을 감싼 금빛의 구는 침입자를 감지한 순간 불어나듯 빛났지만 별다른 반응 없이 사라를 들여보내 주었다. 사라는 끝까지 경계를 늦추지 않은 채 소년을 관통한 검을 잡았다. 기이이이잉, 검은 마지막 발악처럼 귓가를 할퀴는 고주파를 발산했다. 사라는 최대한 마력을 집중해 막아냈다. 그리고 이를 악물고 뽑아내자, 검은 무른 두부에 박혀 있었던 듯 쑥 빠져나왔다. 꼭 처음부터 그다지 저항할 생각이 없었던 것 같았다.

쿨럭!

소년은 짧은 발작을 일으키며 검은 핏덩어리를 한 움큼 토해냈다.

달카랑!

평범한 상태로 돌아온 검을 병균인 양 떨쳐 내자 진에서 빛나던 금빛도 거짓말처럼 빠르게 잦아들었다. 사라는 다급히 소년의 상태를 살폈다.

"구급상자 좀 가져오……."

그런데 채 말을 다 하기도 전에, 장기를 다 내보일 정도로 커다랗게 배를 찢어놓은 상처가 테이프를 되감듯이 아물기 시작했다. 진에서 빛나던 금빛과 같은 금빛을 내며. 그리고 눈 깜짝할 사이에 상처가 흔적 하나 없이 깨끗하게 사라졌다.

"뭐……?"

하아…….

크게 숨을 내쉰 소년이 눈을 떴다. 그리고 살면서 난생처음 보는 기묘한 황금색 눈동자로 그들을 담았다.

말을 걸려는 찰나, 소년은 꿈속에서 괴물을 본 아이처럼 공포에 질려 소리치기 시작했다. 그것도 알아들을 수 없는 언어로. 당황한 사라가 그를 잡았지만 소년은 고작해야 10대 초반으로밖에 보이지 않는 나이에도 불구하고 엄청난 힘으로 그녀를 떨치며 발버둥 쳤다.

"저기, 잠깐……."

그때였다. 쿠우우우우, 콰앙! 사라는 문 쪽으로부터 해일처럼 덮쳐 온 강한 금빛 충격에 튕겨져 날아갔다. 퍼억! 뒷벽에 부딪히고 바닥으로 떨어졌다. 퍽, 쿵! 그 옆으로 함께 날아온 남자들이 그녀처럼 뒷벽에 부딪혔다가 우수수 떨어졌다.

휘오오오! 쿠웅! 쿵!

흡사 신이라도 강림하는 듯, 공간에 광풍이 몰아쳤다. 무장한 남자들과 물건들이 허공에 낙엽처럼 휘돌았다. 바닥이 패이고, 천장이 갈라지고, 문가가 둥그런 철퇴로 맞은 것처럼 움푹 우그러들었다. 사라는 가물가물한 시야로 문가에 광풍을 사역자로 삼은 커다란 남자가 서 있는 모습을 보았다.

거센 바람에 얼굴은 잘 보이지 않았지만 그저 미풍이라도 맞는 듯 흩날리는 머리칼은 소년과 꼭 같은 황금빛. 지상에 존재하지 않는 금속의 표면처럼 매끄럽고 휘황한 금속성을 흘렸다.

흡사 태양처럼.

남자는, 아니, 그 존재는 그 자체로 '행성'과 같은 압도적인 힘을 내뿜었다. 몸이 이대로 터져 나갈 것 같은 무형의 압력에, 사라는 감히 대적해 볼 생각은커녕 떨려오는 몸을 주체할 수조차 없었다.

《감히 내 손자를 결계석으로 쓰다니…….》

뇌를 직접적으로 때려오는 그 음성마저도 인간의 귀에는 들릴 리 없는 행성의 공전 소리와 같았다. 그래서 그가 쓰는 언어는 분명 제 귀에 익숙했음에도 정확히 무슨 말인지 알아들을 수가 없었다.

《너희들 덕분에 내 아이를 찾을 수 있었으니 이번만큼은 봐주겠다. 하지만 목숨을 부지하고 싶다면 이곳에서 봤던 것은 잊는 편이 좋을 것이다.》

바람은 시작된 것만큼 갑자기 사그라졌다. 아무 소리도 남지 않았다. 사라는 힘겹게 눈을 떴다. 거짓말처럼 조용해진 방 안 여기저기 나가떨어진 남자들이 신음을 흘리며 몸을 떨고 있었다. 하지만 남자와 소년은 어디에도 흔적이 없었다. 검과 진마저도.

지금 그들이 겪은 일이 꿈이 아님을 증명하는 것은, 거인의 주먹에 사정없이 두드려 맞은 것 같은 방의 풍경뿐이었다.

사라는 비척비척 몸을 일으켰다. 비명이 절로 나오는 통증이 흉부를 조여왔다. 옆구리를 더듬어보자, 갈비뼈가 부러진 것 같았다. 하지만 순간 통증을 잊을 만큼 머릿속이 더 혼란스러웠다.

무슨 일이 일어난 거지?

소년은 누구고, 그를 손자라고 칭했던 남자는 누구였지?

그가 사용한 마법은 뭐였지?

대체 내가 모르는 일이 얼마나 더······!

비명이 터져 나올 것 같은 혼돈 가운데, 갑자기 불쑥 목소리가 들려왔다.

"뭐 이런 좆같은······. 사라, 괜찮아?"

헥터가 잔해 속에서 몸을 일으켰다. 날아가는 파편에 이마를 맞았는지 삐친 아이의 튀어나온 볼마냥 혹이 볼록했다. 어쩐지 그 모양이 웃겨서 피식 웃어버린 순간 혼란이 가라앉았다.

어차피 이 세계는 비이상과 괴리의 나락이었다. 몰랐던 것도 아니다. 한때 지식에 대한 갈망으로 제 영혼마저 불태웠던 파우스트 박사처럼 무지한 자신을 괴로워하다가 깨달은 한 가지가 있다면, 바로 우리는 아무도 전부를 알지는 못한다는 사실이었다. 그저 알고 있는 것에 집중할 뿐이었다.

"괜찮아요."

"갈비뼈 나간 거 아냐? 지금 이게 대체 무슨······."

저 구석에 처박혀 있는 핸드폰이 눈에 들어왔다. 사라는 옆구리를 손으로 고정하고 일어나 핸드폰을 들었다. 다행히 고장 나지는 않은 것 같았다. 정말 요즘 한국이 핸드폰 하나는 잘 만든단 말이지.

"중요한 건 그게 아니에요."

그녀는 단축번호를 꾹 눌렀다. 화면에 '해삼말미잘바보'라는 이름이 뜨며 전화가 걸렸다.

"적어도 결계는 풀렸으니까요."

정적 속에, 어디선가 핸드폰 벨소리가 울리기 시작했다. 그 소리에 귀희는 어렴풋이 정신을 차렸다.

무언가가 자신을 덮고 있었다. 곧 끊어질 것처럼 뻐근한 목을 들고, 자신을 내려다보고 있는 미풍 같은 녹색 눈동자를 보았다.

말은 필요하지 않았다.

"디어크……!"

귀희는 그를 끌어안으며 안도의 한숨 대신 오열을 터뜨렸다. 그는 그녀의 등을 안아주었다. 안도감에 현기증이 밀려와 이대로 혼절할 것만 같았다. 하지만 그가 바로 시선을 돌려, 따라서 창가를 돌아보았다.

휘오오오오―

투명한 가림막이 분쇄되어 사라진 공간에 고도의 거센 바람이 불어들었다. 남자는 강한 바람에도 두려움 없이 창가에 서 있었다. 스르륵……. 스르륵……. 그를 갑옷처럼 막아섰던 뱀파이어들이 모두 재가 되어 흩날려 가며 남자는 흡사 잿빛 망토를 벗어던지는 듯했다. 그의 머리 위로, 어깨를 훑으며, 다리 아래로 유리 조각과 함께 은은히 빛나는 재가 꽃잎인 양 흐드러졌다.

그것은 어떤 의미로 절경이었으나, 번뜩 그들을 바라보는 푸른 눈동자는 실핏줄이 터져 핏물이 스며든 기이한 색이었다.

"네 녀석! 일부러……!"

다른 이류에 비해 제 정신감응에 면역력이 약하다지만 어쩐지 그 정신력에 비해 전혀 저항을 하지 않았다, 꼭 일부러 그를 맞아들인 것처럼.

"넌 이미 알고 있었더군."

헥터와 사라를 믿었다. 그리고 그들은 제 믿음을 배신하지 않고 시간에 맞게 결계를 해체했다. 타이밍만 잘 맞으면 제 몸으로 환술을 쓸 수 있는 성자가 아비게일을 보게 되리라 예상했다. 그 자신으로서는 성자의 기억 속을 비추어 환영을 이끌어낼 수 없었으니까.

마력을 차단당한 상태로 그가 해볼 수 있는 최대의 도박이었다.

"아비게일의 감정을."

알라스테어는 훗 웃더니 똑바로 섰다.

"지독히 이기적인 여자지. 그런 말을 툭 던져 놓고 죽어버리면, 남은 사람은 어쩌란 거야? 난 말이지, 궁금한 게 있으면 정말 잠도 못 잔다고."

그가 휙 손짓하자, 핑— 신호가 위를 향해가고 총격이 일었다. 아직도 바깥에 날아다니고 있는 헬리콥터가 옥상 어디선가 날아온 공격에 맞아 비틀거렸다. 그리고 안의 사람들이 다급히 외치더니 헬리콥터는 빠르게 사정권을 벗어났다.

"이미 죽어버려서 물어볼 수 없다면 데려와서라도 물어보는 수밖에 없지."

이제는 조종할 만한 인형도 거의 남지 않았지만, 그는 능숙한 인형술사와 같았다. 이 거대한 무대를 굽어보는 가짜 신 데미우르고스처럼 제 뜻대로 모든 것을 움직이고 배열했다.

불타는 성을 등지고 웃는 악의 근원을 바라보는 귀희는 희미하게 몸을 떨고 말았다.

늑대처럼 음흉하고 여우처럼 교활하면서 사자처럼 대담하다. 결계는 풀었지만 저런 것을 어떻게…….

그때였다. 속삭임이 귓가에 다가왔다.

"넌 암브로시아야."

귀희는 의아한 눈으로 얼핏 고개를 들었다.

갑자기 그런 말은 왜……?

"뛰어."

그의 눈은 미지로 향하는 신비의 집성이었다. 마치 스스로 살아 있는 하나의 생물처럼 그녀를 그 동공 깊숙이 이끌었다. 그리고 흔들리지 않는 하나의 맹신을 향해, 길을 안내했다.

나는 암브로시아, 이 세계의 어떤 생물보다 빠르게 움직일 수 있다. 그렇게 마음만 먹는다면.

그의 환술보다, 흐르는 탁류보다, 달리는 짐승보다, 날아가는 새보다도.

파직.

신경에 강렬한 전류가 흘렀다. 엄청난 속도로 전신의 뉴런을 일깨우며 내달려 손끝, 발끝에 도달했다. 다리의 근육이 팽창했다. 얼굴의 솜털을 스치는 공기, 저 멀리 뱀파이어가 콧구멍을 벌름거리며 내쉬는 숨, 알라스테어의 옆얼굴을 타고 흐르는 땀방울마저 느낄 수 있었다. 스스로 하나의 심장을 품은 것처럼 박동치는 동공이 최대치로 열렸다.

크로노스가 시간의 낫을 휘두른 듯, 풍경이 느려졌다. 귀희는 그대로 뒤돌며 달렸다. 맞닿은 손과 손이 떨어졌다. 마지막으로 그녀를 바라보는 눈동자가 속삭였다.

그래, 달려. 아무것도 널 앞지를 수 없어.

그리해 다리는 날개를 달았다. 그 난사에서도 살아남은 뱀파이어 두엇이 그녀를 발견하고 손을 뻗었다. 하지만 닿지 않았다. 기껏해야 중력에 지배당하는 육체를 가진 땅짐승들은 결코 그녀를 잡을 수 없으니까.

그녀는 알라스테어를 끌어안았다.

"……!"

그리고 도약했다.

허공이 물씬 다가왔다. 풍신의 품에 안긴 찰나, 파바밧! 함께 쓸려 나온 유리 조각들이 까마득히 아래로 추락했다. 그리고 둘은 검은 수면 아래 타오르는 도시 속으로 침몰하기 시작했다.

후오오오오오오오!

바람이 악령의 절규처럼 귓가를 할퀴었다. 거꾸로 그녀를 밀어 올리는 공기에 가슴이 터져 나갈 것만 같았다. 엄청난 고도에서 끝도 없이 추락하는 느낌은 세상 어떤 공포로도 설명할 수 없었다. 하지만 그녀는 고집스럽게 알라스테어를 끌어안고 놓지 않았다.

키츠카가 믿어주었다. 그녀도 그를 믿으리라.

알라스테어는 머리 아래로 물씬 가까워지는 거대한 불야성을 보았다. 인간들이 왜 그토록 하늘을 날기를 소망하는지 알 수 있을 만큼, 광경은 황홀했다. 그리고 몸에 힘이 빠지며 편안해졌다.

죽음의 품은 이토록 안락했던가.

조종할 인형은 살아남은 뱀파이어들이 아니더라도 얼마든지 있었다. 하지만 개체수가 아무리 많아도 결국 그는 혼자였다. 인형술사가 손가락을 움직이지 않는 한 인형들은 결코 움직이지 않으니까.

교묘하게 왜곡한 공간 너머에 숨어 있어 어떤 의미에서는 거울 너머 환영에 불과했던 키츠카 역시 그랬으나, 종내에 그는 환각의 장막을 내리고 경계를 넘어갔다. 그리고 스스로 움직이고 생각할 줄 아는 '인간'의 손을 잡았다.

결계를 해체하는 것도, 기습으로 화력을 쓰는 것도, 자신이 반응할 수 없는 속도의 논개 전술도 그 혼자서는 불가능했으리라.

'결국 가장 크게 날 배신한 녀석은 너였군.'

역시 얄미운 녀석이 아닌가. 언제나 모든 걸 다 안다는 듯 무심한 얼굴로 이렇게 뒤통수를 치다니…… 정말 아비게일이 아니었더라도 좋아할 수 없는 녀석이었다. 하지만 인정할 수밖에.

이번만큼은 자신의 패배였다.

아니, 그는 이미 지쳐 있었다. 초자연적인 신이 아닌 자연의 존재에게 천 년은 너무나 긴 시간이었다. 시간의 놀음에 놀아나 정신을 놓은 뭇 동족들처럼 이 정신력은 약하지 않았지만, 다시 생각해 봐도 천 년간의 활동은 정말 피곤한 일이었다. 하지만 뱀파이어에게 내린 저주는 끝나지 않는 생명도, 광증도 아니었다. 바로 어떤 경우에도 활동을 멈출 수 없다는 데 있었다.

잠깐의 잠은 무의식을 표류하는 방황에 불과했다. 키츠카에게 심장을 빼앗기고 3년간 잠들면서 다시 일어나지 않기를 바랐으나, 그에게 부과된 저주는 쉽게 안식을 허락하지 않았다. 유리처럼 날카로운 의식은 결국 살아나고, 그에게 영원히 멈추지 말라고 잔혹한 왕처럼 명령했다.

알라스테어는 자신을 죽을힘을 다해 붙잡고 있는 여자를 보았다.

어쩌면 이 소녀에게 집착했던 이유는, 은연중에 알고 있었기 때문인지도 몰랐다. 이 힘없고 약해빠진 여자가 그에게 안식을 줄 존재라는 사실을.

"마지막 기회야."

갑자기 알라스테어가 그녀를 안아왔다. 속삭임은 울부짖는 바람 소리에 가려져 들릴 리 없었건만, 묘하게도 뇌에 직접 이야기하는 것처럼 알아들을 수 있었다.

"내가 이렇게 죽으면 너도 머지않았어. 지금이 영생을 가질 수 있는 마지막 기회니까 내게서 가져가 봐. 가져갈 수만 있다면 기꺼이 내어주지."

이대로 바닥에 닿으면, 이 천 년 살이 뱀파이어를 처치할 수는 있겠지만 영생의 꽃도 함께 시들어 버리리라. 그러면 머지않아 그녀도 결국 수명이 다해 그의 뒤를 잇게 될 것이다. 하지만 그렇게 되면 누구보다 그가 좋아할 일이 아니던가.

"어째서……?"

정신없이 흩날리며 머리카락 사이로, 그 입매가 미소와 비슷한 선을 그렸다. 냉소가 아니었다.

"살아보라고. 결국에는 죽고 싶어서 발악하게 될 이 지독한 삶을."

선물, 이라고 해둘까. 배알이 꼴려서라도 결코 그렇다고 말하지는 않을 테지만, 어차피 이제는 제게 쓸모없는 것이다. 그리고 뭐, 그는 단 한 번도 누군가를, 특히 자신보다 하등한 생물 따위 좋아한 적 없지만 아마 다른 상황에서 만났다면 이 소녀와는 친구가 되었을 것이다. 그날 밤 안락한 요람 속에 누워 불길을 들고 찾아온 그에게도 방긋 웃어 보였던 미소는, 꽤나 귀여웠으니까.

그를 안은 팔에 꾸욱 힘이 들어갔다.

"알라스테어."

알라스테어는 희미하게 웃었다. 하여간 이 여자나 저 여자나, 죽을 때가 돼서야 선심 쓰듯이 이름을 불러주는군.

"당신은 악하지 않았어. 당신 스스로 악해진 것뿐이지."

다시 굉음이 되어 귓가를 후려쳐 오는 바람 소리에, 뒷말은 들리지 않았다.

바닥이 가까워졌다. 두쿵, 두쿵. 아니, 시야가 넓어진 것이었다. 마치 전혀 다른 생물이 된 것처럼 지상의 풍경이 점차 선명하게 눈 속으로 뛰어들었다. 한 번, 두 번, 점차 더 가까워질수록 그 충격이 뇌를 흔들었다.

알라스테어의 형체가 응집력을 잃은 것처럼 불안하게 흔들렸다. 그리고 머리카락 끝, 손끝, 발끝부터 서서히 재로 화하여 흩어지기 시작했다. 날아오르는 재는 불빛에 비추어 은빛 미립자처럼 반짝거렸다.

색채를 잃으며 하얗게 바랜 것 같은 그는, 너무도 평온해 보였다. 그리고 마치 이 순간을 기다려 온 듯 속삭였다.

"그녀를 데려와서 물어볼 수 없다면, 내가 가서 물어보는 수밖에."

파앗.

한순간에 터져 오른 재가 그녀에게로 쏟아졌다. 아이러니하게도 죄의 만왕의 흩어지는 그릇으로부터 정제된 재가 솟구쳐 오르는 바람에 밀려 원죄를 씻는 강물과 같이 미상불 그녀에게로 쏟아지는 것 같았다. 한 순간 무지갯빛의 탁류에 휩쓸린 것만 같아 그녀는 숨조차 쉴 수 없었다.

마침내 그녀를 훑고 지나간 재가 속박을 벗어던진 새의 무리처럼 광막한 창공을 향해 날아올랐다. 그 흐드러지는 재 사이로 절망의 바닥에서 그녀를 구원하는 신의 손길처럼, 손이 뻗어져 나와 그녀를 잡았다.

후우우우우.

이어서 키츠카는 허공을 잡았다. 허공에서 자아져 나온 거대한 천이 추락하는 그를 따라 끌려왔다. 군청빛 밤하늘이 웅장하게 물결쳤다. 실로 이 지구를 짊어진 아틀라스가 그들을 구하기 위해 땅 끝에 굳건히 버티고 서서 장막을 휘두르는 것 같았다.

귀희는 멍하니 그 모습을 지켜보았다.

―아름답다.

그것은 마치 어둠을 걷어내는 아침의 장막.

밀려가는 바닷물인 양 첩첩이 파도치며 회전한 장막이 지상을 때렸다. 굉음을 내며 지상을 훑고 지나갔다.

솟아오르는 물소리가 모든 소리를 삼켰다.

물속은 어머니의 양수처럼 안락했다. 가없이 깊어 저 아래서는 심해어가 느릿하게 헤엄쳐 갈 듯 깜깜했으나 수면 너머 신의 휘광처럼 눈부신 빛이 샤워가 되어 쏟아졌다. 물거품들이 물고기 떼처럼 무리 지어 수면을 향해 유영했다. 빛을 향해서 내뻗은 손으로부터 연기처럼 신비로운 오색의 빛깔이 뿜어져 나왔다. 한 마리의 인어가 된 듯이 손가락 사이사이로 화려한 빛깔을 지닌 물갈퀴처럼 휘감겼다.

생명.

이곳은 또 다른 생명의 자궁이었다. 빛이 스며드는 탄생의 포문을 향해 질주하는 태아처럼, 그녀는 수면을 향해 손을 뻗었다.

촤악!

수면을 깨고 솟아올랐다. 아무 소리도 없던 세계가 거짓말처럼, 귀가 멍멍하도록 사방이 시끄러웠다. 여기저기서 사람들이 소리치고 헤드라이트가 번쩍거렸다.

둘은 도시 한중간에 시멘트 바닥을 뚫고 덩그러니 생겨난 호수를 헤쳐 가 겨우 단단한 바닥으로 올라섰다. 그러자 눈부신 빛 때문에 얼굴도 알아볼 수 없는 누군가가 외치며 담요를 덮어주었다.

투룩, 툭.

아직 어지러운 시야 앞에 젖은 머리칼 끝에서 물방울이 떨어져 시멘트 바닥에 흥건한 자국을 그렸다. 그곳을 짚고 있는 손가락 사이에 아직도 황홀한 빛깔을 내는 물갈퀴가 반짝였다. 그것은 이내 서서히 잦아들며 그녀에게로 스며들었다. 신비감에 젖어 응시하다 천천히 시선을 들자, 빛 속에 키츠카가 있었다. 적동색으로 젖은 머리카락에서 물방울이 떨어져 벅차게 빛나는 눈에 스몄다.

그녀는 점자를 확인하는 장님처럼 그의 얼굴을 감싸 안고 더듬었다. 따뜻한 피부가 느껴졌다.

"살았어요."

나직한 탄성처럼 속삭이자, 강하게 안겼다.

"그래, 살았어."

그의 어깨 너머로, 헥터가 그들을 내려다보며 못 말린다는 듯이, 하지만 안도한 웃음을 지었다. 그 옆에서 응급처치로 팔과 가슴을 고정한 사라도 미소를 지었다. 얼굴이 낯익은 많은 사람들이 서로 수고했다며 어깨를 두드리며 웃었다.

흔들리지 않는 강한 품을 느끼며, 벅차 시려오는 눈을 감았다. 그녀는 이렇게 강렬하게 살아 있었다.

에필로그

ENd

매가 비상하듯, 고원의 바람은 높았다.

사아아…….

초원의 숨결은 바람이 되어 푸른 융단으로 덮인 대지를 가볍게 훔치고 날아올랐다. 벽록빛 광야에 강아지풀이 속살대고 이름 모를 꽃들이 가분히 고갯짓했다. 그리고 노랫가락이 울려 퍼졌다. 현악기인 듯도 관악기인 듯도 싶은 신비로운 공명은 들릴 리 없는 바람의, 물의, 산의, 그리고 동물의 노래와 같았다. 길게, 길게, 저 창공으로 날아올랐다. 말들은 투레질하고, 둥그런 천막 위에 솟은 깃발들은 모든 것을 창조한 자의 존재를 일깨우듯 펄럭였다.

바람이 온화한 둔덕 너머로 떠나고 그 잔영에 이끌려 그는 고개를 들었다. 목 뒤로 낮게 내려 묶은 붉은 머리칼이 흩어졌다.

그리고 그에 대비되는 무채색의 남빛 옷자락 위로 사분히 가라앉았다.

여인들은 하얀 게르(Ger) 옆에 모여 앉아 있었다. 화사한 색감이 마치 꽃의 군락 같았다. 늙은 여인, 젊은 여인, 앳된 여인, 모두 함께 모여 바삐 손을 놀리면서도 무엇이 그리 즐거운지 연신 낭랑한 웃음을 터뜨렸다. 하기야, 봄이 왔다. 사계절 대부분 얼어붙어 있는 황량한 땅에 모처럼 찾아온 자식 내외처럼 반가운 손님일 터, 여인들은 거친 땅에 돋아나는 새순인 듯 싱그러웠다.

그 가운데 한 여인이 그를 응시하고 있었다. 그가 자신을 바라보는 시선을 느낀 이유였던 모양이다.

시선이 마주친 찰나, 어딘가에서 어린아이들의 웃음소리가 아련히 울려왔다. 신을 경배하는 만트라*와 같은 곡조가 스쳐 지나갔다. 마침내 박꽃 같은 얼굴에 애잔히 고인 검은 눈망울이 물결쳤다.

곧 여인은 그에게서 시선을 돌렸다. 그리고 곁에 있는 앳된 처녀가 웃으며 하는 말에 가까스로 미소를 지었다. 웃고 싶지 않은데도 내색할 수 없어 웃는 듯이.

그가 계속해 응시하고 있음을 느꼈을 텐데도 여인은 끝까지 시선을 돌리지 않았다.

저 멀리 만트라를 닮은 흐미(몽골 유목민의 전통노래)는 서서히 잦아들고 있었다.

---

* Mantra: 짧은 음절로 이루어진, 사물과 자연의 근본적인 진동으로 되어 있다는 소리나 주문.

"아, 훗."

갈라놓은 박처럼 탐스러운 두 융기를 움켜쥐자 여인은 허리를 뒤채며 신음했다. 그리고 엎드린 자세 그대로 얼핏 상체를 돌려 뒤에 맞붙은 그의 가슴을 밀어냈다.

"이런 시각부터……"

밀어낸다고 해도 가볍게 짚은 것에 불과했다. 도리어 유혹에 가까웠다. 그는 가는 허리를 쥐고 부드럽게 밀어붙였다. 그녀는 넘어지지 않기 위해 급히 두 손으로 탁자를 짚었다. 그 덕분에 다시 엎드린 자세가 되었다.

겉옷인 붉은 델(Del:몽골의 전통의복)과 속옷은 이미 발치에 한 뭉치로 구르고 있었다. 얇은 안감으로 된 상의밖에 남아 있지 않은 몸은 아찔한 절경을 고스란히 내보였다. 서 있는 게 신기할 만큼 작은 발을 타고 올라가면 매끄러운 두 다리가 가늘게 떨리고, 희미한 빛에 은은한 엉덩이, 매혹적인 능선을 그리는 허리로 연결되었다.

예술품 같은 여체를 투박한 손으로 쓸어갔다. 그리고 허벅지를 타고 습윤한 꽃집 속으로 스며들자 여체는 반사적으로 울었다.

"디어크……"

벌어진 입술 사이로 잗다랗게 흘러나오는 숨결이 진액처럼 달았다. 그는 그 달콤함을 한껏 삼켰다.

뒷머리를 쥐고 입안으로 혀를 밀어 넣자, 귀희는 숨이 모자란 사람처럼 급급하게 그를 삼켰다. 아마 아직 초원 위로 해가 높이 떠 있는 시각이기에 소리를 삼키기 위해서였으리라. 하지만 그는 개의치 않았다. 이제 완전히 그에게 적응한 아내가 부담스러워할 만큼 깊이 입을 맞추고 혀를 뒤섞었다.

입안 가득 고인 타액이 질척거렸다. 숨을 쉴 틈도 없이 재차 맞부딪치는 키스에 그녀는 힘겨운 신음을 흘렸다. 그러나 혀는 쾌감의 촉수였다. 오롯이 돋아 오른 돌기들이 마찰하며 감각들을 모조리 일깨웠다.

천천히 입술을 떼고 홍채 안의 주름까지 인식될 정도로 가까이 검은 눈을 응시했다. 높이 난 창문 너머 잦아드는 햇빛을 흡수한 검은 홍채가 아스라이 좁아들었다.

그 안에 확연한 쾌감과 갈망, 그리고 희미한 거부.

그가 가르친 감각을 착실히 느끼면서도, 지금은 그만둬 줬으면 하는 것이리라. 밖에서 사람들의 대화 소리와 웃음소리가 들려왔다. 하지만 보통 때라면 배를 갈라 심장이라도 꺼내줄 애원에도 그는 흔들리지 않았다. 어깨에 입 맞추고, 기름진 허벅지를 쥐고 있는 손으로 꽃잎을 헤쳤다.

"흑……!"

허벅지를 바싹 끌어당기자 낮아지는 자세를 따라 엉덩이가 치솟았다. 그는 말랑한 융기를 쥐고 한껏 벌렸다.

그녀와 달리 그대로 입고 있는 델을 부스(허리띠)도 끄르지 않은 채 걷어 올렸다. 그리고 남성을 헐떡이고 있는 여성 속으로 단번에 밀어 넣었다.

"아, 아홋!"

그녀는 발작적인 탄성을 쏟지 않기 위해 이를 악물었다. 허리가 짜르르 울려왔다.

"쉿."

그래도 벽 하나를 사이에 두고 가족 같은 이들이 돌아다니고 있음을 의식하고 있기는 했을까. 하지만 곧 거세게 허리를 움직이는 그는 전혀 신경을 쓰지 않는 것 같았다. 엉덩이를 그대로 터뜨릴 듯 움켜쥔 채로 단단한 흉기로 그녀를 마구 헤쳐 댔다.

거칠지는 않지만 어딘지 무자비한 행위가 무슨 이유에서인지 귀희는 잘 이해할 수 없었다. 아까 저도 모르게 시선을 피한 것 때문일까?

하지만 깊은 숲을 닮은 눈은 그렇게 응시하고 있으면 모든 걸 꿰뚫어 볼 것만 같으니까.

단지 그뿐, 절대 그를 무시하거나 하려는 게 아니었는데. 아니, 그를 무시한다거나 하는 건 그녀로서는 언감생심 상상도 할 수 없건만, 그는 무시당했다고 느꼈나 보다. 그녀의 남편은 세상 무엇도 신경 쓰지 않는 것처럼 무심하다가도 그녀가 자신을 보지 않는다 싶으면 맹수처럼 눈빛을 번뜩거렸다. 멍하니 한눈을 팔고 있을 때 갑자기 턱을 쥐고 돌려 자신을 보게 하고는 말없이 응시하는 남편의 모습은 한때 그녀를 무시하지 못해 안달이었던 그와 전혀 다른 인물 같았다.

"읏!"

갑자기 타악, 몸이 무너질 만큼 사납게 쳐올리는 힘에 희미한 통증이 느껴졌다.

아, 안 돼.

"또 한눈을 파는군."

귓가에 나직한 으름장이 다가왔다. 이럴 때면, 그녀처럼 몽골의 전통복장인 델을 입고 말에게 여물을 주고 있던 모습이 도리어 거짓말 같았다. 이제는 수시로 나타나는 그의 본모습이 반갑지 않을 때란 이럴 때일까.

귀희는 힘없이 꺾인 팔에 겨우 힘을 주어 상체를 일으켰다. 질척한 땀줄기가 목을 타고 흘렀다. 그녀는 반쯤 제 안에 들어차 있는 열감을 쥐고 이끌며 천천히 허리를 흔들기 시작했다. 그리고 흥분한 맹수를 어르듯 시선을 피하지 않은 채 속삭였다.

"아니에요. 그러니까 제발 천천히……."

조금은 무자비한 힘이 거짓말처럼, 그의 허리짓이 느릿해졌다. 그녀는 리듬을 맞추듯 천천히 허리를 움직였다. 그러자 여과 없이 밀려오는 배덕할 만큼 강렬한 쾌감에 새삼스럽게도 얼핏 죄책감이 느껴졌지만 그를, 그가 주는 극한의 쾌감을 거절할 수 있을 리 없었다. 애써 참고 있던 숨 가쁜 헐떡임이 젖은 입술 밖으로 넘쳐흘렀다.

"아, 하, 디어크. 디어크."

어느새 그를 밀어냈던 이유는 저 멀리, 그녀는 재차 그를 부르며 애원했다. 그는 기꺼이 화답했다. 젖은 목덜미에 입 맞추며 출렁이는 젖가슴을 움켜쥐었다. 질척이는 마찰음이 점점 소리를 높였다.

죽음 같은 환희의 끝, 그는 발작처럼 그녀에게서 빠져나왔다. 그리고 부풀어 오른 남성을 손짓 한 번으로 슥 쓸어냈다. 하얀 파정이 일었다.

"하아, 하아, 하…….."

탁자 위에 엎어진 작은 등이 거칠게 들썩거렸다. 그런데 그가 다시 그녀의 허리를 끌어당겼다.

"자, 잠깐만요."

그녀는 그를 힘겹게 밀어냈다. 이번에 그는 아주 조금이지만 밀려나 주었다.

"조금만, 조금만 누울게요. 너무 힘들어……."

귀희는 옷을 추스를 생각도 하지 못하고 비척비척 침상으로 가 누웠다. 딱딱한 침상이 깃털 침대처럼 몸을 쭉 빨아들이는 것 같았다.

그가 침상 곁에 와 앉았다. 무거운 눈꺼풀을 뜨고 보자, 말은 없었지만 그 잔잔한 눈에서 묻어나는 걱정을 알 수 있었다. 귀희는 가까스로 웃었다.

"괜찮아요. 아픈 거 아니라고 했잖아요. 그냥 좀 피곤해서……. 조금만 자고 다시……."

최근 은근히 잠자리를 거부했기 때문에 안 그래도 몇 번씩 해야만 하는 그가 한 번으로 만족하지 못하리란 건 알았지만, 눈꺼풀이 천근 같았다.

"미안해요……."

그가 가만히 머리를 쓰다듬어 왔다.

"자라."

귀희는 마지막으로 힘겹게 웃어 보이더니 눈을 감자마자 잠들었다.

키츠카는 잠깐 그 모습을 보다 부엌—이라고 할 수 있는 공간—에서 천을 적셔와 잠든 그녀를 닦아주고 미처 여미지도 못한 옷을 정리해 주었다. 그리고 이불을 덮어주고 나서 자신의 손까지 가볍게 닦은 후에 천을 통에 넣었다.

시선을 돌리자, 귀희는 뒤척임 한 번 없이 잠들어 있었다. 왠지 모르게 파리한 얼굴을 손등으로 쓸어보았으나, 다행히 열은 없었다.

최근 아내는 컨디션이 좋지 않았다. 몸이 아프다기보다, 이유 없이 기분이 자주 가라앉는 것 같았다. 병원에 가보자고 해도 도시에 나가면 기분이 더 좋지 않을 것 같다고 고개를 내저었다. 이해는 되었다. 애초에 작은 시골 마을에서 살았던 그녀는 원래부터 도시에 그다지 애정을 느끼지 못했으니까.

모든 일이 끝났을 때, 귀희는 도시를 떠나길 바랐다. 거리도, 사람도, 오가는 감정도 전부 복잡한 도시는 그녀가 살 만한 곳이 아니라는 게 그 이유였다. 하지만 쿠바로는 돌아가고 싶지 않아 했다. 고통스러운 기억을 떠올리게 하기 때문이리라.

그래서 그는 생각한 끝에 쿠바와 비슷한 자연환경을 지니고 있으면서 그녀에게 특별히 이질적이지 않은 몽골을 추천했다. 그녀의 고향인 한국을 떠올리기도 했지만 이제 그곳은 어디나 도시화가 진행되어 마땅하지 않은 것 같았다.

그렇게 유목민과 함께 지내온 지 3년, 그녀는 마치 이곳에서 태어난 사람 같았다. 아침이 되면 게르의 허름한 침상에서 일어나 전통방식 그대로 아침을 짓고, 여인들과 모여 앉아 수다 떨며 바느질하고 고기를 말리고, 아이들과 함께 말을 달리고, 차강사르(Tsagaan Sar:몽골의 명절)에는 양고기 요리를 준비해 놓고 손님들을 맞았다. 이 푸른 광야의 자궁에서 다시 태어난 것처럼 아내는 눈부시게 빛났다.

그런데 얼마 전부터였을까. 그 빛이 하얗게 퇴색해 버렸다. 종종 넋이 나간 것처럼 마냥 허공을 응시하거나 괜찮으냐고 물어도 힘없이 웃을 뿐이었다. 최근 며칠 동안은 더 심해져, 그는 그녀가 컨디션을 회복할 때까지 잠자리를 갖지 않았다. 아니, 하루 일과를 끝내기 무섭게 우울한 얼굴로 곯아떨어지는 아내를 보노라면 욕구가 싹 가셨다.

하지만 불행히도, 그는 남자였다. 그것도 성욕에 관해서는 악명이 높은 나하쉬이기까지 했으니, 결혼한 후로 이례 없는 공백기를 겪은 몸은 점차 안달을 내기 시작했다. 그리고 아내에 관한 한, 그의 철벽같은 자제심이 무용지물이라는 건 이미 오래전에 밝혀졌다.

그렇다고 해도 이렇게 강요할 생각 따윈 없었건만, 그녀가 제 시선을 피했다. 아까 일이 제법 충격이었던 걸까. 그녀가 냄비를 가져오기 위해 게르로 들어가는 모습을 보고 조용히 뒤따랐다. 그리고 냄비를 들고 나오다 장승처럼 입구를 막고 선 그를 마주하고 눈을 동그랗게 뜨며 무슨 일이냐고 묻는 그녀를 잡아…….

그는 땀에 젖어 흐트러진 그녀의 머리칼을 다정하게 쓸어 넘겼다.

이렇게 새근대며 잠든 모습을 보면 아내는 아직 아기 같았다. 이 작은 머리로 무슨 생각을 하고 있을까. 살면서 한 번도 타인의 의중을 읽지 못해 답답했던 적이 없건만, 물처럼 투명한 아내가 때로는 그에게 그런 의문을 안겨주었다. 분명 무슨 고민이 있는 것 같긴 한데…….

"이든."

이제 그는 아내를 그리 불렀다. 나의 낙원, 그런 의미를 담아.

"너무 기다리게 하진 마."

그는 이불을 걷고 들어가 그녀의 곁에 누웠다. 그리고 잠이 들어 더욱 다스한 아내를 품에 안고 편한 자세를 잡았다. 한 손으로 제 머리를 받치고 팔베개를 해줄 때까지도 귀희는 전혀 깨지 않았다.

바깥은 아직 환한 대낮이었고, 합동이 가장 중요한 유목 생활에는 개인이 꼭 책임져야 할 하루 할당량이 있었지만, 뭐 어떠랴. 곁에 누운 아내의 몸이 이렇게 부드럽고 따뜻한 것을.

예전이라면 결코 간과하지 않았을 책임을 뒤로하고 그는 잠들었다.

귀희는 천천히 눈을 떴다.

게르 안은 어두웠다. 잠깐만 잔다는 게 그새 저녁이 된 모양이었다. 제 일을 대신 했어야 할 사람들에게 미안해서라도 바로 일어나야 하건만, 일어나고 싶지가 않았다. 자신을 두터운 코트처럼 포근히 감싼 남편의 온기가 너무 안락했던 탓이다.

그도 어느새 잠들었는지 그녀가 작게 꼬물대도 반응이 없었다. 낮은 숨소리를 들으며 좀 더 가물가물 잠에 들었다 깼다를 반복했다. 마치 세상에 둘밖에 남지 않은 것 같은 안온한 공기가 좋았다.

그녀는 조심히 몸을 일으켰다. 그 바람에 허리에 둘러져 있던, 아름드리나무처럼 든든한 팔이 스륵 흘러내렸다.

그는 한 팔로 머리를 받친 채 고개도 정면으로 하고 잠들어 있었다. 깊은 잠에 들어서도 흐트러지지 않는 단정함은 여전했다.

새삼스럽게도, 그녀는 닳을까 안타까워 차마 손도 뻗지 못하고 눈으로만 그를 더듬었다. 살짝 내리감은 눈꺼풀과 그 끝에 잔잔히 빛나는 금빛에 가까운 적색의 속눈썹, 손끝으로 쓸어보고 싶은 반듯한 콧대, 붉은 입술……. 느슨해진 옷깃 사이로 청동 같은 밀랍 빛의 가슴이 얼핏 비치고, 그 위를 붉은 머리칼이 강줄기처럼 타고 흘렀다.

결혼 후 그녀는 그에게 머리카락을 기르도록 부탁했다. 성별에 관계없이 에키드나는 전통적으로 머리를 기르는데도 불구하고 항상 머리를 짧게 잘라왔던 그가 더는 자신의 근원을 부정하게 여기지 않길 바랐기 때문이다. 그녀는 그를 그 자체로 받아들였고, 싫건 좋건 그는 에키드나였다.

만에 하나 신이 허락한다면 그들의 아이도.

바이스로 조이는 듯 가슴이 바듯이 아파왔다. 그녀는 떨리는 손을 들어 그의 얼굴을 더듬었다. 넘쳐흐르는 마음을 주체할 수 없었다.

그때, 그가 천천히 눈을 떴다.

그는 천천히 눈을 떴다. 사방은 어둠에 잠겨 있었다. 어디에 머리만 붙였다 하면 잠드는 귀희에게 옮은 모양이었다. 특정한 이유 때문에 '수면'이라는 행위를 즐겨본 적이 없건만 기분 좋은 나른함이 전신에 맴돌았다. 일어나지 않고 싶을 만큼 허리가 노곤하고, 아주 맛있는 것을 배불리 먹고 난 기분이었다.

"흐윽, 흑……."

그런데 갑자기 들려온 나지막한 울음소리에 도로 뭉근히 감기던 눈이 번쩍 떠졌다. 그는 빠르게 일어나 앉았다.

"이든?"

왜인지, 그는 잠들었을 때와 달리 카펫이 깔린 바닥 위에 있었다. 그리고 조금 떨어진 곳, 카펫 끝 쪽에 희끗한 검은 덩어리가 웅크리고 있었다.

숨죽여 우는 소리는 그로부터 들려왔다. 그의 심장이 배까지 내려앉았다.

"이든."

얼른 일어난 그는 그녀에게 다가가 어깨를 짚었다. 울음을 참 듯 떨리는 잔약한 어깨에 거인이 심장을 움켜쥐는 것만 같았다. 하지만 돌려 눕히려고 해도 그녀는 몸에 힘을 주어 넘어오지 않았다. 그저 무엇이 그리 서러운지 울음을 입안으로 삼키고 흐느낄 뿐이었다.

"무슨 일이야. 말을……."

말은 갑자기 끊겼다. 제 어깨에서 옷자락이 힘을 잃고 스륵 늘어졌기 때문이다. 그제야 자신과 그녀의 상태가 인식되었다. 알몸이었다. 그녀는 침상에서 끌어온 이불을, 자신은 구겨진 델을 걸치고 있기는 했으나 모두 풀어 헤쳐져 입으나 마나 한 상태였다. 그리고 그 아래는 깨끗한 나신, 그 외에는 허벅지에 희게 말라붙어 가는 얼룩들뿐이었다.

그는 그런 자신을 보며 한쪽 눈썹을 추켜들었다.

그때였다. 귀희가 기다렸다는 듯 앙칼지게 돌아보았다.

"너무해요. 어떻게 그럴 수가 있어요? 어떻게……."

하지만 말은 끝마치지도 못하고 흑, 울음을 흘리며 입술을 깨물었다. 그녀의 목덜미에는 엄청난 열꽃들이 얼룩덜룩 피어 있었다. 거의 이상한 병에 걸린 것처럼.

"어떻게 그런……."

그녀는 차마 입에 담기도 힘든지 우물대다 얼굴을 숫처녀처럼 새빨갛게 붉히며 다시 고개를 돌려 버렸다.

"……."

이제는 명료해진 기억 속, 처음엔 기겁하면서 거부하다가도 그가 재차 요구하는 대로 스스로 자극하며 애원하던 그녀의 모습이 떠올라 키츠카는 미간을 좁혔다.

저질러 버렸군.

한숨을 내쉰 그는 머리를 쓸어 올리며 일어났다. 그리고 알몸 그대로 부엌으로 가 물통을 봤으나 비어 있었다.

그는 구깃구깃한 델을 대충 걸쳐 입고 중앙 화로에 불을 붙였다. 그리고 내부가 따뜻해지는 걸 확인하고 밖으로 나섰다. 늙은 유목민 부부가 사는 게르로 가 물통을 빌렸다. 유목민 노인은 선선히 물통을 빌려주다 막 돌아서는 그를 보고 비어 있는 두 앞니를 히죽이 드러내며 웃었다.

「아무리 신혼부부라지만 적당히 하게. 새댁 죽는 소리가 초원을 다 울리더구먼.」

화로 앞에 불을 떼고 있던 늙은 여인도 호호 웃었다.

「냄비 가지러 가는 새댁을 쫓아갈 때부터 신혼이려니 했지마는……. 내 자네가 새댁을 잡는 줄 알았지 뭐야?」

키츠카는 고개만 끄덕이고 그들의 게르로 돌아왔다. 귀희는 막 옷을 추스르며 힘겹게 일어나 앉고 있었다. 그는 그 뒤로 가 옷을 걷어내고 적신 천으로 몸을 닦아주었다. 수줍음이 많은 아내는 평소라면 자신이 하겠다며 말이라도 했을 테지만 지금은 그럴 힘도 없는지 가만히 있었다.

"날 만졌어?"

지금도 무의식이 길게 억압되어 있을 때 외부의 자극이 전해지면 나하쉬는 깨어났다. 하지만 이제는 깨어나 봤자 그녀를 다소 괴롭게 할 뿐이라 예전처럼 심각한 문제는 아니었다. 그리고 먹이만 잘 준다면 만족하고 깨어나지 않기 때문에 결혼한 후로는 한 번도 깨어나지 않았다.

그러니까 생각만 해온 제 음침한 상상이 실제로 드러난 건 이번이 처음이었다. 몸은 이렇게 컸어도 아직 실제로는 스물 초반의 앳된 처녀밖에 되지 않아 아직 그런 것까지 가르칠 마음은 없었는데.

뭐, 어떻게 보면 잘된 걸까.

"그냥, 얼굴을 좀 만졌을 뿐이에요."

귀희는 돌아보지 않은 채 우물댔다. 그의 표정이 묘해졌다.

"잠든 사람 얼굴을 왜 만져?"

"내 남편 얼굴도 못 만져요? 그런데 나하쉬가 했다는 건 결국 디어크가 평소에 그런 생각을 하고 있었다는……."

촉.

키츠카는 오랜만에 종알대는 그 입술에 입 맞추었다.

"미안해. 용서해 줘, 응?"

조금은 장난스럽게까지 보이는 웃음을 짓는 그를, 귀희는 멍해져 바라보았다. 이유를 알 수 없는 눈물이 투룩 흘렀다. 그는 그 눈물의 의미를 어떻게 해석했는지 촉촉한 입술로 훑으며 '그러니까 울지 마'라고, 다정히 속삭였다.

"나 임신했어요."

마침내 그녀는 충동적으로 내뱉듯 고백해 버렸고,

"뭐?"

그는 놀랐다.

언뜻 창백하게 변하는 낯빛에 귀희는 결국 울음을 터뜨리고 말았다, 예상했으면서도.

작년 가을쯤이었을 것이다. 월동 준비를 하느라 인근 도시에 나갔을 때 막 과일 가게를 나서는데 허름한 시장 벽에 달린 공중전화가 눈에 띄었다. 부족 남자들과 함께 초원에서 얻을 수 없는 도구들을 구하러 간 키츠카가 주변에 없는 것을 확인하고 수화

기를 들었다. 그리고 전화를 받은 상대와 이런저런 안부와 신변
잡기를 주고받다가, 조심스레 물었다.

"제가 아이를 가질 가능성이 있을까요?"

수화기 너머 아라는 대답하기에 앞서 오랫동안 심사숙고했다.

"아마도요. 아마도 가능할 거고, 아마도 불가능할 거예요. 제가
아는 선에서는 역의 개화를 한 후에 영생을 되찾은 암브로시아가
없으니까 전례가 없네요."
"하지만 의사는 몸에는 아무런 하자가 없다고……."

지푸라기라도 잡는 심정으로 혼자 인간 의사를 찾아가 본 적
이 있었다. 짧은 검사 후에, 의사는 라텍스 장갑을 벗으며 오히
려 이상하다는 얼굴로 말했다.
왜 병원에 찾아오셨는지 모르겠군요. 아무 이상이 없다기보다
보기 드물 정도로 건강하신데.

"미안해요. 제가 대답해 줄 수 있는 게 없네요."

귀희는 실망감을 숨기지 못하고 '그렇군요……' 하고 중얼거렸
다. 그러자 아라는 한참 할 말을 찾지 못하다가 주저하며 물었다.

"아이를…… 원해요?"

그 짧은 질문이 내포하는 의미는 확실했다.

위험성은 충분히 인지하고 있었다. 발라를 낳을 수도 있었다. 하지만 여태까지 일어나지 않았던 '어쩌면' 하는 희박한 가능성 때문에 아예 아이를 포기해 버릴 수가 없었다.

미련한 여심이라고 해도 좋고, 인간의 어리석음이라고 해도 좋았다. 남편을 사랑하고 사랑받을수록 그를 닮은 아기를 이 품에 안아보는 꿈을 접기가 힘들었다. 특히 한 가족처럼 가까운 부족민들 사이에서 무럭무럭 커가는 다른 부부들의 아이들을 보고 있노라면, 가끔은 정신적인 고통이 실제로 육체의 고통처럼 느껴질 지경이었다.

"여자아이가…… 아닐 수도 있잖아요."

아주 조금은, 섭섭했다. 다른 사람도 아니고 아라라면 이해해 줄 거라고 생각했는데……. 아니, 아직도 어이없는 일이기는 하지만 이래 봬도 이쪽은 임신이 개인이 아니라 세계 수준의 문제라 그 염려가 물론 이해는 되었다. 자신이 감정적이었음을 깨달은 귀희는 작게 고개를 내저었다.

"죄송해요. 제가 괜한 걸 물었어요."
"아가씨, 난 그저 아가씨가 또 위험에 처하길 바라지 않는 것뿐이에요. 제가 이런 말을 하는 게 얼마나 염치없는지는 알지만……."

"아니에요. 언니가 왜요. 제가 여기서 더 바라는 게 염치없는 일이죠."

아라는 더 해줄 말이 없는지 조만간 한 번 놀러 가겠다며 화제를 바꾸었다. 그렇게 잠깐 더 통화를 하다 전화를 끊었다. 막 부족 여자들이 다가와 이만 가자고 말했다. 돌아보며 웃는 순간에 그녀는 아이에 대해서는 뇌리 뒤쪽으로 밀어냈다. 사실 더없이 갈망하기는 해도 기대하지는 않았기 때문이다. 아이를 원하고 원하지 않고를 떠나서, 한 번 메말랐던 자궁이 얼마나 힘을 발휘할 수 있을까 스스로도 의구심을 가졌다.

그런데 얼마 전이었다. 초원으로 여행 온 서양인 오지여행가 그룹에 의사가 섞여 있었다. 병원에 가기 힘든 지역 특성상 옹기종기 모인 부족민들 사이에서 예의상 진찰을 받았다. 영생자 특성상 아플 리도 없는 몸이라 별생각이 없었건만, 의사는 갑자기 생리는 언제 했느냐, 마지막으로 관계를 가진 게 언제냐, 어디 아픈 곳은 없느냐, 질문을 퍼부었다. 그리고 대답하기 힘든 질문들에 대답하느라 얼굴이 발갛게 상기된 그녀에게 아주 활짝 웃어 보였다.

"축하합니다. 자세한 검진은 받아봐야겠지만 두 달 정도 되신 것 같군요."

"네? 그럴 리가……."

반사적으로 부정하고 말자, 의사는 저 멀리에서 부족의 아이를 말에 태워주고 있는 키츠카를 돌아보았다.

"남편분이 아니신가요?"

얼떨결에 그렇다며 고개를 끄덕이자, 후덕한 의사는 사람 좋은 미소를 함박 지었다.

"선남선녀 부모님 아래 아주 예쁜 아기가 태어나겠군요."

상념에 빠져 흐릿하던 시야가 명료해지며 허름한 게르의 내부가 보였다. 밖은 훤한 대낮인데도 내부는 어두웠다. 귀희는 한숨을 내쉬며 화려한 무늬의 이불을 목까지 끌어당기며 돌아누웠다. 그때 펄럭— 등 뒤로 천막이 걷히며 물씬 밀려들어 오는 존재감이 느껴졌다. 이완되어 있던 등이 희미하게 긴장했다.
"이든."
키츠카가 조용히 불렀지만 귀희는 잠든 척 돌아보지 않았다. 침묵이 따라왔다. 이어서 말없이 들어온 그는 비어 있는 물통을 채우거나 한동안 정리하지 않아 어지러운 내부를 청소했다. 달 크락, 쏴, 달칵, 달칵. 물건들이 부딪히는 소리만이 고요한 내부에 퍼질 뿐이었다.
「새댁은 좀 괜찮아?」
갑자기 문가에서 낯익은 목소리가 들려왔다. 유난히 친하게 지내는, 옆 게르에 사는 부족민 아주머니였다. 차마 그녀까지 무시할 수 없어 귀희는 주섬주섬 일어났다. 하지만 애써 키츠카 쪽은 바라보지 않았다.

「오셨어요?」

아주머니는 초원의 강렬한 햇살에 오래 노출된 탓에 보통 그 또래보다 얼굴에 주름이 가득했다. 하지만 어쩐지 더 청아한 얼굴에 걱정스러운 기색을 담고 안으로 들어왔다. 그리고 귀희가 일어나서 공간이 생긴 침대에 앉아 손을 쓰다듬었다.

「새댁 요즘따라 왜 이렇게 비실비실해? 혹시 임신한 거 아냐?」

귀희는 하하, 작게 웃었다.

「임신은요…….」

「그렇잖아. 밥도 잘 못 먹고 대낮부터 이렇게 누워 있고. 그리고 신랑이 얼마나 새댁을 예뻐해? 지금도 늦은 거지.」

「아니에요. 그냥 좀 기운이 없어서…….」

오히려 그렇다니 더 실망한 듯, 아주머니는 한동안 그녀의 손을 잡고 하염없이 어루만졌다. 제 딸을 보듯 애잔한 눈빛으로 손을 어루만져 주는 그녀를 보노라니 왠지 모르게 눈가가 뜨거워졌다.

「빨리 애 가져야지.」

「그게…….」

전조도 없이 왈칵 눈물이 터졌다. 귀희는 당황해 눈을 문질렀지만 눈물은 더욱 넘쳐흘렀다. 결국 울면서 지금 떠오르는 딱 한 가지 소망을 성토하고 말았다.

「엄마가 보고 싶어요.」

아주머니는 그녀를 꼭 품에 안고 등을 도닥거렸다.

「에이그, 아직 애기네그려. 그래, 애가 어떻게 애를 낳는다고. 어머니는 어디 계셔?」

「돌아…… 가셨어요.」

초원의 주민들은 탄생에는 누구보다 한마음이 되어 기뻐하지만 죽음에는 초연했다. 그들에게 죽음은 이별이 아니라 자연으로의 회귀이고 또 재탄생의 약속이기 때문이었다. 아주머니는 당황하지 않고 '그래, 괜찮아' 몇 번이고 속삭이며 등을 얼러주었다. 귀희는 그 담담하고 따뜻한 품에 안겨 마음껏 울었다. 뱃속의 아기는 유순해 여태 한 번도 그녀를 힘들게 하지 않았지만 모체의 슬픈 감정은 고스란히 느끼고 있는 모양이었다.

키츠카는 그 모습을 바라보다 그냥 게르를 나가 버렸다. 보란 듯이 그를 무시한 사람은 자신이면서도, 귀희는 더욱 울음을 참지 못했다.

한국에 가자.

왜 갑자기 그런 생각을 했는지는 모르겠지만, 귀희는 아주 강한 충동을 느꼈다. 아마 얼마 전 차창 너머로 지나가는, 제 몸만 한 배낭을 둘러멘 배낭여행객들 때문이었으리라.

대학생쯤 된 두 동양인 여자는 어찌 되었든 제 눈에는 한국인처럼 보였고, 그제야 아직 한 번도 한국에 가본 적이 없다는 데 생각이 미쳤다. 그녀가 살면서 거쳐 온 거리를 기준으로 하면 거의 지척이라고 할 수 있는 곳에 있으면서도.

딱히 가볼 생각이 없었다기보다 정작 계기가 없어서 선뜻 나서지 못했지만, 지금은 무언가가 부르기라도 하는 것처럼 충동을 참을 수 없었다. 마침 병원의 필요성 탓에 인근 도시로 나와 있는 참이었다. 근처 공항에서 국내선을 타고 울란바토르로 가면 바로 한국의 인천공항까지 가는 직항이 있었다. 결심한 순간 귀희는 조금도 지체하지 않았다.

채비를 하고 나서 주저하다 메모 한 장을 남기고 호텔방을 나섰다.

고향에 다녀올게요.

거리에서 택시를 잡아서 타고 가며 점차 한적해지는 풍경을 보노라니 조금 웃음이 났다. 한두 번 하다 보니 키츠카 몰래 도망가는 게 버릇이 됐나보다 하고. 하지만 도시로 나와 함께 지내면서도 서로 어색했던 남편을 떠올리자 웃음은 싹 말라 버렸다.

걱정하겠지.

아주머니 말마따나 가끔은 송구스러울 정도로 그녀를 좋아하는 남편이니까. 이번에야말로 화를 낼지도 몰랐다. 그리고 마지막으로 얼굴을 본 지 반나절도 되지 않았는데 벌써부터 그가 그리웠다. 괜찮을 거라고 생각했는데, 그와의 거리가 멀어질수록 난생처음 나고 자란 마을을 벗어나는 시골 소녀처럼 불안했다.

자꾸만 백미러로 그녀를 훔쳐보는 인도인 택시기사에게 몇 번이고 차를 돌려달라고 말하려다 가까스로 참았다. 병원에 가서도 한마디 말없이 골똘히 생각에 잠겨 있는 남편의 차가운 옆얼굴이 떠올랐기 때문이다. 무슨 생각을 할까 궁금할 때마다 그가 아무래도 아이를 지우는 게 좋겠다고 말할까 봐 두려워 질문조차 삼켜 버렸다.

마침 공항에 도착해 그녀는 택시에서 내렸다. 그리고 다른 도시의 어지간한 버스터미널보다 허름한 공항으로 들어가 티케팅을 하고, 짐이라고는 작은 크로스백과 기타 케이스가 다였기에 기타 케이스만 부치고 매점에서 간단한 요깃거리를 샀다. 그리고 의자에 앉아 먹다 보니 음료수를 사오지 않은 게 기억나 일어났다. 처음에 앉으면서 무의식적으로 옆에 놓아둔 지갑이 그대로 의자 위에 있는 것은 까맣게 몰랐다. 그런데 어떤 손이 다가와 그 지갑을 집었다. 그리고 옆으로 지나가는 청년에게 손짓했다.

매점으로 가던 귀희는 갑자기 어깨를 톡톡 치는 손길에 놀라 돌아보았다. 그런데 처음 보는 몽골인 청년이 사람 좋게 웃으면서 낯익은 지갑을 건넸다.

「아! 고마워요.」

청년은 별거 아니라며 손짓하고 제 길을 갔다. 귀희는 언제 흘렸는지도 기억나지 않는 제 지갑을 가방에 넣으며 정신을 바짝 차려야겠다고 생각했다. 항상 옆에서 전부 챙겨주던 남편 탓인지 언젠가부터 덜렁대며 물건이고 정신이고 줄줄 흘리고 다닐 때가 많았으니까.

다시 자리로 돌아와 식사를 끝내고 화장실로 향했다. 그런데 화장실에 휴지가 없어 축축한 손을 그냥 털면서 나오는데 마침 입구 바로 앞에 여행용 티슈가 떨어져 있었다. 완전히 새것이어서 귀희는 잠깐 고개를 갸웃했지만 잘됐다 싶어 몇 장을 뽑아 썼다. 그리고 의자에 앉아 탑승을 기다리는 동안 무료하게 사람들을 지켜보았다.

그런데 갑자기 무언가를 깨달은 듯 서서히 고개를 들었다. 그리고 빠르게 주변을 둘러보았다. 하지만 오가는 사람들 가운데 눈에 익은 모습은 없었다.

'설마…….'

낯선 이가 친절하게 주워준 지갑이나 덩그러니 놓인 티슈, 심지어 아까 한 아주머니가 난데없이 '아가씨, 마셔요' 하면서 건네준 물에서마저 익숙한 손길이 느껴짐은 지나친 생각일까. 어쩌면 너무 그리워서…….

아니, 지금 여기 있으려면 거의 그녀가 나서자마자 따라왔다는 건데, 그는 오늘 약속이 있다고 했으니 벌써 돌아왔을 리는 없었다. 그저 그가 옆에 있다면 꼭 해줄 법한 행동이라 그렇게 착각이라도 하고 싶었던 것이다.

아직 거의 티가 나지 않는 제 배를 바라보는 눈에 물기가 돌았다. 귀희는 누가 볼까 싶어 얼른 소매로 눈물을 닦았다.

멀리서 그 의기소침한 등을 바라보는 선글라스 너머의 눈동자가 낮게 가라앉았다.

"아이를 가졌습니다."

약속 장소에 나온 장로는 젊은 리의 얼굴을 하고 길거리 어디에서나 볼 법한 아가씨 같은 복장을 하고 있었다. 짧은 미니스커트에 타이트한 청재킷, 매니큐어를 바른 손톱하며 굵은 컬을 넣은 헤어스타일도 어쩌면 조금은 가벼워 보이기까지 했다. 그리고 성격마저 다른 사람인 양 평소 전혀 마시지 않던 콜라를 빨대로 마시다가 놀란 눈으로 그를 보았다.

"귀희가?"

"제가 가지진 않았을 테니까요."

장로는 하, 소리를 내뱉었다.

"네 녀석이 내게 농담이라는 걸 한 게냐?"

대답하지 않자 그제야 리는 진지한 얼굴을 하고 '아이라……' 중얼거렸다.

"혹시 아버지께서 그에 대해 이야기하신 바가 없습니까?"

혹시 아비가 보았을지도 모르는 미래에 대해 알고 있을 만한 사람은 그녀뿐이었기에 연락을 할 수밖에 없었다. 사실 먼저 연락을 한 쪽은 그녀였으나 그도 마침 생각을 하고 있던 차라 이해관계가 맞은 김에 만날 장소를 정했다. 얼굴을 마주하는 것은 귀희가 개화한 날 이래 처음이지만 이런 모습이어서인지 처음 보는 여자를 대하는 기분이었다. 이런 모습이어서 더 이상하게 느껴지는 말투는 그대로였지만.

"안 그래도 한 번 묻고 싶었다. 네 예언 능력은 어느 정도나 되느냐?"

"순간적인 섬광을 보는 정도입니다. 제게 관련된 예지는 한 번

밖에 본 적 없습니다."

"하긴, 세계의 의지는 공평하지. 네게 강한 예언 능력까지 허락하지는 않았을 테지. 아무튼…… 레온하르트는 예언에 대해서는 극히 말을 아꼈어. 아마 제가 언제 죽을지까지 봤던 게 아닌가 싶다. 하니 죽은 자로서 제가 간섭할 수 없는 시간에 대해서는 침묵의 율을 지켰겠지. 다만 한 가지, 늘 뜻이 궁금했던 말을 한 적 있는데, 서색(曙色)을 길조로 여기라 했지."

키츠카는 입을 다물었다. 서색…….

"그렇군요."

그가 뭔가를 납득한 듯하자 리는 고개를 갸웃했다.

"하지만 그건 내게 한 말이었어. 나한테 서색이 행운이라더군."

"예, 그러면 됐습니다."

리는 묘한 표정을 지었다.

"점점 네 아비를 닮아가는구나. 그 속을 알 수 없는 것하며……."

키츠카는 계산서를 들고 일어나며 잠깐 장로를 보았다.

그녀는 발라에 대해 알지 못했다.

살아 숨쉬는 자 중에 발라와 가장 비슷한 존재가 있다고 한다면 바로 이 여인이겠지만, 그녀마저도 이 금단의 지식에 대한 접근권은 가지고 있지 않았다. 성자 사건에 관련된 인물들 중에서도 그가 죽던 날 그 자리에 있었던 자는 없었기에 비밀이 지켜질 수 있었다.

만약 장로가 발라에 대해 알게 된다면 그녀는 귀희를 죽여서라도 그 탄생을 저지할 것이다. 이 세계는 암브로시아들이 존립할 수 있는 유일한 요람이기에.

"아버지는 장로님께 어떤 의미였습니까?"

리는 콜라를 끝까지 빨아 마시다가 그를 빤히 응시했다.

"서로 비밀을 지켜주는 계약 관계였지."

"아버지는 장로님을 좋아하셨습니다. 제 어머니를 사랑하지만 않았더라면 평생 함께하고 싶은 여자라고 하셨었죠."

불시에 기습당한 얼굴을 한 리는, 곧 웃는 것도 우는 것도 그 둘 다이기도 하면서 둘 다 아닌 기이한 표정으로 웃었다.

"그랬더라면 얼마나 좋았겠느냐. 그러기만 했더라면……."

상념에 빠져 있는 시야에 막 귀희가 탑승 안내 방송을 듣고 일어나는 모습이 보였다. 그리고 몽골에 올 때 입고 왔던 '도시적인' 옷은 이미 어디론가 사라져 반쯤 유목민 복장을 한 그녀를 묘하게 보는 시선들도 미처 깨닫지 못한 채 게이트로 다가갔다. 물론 그녀를 훔쳐보기 바쁜 시선들이 모두 그런 의미인 것만은 아니었다. 역시 외모 따위에 크게 연연하지 않는 유목민들과 지내는 동안 그녀 본인도 자신이 어떤 얼굴을 하고 있는지 까먹은 모양이었다. 하지만 이 정도쯤 되는 도시에만 나와도 지나치게 눈에 띄었다.

키츠카는 조용히 그녀를 뒤따랐다.

까마득히 높은 신식 천장을 올려다보며 귀희는 입을 떡 벌리

고 말았다. 무슨 미래 도시 같은 풍경은 기대했던 고향의 모습과
는 꽤나 거리가 있었기 때문이다. 저도 모르게 '고향' 하면 떠오
르는 두 나라 한국과 쿠바를 동일하게 생각했나 보다. 인천공항
과 호세 마르티 공항은 너무도 달랐다. 지나가는 사람들마다 그
녀를 무슨 외계인 보듯 하는 점에서도 그랬다.

하긴, 사람들과 비교해 보니 복장이 너무 기이하기는 했다. 시
내에 나가자마자 옷을 새로 사 입어야겠다고 생각하며 기타를
찾아 나와 택시를 탔다.

『어서 오세요.』

중년의 택시기사도 밝게 인사하다 그녀를 보고 잠깐 할 말을
잃은 얼굴이었다. 곧 험험, 헛기침을 삼키고 차를 출발시켰다.

"Where?"

백 보 양보해서 사극에 나오는 거지보다 조금 더 나은 몰골을
한 엄청난 미녀가 도저히 한국인으로는 보이지 않는 모양이었
다. 외국인들을 태우며 익혔을 법한 짧은 영어로 물었다.

『시내로 가주세요.』

『한국인이야?』

택시기사는 경악했다. 그게 더 충격적이라는 투였다.

『네? 네.』

『아니, 어디 오지에서 몇 년 살고 왔어? 예쁜 아가씨가 옷이 왜
그래?』

귀희는 '아……' 소리를 내며 제 옷을 쑥스러운 눈으로 내려
다보았다. 역시 좀 눈에 띄나.

『아무튼 어디 시내? 시내가 어디 한두 군데인가.』

『보통 한국에 처음 온 사람들이 가는 데가 어디예요?』

어차피 어디로 가야 할지도 모르면서 무작정 찾아온 고국이었다. 기순과 한 씨 부부가 살았던 곳은 지방이었던 모양이지만, 자신의 고향은 아니었다. 친부모는 이민을 갔던 것 같고.

『글쎄, 명동?』

『그럼 거기로 가주세요.』

창밖의 풍경은 어딘지 낯익은 것 같으면서도 낯설었다. 막연히 기순에게 들은 20여 년 전 모습이나 쿠바 같은 모습을 상상했던 모양이다. 멋들어진 신식 건물이나 거침없이 쭉 뻗은 대로를 보노라니 어딘가 허탈해지는 느낌이었다. 고국에 특별히 환상을 가졌던 건 아니지만 그래도 '고국'이라는 그립고 아련한 인상을 주는 단어로 하여금 가질 법한 환상은 가지고 있었다. 아무리 오래 멀리 떨어져 있어도 언제든 돌아가면 '아, 이곳이 내 집이구나' 하는 안도감을 줄 거라는 환상 말이다.

아마 특별한 이질감조차 느껴지지 않아 더 허탈했으리라. 이렇게나 아무 느낌을 주지 못하는 곳이구나, 하고.

『여기야.』

귀희는 차창 너머의 풍경을 아연하게 쳐다보았다. 그마저도 자신이 생각하던 고국과는 너무나 달랐다.

창 너머 소리는 들리지 않지만 거리는 너무나 시끄럽고 사람들은 미어터질 것 같았다. 그리고 장대처럼 우뚝 솟은 잿빛 건물들 사이로 주렁주렁 매달린 현란한 현수막들, 사람들의 화려한 옷 색깔들이 거의 눈을 공격하듯이 했다.

도저히 이곳에 내릴 용기가 나지 않았다.

『안 내려?』

어떻게 해야 할지 몰라 둘러보는 시선 끝에, 저 멀리 산이 보였다. 부연 공기 너머 어렴풋이 보이기는 하지만 산의 녹색은 그녀에게 사막의 오아시스에 다름없었다.

『저기로 가주실 수 있을까요?』

택시기사는 어깨를 으쓱이고 차의 방향을 돌렸다. 차는 금세 혈류가 정체된 혈관처럼 자동차로 꽉 들어찬 도로를 벗어나 조금은 한적한 거리로 들어섰다. 산으로 통하는 듯 점차 경사가 기울어가는 도로를 가다가 거리 양옆으로 드리워진 나무들에 끌려 어느 지점에서 세워달라 말하고 내렸다.

청량한 녹음의 향이 불안한 가슴을 그나마 안정시켜 주었다. 귀희는 천천히 길을 따라 올랐다. 이런 시각에 산을 오르는, 길에 간간이 보이는 사람들은 대부분 연인들 아니면 노인들이었다. 경사가 꽤 가팔랐지만 워낙 초원에서 생활 노동으로 체력을 다졌고, 임신부의 몸이더라도 다행히 쉽게 지치지 않는 이류의 체력 덕분에 금세 정상에 도착할 수 있었다.

선선한 바람이 부는 곳에 돌로 빚은 광장이 있었다. 뭐라고 부르는지는 몰라도 한국 특유의 정취가 느껴지는 쉼터 건축물 너머로 솟은 타워의 창연함은 많은 것을 보아온 그녀의 눈에도 보잘것없지 않았다.

그녀는 도시의 전경이 훤히 내려다보이는 벤치에 앉았다. 그리고 오목한 그릇에 담아둔 것처럼 사방을 두른 산 그릇에 담겨 있는, 갖가지 모양의 시리얼 같은 도시를 하염없이 응시했다. 점차 방문자들의 흐름이 바뀌고, 산 그릇 안에 들이부는 붉은 우유처럼 도시를 덮친 노을빛이 흐려질 때까지도 망연히 그곳에 앉아 있었다. 특별히 갈 곳도, 할 일도 없었고, 무슨 생각을 해야 하는지도 몰랐기 때문이다.

어느 순간 정신이 드니 사방은 저녁 물에 고적하게 잠겨 있었다. 가로등은 어슴푸레 불을 밝히고, 호젓한 공기가 맴돌았다.

그제야 제 옆에 놓아둔 기타를 떠올린 귀희는 그것을 꺼내 들었다. 허벅지 위에 올리고 가볍게 현을 훑었다.

갑자기 울려 퍼지는 낯선 이국의 음률에 이끌렸을까. 저마다 가족이나 연인과 조용히 속삭임을 나누던 사람들이 고개를 돌렸다.

"찬 바닥에 앉으면 좋지 않아."

갑자기 들려온 목소리, 귀희는 고개를 돌리지 않았다. 놀라지도 않았다. 어쩌면 설마, 했던 건 그저 순진한 척, 은연중에 그가 자신을 혼자 보낼 리 없다는 것을 알고 있었을 것이다. 그리고 항상 지척에 있는 기척을 느끼고 있을 터.

"디어크랑은 상관없잖아요."

"내 아이인 걸로 아는데."

"어차피 낳으라고 할 것도 아니잖아요."

"……."

돌아오지 않는 대답, 예상하지 못한 바가 아닐 텐데도 기타를 잡은 손에 꾹 힘이 들어갔다. 참다못해 막 돌아보고 무어라 하려던 찰나였다.

"무엇을 낳을지 두렵지 않아?"

빛을 등지고 있어 일순 얼굴이 보이지 않았다. 마치 어둠에 물든 거리에서 미약한 홍분과 강한 두려움을 안고 그를 처음 마주했을 때 같았다. 하지만 그가 살짝 고개를 들자, 어슴푸레하게 번지는 가로등 빛 아래 연한 윤기가 감도는 눈동자가 드러났다.

"두려워요."

귀희는 솔직히 털어놓았다. 그의 얼굴에 얼핏 묘한 빛이 스쳤을까. 덧붙였다.

"그래서 디어크가 이 아이를 사랑하지 않을까 봐서요."

귀희는 탓하듯 그를 돌아보았다.

"디어크의 생각도 존중하려고 했어요. 오죽하면 당신이 저렇게까지 말하겠나……. 그래, 이 정도만 해도 분에 넘치는 행복인걸. 그렇게. 그런데 생긴걸요. 그래도 찾아와 준걸요. 난 포기할 수가 없어요."

"나와 헤어진다 하더라도?"

그를 마주하는 눈동자가 흐려졌다.

"그 정도로…… 싫어요? 도저히 안 되겠어요? 아무것도 해달라고 하지 않아요. 그냥 아이가 자라는 걸 지켜봐 주기만 해도……."

키츠카는 대답하지 않았다. 귀희는 절망 속으로 침잠했다.

그래, 그로서도 어쩔 수 없는 게 있겠지.

"아이를…… 싫어할 리가 없잖아."

그녀는 번뜩 고개를 들었다.

"싫어하지 않아요? 그럼……?"

"각오가 되어 있어? 어쩌면 낳게 될 거야, 낳지 말아야 할 것을."

명현한 눈동자에 흐르는 것은 흡사 살의에 가까운 냉혹함이다. 그 시선은 아직 아무런 티가 나지 않는 그녀의 배를 향해 있었다. 마치 적대하는 수컷에게서 아이를 지키려는 암컷처럼, 귀희는 배를 감쌌다. 한 걸음 물러나며 믿을 수 없다는 듯 고개를 내저었다.

그가 아이에게 무슨 짓을 하리라고는 결코 생각하지 않지만, 적어도 그 시선에는 부정보다는 정체를 모를 것을 향한 이질감과 괴리감이 있었다.

"이렇게 착한걸요. 날 아프게 하지도 않고, 투정 한 번하지 않는걸요."

그는 천천히 눈을 감았다 떴다. 그 눈에, 더 이상 차가운 빛은 없었다. 어쩌면 물기로도 보이는 연한 빛만이 가득했다.

"그렇게 조심했는데 결국 생겼다는 건…… 어떻게든 태어나는 게 이 아이의 운명이겠지."

그는 하늘을 바라보았다. 달, 휘영청 빛나고 있었다. 그의 눈에 비친 달은 언제 어디서나 그를 감시하는 세계의 눈과 같아 항상 차갑고 날카로운 빛이었다. 지금은 잠잠하지만 세계가 언제다시 그를 적대하며 활동을 시작할지 알 수 없었다.

"우리를 모두 몰아낼 때까지 세계는 결코 멈추지 않을 테니까."

그럼에도.

─살고 싶으니까.

이제 그는 이 삶을 포기할 생각이 전혀 없었다. 춥고 잔인하기만 했던 세계에서 겨우 찾은 온기를 포기할 생각은 결코.

발라가 태어날지 아닐지는 알 수 없었다. 하지만 이제는 아무래도 좋았다. 세계의 적이 될지는 몰라도 아이는 그의 또 다른 온기일 테니까.

어쩌면 그것은 그가 늘 바라왔지만 감히 소원하지 못했던 소원.

설령 발라가 태어난다 하더라도 희망은 남아 있었다. 다행히 나하쉬가 낳을 발라는 이 이승에 사는 생물의 의식과 육신을 가질 터이기에. 즉, 교육과 환경에 따라 얼마든지 달라질 수 있다는 의미였다.

"보고 싶었어. 세상이 전부 반대하고 나마저 반대해도 네가 이 아이를 지킬 각오가 되어 있는지."

"지킬 거예요. 난 엄마니까요."

의연한 눈빛, 이제는 결코 흔들리지 않았다. 그가 사랑하게 된 빛 그대로였다.

그거면 됐다는 듯 그는 고개를 끄덕였다. 그리고 손을 뻗었다.

"집에 가자."

"낳아도…… 돼요?"

항상 그녀를 위해 내뻗어진 손이지만, 귀희는 섣불리 붙잡지 못하고 재차 물었다. 이렇게 쉽게 허락이 떨어진 것을 믿을 수 없었다.

"지킬게, 온 세상이 적대하더라도."

"아무리 디어크라도 힘들지 몰라요."

아마도 그건 마지막 시험.

"이제 난 혼자가 아니니까. 같이 지킬 거잖아?"

귀희는 자신의 배를 내려다보았다.

괜찮아. 태어나도 돼.

살기 위해서 살아도 괜찮아. 우리가 그렇게 만들어줄 테니까.

"그래요. 맞아요."

귀희는 그녀를 향해 뻗어진 손을 마주 잡았다.

늘 아련함을 가지고 있던 고국에 왔는데도 특별한 감정이 느껴지지 않았던 이유를 이제 알 것 같았다. 그녀가 돌아갈 곳은 이곳이 아니었기 때문이다.

그곳으로 향하는 길목, 그저 지나가는 표지라고, 안내자라고 생각했던 것이 사실은 그녀가 도달할 목적지였으니까. 그것은 바로 빛나는 붉은 머리와 녹색 눈동자를 가진 그녀의 이타카.

낙원의 또 다른 이름이었다.

AnD

폭풍이 몰아치고 있었다. 하늘이 울고 굵은 빗방울이 대지를 내리쳤다.

화륵.

게르 가운데 화로의 불이 불안하게 흔들렸다. 바깥에서 부는 바람은 땅에 굳건하게 뿌리를 내린 게르를 통째로 뽑아갈 것처럼 사나웠다. 쿠르르릉. 하늘이 재차 울부짖었다.

그 굉음을 날카로운 여자의 비명이 찢었다.

게르 안은 강하게 땐 불로 인해 불구덩이처럼 뜨거웠다. 아직 대낮임에도 한밤중처럼 어두운 게르의 화려한 무늬 내벽을 불 그림자가 빠르게 핥았다.

「힘을 줘!」

귀희는 비명을 내지르며 팔에 휘감은 천을 모질게 움켜쥐었다.

「조금 더!」

산파가 바닥까지 두드리며 엄하게 재촉했지만 귀희는 더 힘을 주지 못하고 늘어졌다.

거의 스무 시간이 넘도록 계속된 지독한 산통이었다. 아이가 아직 준비되지 않은 것인지, 누군가가 제지하고 있는 것인지, 이제는 아무래도 좋았다. 머리가 멍멍하고 시야가 흐려서 자신이 살아 있는지 이미 죽었는지도 알 수 없었다. 모든 걸 놓아버리고 싶었다.

그냥…… 자고 싶어…….

이든!

폭풍의 울부짖음 사이로 또 다른 폭풍이 울었다.

백귀희!

볼에 불이 일었다. 귀희는 물에 빠졌다가 건져진 사람처럼 번뜩 정신을 차렸다. 허억, 회오리치듯 소리가 귓가에 돌아왔다.

키츠카가 난생처음 보는 무서운 얼굴을 하고 그녀를 내려다보고 있었다. 불길을 등져 짙은 암영이 진 그의 얼굴은 정말로, 무서웠다.

"정신 차려, 지금 포기하면 우리 아이는 죽어."

결코 소리를 높이지 않은 속삭임이었지만 귓가에 천둥 치듯 울려왔다.

귀희는 질끈 입술을 깨물었다. 그리고 다시 천을 틀어쥐고 힘을 주었다.

열 달은 정말 행복한 시간이었지만 동시에 살얼음판을 걷듯 초조하고 미래를 점칠 수 없는 불안한 시간이기도 했다. 과학의 힘을 빌어서 아이의 성별이 무엇인지 알아보는 길도 있기는 했다. 하지만 하지 않았다. 더 이상 그들에게 아이의 성별은 중요하지 않았기에. 언제 장로가, 아니면 어떤 다른 이류라도 비밀을 알고 그들을 제지하기 위해 올까 봐 불안에 떨기도 했다. 다행히 여태껏 지켜졌던 비밀이 이제 와서 밝혀지는 일은 없었다. 어떻게 그녀의 냄새를 맡은 뱀파이어가 습격했을 때 유산을 할 뻔했던 적도 있었지만 그들은 결국 아이를 지켜냈다.

그래, 난 절대 이 아이를 포기하지 않을 거니까.

「조금만! 머리가 보여!」

몽골인 산파의 주름진 얼굴에 환희가 퍼졌다. 귀희는 이를 악다물어 비명을 참았다.

바깥에 폭풍은 점차 더 거세어지고 있었다. 몽롱한 귓가에 우렁우렁 울리는 이 소리가 새 생명의 탄생을 축복하는 환희의 울음인지, 세계의 적이 탄생하는 데에 절규하는 탄식인지는 불분명했다.

귀희는 눈을 크게 떴다. 확장된 동공에 천장이 비쳤다.

—태양.

촘촘한 붉은 빗살이 가운데로 모여 중앙의 원형을 지지한 모양은 흡사 휘황한 빛줄기를 내뿜는 신의 등불과도 같았다.

태양이 그토록 가깝게 있는 듯이 뜨거웠다. 신열로 불타오르는 것만 같았다. 시야에 빛이 하얗게 작렬했다.

심연처럼 깊은 빛의 바다에서 의식이 빠르게 떠올랐다. 화악— 장막이 걷히듯이 눈부신 빛이 물러갔다.

타닥, 타닥! 탁!

화로에서 불꽃이 튀는 소리가 들려왔다. 그 외에 내부는 일순 오싹하도록 고요했다. 그녀는 힘겹게 시선을 아래로 내렸다.

키츠카는 산파를 대신해 두 손으로 천천히 아이를 안아 올렸다.

자그마한 아이의 몸에서 양수가 빛에 어렴풋한 윤기를 반사하며 흘러내렸다.

흑발…….

아이는 갓 태어난 생명치고는 놀랍도록 새까맣고 짙은 검은 머리를 지니고 있었다.

키츠카는 아이를 응시하며 아무 말이 없었다. 귀희는 와락 두려워졌다. 문득 아이가 울지 않는다는 사실을 깨달았기 때문이다. 막 다급히 물어보려는 찰나, 산파가 먼저 환희에 차 외쳤다.

「축하해! 여자아이야!」

귀희는, 어떤 말도 할 수 없었다.

결국…… 결국은…….

눈가에 핑 눈물이 돌았다. 결국 발라가 태어나고 말아서가 아니었다. 분노에 의한 것이었다.

왜 하필 내 아이가.

결국은 발라로 태어나고 만 자신의 아이가 앞으로 어떤 적대감과 난관 가운데 살아야 하는지 생각만 해도 분노가 치밀었다.

「어……!」

그때 산파가 놀란 소리를 터뜨렸다. 번뜩 고개를 들었을 때, 귀희 또한 놀라고 말았다.

갓 태어난 아이가 눈을 뜨고 있었다.

─그것은 여명을 담은 라벤더 빛 눈동자.

영롱한 연보랏빛은 이렇게 바라보고 있으면 꼭 최면을 걸 듯 기이하고도 경이로운 빛깔이었다. 이유를 알 수 없게도, 벅찬 환희까지 느껴져 그녀는 멍하니 눈물을 흘리고 말았다.

신인가. 귀인가.

공교롭게도 천장의 태양 무늬의 한가운데에 떠 있는 아이는 등불을 거느린 여신처럼 찬란한 존재감을 내뿜었다.

저도 모르게 무릎을 꿇고 싶어지는 경외감 가운데, 제 아비에게 안겨 다가오는 아이가 희미하게 웃는 것 같은 착각이 느껴졌다.

키츠카는 아이를 그녀에게 안겨주었다. 만개한 꽃잎처럼 풍성한 강보에 쌓인 아이는 아련한 무지갯빛이 감도는 것 같은 신령스러운 눈동자로 그녀를 올려다보았다. 마치 서약의 표지로써 하늘에 내걸린 무지개를 보는 것만 같은 장엄한 경이마저 느껴졌다.

이 모든 경이를 조금도 놀라는 기색 없이 조용히 지켜보고 있던 키츠카는 아이의 머리를 쓰다듬으며 그녀에게 속삭였다.

"봐. 그때 어린 네가 날보고 꼭 이렇게 말하는 것 같았어. 괜찮아, 모든 게 잘될 거야, 라고. 우리 아이도 그렇게 이야기하는 것 같지 않아?"

한때 그토록 반대했지만 한 번 받아들이자 그는 자신의 아이가 발라로 태어났음에도 전혀 흔들리지 않았다. 나중에 반추하건대 꼭 발라의 탄생을 이미 예견이라도 하고 있었던 것 같았다. 그만큼 동요하지 않아 설사 아이가 머리 셋 달린 괴물로 태어났을지라도 괜찮았을 것 같은 믿음을 심어주었다.

귀희는 물결치는 시야 너머로 제 품에 안락하게 안긴 딸아이를 보았다.

"이 엄마가 부족해 보여서 신경이 쓰였구나. 괜찮아…… 이제는."

마치 그 말을 알아듣기라도 한 것처럼, 아이는 서서히 눈을 감았다. 그러자 키츠카는 평범한 아이처럼 잠든 딸아이의 머리를 조심히 쓰다듬다가 그 연한 정수리에 가볍게 키스하고 속삭였다.

"이 세상에 잘 왔다, 엠블라*."

작은 발 두 개가 종종대며 풀밭을 밟았다. 뒤뚱대며 열심히 걸어가 한 남자의 다리에 폭 매달렸다.

햇빛에 잠겨 얼굴이 보이지 않는 남자가 저 높은 곳에서 아이를 내려다보았다. 아이는 고사리 같은 손에 꼭 쥔 육포를 위로 쭉 내밀었다.

"파파. 파파. 아~"

햇빛을 가르고 내려온 두 손이 아이를 안아 들었다. 금세 지상을 벗어나 하늘로 솟아오른 아이는 운집한 구름에 가려져 있던

---

*Embla: 북유럽 신화에 등장하는 느릅나무로 만들어진 인류 최초의 여자.

거산의 봉우리를 마주하듯 남자를 만났다.

미풍처럼 선선한 미소가 남자의 눈가를 스쳤다. 그는 젖살 통통한 볼에 입 맞추고 아이를 다시 지상으로 내려놓았다. 대신 아이와 시선의 높이가 같아지도록 앉았기에 아이가 그에게 간식을 먹여줄 수 있었다.

"엠블라."

아무렇게나 숭덩숭덩 잘라낸 더벅머리를 한 아이는 뽀얀 얼굴로 함박 웃었다.

「세레흐는 파파를 너무 좋아한다니깐.」

그 모습을 싱그르 웃으며 지켜보던 한 여인이 한 말에 모두들 그렇다며 웃었다.

이곳 유목민들은 엠블라를 '세레흐(cəpəəx)'라고 부르며 제 자식처럼 예뻐했다. 세레흐는 '눈을 뜨다'라는 의미의 몽골어였다. 아이가 태어나자마자 눈을 뜬 것을 신기해하며 붙인 애칭이었다. 갓 태어난 아기가 눈을 뜬 것에 대해서는 다행히 세상에 그런 일도 있으려니 하면서 특별히 더 의미를 두지는 않는 것 같았다.

뭔지는 몰라도 사람들이 웃으니 엠블라도 신이 났다. 까르르 웃으며 이곳저곳 뛰어다녔다. 귀희도 함께 웃으며 보다 무의식적으로 돌아본 곳에 시선을 멈추었다.

구름 한 점 없이 높고 맑은 하늘, 비가 오려는 걸까? 왠지 공기가 무거웠다. 하늘이 높고 바람이 건조한 이런 고원에는 드문 일이었다. 초원을 내달려 완만한 둔덕에서 우뚝한 산으로 솟아가는 융기 너머로 구름 떼가 몰려오고 있어서 그런지도 몰랐다.

그런데 참 이상하지. 구름들이 꼭 저 건너의 태풍을 피해서 도망쳐 오는 동물들처럼 보였다.

저도 모르게 한 생각에 귀희는 얼핏 미간을 찡그렸다. 하지만 곧 기분 탓이려니 하고 몸을 돌렸다.

"마마."

그때 엠블라가 앙증맞은 두 팔로 꼭 다리를 끌어안아 왔다. 귀희는 빙그레 웃으며 어린 딸의 머리를 쓰다듬었다.

정말 다행히도 엠블라는 여느 아이들과 전혀 다르지 않았다. 오히려 초원에서만 자라와 나중에 자라서 도시에 나가게 되면 약삭빠른 도시 사람들에게 속임수 같은 건 당하지나 않을지 걱정되는 순박한 성품이었다. 지나치게 호기심이 많기는 하지만 그거야 핏줄 탓일 테고, 그 외에는 잠투정이 좀 심한 정도일까? 키우는 데 거의 힘이 들지 않을 만큼 착하고 곰살맞은 아이였다.

한동안은 아이가 '다른 점'을 발현한다면 숨겨야만 하기에 긴장하고 지냈지만 이제는 때로 이렇게 긴장하지 않아도 되나 싶을 만큼 편하게 지내고 있었다. 가끔은 정말 이 아이가 발라가 맞는 걸까, 생각하기도 했다.

"와?"

귀희는 '응?' 하고 반문했다.

"뭐가?"

"와."

질문에는 상관없이, 엠블라는 말을 반복했다. 이번엔 질문이 아닌 확신조로.

"빛이 와."

귀희는 흘긋 하늘을 돌아보았다. 그리고 엠블라와 시선의 높이를 맞춰 앉았다.

"응, 해님이 곧 나올 거야."

슬슬 해가 질 시각이기는 하지만 아직은 아니었다. 그런데 해는 이 탁 트인 하늘 어디에서 길을 잃었는지 보이지 않았다. 그에 엠블라는 사라진 태양을 찾는 모양이었다. 초원에서 나고 자란 그녀에게는 하늘 높이 뜬 태양이 가장 확실한 지표였으니까.

"해님ー"

엠블라는 구름이 몰려오는 하늘을 돌아보고 그쪽으로 휘적휘적 걸어갔다. 귀희는 잘 걷지도 못하는 걸음으로 종종종 바쁘게 가는 그 뒷모습에 대고 외쳤다.

"멀리 가지 마!"

이 광활한 초원에서는 잃어버리는 게 더 힘든 일이라 그녀는 엠블라를 말리지 않았다. 그리고 막 벗겨낸 엘크의 가죽을 나무 걸이에 널고 있는 키츠카를 보고 다가갔다.

"디어크."

키츠카는 바로 돌아보았다. 버릇처럼 그녀의 허리를 안으려다 지저분한 제 손을 보고 닦을 천을 찾았다. 그 모습에 그녀는 어렴풋이 웃었다.

그 찰나였다. 갑자기 무언가가 그녀를 후려쳤다. 멈칫, 몸이 굳었다.

"이든."

바로 심상치 않은 기색을 읽은 키츠카가 날카롭게 반응했다. 잠잠하던 눈에 확 파르란 빛이 살아났다.

귀희는 대답하기 위해 입을 열었다. 하지만 활화산처럼 치미는 엄청난 토기에 발작적으로 허리를 꺾었다.

"우욱!"

소란은 단번에 사방으로 번져 갔다. 유유자적 평화로운 하늘과 바람을 즐기고 있던 사람들이 놀라 웅성댔다.

"이든!"

"우욱! 헉, 허억, 헉!"

바로 전까지만 해도 아무렇지 않았건만, 그녀는 거칠게 토악질하며 헐떡댔다. 급히 다가온 키츠카가 일으켜 주려 했으나 몸이 경련을 일으킨 것처럼 부들부들 떨려와 자꾸 바닥으로 미끄러졌다. 소름 끼치도록 차가운 식은땀이 온 모공에서 솟아났다.

"디, 디어크. 나, 나, 나 이상해요. 갑자기…… 갑자기…….."

귀희는 시체처럼 창백하게 질려 격렬히 요동치는 눈으로 그를 보았다. 하지만 정작 무어라 해야 할지를 알 수 없었다. 그저 머릿속에서 폭발하는 한마디를 내뱉었다.

"두려워요."

―빛이…….

거대한 빛이 다가와.

적막한 곳에 한 줄기 쾌미한 선을 그리며―

무지하고 몽매한 암연(闇然)에 거침없는 일갈을 터뜨려 천지를 그 휘황한 빛으로 가득 채워. 그러나 그것은―

느린 그림처럼 모든 게 서서히 흩날리던 시계에 현실감이 폭발하며 시간이 돌아왔다. 키츠카도 깨달았는지 날카롭게 고개를 돌렸다. 허공을 쥐고, 손을 내뻗었다.

하얗게 공기를 가르는 흑색의 장검이 허공에서 태어나며 울부짖었다.

경악하는 주변 인물들은 이미 눈에 들어오지 않았다. 저 멀리 불길한 구름들이 마왕의 군대가 종군하듯 검붉은 자줏빛 깃발을 휘날리며 몰려들고 있었다. 소리 없이 거대한 말발굽 소리가 지축을 뒤흔들었다.

아이는 어느새 거의 작은 점처럼 보일 만큼 멀리에 있었다. 아이처럼 작은 것은 단번에 짓밟고 지나갈 무자비함이 다가오는지도 모르고 부지런히 둔덕을 올랐다. 그 머리 위로 하늘은 진한 핏빛으로 고동쳤다.

그 아래.

음울한 검은 그림자는 거인처럼 거대한 그림자를 늘어뜨리고 솟아 있었다.

아이는 그제야 그 불길하고 두려운 존재를 느끼고 고개를 들었다.

빛을 지배하는 창백한 천사의 날개처럼 검은 옷자락이 커다랗게 펄럭였다. 숨을 쉬기 힘들 만큼 짙고 빽빽한 공기를 품고. 그것은 너무나 검어 블랙홀처럼 앞에 선 작은 아이를 그대로 삼켜버릴 것 같은 암흑이었다.

그럼에도 그 머리에 빛나는 왕관은 명성(明星)처럼 눈부신 황금의 머리칼.

그것은 신.

일그러진 기형(奇形)의 신.

거대한 파동이 번지고, 뒤로부터 달려 나온 세 마리의 짐승이 질풍처럼 귀희를 스쳐 지나갔다.

크르르릉!

사납게 울부짖으며 엄청난 속도로 붉게 물든 초원을 내달리기 시작했다.

겨우 입이 벌어졌다. 공포는 날카로운 흉기가 되었다.

"엠블라————!!!"

어린 마녀는 머리 위에 드리워진 어둠을 망연히 응시했다. 검은 망토를 두르고 핏빛의 검을 든 왕은 느릿하게 입을 열었다.

《발라여.》

얼굴을 덮은 어둠 속에서 음울한 금빛이 빛났다. 그 금속성의 눈동자만큼이나 묵직하고 스산한 금속을 떠올리게 하는 음성이었다.

《내게 지옥의 문을 열어다오.》

쿠웅.

머리 위로 무겁게 떨어졌다.

『나하쉬』終

작가 후기

'나하쉬(Nahash)'는 실제로 성서에서 이브에게 금단의 사과를 건넨 뱀을 칭하는 히브리어이다. '점을 치다', '속삭이다' 혹은 '비밀을 푸는 자'라는 뜻이라고 한다. 하지만 나하쉬가 선악과를 건넨 뱀이라는 사실 외에는 거의 내 상상이다. 이 글은 허구로, 어떤 종교색도 포함하고 있지 않다. 특정 종교인 분들께는 다소 불편한 이야기가 있을 수도 있겠지만 그저 소설이라고 생각해 주시기를 부탁드린다.

그렇듯 소설은 본래 허구의 이야기지만, 판타지는 그중에서도 더한 허구이다. 그래서 오히려 더 말이 될 법하게 써야 한다는 어려움이 따른다. 그래서 시리즈의 전작은 그 후기에 밝혔듯 세 번을 갈아엎었고, 〈나하쉬〉또한 못지않게 수정을 거쳤다. 도자기를 깨는 도공의 심정으로 갈아엎기를 여러 번, 드디어 암브로시아 시리즈 2부 〈나하쉬〉도 끝이 났다.

늘 그렇듯 결과가 어떨지는 독자분들의 판단에 맡기는 바이지만, 너무 오래 함께한 글이기 때문에 후련함 또한 크다. 그래도 가장 아쉬운 게 있다면, 중간에 자료 조사도 할 겸 쿠바에 여행을 다녀왔는 데—쿠바가 정말 가보고 싶은 나라 중 하나였던 이유도 있다—스토리의 진행상 내가 겪은 쿠바를 다 녹여내지 못한 것 같다는 점이다. 어느 여행지나 그렇듯 환상을 모두 충족시켜 주는 낙원 같은 곳만은 아니었지만 쿠바는 정말 멋진 나라였고 아직도 밤거리마다 울려 퍼지던 음악, 낡음의 미학, 화려한 색채와 붉은 땅 위에 끝도 없이 펼쳐진 푸른 사탕수수밭이 선연하다. 콘스탄티노스 카바피 시인의 시 '이타카'에서처럼 쿠바는 나에게 또 하나의 이타카가 되어주었고, 다음 이타카는 어디가 될지 사뭇 기대가 된다. 그리고 여행을 가기 전부터 1부의 배경을 쿠바에서도 후벤투드 섬으로 정했기 때문에 보통은 잘 여행하지 않으시는 이 섬도 다녀왔는데, 수도가 생각보다 번화해서 조금 당황했던 기억이 난다. 그래서 배경을 섬의 남쪽으로 조금 옮겼다. 아무튼 이 글의 포커스는 쿠바라는 배경보다 그곳에서 일어난 사건의 흐름이기 때문에 아쉬움은 남지만 이쯤에서 마무리를 지을까 한다.

사실 각 시리즈가 완성되기까지 생각지 않게 오래 걸리는 바람에 뒷일을 기약할 수 없어 밝히지 않았지만, 이 시리즈는 원래 4부작이다. 다음 시리즈인 3부 〈귀왕〉은 계획이 있지만 4부는 과연 나올 수 있을지 없을지, 약속을 드릴 수가 없다. 물론 가능만 하다면 꼭 4부까지 완성해 보고 싶은 것이 나의 간절한 소망이다. 하지만 일단은 3부, 남아야만 했던 여자와 돌아와야만 했던 남자의 이야기에 대한 복선이 〈나하쉬〉에 몇몇 깔려 있음을 살짝 알려 드리는 바이다. 그래서 눈치채신 분들도 계시겠지만, 키츠카의 비밀에 관련된 이야기가—혹 후기부터 읽는 분이 계실까 봐 이렇게만 언급한다—조금 더 남아 있는 것 같은 이유도, 알라스테어를 도와줬던 인물의 정체에 대해서도 자세히 나오지 않은 이유도 그 때문임을 알려 드린다.

정말 항상 힘이 되는 것은 아무리 책이 나올 때까지 오래 걸려도 기다려 주시는 독자분들의 존재다. 슬럼프가 와도, 힘이 들어도 기다리고 있다는 한마디에 기운을 내서 다시 글을 써 내려갈 수 있다. 여태 마음이 잘 전해지지 않았다면 이 자리를 빌어서 깊은 감사의 말을 전한다. 그리고 역대 최고였던 것 같은 죽음의 마감을 하는 동안 똑같이 고생하신 청어람의 문 부장님과 미연 씨에게도 정말 감사 드린다.

모두 다시 뵐 때까지 건강하시기를.

2013년 폭염 가운데
조레진 드림.